T0267059

LA FAN
Nº1

TESSA BAILEY

LA FAN Nº 1

TITANIA
Argentina • Chile • Colombia • España
Estados Unidos • México • Perú • Uruguay

Título original: *Fangirl Down*
Editor original: Avon. An Imprint of HarperCollins*Publishers*
Traducción: Ana Isabel Domínguez Palomo y María del Mar Rodríguez Barrena

1.ª edición Septiembre 2024

Plaza de los Reyes Magos, 8, piso 1.º C y D – 28007 Madrid
www.titania.org
atencion@titania.org

ISBN: 978-84-19131-78-2
E-ISBN: 978-84-10159-96-9
Depósito legal: M-16.609-2024

Fotocomposición: Urano World Spain, S.A.U.
Impreso por Romanyà Valls, S.A. – Verdaguer, 1 – 08786 Capellades (Barcelona)

Impreso en España – *Printed in Spain*

Para Mac

Agradecimientos

En las redes sociales suelo comentar ideas para escribir historias, pero no siempre se acaban convirtiendo en un libro. Esta es una de esas pocas veces en las que una lluvia de ideas me tenía obsesionada y, de vez en cuando, una lectora me enviaba un mensaje preguntándome cuándo pensaba escribir el libro sobre el golfista profesional gruñón y la megafan que lo abandona. Muchísimas gracias por los ánimos. En este caso, me animaron a escribir la historia de Wells y Josephine…, y ha resultado ser una de mis preferidas.

Este libro está dedicado a mi hija y a todos los que tienen un páncreas que no funciona bien. Pero no es un libro que trate sobre la diabetes tipo 1, del mismo modo que las personas que padecen una diabetes tipo 1 son muchísimo más que la enfermedad. Es una historia de amor. Con dosis de insulina. Algún día será el primer libro mío que lea mi hija. Por el amor de Dios, solo pido que se salte todo lo relacionado con el culo.

Gracias a Nicole Fischer por editar este libro con amor y sinceridad: te echaremos mucho de menos. Gracias a mi marido por responder mis preguntas sobre golf. Y como siempre, gracias a mis lectoras por ser las mejores en este mundillo.

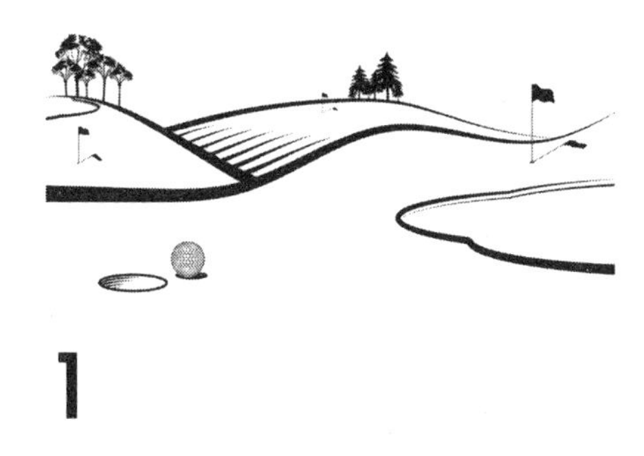

1

«Soy la fan número uno de Wells Whitaker».

Está claro que el chico malo del golf ha vivido tiempos mejores, pero eso es lo que tiene ser una fan.

O apoyas a tu ídolo toda la vida o búscate otra cosa, amiga.

Hay tres cualidades necesarias para causar impacto como fan.

La primera: entusiasmo. Hazle saber a tu ídolo que estás ahí. De lo contrario, mézclate entre la multitud con un polo y unos chinos.

La segunda: perseverancia. No asistir a un torneo en tu propio estado está prohibido. Las fans van al torneo y ¡se hacen notar!

La tercera: llevar comida. Comer en un campo de golf sale caro y a nadie le hace gracia soltar catorce dólares por un perrito caliente.

Para ser justos, a Josephine Doyle le dolía gastarse cinco dólares en el almuerzo, ya no digamos catorce, pero no era un tema en el que estuviera pensando en ese momento, mientras Wells Whitaker se dirigía a la salida del hoyo nueve. Ese día estaba de un humor rarísimo. Enfurruñado, sin afeitar y pasando de las manos extendidas de los espectadores que esperaban chocar los cinco con el que fuera un prometedor golfista. Se pasó una mano por su atractivo rostro, sacudió un antebrazo tatuado y sacó el *driver* de la bolsa como aquel que se sacude una pelusa de encima.

Majestuoso a tope.

Josephine se colocó uno de sus AirPods y se conectó a la retransmisión en directo del torneo, dejando que los comentarios jocosos de Skip y Connie le inundaran los oídos.

Skip: Bueno, hace un día precioso aquí en Palm Beach Gardens, Florida. A menos, claro, que seas Wells Whitaker. En cuyo caso es probable que la luz del sol empeore tu resaca.

Connie: Los torneos del circuito están siendo esta temporada todo un reto para el golfista, que a sus veintinueve años ya ha visto días mejores. Hace cinco años entró en el circuito como una locomotora y ganó tres de los cuatro grandes torneos. ¿Hoy en día? Tiene suerte si consigue superar la ronda inicial.

Skip: Hoy en día... En fin, hablemos claro, es imposible que Wells se clasifique para jugar mañana. Y la verdad, Connie, no creo que le importe.

Connie: Efectivamente, Skip, sus actividades nocturnas lo dejan bien claro. Si buscas en Internet, encontrarás las pruebas de que Whitaker ahora mismo no está pensando en el golf. Hace apenas seis horas, lo interrogó la policía después de una pelea en un bar de Miami...

Josephine se quitó los Airpods y los guardó en el bolsillo de sus pantalones oficiales de la marca Wells Whitaker. Hasta hacía poco tiempo, Skip y Connie adoraban a Wells. En el mundillo de los fanáticos del golf se les conocía como los «Fans de los Días de Gloria». Solo apoyaban a un jugador cuando estaba en una buena época; cuando no había ningún bache en su camino hacia el éxito.

No pasaba nada. Josephine se encargaría de darle todo el apoyo que esos Judas no le daban.

¿Ese día en concreto?

Tendría por fin la oportunidad de decirle a Wells que seguía a su lado. ¿Quizá un poco más distante? Tal vez, pero allí estaba. Lo miraría directamente a esos ojos enrojecidos y le recordaría que su grandeza no era algo que pudiera desaparecer sin más. Solo había quedado oculta bajo las dudas, el alcohol y un ceño fruncido que desplumaría a un pato del susto.

Josephine todavía no acababa de creerse que hubiera ganado el concurso.

Aunque hubiera participado sesenta y una veces.

«Almuerzo y clase de golf con Wells Whitaker». Algún afortunado fan compartiría un almuerzo con el que fuera el gran Wells —que pronto volvería a serlo—, seguido de una clase de *putting*. Técnicamente, Josephine no necesitaba ninguna clase, ya que había crecido en un campo de golf, trabajaba en una tienda de golf y se pasaba el día enseñando las técnicas adecuadas a sus clientes.

El golf era su vida. Lo que más le entusiasmaba era la oportunidad de hacer entrar en razón al derrotado deportista. Ninguna otra persona parecía dispuesta a asumir esa tarea. Mucho menos su *caddie*, que parecía estar viendo *Vanderpump Rules* en el móvil.

En realidad, el escaso público que había seguido a Wells hasta ese hoyo parecía dispuesto a marcharse pronto o a buscar a un jugador más popular al que mirar; un par de personas se separaron del grupo y se dirigieron hacia la sede del club antes incluso de que Wells hiciera el golpe inicial. Un grupo de Fans de los Días de Gloria a ojos de Josephine, estaba claro.

Por desgracia, parecía que Wells también se estaba planteando abandonar el torneo. Por un lado, eso significaba que ella almorzaría antes. A su menguante nivel de azúcar en sangre le iría fenomenal.

Por otro, preferiría que su ídolo acabara el día con una puntuación alta.

Había llegado el momento de hacerse notar.

Rebuscó en lo más hondo para sacar su grito de apoyo y lo soltó, asustando en el proceso a unos cuantos hombres vestidos con chinos.

—¡Vamos, Wells! ¡Métela en el agujero!

El golfista le dirigió una mirada pétrea por encima de uno de sus musculosos hombros, lo que le permitió ver esos claros ojos castaños y su mentón cuadrado.

—Ah, mira. Eres tú. Otra vez.

Josephine le regaló su mejor sonrisa y levantó el cartel que llevaba, en el que se leía: «La Bella de Wells».

—De nada.

Vio aparecer una línea en su mejilla, cubierta por la barba de varios días.

—¡Tú puedes! —le dijo. Y no pudo resistirse a añadir—: Estoy emocionada por el almuerzo. Recuerdas que gané el concurso, ¿verdad?

El suspiró que soltó podría haber tirado al suelo a un niño pequeño.

—He intentado olvidarlo, pero me etiquetaste en tu historia de Instagram. Ocho veces.

¿Lo había etiquetado ocho veces? Juraría que se había limitado a seis.

—Ya sabes que en esa *app* las cosas importantes tienden a desaparecer.

—Bueno, en este caso no. —Se tocó un labio que ella sospechaba que tenía partido—. ¿Te importa si ahora me concentro en el golpe? ¿O quieres que repasemos los especiales del menú?

—Tranquilo. Tú a lo tuyo, que yo estoy genial, en serio. —Josephine apretó los labios para evitar que la sonrisa se le saliera de la cara y levantó el cartel con renovada emoción. Todos los presentes la miraban boquiabiertos, algo que resultaba mucho más fácil de soportar cuando tenía a su compañera de fechorías. Su mejor amiga, Tallulah, la acompañaba cuando seguía a Wells Whitaker para ofrecerle apoyo moral en calidad de fan, pero en ese momento estaba en el extranjero trabajando, así que le tocaba defender sola el fuerte. Aunque no le importaba. Estaba encantada de que su amiga hubiera aprovechado esa oportunidad única en la vida. Claro que eso no significaba que no la echara muchísimo de menos.

Tras tragarse el huevo de gallina que tenía en la garganta, pasó del hombre que agitaba frenéticamente un cartel en su dirección que rezaba: «SILENCIO, POR FAVOR», y gritó:

—¡Wells, llévala al *green*, campeón!

—Señora —la reprendió el hombre del cartel.

Josephine le guiñó un ojo.

—Ya he terminado.

—Vale.

—Por ahora.

Wells los miró mientras meneaba la cabeza, y después se dio media vuelta, se colocó en posición... y, la verdad, Josephine fue incapaz de no admirar sus cualidades. Unos glúteos fuertes garantizaban un golpe de salida fuerte, y el trasero de Wells ganaría cualquier campeonato, ya que torneos de golf ganaba pocos... ¿Rebotaría una moneda de veinticinco centavos en esos músculos? No, mejor probar con dos dólares de plata. Seguro que rebotaban al golpear ese culo tan redondo y noquearían a cualquier fan. Eso sí, en su caso sería con una sonrisa.

—En otra época, Whitaker acabaría este hoyo bajo par sin despeinarse —le susurró el hombre que estaba detrás de ella a su hijo—. Es una pena que haya dejado que todo se vaya al cuerno. Deberían expulsarlo del circuito antes de que caiga todavía más bajo.

Josephine miró por encima del hombro al espectador con todo el desdén del que fue capaz.

—Está a punto de recuperarse. Lástima que sea usted incapaz de verlo.

El hombre y su hijo resoplaron a la vez.

—Necesitaría un microscopio, guapa.

—Es posible, para unos ojos inexpertos, claro. —Sorbió por la nariz—. Seguro que se han gastado catorce dólares en perritos calientes.

—Señora —insistió el hombre del cartel—. ¡Por favor!

—Lo siento.

Wells agarró el palo por la empuñadura, miró hacia la calle con los ojos entrecerrados y levantó para golpear la bola sin la delicadeza de antaño en su famoso *drive*.

La pelota se estrelló contra los árboles.

La decepción le llegó a Josephine hasta los dedos de los pies. No por ella misma, porque no había tenido el privilegio de presenciar algo grandioso, sino por Wells. Lo vio tensar los hombros y echar la cabeza hacia delante. Los murmullos de la multitud resultaban tan estruendosos como si fueran platillos. Los últimos espectadores que quedaban se alejaron, en busca de otros pastos más verdes.

Josephine se quedó. Era su deber como fan.

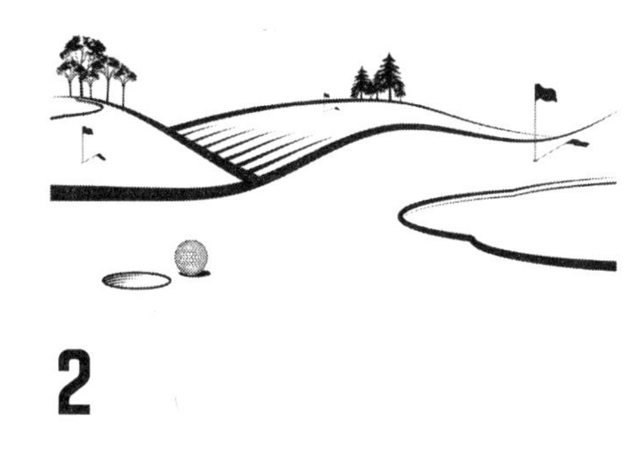

2

¿Cómo era el refrán aquel?

¿Quien bien te quiere te hará llorar?

Al parecer, era cierto. Porque a Wells le quedaba solo una fan —una sola, demasiado entusiasta y tan guapa que resultaba irritante— y su primer impulso fue echarle la culpa a ella del tiro fallido. Claro que era injusto. Había fallado muchos tiros sin que ella estuviera presente. Quizá por fin su capacidad de autodesprecio había llegado al límite. O tal vez solo era el imbécil que tantos amigos y admiradores lo habían acusado de ser durante sus dos años de declive.

Fuera cual fuese la razón, que ella siguiera allí todavía, firme y con una sonrisa alentadora después de haber mandado la pelota directamente a los putos árboles... no lo soportaba. Necesitaba irse, como los demás. Perderse. Esa guerrera de pelo cobrizo que lo animaba vestida con su línea de ropa era el motivo de que hubiese salido de la cama esa mañana; porque esa chica siempre iba a verlo a los torneos que se celebraban en Florida. Siempre. Sin falta. ¿No se había enterado de que el año anterior retiraron su línea de ropa? Nike también lo había abandonado. A esas alturas, tendría suerte si conseguía el patrocinio de una marca de champú anticaspa.

Su mentor, el legendario Buck Lee, ni siquiera le devolvía los mensajes.

El mundo lo había abandonado hacía tiempo.

Sin embargo, allí estaba ella, con su cartel en alto.

La Bella de Wells.

Por Dios. Necesitaba acabar con el sufrimiento de esa chica.

La única forma de hacerlo consistía en tirar la toalla primero. De lo contrario, ella seguiría allí la semana siguiente, el mes siguiente, el año siguiente. Fresca, infalible y apoyándolo de forma incondicional, por muy abajo que acabara en la clasificación al final del día. Ella siempre volvía.

Por eso seguía apareciendo él, porque no quería decepcionarla.

La última fan que le quedaba. La última... todo.

Josephine.

Sin embargo, ya no quería seguir intentándolo. No quería participar en los torneos e intentar recuperar en vano los días de gloria. Había perdido su magia y nunca volvería a encontrarla. Seguramente estaba con la pelota, en algún lugar entre los árboles. Así que Josephine necesitaba desaparecer para que él pudiera tirar la toalla. Para no despertarse todas las mañanas intentando recuperar el optimismo perdido. Para poder por fin emborracharse hasta morir y no volver a ver un campo de golf en la vida.

Y nada de eso sucedería si al final almorzaba con ella por haber ganado el ridículo concurso.

—Vete. —Se dio media vuelta, se arrancó el guante y lo agitó en dirección a los aficionados que se dirigían hacia la sede del club. Resultaba difícil mirarla a los ojos, lo cual era ridículo porque ¡ni siquiera la conocía! No personalmente. Y nunca llegaría a hacerlo. Habían hablado muchas veces durante los distintos torneos, pero siempre habían sido conversaciones relacionadas con el golf. Breves, pero importantes en cierto modo. Más importantes que las conversaciones normales con cualquier otro espectador. Pero no podía pensar en eso. Se acabó—. Me retiro. —Por fin tuvo el valor de inclinarse sobre la cuerda y mirar esos ojos verdes que lo observaban abiertos como platos—. Se acabó, Bella. Vete a casa.

—No.

Wells soltó una carcajada carente de humor y tiró el guante a la calle. Ojalá pudiera lanzar las pelotas con la misma precisión.

—Pues vas a animar a un fantasma, porque yo me largo.

La vio bajar el cartel despacio.

La imagen le provocó un estremecimiento en el interior del pecho, pero no permitió que se le notara.

—Estás abajo, pero todavía no estás fuera, Wells Whitaker.

—Hazme caso, me largo. Abandono el circuito. Ya no hay razón para que sigas aquí, Josephine.

De repente, lo miró con una sonrisa deslumbrante y, que el Señor lo ayudara, pasó de parecerle mona a ser despampanante, una observación que no significaba nada en absoluto, porque estaba cortando todos los lazos que los unían.

—Me has llamado por mi nombre de pila. Nunca lo habías hecho.

Y bien que lo sabía, ¿verdad? Se había contenido a propósito para no llamarla de otra forma que no fuera su apodo, porque cualquier otra cosa le parecía demasiado personal. Y allí no había nada personal. Eran un deportista y su fan número uno, y tenían que cortar por lo sano. Punto. Tenía que cortar el lazo que todavía lo ataba al golf o no podría seguir adelante con el resto de su miserable existencia. ¡A los veintinueve años!

A la mierda con ese deporte.

Y con ella, que era la culpable de que siguiera intentándolo.

Muy ridículo todo, teniendo en cuenta que era la primera vez que pronunciaba su nombre, aunque ella lo había estado animando durante los cinco años que llevaba en el circuito.

—¿Qué pasa con el concurso? —le preguntó ella, que dobló el cartel y se lo acercó al pecho—. Almuerzo y clase con Wells Whitaker. He ganado.

Wells señaló hacia los árboles.

—Es evidente que no estoy en condiciones de darte una clase.

Ella miró un momento hacia la calle y luego dijo:

—También soy entrenadora de golf. A lo mejor puedo darte la clase yo a ti.

Wells la miró sin dar crédito.

—¿Cómo dices?

—He dicho que a lo mejor puedo darte una clase. —Torció el gesto, como si por fin se hubiera dado cuenta de lo presuntuosa que había sonado la sugerencia—. Mi familia tiene una tiendecita dedicada al golf aquí cerca y sé todo lo que hay que saber sobre el deporte. Los primeros zapatos que me compraron cuando era pequeña tenían tacos en las suelas. —Se quitó la visera y… sus ojos le parecieron todavía más grandes. Más irresistibles. Y Wells no supo por qué, pero decepcionar a esa chica tan leal no le sentaba nada bien—. Ya no amas el deporte. Quizá yo pueda ayudarte a amarlo de nuevo. A eso me refería con darte una clase…

—Josephine, escúchame. No quiero seguir amándolo. He dejado mi alma en el golf y no me ha dado nada a cambio.

Ella jadeó.

—Nada, salvo tres grandes títulos.

—No lo entiendes. Cuando no puedes repetir la experiencia, los títulos empiezan a perder su significado. —Cerró los ojos y dejó que la verdad de esas palabras calara en su interior. Era la primera vez que las decía en voz alta—. Lo mejor que puedes hacer por mí es marcharte. Elige a otro golfista al que torturar, ¿vale?

La única fan que le quedaba intentó mantener una expresión estoica, pero su sugerencia le había dolido. «Sigue. Acaba de una vez». Sin embargo, le daban ganas de clavarse el palo solo de pensar que animara a otro jugador.

Se mordió con fuerza la lengua para no retirar lo que había dicho.

—Es un mal día. Olvídalo y vuelve mañana —replicó ella con una carcajada incrédula—. No puedes dejar el golf así como así.

Wells también se rio mientras se daba media vuelta y echaba a andar hacia su bolsa, sin ver a su *caddie* por ningún sitio.

—El golf me ha abandonado a mí. Vete a casa, Bella. —Vio una nota entre sus palos. La levantó aferrándola con dos dedos con el ceño fruncido y descubrió que era una carta de dimisión de su *caddie*. Si acaso podía llamarse carta de dimisión a unas cuantas palabras garabateadas en la servilleta de un bar. En vez de enfadarse, solo se sintió aliviado.

Había elegido el mejor momento.

Así se ahorraba tener que despedir a ese hijo de puta.

—Wells, espera.

Los músculos de su espalda se tensaron al ver que Josephine se agachaba para pasar por debajo la cuerda y echaba a correr hacia él, con esa coleta cobriza balanceándose a un lado y a otro. Las normas lo prohibían de forma tajante, pero ¿a quién le importaba? Saldría del club de golf y nadie se daría ni cuenta, ¿verdad? Salvo ella.

—Hay gente que todavía cree en ti —dijo.

—¿De verdad? ¿Dónde? —Se echó la bolsa al hombro—. Solo te veo a ti.

El dolor se reflejó de nuevo en su mirada, y él contuvo el impulso de tirar la bolsa y contárselo todo. Que su mentor lo había abandonado después de una mala temporada y que se había dado cuenta de que su apoyo era solo postureo. Al fin y al cabo, estaba solo, como lo había estado desde los doce años. A la gente solo le importaba lo bien que golpeaba la pelotita blanca y, ¡Dios!, eso lo sacaba de quicio. El golf y todo lo relacionado con él lo sacaba de quicio.

—Y aquí seguiré hasta que vuelvan todos los demás —replicó ella.

La frustración le desgarró las entrañas. Lo único que quería era tirar la toalla, y ella se lo impedía.

Se armó de valor para no ceder al impulso de soltar la bolsa y volver a elegir un palo por esa persona que, de forma tan imprudente, seguía creyendo en él. Así que, en vez de hacerlo, le quitó el cartel de las manos y se llamó a sí mismo diez veces cabrón mientras lo rompía por la mitad. Acto seguido, lo arrojó a la hierba y se obligó a mirarla a los ojos, porque no podía ser un cabrón y un cobarde al mismo tiempo.

—Por última vez: no te quiero aquí.

Y por fin sucedió.

Josephine dejó de mirarlo como si fuera un héroe.

Y fue un millón de veces peor que enviar la pelota a los árboles.

—Siento lo del almuerzo —dijo con voz ronca mientras la rodeaba—. Lo siento por todo.

—¿Y la chaqueta verde?

Wells se detuvo en seco, pero no se volvió para mirarla. No podía dejar que nadie viera lo que le provocaban esas dos palabras. «Chaqueta verde». Mucho menos a ella. El torneo que se celebraba todos los años en Georgia se consideraba un trampolín a la fama. Quien ganara el Masters de Augusta se convertía en un icono al instante. Era una tradición que el ganador recibiera una chaqueta verde característica y que se chuleara delante de los que no la tenían. Es decir, que era el sueño de cualquier golfista.

—¿¡Qué pasa con eso!?

—Una vez dijiste que tu carrera no estaría completa hasta ganar una chaqueta verde en Augusta. Todavía no la has ganado.

Sintió que se le clavaba un témpano de hielo en las entrañas.

—Sí, soy consciente de ello, Josephine. Gracias.

—Los objetivos no desaparecen así como así —dijo ella de forma tajante—. No puedes abandonar algo después de haber trabajado tanto para conseguirlo.

—Sí que puedo. Ya lo he hecho.

—Déjate de chorradas, Wells Whitaker.

—Sigue hablando todo lo que quieras. No voy a quedarme para oírte. —Y con esas palabras abandonó la calle del hoyo nueve. Tenía razón, nadie se dio cuenta.

Nadie excepto Josephine. La última persona del planeta Tierra que tiraba de él. Era muy probable que nunca volviese a verla. Nunca volvería a oír cómo lo defendía entre la multitud ni vería sus carteles animándolo entre las gorras de béisbol, ni su pelo de ese color tan excepcional, que complementaba a la perfección el verde que la rodeaba.

Reconocerlo fue mucho más difícil de lo que esperaba, pero siguió andando. A mitad de camino del aparcamiento, soltó la bolsa y dejó que los palos se desparramaran, sin importarle lo que les ocurriese. La falta de peso debería haberlo ayudado a sentirse más ligero.

La sensación de libertad acabaría llegando. ¿Verdad?

En cualquier momento.

Sin embargo, cuando volvió la vista hacia el campo y vio que Josephine seguía de pie en el mismo sitio, de espaldas a él, la pesadez se intensificó tan rápido que descubrió que le costaba andar. Aun así, se ordenó a sí mismo sentarse al volante de su Ferrari y salir del aparcamiento haciéndole una peineta al club del golf con su fachada cubierta de hiedra.

Wells Whitaker había terminado con el golf y con todo lo que conllevaba.

Incluidas las chicas optimistas de ojos verdes que despertaban en él el deseo de volver a ganar.

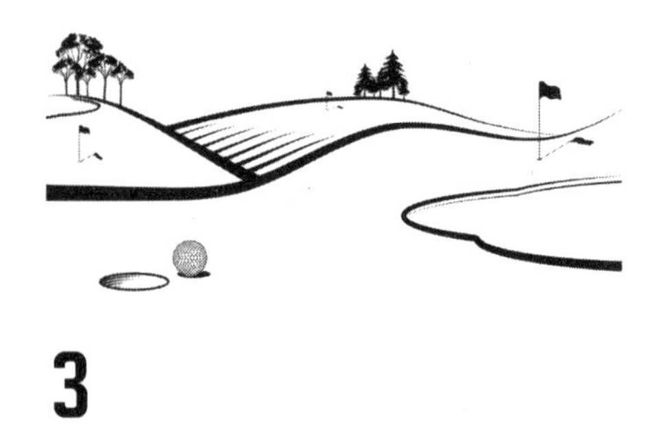

3

Tres semanas después de abandonar el torneo, Wells abrió un ojo que le escocía horrores, sin saber qué día era. Podía ser junio o diciembre. O bien podía haber retrocedido en el tiempo. Se había desconectado de la realidad en cuanto abandonó aquel campo de golf de Palm Beach Gardens y regresó a su piso de Miami. Para beber. Por Dios, había bebido tanto que sentía los pulmones y las tripas como si estuvieran cubiertos de alquitrán fresco.

Pese al dolor de cabeza, que más bien parecía que le estaban aplastando el cráneo, sentía las extremidades un poco inquietas. Un recuerdo repentino lo golpeó en la nuca como si alguien le hubiera clavado un dedo huesudo. Tenía que salir de la cama y hacer algo. ¿El qué? No lo esperaban en el club de golf para jugar ni para practicar, y tampoco tenía una rueda de prensa. Su único plan era emborracharse otra vez.

Huracán Jake.

—¡Joder!

Extendió el brazo para coger el mando a distancia, y retorció el cuerpo entre las sábanas para incorporarse. La noche anterior hubo un huracán. Salvo por los fuertes vientos y la lluvia torrencial, no había notado ningún otro efecto en su piso. Lo último que recordaba era que estaba atravesando Palm Beach y, mierda, pensó en ella. En Josephine. Allí era donde vivía, ¿verdad? «Mi familia tiene una tiendecita dedicada al golf aquí cerca», recordó que le había dicho. Así que si no vivía en Palm

Beach, era cerca. Lo bastante cerca como para sufrir los efectos del paso del huracán.

Tan borracho estaba que le dio por pensar que ella seguiría allí de pie en el campo de golf viéndolo marcharse cuando el huracán tocara tierra. Una idea ridícula que a la luz del día seguía preocupándolo.

No tenía ninguna obligación con esa mujer.

Vamos, que no la había invitado formalmente a ser su fan número uno.

¡Su única fan!

Seguro que a esas alturas había empezado a seguir a otro.

Bien.

Encendió la tele plana de setenta pulgadas que había frente a su cama mientras sentía que el ácido le borboteaba en el estómago y puso las noticias, momento en el que se le cayó el alma los pies al ver la destrucción. La costa había sufrido el azote de unos vientos de doscientos cuarenta kilómetros por hora y de la lluvia torrencial. Apagones e inundaciones. Coches volcados. Fachadas de los edificios arrancadas de cuajo.

¿Estaría bien Josephine?

Silenció la tele y se apoyó en el cabecero de la cama mientras golpeaba el mando a distancia con un dedo una y otra vez. No era problema suyo. Los servicios de emergencia ayudaban a la gente después de las catástrofes naturales. Además, él no estaba en condiciones de ayudar a nadie.

Más bien necesitaba ayuda.

Volvió con mucho cuidado la dolorida cabeza y echó un vistazo por la habitación. Ropa tirada, botellas, vasos y platos con restos de comida. Había pasado por completo de todo, abandonando la dieta proteica y la rutina de ejercicio. No se había afeitado ni duchado ni había hecho nada productivo. Unas cuantas noches antes se obligó a salir a la calle, pero esa decisión desembocó en otra pelea de bar con un payaso que había perdido el dinero en su partida de *fantasy* golf por culpa de sus malos resultados. Así que tenía el ojo derecho morado e hinchado. Que su contrincante hubiera acabado con peor aspecto no le servía de consuelo.

Recibir un puñetazo le dolió mucho, pero la pelea en sí fue un alivio. Había crecido peleándose. Pasaba más tiempo en el despacho de la directora del instituto que ella misma. De adolescente siempre estaba enfadado. Resentido por el abandono de sus padres. Malhumorado e irascible.

Hasta que Buck Lee se fijó en él.

El verano que cumplió dieciséis años consiguió un trabajo como recogepelotas en el campo de golf local y le entusiasmó, sobre todo, la oportunidad de burlarse en silencio de los niños ricos mientras ganaba unos dólares. ¿Dónde estaría a esas alturas si no hubiera cogido aquel *driver* y hubiera golpeado una pelota a casi trescientos metros mientras Buck lo miraba desde el club?

Seguramente no en un piso de cinco millones de dólares.

Estresado por una chica a la que apenas conocía.

La Bella de Wells.

Un acuciante sentido de la responsabilidad lo hizo gruñir y coger el teléfono. Su representante había dimitido hacía semanas y la comunicación entre ellos era nula, pero haría de tripas corazón para ver si podía enterarse de algo. De lo contrario, siempre se preguntaría si le habría pasado algo a Josephine estando bajo su supervisión.

¿¡Bajo su supervisión!?

—Deja de actuar como si fuera tu novia. ¡Solo es una fan!

Recordó esos ojos verdes enormes y optimistas, que lo miraban, relucientes.

«Y aquí seguiré hasta que vuelvan todos los demás».

—Joder. —¿El dolor palpitante de cabeza se debía a la resaca o era otra cosa? No lo sabía y tampoco quería ahondar en el motivo por el que se sentía responsable de cierta pelirroja. Así que se limitó a marcar.

Nate, su antiguo representante, contestó al tercer tono y le pareció que hablaba con voz un poco aturdida.

—Será mejor que no me llames para que pague tu fianza.

—No. —Vio en la tele que las noticias mostraban un albergue lleno de personas que habían tenido que dejar sus casas por culpa del huracán y se afanó por encontrar un rostro lleno de esperanza y buen humor entre todos los que había—. Oye, ¿recuerdas el concurso aquel? El del almuerzo y la clase de golf para el ganador.

—¿Aquel al que solo se presentaron ochenta y una personas?

Wells hizo un gesto de dolor.

—No creo que fuera necesario darme esa cifra.

Se imaginó a su antiguo representante encogiéndose de hombros con indiferencia.

—¿Por qué te preocupas de repente por el concurso? Me llamaron del restaurante del club para avisarme de que no te habías presentado. Me quedé de piedra, te lo aseguro.

—Pues no deberías. Su comida es malísima. —Se imaginó a sí mismo sentado frente a Josephine en el luminoso restaurante del club y sintió que su ridículo corazón se aceleraba un poco—. Por Dios. Podría haberla llevado a un sitio más bonito.

—La calidad de su ensalada nicosia da igual, porque no cumpliste tu parte del trato, amigo.

—No hace falta que me lo recuerdes —replicó Wells con fuerza, lo que le provocó una dolorosa punzada detrás del ojo.

¿Se habría sentido Josephine decepcionada de verdad porque no había almorzado con ella?

Pues claro que sí. Lo único que había hecho era decepcionarla. Durante años.

—Dame el número de la ganadora y te dejaré en paz.

—Pero ¿qué dices? —Nate se rio—. No puedo hacer eso. ¿No has oído hablar de la ley de protección de datos?

El pánico le provocó una punzada dolorosa que no le gustó ni un pelo.

—Voy a invitarla a almorzar, ¿vale? No me gusta haber dejado ese cabo suelto.

—No quiere almorzar. No quiere nada de ti.

Wells apretó con más fuerza el mando a distancia mientras la voz de la reportera parecía llegarle desde más lejos.

—¿Se puede saber qué significa eso?

—Significa... —Nate gimió, y luego se oyó el crujido de los muelles de la cama de fondo—. A mí tampoco me gusta dejar cabos sueltos. Cuando me enteré de que pasaste de ir al almuerzo, llamé a la ganadora y le ofrecí hacer el mismo trato: almuerzo y clase con otro golfista menos antipático.

—¿¡Qué hiciste qué!? —La resaca lo abandonó de repente, como si le hubiera salido por las orejas, dejándolo tan lúcido que se sintió hasta desorientado—. ¡Es mi fan!

—Ya no. Le ofrecí enviarle algunos artículos de la colección Wells Whitaker y también los rechazó. Tus fundas térmicas para las latas de cerveza tienen poco tirón.

Wells había salido de la cama y caminaba de un lado para otro, pero no recordaba haberse puesto en pie. ¿El suelo se estaba inclinando o todavía seguía borracho?

—La ley de protección de datos me importa una mierda. Tú dame su número y ya está.

—Ni hablar. Conseguí que no me demandara nadie mientras fui tu representante y no pienso arriesgarme a sufrir consecuencias legales ahora que no me pagas el sueldo.

—Esto es una locura —le gritó Wells al teléfono—. Solo quiero hacer lo correcto.

—Es demasiado tarde, tío —replicó Nate, que levantó la voz para igualar la suya—. Llevas dos años pasando de tus obligaciones y haciendo el gilipollas. Siempre has hecho el gilipollas, pero como has abandonado el golf, nadie tiene por qué seguir aguantándote. Mucho menos yo. Adiós, Wells.

Silencio absoluto.

Por Dios, necesitaba una copa. Con urgencia.

Sin embargo, parecía incapaz de ir a la cocina a por una botella de *whisky*. Todo lo que había dicho Nate era cierto. Se había comportado como un gilipollas insoportable durante toda su carrera. Hablaba mal de los demás jugadores profesionales en vez de hacer amigos. Se mostraba indiferente con sus fans. Pasaba de la prensa o daba respuestas que no podían emitir por televisión.

Le apetecía muchísimo hacerle una peineta al mundo y volver a la cama. Nadie esperaba nada de él. No tenía familia a la que defraudar. Ni amigos a los que cabrear. Ningún mentor al que decepcionar.

Sin embargo, y por tentador que fuera el olvido, el recuerdo cristalino de Josephine era mucho más fuerte.

¡Por Dios, qué irritante!

—¡Josephine, tú y yo vamos a almorzar! —gritó de camino a la ducha—. ¡Vamos a almorzar, joder!

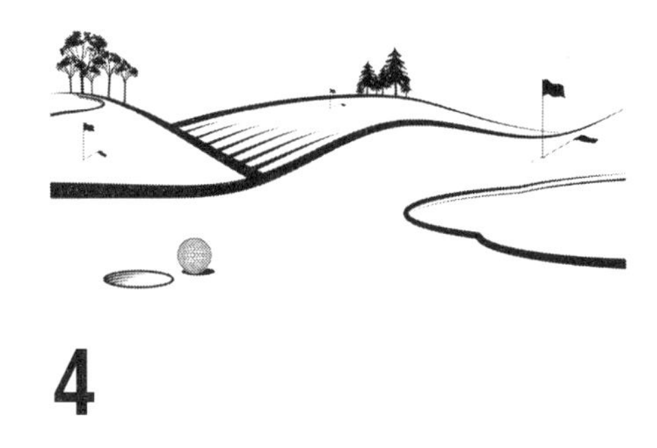

4

Josephine colgó el teléfono con las manos temblorosas y se le escapó un gemido de dolor al ver la que fuera la tienda de artículos profesionales de golf de su familia. Cuando las fuerzas de seguridad declararon oficialmente que era seguro conducir por las carreteras, se subió de inmediato a su viejo Toyota Camry y se preparó para lo peor durante todo el trayecto. Sin embargo, seguía sin estar preparada.

La mitad del inventario de palos había desaparecido. O bien se los había llevado el agua, o bien los habían robado durante el saqueo, una opción bastante más probable. La caja registradora estaba volcada sobre un montón de barro. El expositor de prismáticos con telémetro que había colocado la semana anterior asomaba por el cristal roto del escaparate trasero.

Lo único que podía hacer era mirar el desastre. No sabía por dónde empezar a limpiar. Si hubiera un lugar donde sentarse, lo haría. Con las prisas por salir de su piso, se había olvidado de desayunar, algo que acababa de recodarle el pitido del teléfono, que le alertaba de que su nivel de azúcar en sangre era bajísimo.

Sumida en una especie de letargo, buscó en el bolso las pastillas de glucosa que siempre llevaba encima y se metió unas cuantas en la boca. Empezó a masticarlas deseando que el azúcar la reanimara con rapidez, aunque los movimientos de su mandíbula le resultaban raros. Al menos, el ensordecedor zumbido que la acompañaba tenía una ventaja: había amortiguado la conversación que acababa de mantener con la compañía de seguros. Esa que ya no le daba cobertura.

Respiró hondo para recuperarse un poco y llamó a sus padres.

—¿Es muy grave, cariño? —le preguntó enseguida su padre.

—Sí, papá.

Sus padres soltaron sendas exhalaciones que le acariciaron el tímpano. Se los imaginaba perfectamente el uno al lado del otro en la cocina, compartiendo el único teléfono que tenían. Su madre seguiría con la toalla rosa de la ducha en la cabeza, y su padre no llevaría pantalones.

—A ver, vosotros dos, que no pasa nada. Sabíamos que iba a ser un reto, pero los Doyle están preparados —dijo su madre, siempre optimista. Siempre buscando el lado positivo de las cosas—. Tenemos un seguro contra inundaciones para la tienda. El dinero tardará un poco en llegar, pero eso nos dará tiempo para planificar la gran reapertura.

Josephine sintió que se le aflojaban tanto las piernas que casi se sentó en el suelo, aunque el agua le llegaba a los tobillos.

Recordaba haber visto el aviso en su mano, recordaba haber leído hacía cuatro meses la notificación de que debía renovar la póliza. ¿Dónde la había metido? ¿Estaría flotando entre los escombros?

Ay, Dios. ¡Ay, Dios!

Miró a su alrededor y tragó saliva al ver las fotos en blanco y negro entre el barro, con los marcos destrozados, además del primer billete de dólar que alguien gastó en la tienda y que estaba enmarcado como recordatorio. Su abuelo fue quien abrió La Tee Dorada para profesionales del golf a mediados de los años sesenta. Estaba adosada a Rolling Greens, un emblemático campo de golf de West Palm Beach abierto al público. La tiendecita, donde los clientes podían alquilar palos, comprar artículos y hablar de golf, había vivido tiempos mucho mejores, antes de que empezaran a surgir lujosos clubes privados por todo el sur de Florida, pero Josephine aspiraba a cambiar esa situación en los próximos años.

Un minigolf delante de la tienda, productos más a la moda, una barra con bebidas.

Últimamente había estado dando clases extra para ahorrar el dinero necesario con el que hacer realidad esos sueños, pero la madre naturaleza había borrado de un plumazo todas esas posibilidades.

La Tee Dorada pertenecía a su familia, aunque era ella quien se encargaba de la tienda prácticamente en solitario. Nació cuando sus padres eran ya mayores, y hacía ya unos años que se jubilaron. Sin embargo, la tienda seguía siendo su corazón y su alma. ¿Cómo reaccionarían si supieran que las ventas estaban tan paradas que había usado el dinero con el que debería haber pagado el seguro para comprar insulina?

¡No podía decirles eso a sus padres ni de coña! Eran ansiosos por naturaleza. Si a eso se le añadía que le habían diagnosticado diabetes tipo 1 a los seis años, resulta que había crecido con unos padres helicóptero a tiempo completo que vigilaban todos sus movimientos a todas horas. Ya al final de la adolescencia, consiguió convencerlos de que podía cuidarse sola. Por fin dejaron de seguirla en la *app* que les permitía ver su nivel de glucosa en sangre. Confiaban en que sería capaz de tomar buenas decisiones.

No renovar el seguro contra inundaciones en Florida no fue una decisión tan buena...

Como tampoco lo fue renunciar a su seguro médico privado a los veintiséis años para poder pagar el alquiler mensual de La Tee Dorada. Comprar insulina con su propio dinero no entraba en la categoría de buenas decisiones. Por supuesto, varias empresas farmacéuticas habían limitado hacía poco el precio de la insulina a treinta y cinco dólares, lo cual era una gran ayuda, pero los viales eran pequeños y los gastos iban acumulándose. Y la insulina era solo uno de los componentes de la vida de una persona con diabetes en la era de la tecnología más inteligente. Los dispositivos médicos, como el sensor que llevaba para medir sus niveles de glucosa, tenían un precio astronómico para su bolsillo. Las necesarias visitas al endocrino tampoco eran baratas sin la tarjeta del seguro médico privado.

Había esperado poder pasar un breve periodo de tiempo sin seguro en la tienda, y tomar prestado ese dinero para pagar los gastos médicos cuando lo necesitara, pero lo había dejado pasar más de la cuenta y... en ese momento estaba pagando las consecuencias de su error.

—¿Joey?

Tragó saliva al oír la voz de su madre.

—Sí, estoy aquí.

—¿Quieres que vayamos? —le preguntó su padre.

—No. —Se llevó la palma de la mano a la frente—. Es mejor que no la veáis así. Es que... —Giró en redondo, ordenándole al pinchazo que sentía detrás de los ojos que desapareciera—. Mejor me dejáis que limpie todo un poco antes de venir. Dadme un par de días, ¿vale?

—Joey, no tienes por qué enfrentarte a esto sola —dijo su padre con severidad.

—Ya lo sé.

Eso decía en voz alta. Sin embargo, la verdad era que lo afrontaba todo sola. No conocía otra forma de sentirse una adulta competente. Crecer con diabetes significaba que mucha gente asumía que era incapaz de hacer ciertas cosas. «¿Te encuentras bien? ¿Necesitas un descanso? ¿Deberías comer eso?». Esa preocupación constante de los demás había hecho que estuviera decidida a demostrar que podía hacer cualquier cosa sin problemas y sin ayuda. Y podía hacer casi cualquier cosa, salvo ser militar o pilotar un avión.

Por desgracia, mientras contemplaba el desastre que era la tienda de su familia sin saber si podría salvarla, no se sentía capaz de hacer nada.

—Luego os llamo, ¿vale? —dijo con alegría—. Os quiero.

—Nosotros también te queremos, Joey-Ro.

El pinchazo que sentía detrás de los ojos se intensificó y colgó, soltando el aire que había contenido. Se daría cinco minutos para armarse de valor y luego idearía un plan. Seguro que el gobierno destinaba fondos a las víctimas de la catástrofe, ¿no? Aunque por su experiencia con los huracanes sabía que ese dinero podía tardar años en llegar…

—¿Hola?

Se quedó petrificada al oír esa voz que le llegaba desde la puerta de la tienda.

Reconocería esa voz grave de barítono en medio de un monzón.

Parecía Wells Whitaker, pero debía de estar equivocada. Cuando su nivel de glucosa en sangre se desplomaba, solía marearse y sus pensamientos se deshacían como el algodón de azúcar. Era imposible que el hombre que había desaparecido de la faz de la tierra hacía tres semanas estuviera golpeando el único escaparate que quedaba intacto en La Tee Dorada.

—Bella, ¿estás ahí?

Bella.

Nadie la llamaba así salvo Wells.

No. De ninguna manera.

No.

Se dio medio vuelta y empujó la puerta con la punta del pie, lo cual no fue muy difícil, ya que colgaba de una sola bisagra.

—Esto…, ¿hola? Quienquiera que seas.

Lo oyó soltar el aire.

—Josephine.

En la puerta apareció nada más y nada menos que el rostro de Wells Whitaker. Y su cuerpo. Estaba allí. Todo él estaba allí. No iba vestido con la ropa de golf, tal como estaba acostumbrada a verlo. Llevaba una sudadera negra con capucha, unos vaqueros, su característica gorra de béisbol con la visera hacia atrás y el pelo oscuro asomándole por todos lados. Le habían crecido mucho las patillas, que estaban a punto de unirse a la barba que le cubría su esculpido mentón. Tenía los ojos enrojecidos y el olor a alcohol era prácticamente el tercer ocupante de la tienda.

Sin embargo, y aunque en ese momento parecía un animal atropellado, conservaba su aura mística. Su carácter. Ese sería el hombre que en un universo distópico lideraría a los desgraciados. Todos lo seguirían sin rechistar. Nadie podría evitarlo, porque tenía una forma de moverse y mirar que decía: «Sí, vale, la civilización ha muerto, ¿y qué?».

¡Y estaba allí!

—¿Qué... pasa?

Esos ojos recorrieron de repente su cuerpo, como si estuviera comprobando si estaba herida.

—Estás bien. —Al cabo de un instante, sus miradas se encontraron—. ¿Estás bien?

Físicamente, lo estaba.

Aunque la evidente alucinación que estaba sufriendo la preocupaba.

—Sí. Estoy... —Parpadeó varias veces, intentando que sus ojos dejaran de jugarle malas pasadas—. ¿¡Qué haces aquí!?

Él levantó un hombro.

—Resulta que estaba aquí cerca, en casa de un amigo, y recordé que comentaste algo de que tu familia tenía... ¿una tienda de artículos de golf? He dado con el lugar de casualidad, mientras daba un paseo para ver los daños.

Josephine se tomó un momento para asimilar todo aquello, aunque nada de lo que decía tenía sentido.

—Pero... ¿en serio? ¿Estabas en casa de un amigo, arriesgándote a sufrir el impacto directo de un huracán? Además, este campo de golf está ¡a tres kilómetros de cualquier zona residencial! Y dices que estabas paseando...

—Josephine, sabes mucho sobre mí, ¿verdad? Seguramente demasiado.

—Sagitario, criado en el sur de Georgia, te descubrió Buck Lee, una leyenda del golf, mientras...

—Entonces también sabes que odio responder preguntas.

Decirlo así era quedarse corto. En una ocasión, Wells se pasó media hora navegando por internet con su teléfono durante la rueda de prensa posterior a un torneo, pasando por completo de las preguntas que le hacían los periodistas sobre la discusión a voz en grito que había mantenido con su *caddie* en el hoyo dieciséis. Cuando se acabó el tiempo, se puso en pie tan tranquilo y salió de la carpa, ganándose el apodo de «El Terror de la Prensa».

—Sí, eso lo sé.

—Bien.

Dejó que esa palabra flotara en el aire y se adentró en la tienda, pese al agua que todavía la cubría, para observar los daños con el ceño fruncido. Josephine agradeció la pausa en la conversación, porque una vez superada la sorpresa inicial por la inesperada aparición de Wells Whitaker recordaba de nuevo todas las razones por las que había tomado la dolorosa decisión de renunciar a su condición de fan.

Sí, una fan jamás renunciaba a su ídolo. Era leal hasta el final. Pero aquel día en el campo de golf, cuando le partió el cartel por la mitad también le arrancó algo de su interior.

Al parecer, llegaba un momento en el que una fan necesitaba ser más leal consigo misma.

Y ella no se merecía que la trataran como si fuera basura.

Su convicción al respecto era más fuerte que nunca esa mañana, enfrentada a la posible pérdida de algo que le importaba de verdad: el legado y el sustento de su familia.

—¿Has llamado ya a la compañía de seguros? —preguntó Wells, con las manos en las caderas y girándose despacio para mirarla de nuevo—. ¿Te han dado algún plazo?

—Mmm... —Ay, no, le temblaba la voz. Tragó saliva y se miró las manos—. Mmm...

—¡Oye! —exclamó él, agitando un dedo en el aire—. ¡Eh! ¿Vas a llorar?

—Yo diría que la probabilidad es de un sesenta por ciento —contestó ella con voz entrecortada y la mirada clavada en el techo mientras parpadeaba con rapidez—. ¿Puedes irte, por favor?

—¿Irme? —Lo oyó moverse en el agua—. Sé perfectamente lo que estás haciendo. Ahora te toca a ti decirme que me vaya. Así que estamos en paz, ¿vale?

—No lo he hecho para devolvértela. Es que tengo muchas cosas importantes en la cabeza y tú no eres una de ellas.

Sus palabras lo afectaron como si le hubieran dado un puñetazo en la barbilla y lo vio apretar los dientes.

—Cuéntame las cosas importantes que tienes en mente —le dijo en voz baja.

—¿Por qué?

—Porque te lo estoy pidiendo.

—¿Te acuerdas siquiera de lo que pasó la última vez que te vi? —le preguntó con sincera curiosidad. ¿Ese hombre creía que podía entrar en su tienda y exigirle que le explicara el catastrófico giro que había dado su vida? Ni siquiera era capaz de contárselo a sus padres—. ¿Eh?

Wells Whitaker agachó un momento la mirada hacia el agua.

—Sí, lo recuerdo.

—En ese caso, no creo que debas sorprenderte si te echo. —Qué simbólico que en ese momento sus ojos se clavaran en el póster enmarcado de Wells que había al otro lado de la tienda. El agua lo había dañado hasta el punto de distorsionar su imagen—. Ya no soy tu fan.

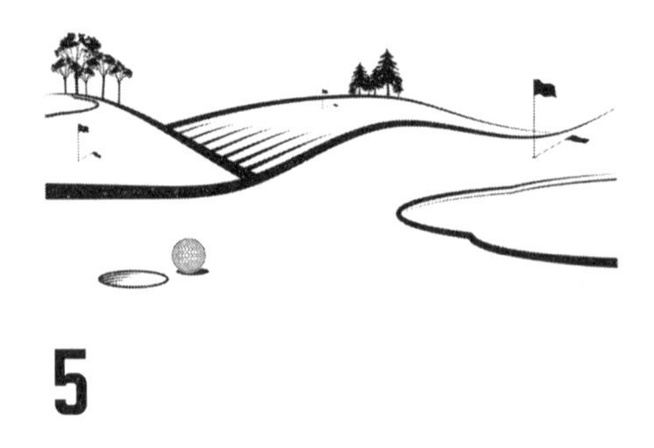

5

Wells miró fijamente a esa chica de ojos verdes que era incluso más guapa de lo que recordaba —algo de lo más inoportuno— mientras sentía como si le enroscaran un sacacorchos en la cavidad torácica. Mantuvo los dientes apretados y una expresión despreocupada; pero, la verdad fuera dicha, empezaba a preocuparse bastante.

Algo raro en él. Por no decir otra cosa.

Wells Whitaker no necesitaba a nadie. Después de que sus padres consiguieran trabajo en un crucero y se pasaran nueve meses al año navegando, fue su tío quien lo crio. Un promotor de la NASCAR que no se interesaba mucho por su sobrino salvo para permitirle dormir en el sofá cama de su apartamento de un solo dormitorio en Daytona Beach. Wells acabó metiéndose en muchos problemas, que iban más allá de las típicas travesuras de la adolescencia. Robó en tiendas y se las apañó para que lo expulsaran dos veces del instituto, y su comportamiento fue a peor cuando sus padres decidieron que pasaban mucho del sufrimiento que suponía educarlo.

Tras ser sorprendido con una bicicleta robada que pretendía empeñar para comprarse unas zapatillas nuevas, acabó en el juzgado de menores y el juez le dio una oportunidad más para cambiar de actitud. Dado que tenía dieciséis años, eso incluía conseguir un trabajo. En retrospectiva, aquel juez podría haber sido mucho más duro con él, y le agradecía lo que intentó hacer. Conseguir aquel trabajo de recogepelotas en el campo de golf local lo llevó a su carrera, a su relación de mentor-aprendiz con Buck Lee y, al final, a su puesto en el circuito de la PGA, la asociación de golfistas profesionales de Estados Unidos.

En aquel entonces, se permitió empezar a necesitar esa amistad. Ese vínculo.

Se permitió necesitar el rugido de la multitud cuando metía la pelota en el hoyo.

Sin embargo, la multitud no tardó en dejar de prestarle atención para fijarse en los recién llegados al circuito.

No obstante, la verdad era que solo estaba cabreado consigo mismo. Por haber creído que la gente era capaz de algo incondicional. Siempre había contratos o acuerdos que les permitían a colegas y «amigos» escabullirse el día que descubrían que no dabas la talla. Había sido víctima de la clásica situación de «ya no eres relevante», y eso era lo que lo cabreaba, más que nada.

Esa chica feroz, que había pasado de contener las lágrimas a parecer a punto de machacarle las tripas con unos zapatos con tacos, no podía ser diferente de los demás. Ella también lo había abandonado.

Sin embargo, algo en su interior se negaba a que la pusiera en la misma categoría que ocupaban las demás personas que habían pasado por su vida y lo habían dejado atrás. Josephine era una categoría en sí misma y, joder, parecía dispuesta a seguir en ella. Sin moverse en absoluto.

«Ya no soy tu fan».

—Sí que lo eres. Solo tienes un mal día.

Vio que empezaba a parpadear muy deprisa y se estremeció al pensar en lo que ella podría haberle dicho si en ese momento no se hubieran oído una serie de pitidos. En vez de hablar, Josephine se metió la mano en un bolsillo y sacó un tubito de plástico, del que a su vez sacó dos pastillas del tamaño de una moneda de veinticinco centavos, que procedió a meterse en la boca.

—¿Qué está pitando? ¿Qué son esas pastillas?

Con gesto distraído, Josephine levantó un brazo hasta que el codo apuntó al techo. Por primera vez desde que la «conocía», se fijó en el dispositivo gris de forma ovalada que llevaba en la parte posterior del brazo.

—Los pitidos me avisan de que tengo un nivel bajo de azúcar en sangre. —Dejó caer el brazo—. Soy diabética. Tipo uno.

—¡Ah! —Debería haberlo sabido. ¿Por qué no lo sabía? Wells buscó en su mente cualquier dato relacionado con la diabetes, pero no encontró nada. Se suponía que los diabéticos no debían comer nada con azúcar, ¿no?—. ¿Esas pastillas... es lo único que necesitas? —preguntó, señalando el tubo con la cabeza mientras ella se lo guardaba de nuevo en el bolsillo.

—Ahora mismo sí. —Y añadió en voz baja—: Es mejor tener un nivel bajo que alto.

—¿Por qué?

Ella se pasó una mano por el pelo y se alejó para examinar un expositor estropeado.

—Un nivel alto de azúcar en sangre me obliga a pincharme insulina para bajarlo y necesito administrar bien la que tengo. —Un ligero rubor tiñó sus mejillas—. No estoy al día con las cuotas de mi seguro médico en este momento.

—¡Ah!

Descubrir que esa persona era mucho más que su fan más leal fue como si le cayera una tonelada de ladrillos en la cabeza. Josephine tenía problemas. Graves. La tienda de su familia estaba inundada y tenía que preocuparse de las subidas y bajadas de azúcar. ¿Y él le había partido el puto cartel por la mitad?

«¡Soy un monstruo de lo peor!».

Wells carraspeó con fuerza.

—El seguro médico parece algo vital cuando se es diabético.

—Pues sí, lo es. Pero... —La vio tragar saliva. Luego guardó silencio, tosió y empezó a hablar con voz serena. ¿Era así de valiente o simplemente intentaba no emocionarse delante de él porque le había dicho que no llorara? ¿O las dos cosas?—. La bola de nieve fue creciendo muy rápido, ¿sabes? Qué irónico, estando en

Florida. —¿Por qué le daban ganas de acercarse a ella chapoteando sobre el agua y… abrazarla? Por Dios, él no era de los que abrazan. Ni siquiera acostumbraba a echar un brazo por los hombros—. Me retrasé en los pagos del alquiler de la tienda. Al principio, todo se redujo a pagar el alquiler o el seguro de la tienda. Que cubría cosas como… las inundaciones. Así que decidí pagar el alquiler.

Wells sintió que se le encogía el estómago. La tienda no estaba cubierta por un seguro.

—Mierda, Josephine.

—Pero bien grande. —La vio cerrar los ojos y menear un poco la cabeza—. El año pasado dejé de pagar las cuotas de mi seguro médico para evitar que los pagos fueran una carga para la tienda. Empecé a impartir más clases de golf para poder comprar de mi bolsillo todo lo que necesito. Pero, como ya he dicho, la bola de nieve fue creciendo y… —Dejó la frase en el aire. Después, tomó una bocanada de aire, alzó la barbilla y esbozó una sonrisa decidida—. Pero me las arreglaré. Siempre salgo de los apuros.

No había merecido tener a esa chica a su lado durante los últimos cinco años.

Un hecho que era cada vez más evidente.

Más bien alguien debería haberla animado a ella.

—Yo puedo darte el dinero —sugirió y sintió que desaparecía gran parte de la tensión que le oprimía el pecho. Muy bien, sí. Acababa de ofrecerle la solución. No tendría que guardar la insulina ni verse obligada a tomar medidas extremas para mantenerse sana. Aunque ya no fuera el golfista número uno del mundo, tenía bastantes millones acumulados de sus primeros y exitosos días. Mejor darle el dinero a alguien que lo necesitara que gastárselo todo en *whisky*—. Te extenderé un cheque. Con una cantidad suficiente para reparar la tienda y cubrir tu seguro médico durante un año. Solo hasta que te recuperes.

Ella lo miró como si le hubiera sugerido que se fueran de vacaciones a Marte.

—¿Hablas en serio?

—Nunca digo nada si no es en serio.

Se hizo el silencio.

—Igual que yo. Así que créeme cuando te digo que no pienso aceptar tu dinero ni de coña. No soy un caso de caridad. Puedo cuidarme sola. Y cuidar de mi familia.

—¿Por qué reaccionas así? ¿Por orgullo o es que eres demasiado cabezota para aceptarlo?

—¿De verdad vamos a empezar a señalar defectos? Porque no creo que tengas tanto tiempo libre.

—Lo único que tengo es tiempo libre.

—¡Muy bien! Pues que sepas que tu *backswing* es muy flojo.

—Que es muy... —Sintió un nudo en la garganta que se la cerró por completo—. ¿¡Qué has dicho!?

—He dicho... —Avanzó chapoteando por el agua, se plantó delante de él... y, joder..., hacía mucho tiempo que no deseaba tanto llevarse a una mujer a la cama. De hecho, quizá era la primera vez en su vida que deseaba tanto que ese fuera el resultado. En ese preciso momento, habría sido de esos polvos furiosos que le dejaban arañazos en la espalda mientras que ella habría acabado traspuesta, porque sí, acababa de criticar su técnica. Y no había terminado—. Que antes golpeabas la pelota como si no tuvieras nada que perder. Verlo era maravilloso. Ahora manejas el *driver* como si te preocupara que la pelota te gritara por haberle dado demasiado fuerte. —Le clavó un dedo índice en el pecho—. Golpeas como si tuvieras miedo.

Nadie le había hablado así. No desde Buck.

No desde aquellos primeros días, cuando cogió el palo y sintió que la magia le subía hasta el hombro y que sus dedos tenían un propósito.

Era como subir hasta la superficie después de haber estado bajo el agua y tomar una honda bocanada de aire.

La sinceridad de esa mujer era oxígeno.

Claro que... ¿respirarlo? Esa parte resultaba aterradora.

—¿Crees que podrías enseñarme a hacerlo mejor? No sabía que fueras entrenadora profesional.

—Aunque no sea profesional…

—No. Porque si lo fueras, sabrías que una vez que pierdes tu golpe, recuperarlo es como intentar encontrar una aguja en un pajar. Lo he intentado, Josephine. Estas cosas pasan, un día tienes la fórmula y, al siguiente, se te han olvidado los nombres de los ingredientes. Por eso los grandes jugadores atraviesan rachas de victorias que parecen interminables, pero que al final siempre acaban. El éxito en el golf es finito.

—¿De verdad lo crees así o solo estás inventando excusas para justificar tu deserción?

—No me vengas con gilipolleces.

—Pues vete.

—No te preocupes. Ya me voy.

No se movió ni un centímetro. Se le estaba ocurriendo la idea más absurda y descabellada de su vida, y cuanto más permitía que invadiera su mente, más oxígeno respiraba. El oxígeno de Josephine. Era un suministro inagotable que tenía justo delante y, por Dios, no podía irse de allí sabiendo todos los obstáculos a los que tendría que enfrentarse sola. Dejarla sola con todos sus problemas lo atormentaría día y noche, junto con su… boca. ¡Dios, su boca! Era la boca más obstinada y besable que había visto en la vida.

«Hagas lo que hagas, no vayas a decir esta idea tan ridícula en voz alta».

Seguramente ni siquiera fuera posible. La probabilidad era nula.

Aunque, tal vez…

Quizá le pegaría a la pelota una última vez como si no tuviera nada que perder.

—Si puedo volver al circuito, si me permiten volver, ¿qué te parece si en vez de hablar tanto empiezas a trabajar como mi *caddie*? Ya que sabes tanto, joder.

Josephine se quedó tan quieta que bien podría haberse transformado en un maniquí.

—Espera… ¿qué? ¿Qué has dicho?

—Lo que has oído. El siguiente torneo del circuito es San Antonio. ¿Te apuntas? —Cruzó los brazos para defenderse de su evidente conmoción. Joder, hasta él estaba pasmado—. Si no quieres aceptar mi dinero, gánatelo.

Josephine se apartó de él, con el pecho subiéndole y bajándole muy deprisa.

—¿Te estás quedando conmigo?

—Vamos a dejar una cosa clara, Bella. Conmigo no hace falta que te preguntes si voy de farol o si te estoy tomando el pelo. Lo que ves es lo que hay. No voy por ahí engañando al personal, mucho menos a ti.

Sintió que le ardía la nuca.

Mierda.

Esa última parte se le había escapado.

—Porque en teoría voy a ser tu *caddie* —añadió ella, compadeciéndose de él—. No puede haber secretos ni engaños entre un golfista y su *caddie*. Un *caddie* es chófer, entrenador y sacerdote, todo en un mismo paquete.

—¿Eso es un sí? —preguntó Wells bruscamente, conteniendo la respiración.

—Yo... —Josephine echó un vistazo por la tienda inundada, como si buscara a alguien que la disuadiese de su descabellada idea—. A ver..., con un par de condiciones.

—Dímelas.

—No puedo ser tu *caddie* indefinidamente. Cuando gane suficiente dinero para remodelar la tienda y dejarla como siempre he querido, tendré que...

Wells esperó. Y esperó.

—Ni siquiera puedes decir la palabra «renunciar», ¿verdad?

La vio torcer el gesto.

—Tendré que volver a casa, a eso me refiero.

—Entendido. ¿Qué más?

Esos ojos verdes se clavaron en él e intuyó la gravedad de lo que vendría a continuación.

—Lo que he dicho antes es en serio, Wells. No me muestres lástima, ¿vale? Ya me han mimado y tratado como un caso de caridad en muchas ocasiones, todo por culpa de mi enfermedad. Pero no lo soy. Si acordamos hacer esto es porque va a beneficiarnos a los dos. No solo a mí.

Todavía estaba por verse si ese trato iba a beneficiarlo. Nada de lo que había intentado para recuperar su juego había funcionado, así que ¿por qué iba a conseguirlo ella? Sin embargo, le seguiría el cuento. Joder, él tampoco quería que se sintiera como un caso de caridad.

—De acuerdo.

—En ese caso..., no creo que pueda negarme.

Wells intentó no soltar el aire de golpe.

—Bien. —Se encogió de hombros—. Bien.

—¿De verdad crees que puedes volver al circuito?

—Deja que yo me preocupe de eso. Tú limítate a acompañarme y a llevar la bolsa.

Pasaron varios segundos en silencio mientras ella lo miraba, casi desconcertada.

—¿Qué pasa, Josephine?

—Ni siquiera... te has parado a pensar que la diabetes puede dificultarme o imposibilitar que lleve la bolsa por todo un campo de golf durante dieciocho hoyos.

—Has hecho cosas más difíciles que llevar una bolsa, ¿verdad?

Que Dios lo ayudara, porque el brillo que apareció en esos ojos verdes cimentó su decisión de volver al circuito, aunque eso significara tragarse su orgullo..., algo que haría de un bocado.

—Sí —respondió ella al final—. Yo..., sí. Gracias.

Antes de que pudiera hacer algo fuera de lugar, como preguntarle si necesitaba un pañuelo o una palmadita reconfortante en el hombro, Wells se dio media vuelta y salió de la tienda inundada a grandes zancadas.

—¡Espera! —gritó ella, siguiéndolo—. Tengo una condición más.

—¿Y ahora qué? ¿Un riñón?

—Quizá más tarde —respondió ella, sin perder comba—. De momento, deja que te lleve a que te corten el pelo y te afeiten. No quiero que me vean en la televisión nacional con un tío que parece haber sobrevivido seis meses en el Amazonas.

Wells le echó una mirada sombría por encima del hombro, aunque sentía el cosquilleo de una carcajada a la altura de las clavículas. Sinceramente, no debería haber cedido más terreno, pero de todos modos no podría entrar en ningún club de golf con esas pintas tan desastrosas porque las normas de la PGA eran estrictas, así que más le valía decirle que sí.

—¿Esa es tu última condición?

—Sí.

Suspiró.

—Vale. Vámonos. Te llevo.

—¿Cómo que me llevas? ¿No has dicho que has venido andando?

—¿Recuerdas lo que he dicho de las preguntas? —Se puso las gafas de sol y abrió la puerta de su Ferrari con el pitido típico de las cosas caras—. Sube y agárrate.

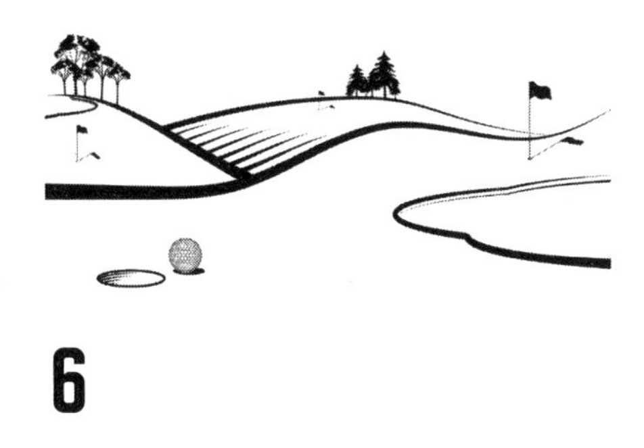

6

Observar cómo el barbero le colocaba a Wells una capa de color azul verdoso en los hombros y se la abrochaba en la nuca era poco menos que surrealista. Wells era una misteriosa celebridad a la que Josephine observaba desde una distancia prudencial o a la que veía en la tele. En ese momento, lo estaba viendo protestar entre dientes porque le exigieran quitarse la gorra. Un segundo después quedó claro el motivo.

Era como si hubiera sobrevivido de forma milagrosa a la silla eléctrica.

Su pelo marrón chocolate estaba aplastado en algunas zonas y de punta como unos muelles rotos en otras.

Y aun así, ¡aun así!, conseguía mantener su bestial atractivo.

Aunque no pensaba decírselo.

—Wells —dijo en cambio, acercándose al tocador en cuya reluciente superficie apoyó una mano con cuidado—, deja que te presente este nuevo y revolucionario invento llamado «espejo».

Él la miró enseñándole los dientes.

—¿He contratado a una *caddie* o a una humorista?

—Ya en serio —dijo, dejando caer la mano—, ¿cuándo fue la última vez que te peinaste?

—He estado liado. —Agitó una mano en su dirección, alterando la caída de la capa—. Siéntate y no hables, ¿quieres? Estás distrayendo al barbero.

Josephine siguió de pie.

—Voy a lanzarme a la piscina y a decir que no hay una mujer en tu vida.

—Gracias a Dios.

—¿Qué quiere decir eso? —le preguntó, ladeando la cabeza.

Wells echó un vistazo a su alrededor.

—Estás contestándote tú sola al arrastrarme aquí para que me corten el pelo.

—¿Debería haberte dejado tranquilo para que fueras tu peor enemigo?

—Eso mismo.

Josephine suspiró mientras intercambiaba una mirada guasona con el barbero.

—No se olvide de afeitarle el cuello.

Pasaron unos segundos de silencio, mientras el flis flis del pulverizador se colaba entre los sonidos de los secadores y de las conversaciones en voz baja por toda la peluquería. Wells le dirigió una mirada curiosa y se irguió un poco en el asiento, lo que le valió un suspiro por parte del barbero.

—¿Qué me dices de ti? ¿Tienes novio o no, Josephine? Yo digo que no.

El barbero silbó por lo bajo.

—Qué valiente.

Josephine ocultó la vergüenza poniendo los ojos en blanco.

—¿Qué pasa? —Wells levantó un hombro—. No digo que no sea... —Dejó la frase en el aire, buscando por dónde tirar—. No digo que no tengas novio. Pero si tuvieras novio, supongo que no le haría mucha gracia que te pasaras las tardes animándome con tanto entusiasmo. A eso me refería con lo de que no tienes novio.

—¿Estás diciendo que no puedo ser una ávida fan y tener novio a la vez?

Él negó con la cabeza un segundo.

—Si yo fuera tu novio, no.

—Olvídate de serlo —terció el barbero—. Te estás cavando un buen hoyo.

—¿Te importaría meterte en tus cosas y cortarme el pelo? —replicó Wells antes de cambiar de postura en la silla y mirar de nuevo a Josephine—. ¿Tienes novio o no, Bella?

—No —contestó con dulzura—. Gracias a Dios.

¿Por qué le daba la sensación de que eso lo complacía?

—Ahora me toca a mí preguntarte qué has querido decir.

—La verdad es que no lo sé —respondió ella con sinceridad después de que varias cosas le pasaran por la cabeza. Recuerdos del tiempo que había pasado en citas o intentando relaciones que nunca llegaban a ser cómodas del todo—. Supongo...

Wells la observaba con detenimiento.

—¿Qué?

—Supuestamente las mujeres debemos ser... tímidas. O agradecidas. La mayor parte del tiempo yo no soy nada de eso.

—¿Y por qué?

Josephine apoyó la parte superior de la espalda en la pared y clavó la mirada en el techo mientras intentaba expresar con palabras por qué había dejado que poco a poco el trabajo fuera más importante que las citas durante los últimos dos años.

—Creo que en parte se debe a que aprendí a desafiarme mientras crecía, porque nadie iba a hacerlo por mí. Me convencía de intentar las cosas que me desaconsejaban, como practicar algún deporte o participar en un concurso de baile. Desafiarme y tener éxito hacía que me sintiera bien, así que... No sé, a lo mejor me equivocaba al esperar que les gustara cuando yo los desafiaba...

—¿Te refieres a soltar pullas?

—A veces. —Lo miró haciendo un mohín con la nariz—. Además, crecí en un campo de golf donde la gente demuestra su cariño con pullas. Así me comunico. Y los tíos bien que las sueltan, pero luego no tienen aguante.

Wells resopló.

—¿Qué?

—Nada.

—No, en serio. ¿Qué?

El barbero había dejado de cortarle el pelo a Wells para poder oír la conversación. Wells se echó hacia atrás y miró al hombre con una ceja levantada en plan «¿Qué pasa contigo?», hasta que se puso de nuevo manos a la obra.

—Dices que quieres a un tío que te lance pullas, pero acabaría haciéndote daño.

—Parece que hablas por experiencia, Whitaker. ¿Exactamente a cuántas mujeres has mandado a terapia?

—Ni idea. —Dio un respingo cuando el barbero afiló la navaja—. No suelo preguntarles después de que se vayan.

—Pues igual deberías empezar a hacerlo. Podría ser revelador.

—Me hago una idea de lo que dirían. No me apetece aguantar sus…

—¿Insultos? —Josephine sonrió con más ganas—. ¡Oooh! Otro que no tiene aguante.

Él resopló con fuerza.

—Sí que tengo aguante.

Ella apretó los labios.

El desdén transformó las facciones de Wells.

Josephine sintió que le brotaba una carcajada del pecho y que hacía por salir por su boca, pero la sofocó. Tenía toda la intención de pincharlo y no pensaba retractarse de nada de lo que había dicho. Porque se lo estaba pasando en grande. Que ya era mucho más de lo que podían decir los últimos…, mmm, ocho hombres con los que había salido. Y solo había salido con ocho, en total, en toda su vida.

Había intercambiado impresiones con Wells de vez en cuando en los torneos, y sus encuentros habían sido interesantes. Chispeantes. Memorables. No pudo contener el placer de saber que compartían la misma dinámica en la vida real. No porque quisiera salir con él. O porque él le pareciera más buenorro cuando estaba de un humor de perros…, bueno, sí, muchísimo más buenorro, sino porque descubrir que era tan gruñón la había llevado a creer… que podía desafiarlo. Era la primera vez que experimentaba algo así.

—Además, tuve el reto de mi enfermedad mientras crecía. Ninguno de los otros niños lo tenía. Así que me esforcé todavía más por demostrar que no solo era igual que todos los demás, sino más fuerte. —No podía creer que lo hubiera dicho en voz alta. De hecho, ni siquiera estaba segura de haber admitido alguna vez esa verdad para sí misma. Pero una vez que había tirado del hilo, se sentía obligada a seguir tirando hasta que la idea se formó por completo—. Una vez, en sexto de primaria, mi clase fue a una acampada de una noche en Ocala. Sin padres. Creo que los míos se quedaron en una habitación de hotel cerca en secreto, por si había una emergencia, aunque nunca me lo han confirmado. —Meneó la cabeza—. El asunto es que un niño, Percy D'Amato, aseguró que había visto un oso negro en el bosque y todos se pusieron histéricos. —Hizo una pausa para recordar—. Yo saqué la linterna y fui al bosque solita. ¿Y sabes qué? Pues que sí que había un oso.

Wells la miró, incrédulo.

—No, ¡venga ya!

—Que sí, que lo vi. Me puse a gritar como una loca y salió corriendo en la dirección contraria.

—Ahora empieza a tener sentido lo de que no te intimide.

En esa ocasión, sí que no pudo contener del todo la carcajada..., y en los labios de Wells Whitaker apareció una sonrisilla antes de que volviera a fruncir el ceño a toda prisa, y así le parecía todavía más buenorro, y eso que ya estaba para comérselo. Incluso sentado en la silla del barbero, con la espuma de afeitar en la barbilla, parecía más un gladiador furioso que un golfista.

—¿Tu objetivo es intimidar a los demás? —le preguntó Josephine.

Él no le contestó de inmediato.

—No me lo he planteado, la verdad.

—Esa oscuridad impenetrable te sale sola.

—Más o menos como tu luminosidad.

Eso la pilló desprevenida.

—¿Crees que... soy luminosa?

—Mejor..., mejor... —susurró el barbero.

—Yo... —Él abrió y cerró la boca, tras lo cual hizo un gesto irritado que levantó el borde de la capa—. Debes de serlo hasta cierto punto. Por dentro. Porque has estado apoyando continuamente a un perdedor con una sonrisa. Claro que yo tampoco es que haya estado prestando atención.

Josephine sintió una punzada indeseada, y seguro que peligrosa, en la garganta.

Se frotó el punto para que se le pasara.

—Pues claro que no.

—Puede que, al principio, intimidase a la gente a propósito. Crecí sin un centavo, iba a clase andando cuando los demás iban en coche con sus padres y llevaban el almuerzo en las mochilas, además de un montón de invitaciones a cumpleaños que repartían durante el recreo. Quería dejarles claro que me importaba una mierda.

En esa ocasión, le fue imposible librarse de la punzada de la garganta, de modo que ni se molestó en frotársela.

—¿Y era cierto? ¿No te importaba?

Vio que Wells se mordía la lengua justo a tiempo para no confirmarlo, al parecer muy incómodo con el rumbo que había tomado el asunto.

—Quizá. No lo sé. —Fulminó al barbero con la mirada—. ¿Te importa rajarme el cuello para sacarme de esta conversación?

—Texas va a ser muy divertido —dijo ella con voz cantarina.

—El golf no tiene nada de divertido, Josephine.

Ella pasó un dedo por la espuma de afeitar y le dejó un pegote en la nariz, haciendo un valiente esfuerzo por no reparar en su perfección.

—Nunca has jugado conmigo.

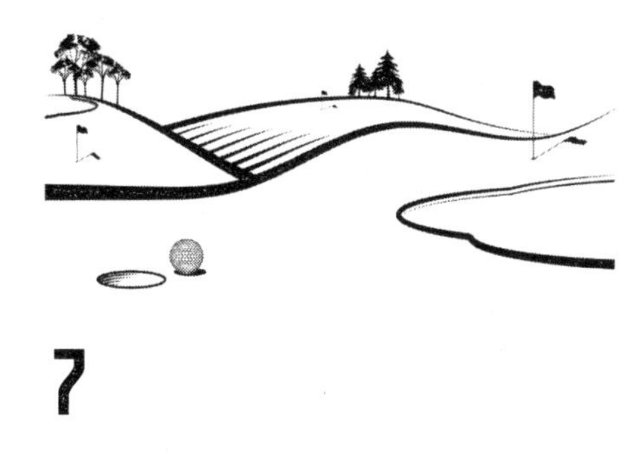

7

Wells se pasó una toalla de microfibra por la sudorosa cara, la tiró al banco de musculación e hizo una ronda de ejercicios en el gimnasio de su casa. Llevaba toda la semana sometiéndose a entrenamientos agotadores. Siete días después, todavía le salía el alcohol por todos los poros del cuerpo. Además de la necesidad de recuperar la forma física para jugar, había estado usando el ejercicio como medio de distracción. Una forma de retrasar el momento. Pero era cosa de ahora o nunca.

Solo faltaban dos días para que empezara el torneo y todavía no estaba entre los participantes.

Tenía que llamar a Buck.

Por lo demás, había contratado a Josephine como *caddie* sin motivo alguno y habían enviado su nuevo juego de palos al complejo de San Antonio para adelantarse a nada.

—Deja de ser un cobarde —se ordenó al tiempo que cogía de nuevo la toalla para secarse el sudor del pecho—. Haz la dichosa llamada. ¿Qué es lo peor que puede pasar?

Que Buck lo mandara a la mierda.

Técnicamente, su mentor ya lo había hecho. No tenía nada que perder. Nada salvo su orgullo.

Se quedó mirando su reflejo en el espejo de la pared durante un buen rato, sorprendido por el nerviosismo que veía en su cara. ¿Cuándo se había vuelto tan indeciso? Antes de que lo calificaran como el siguiente Tiger Woods, nunca se había cuestionado a sí mismo. Tomaba todas las decisiones, incluso las malas, con plena confianza. «¿Se puede saber qué me ha pasado?».

No lo sabía, pero, al parecer, no exageraba cuando le había dicho a Josephine que el golf le había robado el alma.

Josephine.

Su otro motivo para distraerse con el ejercicio.

No era habitual que las mujeres lo obsesionaran. Era una puta molestia, sí, señor. La noche anterior, mientras se duchaba, mantuvo una conversación imaginaria con ella. En voz alta. Para defender su *backswing*. Cuando pensaba en el torneo, ella era lo primero que se le pasaba por la cabeza. La idea de verla con un uniforme de *caddie* con su nombre en letras bien grandes. Y esa imagen le gustaba más de la cuenta.

No tenía tiempo para mierdas románticas. De vez en cuando, algún ligue casual formaba parte de su vida de soltero, pero cualquier cosa que fuera más allá solo llevaba a hacer planes, a soportar interminables llamadas telefónicas y a aceptar responsabilidades que nunca había pedido. Eso lo aprendió al comienzo de su carrera después de tres relaciones cortísimas. Salir en televisión y ganar millones de dólares lo había convertido en una especie de imán para gente que solo tenía un único objetivo: llevarse un trozo de esa tarta. Las relaciones sentimentales iban muy deprisa en el mundo del golf. Dado que los jugadores pasaban mucho tiempo en la carretera, los presionaban para que se comprometieran. Era una forma de zanjar las dudas.

No en su caso. Jamás.

Que Josephine hubiera estado encantada lavándose las manos en lo que a él se refería —y que parecía no tragarlo— en cierta forma le resultaba... tranquilizador. Joder, incluso había intentado echarlo de su tienda. Se había negado a aceptar su dinero a menos que trabajase para ganárselo. Así que no tenía motivos para preocuparse por la posibilidad de que estuviera planeando convertirlo en su rico y devoto marido.

Bien.

Genial.

Se dio cuenta de que estaba observando su ceño fruncidísimo en el espejo y salió de su ensimismamiento, tras lo cual se sacó el móvil del bolsillo y buscó el contacto de Buck Lee.

Tomó una honda bocanada de aire y marcó, asqueado al comprobar que se le aceleraba al pulso.

Buck contestó al tercer tono, con su vozarrón habitual.

—Wells.

—Buck.

—Supongo que si me llamas es porque estás vivo —dijo con sorna el legendario golfista—. La pregunta es por qué me llamas, Wells. No tenemos nada que decirnos.

Habían pasado dos años desde que su mentor pasó de él, pero el recuerdo todavía le escocía.

—No me ha quedado más remedio que llamarte. Solo te pido que me escuches.

—Hijo, si querías retirarte, deberías haberlo hecho por los cauces adecuados en vez de largarte del campo sin demostrar el más mínimo respeto. Ya no puedo hacer nada por ti.

—Eso es mentira, Buck. Podrías cancelar el circuito con una llamada si te lo propusieras.

Su mentor resopló.

—Si crees que vas a conseguir algo con halagos…

—Los dos sabemos que no halago a nadie. Solo digo la verdad.

Oyó un largo suspiro al otro lado de la línea.

—¿Qué es lo que quieres? Date prisa para que pueda decirte que no.

El pánico lo paralizó como un cubo de hielo que se le deslizara por la espalda.

—Quiero volver al circuito.

—Imposible —dijo Buck sin titubear—. Pero me intriga el motivo. ¿Por qué quieres volver? Te estás poniendo en evidencia. No sé qué le pasó al Wells Whitaker al que entrené hasta llevarlo a lo más alto, pero hace mucho que dejó de existir.

Wells sintió una tensión detrás de los ojos y un dolor palpitante en la cabeza.

Aquello era humillante. Le encantaría cortar la llamada.

Si no lo hacía era por Josephine, que se marcharía a Texas en breve. Por él. Porque él se lo había pedido. Porque necesitaba ayuda y ser su *caddie* era la única forma de que la aceptara.

—Hay una... —¿Chica? No, eso sonaba a tópico total. Y, además, podría parecer que había algo romántico en su relación con Josephine... y no lo había en absoluto. Aunque no le importaría darle un buen sorbo. Solo uno, para saciar su curiosidad—. Tengo una nueva *caddie* —añadió al cabo de un rato, mientras intentaba desterrar la idea de besar a la fogosa pelirroja—. Hay algo en su forma de hablar del golf, de mi juego en general, que me hace creer que... podría... —«Hacer que me enamore de nuevo del golf»—. Que podría cambiar las cosas.

En esa ocasión, la pausa fue tan larga que Wells tuvo que comprobar que Buck no había colgado.

—Perdona, ¿has dicho que tu *caddie* es una mujer? —lo oyó preguntar al cabo de un rato.

Wells frunció el ceño.

—¿Qué pasa? ¿Crees que eso significa que no puede estar cualificada?

Buck resopló.

—Cualificada o no, ya eres el hazmerreír en el circuito. ¿Y vas y propones volver a jugar con una mujer llevándote los palos? ¿Te has parado a pensar en la imagen que va a dar eso, hijo? Si otro jugador intentara hacerlo, seguramente dirían que es progresista. Pero ¿tú? Van a pensar que es otra burla a la institución.

Estuvo a punto de tirarle una mancuerna al espejo para destrozarlo al oír la palabra «burla» en la misma frase que Josephine.

—En primer lugar, Buck, creo que se te olvida que me importa una puta mierda lo que piensen los demás. —«Córtate un poquito». Su mentor era su única esperanza. Si perdía los estribos, se jodería a sí mismo y también jodería a Josephine. Había hecho la llamada a sabiendas de que sería duro, ¿no?—. En segundo lugar..., ella lo necesita.

No era lo que había pensado decir.

Sin embargo, reducido a pedirle el favor en su nombre o en el de Josephine, su orgullo le impedía hacerlo para sí mismo. Aunque no le importase lo que los demás pensaban de él, todavía quería que Buck se sintiera orgulloso. Y eso implicaba mantener el orgullo intacto. Josephine era el principal motivo de que intentara volver al circuito. No se permitiría soñar con un regreso triunfal de cuento de hadas a lo más alto, de modo que recurrió a la verdad más sencilla.

Además, esa información no saldría de Buck y de los demás miembros del comité.

—El huracán ha destrozado la tienda de artículos profesionales de golf de su familia y ella es… buena. ¿Vale? Es una buena persona. Pero también sé que se le da bien planificar los hoyos. —Esbozó una sonrisilla torcida—. Antes me susurraba consejos en los campos de golf desde detrás de la cuerda. Una vez, se puso a discutir con mi *caddie*…

—Espera. Para el carro, para el carro. ¿Estás hablando de esa fan que te animaba en Florida con carteles?

—No es solo una fan. Es lista. Y entregada. O… lo era. —La tensión que sentía detrás de los ojos aumentó—. Oye, está en un aprieto. Si consigo acabar varias veces en un puesto con remuneración, conseguirá salir del bache.

Prácticamente había oído los engranajes de la mente de Buck durante la explicación.

—A ver si lo he entendido bien. Esperas que me crea que vas a volver al circuito… por un motivo altruista. ¿Quieres ayudar a una fan a reconstruir su tienda de artículos profesionales de golf?

«Sí».

«Y, en cierto sentido, puede que también me haya hecho querer intentarlo de nuevo. Por última vez».

Wells soltó una especie de gemido.

Los dedos de Buck tamborileaban sobre un mueble que él no podía ver.

—Te diré una cosa, pero no te has enterado por mí.

—Vale.

—El circuito está muy tranquilo este año. La audiencia ha bajado. No hay… ninguna Cenicienta y ya sabes que los seguidores se mueren por esas historias. Al fin y al cabo, tú fuiste una Cenicienta en su momento. —Hizo una pausa—. En contra de mi criterio, le haré llegar la petición al comité. Golfista en horas bajas vuelve por una buena causa.

Wells se clavó los dedos en la dolorida frente.

—Si es la historia que necesitas para incluirme de nuevo en el circuito, de acuerdo.

Decidió no hacerle caso a la vocecilla que le decía que se arrepentiría de esa decisión.

El martes por la mañana, bien temprano, Josephine soltó la maleta en la entrada de la casa de sus padres y se armó de valor para llamar al timbre. Tenía mucho que contarles…, pero no se iban a creer ni una palabra. Seguramente no la creyeran hasta que la vieran en la tele dentro de dos días, en la retransmisión en directo del Abierto de Texas en San Antonio.

Había pasado una semana desde que Wells Whitaker volvió a su vida de golpe y quizá la cambió para siempre. A la gente normal y corriente no solían ofrecerle un puesto de *caddie* en el circuito de la PGA. En el mundo del golf, hacer de *caddie* para un golfista profesional era como encontrar un caldero lleno de oro al final de un arcoíris. Los golfistas ganaban, en términos científicos, un pastizal. El ganador de un torneo de los grandes, como el Masters de Augusta, se llevaba dos millones y medio de dólares. Y quien acababa el cuadragésimo ganaba treinta mil.

Los *caddies* se llevaban un diez por ciento del total, además de su sueldo.

Llevaba toda la semana tumbada en la cama, con la mirada clavada en el techo, montándose películas. ¿Y si pudiera ayudar de verdad a Wells a recuperar su golpe perdido? ¿Y si terminaba en la parte alta de la clasificación, monetariamente hablando, un par de veces? Además de poder reconstruir La Tee Dorada, no tendría que suplicarle a su endocrino que le diera los suministros médicos que le sobraran. No tendría que elegir entre comer y pagar el alquiler.

Ese inesperado cruce de caminos podría cambiarle la vida.

O tal vez si se marchaba de Palm Beach cuando debería estar buscando una solución realista a sus problemas familiares y personales podría empeorar muchísimo las cosas. Estaba depositando toda su confianza en Wells, y eso podría costarle un tiempo y un esfuerzo valiosísimos.

Sin embargo, debía de quedar una parte de ella que creía en Wells. Un trozo de sí misma que nunca había perdido la esperanza ni había tirado la toalla con él, porque quedarse en casa le parecía más arriesgado que irse. Y, joder, se moría de ganas de que ganase, hasta tal punto que la posibilidad era como tener una barrita de chocolate con almendras delante de la cara. Comérsela podría mandar al traste su nivel de azúcar en sangre, pero darse el gusto de la expectación la atraía tanto que era incapaz de contenerse para no cogerla.

Su madre abrió la puerta con la cabeza envuelta en una toalla rosa.

—Joey-Ro, ¿qué haces ahí plantada? —Evelyn Doyle se inclinó hacia un lado—. ¿Eso es una maleta? ¿Has venido para quedarte una temporadita de vacaciones? Tengo galletas sin azúcar en la despensa.

Le dio un beso a su madre en la mejilla.

—No, no voy a quedarme una temporadita de vacaciones. —Josephine cogió la maleta y entró detrás de su madre—. Pero desde luego que acepto unas galletas.

—¡Siempre las tengo a mano! —gritó Evelyn mientras atravesaba el salón, que era una oda a Florida, hacia la cocina. Toda la casa estaba decorada en tonos amarillos y verdes, con plantas interiores por doquier y ventiladores de techo que funcionaban con un suave zumbido. Al cabo de un momento, su madre salió de la cocina agitando una caja blanca y azul—. ¡Ñam ñam!

Se le escapó un ruido a caballo entre una carcajada y un resoplido mientras aceptaba la caja, pero titubeó un momento antes de abrirla.

—¿Papá está aquí?

—Está en el patio. ¡Cariño! —gritó su madre, que se detuvo para aguzar el oído—. ¡Cariño! Ha venido Joey. Entra. Te juro que ese hombre está sordo como una tapia.

—Oigo perfectamente —protestó Jim mientras entraba en el salón, doblando el periódico para metérselo debajo del brazo—. Hola, cariño.

Se saludaron besándose las mejillas y después su padre señaló la maleta con el periódico.

—¿Qué es eso?

—Tengo noticias. —Una afirmación atrevida. Sus padres eran entusiastas del golf..., y conocían muy bien su antigua devoción por Wells Whitaker. Era muy probable que se desmayaran por la sorpresa—. A lo mejor deberíais sentaros antes de que os lo cuente.

Evelyn y Jim se miraron antes de sentarse a la vez en el sofá con su funda de plástico. Ya estaban sonriendo, porque confiaban en que lo que les iba a decir era algo positivo. Estaban animados y dispuestos a apoyarla, como siempre.

Si supieran lo mucho que los había decepcionado...

Sintió un nudo en la garganta mientras se preparaba para hablar.

No había renovado el seguro de La Tee Dorada. No se había estado cuidando, tal como les prometió a cambio de cierta independencia.

En ese momento lo estaba apostando todo a una baza muy poco probable para solucionarlo todo. ¿Daría sus frutos?

Sí. No.

Quizá.

«Por favor, que funcione».

—Algunos voluntarios me han ayudado a limpiar la tienda esta semana. Sigue todo mojado y dañado, pero hemos tirado el inventario dañado y hemos sacado el agua con una bomba. —Miró a su padre con una sonrisa—. Creo que es posible que podamos seguir usando la antigua caja registradora del abuelo en cuanto se seque un poco.

—Es una noticia fantástica, cariño.

—Sí. —Josephine clavó la mirada en la maleta mientras se preguntaba si se habría golpeado la cabeza durante el huracán y todo eso era un detallado sueño que estaba teniendo en coma—. Pasará un tiempo antes de que tengamos… dinero para reparar la tienda. Pero en cuanto lo tengamos, me reuniré con un contratista para añadir de una vez por todas las mejoras de las que llevamos hablando siglos. Será más funcional y moderna. Tendremos una ventanilla para recoger pedidos y una sala de consultas. El minigolf en la parte exterior. Será la versión renovada y mejorada. Ya lo veréis. Pero tendremos que ser pacientes.

Su madre resopló.

—Dichosas compañías de seguros. Bien que te cogen el dinero, pero luego espera sentado a que te devuelvan algo.

—Bien dicho, cariño —añadió su padre.

—Sí, es una verdad como un templo. —Se acabó lo de retrasar el momento. Abrió la boca para continuar, pero sintió que su móvil vibraba en el bolsillo de los pantalones cortos vaqueros—. Esto…, un momento, me han mandado un mensaje de texto.

—¿Quién? —le preguntó su madre—. ¿La aseguradora?

—No mandan mensajes de texto, mamá.

Sintió que se le encogía el estómago al ver el nombre de la pantalla: Wells.

Wells le estaba mandando mensajes.

Todavía le parecía raro.

La tarde que lo llevó al centro, para que le cortaran el pelo, intercambiaron números por necesidad. Al fin y al cabo, iba a trabajar para él. Sin embargo, desde entonces solo le había mandado un mensaje para comunicarle los datos de su vuelo y once míseras palabras.

Tienes que estar en San Antonio el martes por la noche.

Había pasado toda la semana releyendo y analizando esa frase. ¿Eso quería decir que había conseguido volver al circuito? Porque no iba a ser fácil. Los integrantes de la PGA se tomaban muy en serio las tradiciones y la deportividad. Largarse de un torneo en mitad de un hoyo sin hablarlo con nadie y protagonizar una desaparición de la vida pública a la que le habían dado tanto bombo era muy poco deportivo, la verdad.

Tocó el segundo mensaje de Wells con la esperanza de que le ofreciera más datos que el primero. A lo mejor lo que la esperaba al llegar a San Antonio, la hora del comienzo del torneo el jueves por la mañana, sus impresiones del torneo en general.

Nada.

Wells: Trae un vestido.

—¿Un vestido? —masculló ella.

¿Para qué? Desde luego que no era para llevarlo mientras hacía de *caddie*. Solo había metido en la maleta ropa adecuada para pasarse cuatro días bajo el abrasador sol de Texas. Tendría que pasarse por casa para coger algo más elegante de camino al aeropuerto.

Josephine: Por qué?

Por supuesto, no le contestó. A Wells Whitaker no le gustaban las preguntas.

Josephine suspiró.

—Mientras esperamos el dinero para las reparaciones, estaré fuera de la ciudad bastante tiempo. De viaje.

—¿De viaje? —Su madre se quedó un poco más blanca—. ¿Adónde vas?

Jim le dio unas palmaditas a su mujer en la mano. Iba a ser duro para Evelyn. Los cambios repentinos en la rutina diaria de un diabético implicaban ajustes a espuertas. Sobre todo en la planificación de comidas, pero el cambio de zona horaria también implicaba el ajuste de su insulina de acción lenta y prepararse para grandes fluctuaciones de su nivel de azúcar en sangre. La diabetes era como un caballo salvaje, y a la enfermedad no le gustaban los cambios, lo que convertía los viajes en un reto. Mientras crecía, casi nunca habían salido de Florida por ese motivo.

—Esta semana voy a estar en San Antonio. Texas.

—Ah, vale. —Jim sonrió de oreja a oreja—. Va a ver el torneo. Bien por ti, niña.

—Bueeeeeno —replicó Josephine—, puede decirse que voy a verlo. Pero también voy a hacer de *caddie* para Wells Whitaker.

Evelyn y Jim se miraron entre sí. Y después acabaron doblados de la risa.

—Casi nos la cuelas, Joey-Ro —dijo Evelyn mientras se secaba las lágrimas.

Josephine ya se esperaba esa reacción.

—Estoy hablando en serio. —Meneó el móvil en su dirección—. Mirad, me está mandando mensajes ahora mismo.

—Claro que sí —replicó su padre con un guiño exagerado—. Pregúntale cómo hizo el *birdie* en el quinto hoyo en Pebble Beach en 2021. ¿La mandó a la hierba alta a propósito?

—A Wells no le gustan las preguntas.

Sus padres se echaron sobre los cojines plastificados del sofá, riéndose.

—Sabía que no me ibais a creer —dijo Josephine por encima de sus carcajadas.

—¡Se ha traído hasta una maleta para engañarnos! —exclamó Evelyn entre hipidos antes de ponerse un poco seria—. Ay, Joey-Ro. No es que no te creamos capaz de ser la *caddie* de Whitaker, pero ¿acaso es posible?

Josephine sopesó la idea de decirles que Wells se había presentado en La Tee Dorada de repente, pero tampoco se lo creerían. La verdad, ella misma todavía estaba intentando descifrar la logística de su repentina aparición en Rolling Greens.

—Me basta con que veáis el comienzo del torneo el jueves por la mañana, ¿vale? —Señaló el mueble donde básicamente solo se veían macetas, pero entre cuyas hojas había algún televisor en algún lado—. Me veréis en la tele. Será en directo, así que no podré contestar llamadas. ¿Vale?

—Eres de lo que no hay —dijo Jim con una risilla—. ¿Adónde te vas de verdad?

—¿Llevas sensores extra?

—Sí.

—¿Y viales de sobra por si hay alguna emergencia? ¿Vas a viajar con alguien que sabe cómo inyectarte la insulina? —Su madre se puso en pie, con las manos entrelazadas debajo de la barbilla—. ¿Vas a reunirte con Tallulah en alguna parte? Siempre se le ha dado bien asegurarse de que tengas azúcar cuando te da una bajada.

—Tallulah está en la Antártida, ¿no te acuerdas? No me va a pasar nada, mamá —dijo por encima del hombro mientras se alejaba hacia la puerta con la maleta. Si se quedaba, Evelyn acabaría suplicándole que la abriera para poder comprobar los suministros médicos que llevaba, y nunca serían suficientes. Meter a un médico de carne y hueso en la maleta no sería suficiente para que su madre dejara de preocuparse—. No os olvidéis: el jueves por la mañana.

—¡Vaaaleeee! —canturrearon sus padres a la vez.

—Ahí estaremos —añadió su madre.

Josephine le hizo un gesto al Uber que la esperaba junto a la acera.

—Me voy a Texas ahora mismo. En cuanto me pase por casa para coger un vestido, me voy al aeropuerto.

—Para ser la *caddie* de tu ídolo, Wells Whitaker —dijo Jim, con otro guiño exagerado.

—Exacto.

Cerró la puerta del Uber acompañada por sus carcajadas.

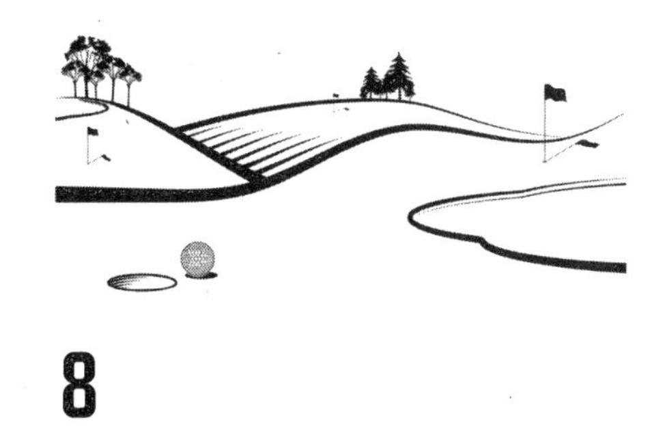

8

Wells lo había conseguido.

Se las había apañado de algún modo para convencer a los dioses del golf de que le permitieran volver al circuito.

Cuando Josephine llegó al complejo de San Antonio, fue directa a la sede del club con su maleta (que en ese momento también contenía un vestido y unos zapatos de tacón), porque no pensaba tomarse la molestia de registrarse en su habitación si Wells no lo había conseguido. El recargado edificio de estilo español con sus altos techos abovedados era un hervidero de actividad cuando entró, con periodistas deportivos por todas partes y *caddies* que reconocía de haberlos visto en televisión dándose ánimos unos a otros…, todos hombres.

El síndrome del impostor paralizó su avance, y a punto estuvo de darse media vuelta y salir corriendo por la puerta. La ayudó recordar que en algún momento había gritado «¡Eres una patata!» a la tele, dirigiéndose a algunos de esos *caddies*. Y lo había dicho en serio. Pero totalmente en serio.

Hizo acopio de valor y se acercó a la mesa marcada con letras inconfundibles como «REGISTRO DE *CADDIES*», aliviada al ver que la mujer sentada al otro lado de la pantalla del ordenador la miraba con una sonrisa amistosa.

—Hola, ¿en qué puedo ayudarla?

—Hola. —Josephine bajó el asa de la maleta—. Quiero registrarme. Mañana seré la *caddie* de Wells Whitaker.

Casi todas las conversaciones que estaban teniendo lugar cesaron de golpe.

La expresión amigable de la mujer se quedó congelada mientras le dirigía una miradita al resto de la sala antes de volver a mirarla a ella.

—Wells Whitaker. Solo quiero asegurarme de que la he oído bien. La acústica de esta sala a veces juega malas pasadas.

—No pasa nada. Y sí, he dicho Wells Whitaker.

—Ajá. —Asintió con un gesto tenso de la cabeza. La pobre mujer seguramente estaría pulsando un botón debajo de la mesa para avisar a seguridad. El silencio se iba extendiendo por la estancia como las ondas en un estanque, y Josephine solo atinó a quedarse allí de pie, mordiéndose un carrillo por dentro, mientras el fuego le subía por la nuca. ¿Qué había hecho? ¿De verdad se había subido a un avión para ir a San Antonio después de dos mensajes de texto? ¿Para ser la *caddie* de un hombre inconstante?—. Muy bien, déjeme revisar su información... —Vio que la mujer se echaba hacia atrás en la silla por la sorpresa—. ¡Ah! Aquí está. Creía... En fin, no sabía que iba a competir. —Repasó la pantalla un momento—. ¿Es usted Josephine Doyle?

Sintió que el aire abandonaba sus pulmones.

Era real. Estaba pasando, de verdad.

—Sí, efectivamente.

La mujer asintió con la cabeza, mirándola de arriba abajo con una expresión que casi era... ¿de orgullo?

—En fin, que sepa que mañana pondré la tele para ver el torneo, Josephine. —Se volvió hacia un archivador que tenía detrás y pareció sorprenderse al ver una carpeta azul con su nombre y el de Wells impresos en la parte alta—. Aquí tiene su agenda para los próximos cinco días. Su pase debería estar ahí también, debe llevarlo al cuello en todo momento durante la competición. Lo necesitará para acceder al vestuario de *caddies*, donde encontrará su uniforme mañana por la mañana. En la carpeta también están el sagrado cuaderno donde se anota la puntuación, los gráficos con las distancias de las calles y algunos tiques de bebidas para la fiesta de bienvenida de esta noche.

—¿Fiesta de bienvenida? —repitió ella. Eso explicaba lo del vestido.

—Claro, es tradicional. Debemos ofrecerles a los golfistas la oportunidad de pincharse entre ellos antes de que empiecen a competir. Para darle vidilla. —La mujer extendió una mano por encima de la mesa y le dio un apretón en el brazo con expresión cómplice—. No dejes que te pongan nerviosa —añadió, tuteándola.

—No lo haré. —Era más fácil decirlo que hacerlo. Todavía sentía montones de miradas penetrantes clavadas en la espalda—. ¿Sabes si Wells ha llegado ya?

—Imposible. Los habría oído cuchichear como adolescentes.

—O llamar a la policía —replicó, haciendo que su nueva amiga se echara a reír, de manera que la miró con gesto agradecido—. Gracias por tu ayuda.

—Aquí me tienes para lo que haga falta. Me llamo Beth Anne y voy a estar aquí toda la semana.

Josephine se dio media vuelta y descubrió que todos los *caddies* la miraban.

Algunas de sus sonrisillas ufanas eran curiosas, otras eran una evidente táctica intimidatoria, pero todos sonreían con superioridad de una forma o de otra. Si habían oído que iba a ser la *caddie* de Wells, su reacción no la sorprendía en lo más mínimo, dado que él había ganado el premio al Mayor Capullo del Golf durante cinco años seguidos.

Una de las periodistas se había percatado del creciente interés que despertaba y estaba repasando sus notas con frenesí, sin duda en un intento por saber quién era la recién llegada, y en ese momento empezó a darle vueltas la cabeza al pensar en que la entrevistase la prensa, de modo que se metió la carpeta debajo del brazo, subió el asa de la maleta y salió disparada hacia la puerta.

Llegó al bullicioso vestíbulo del hotel pocos minutos después, con la idea de registrarse y conseguir la llave de la habitación más barata del complejo, que había reservado a principios de semana. Dejarle esos detalles a Wells no le parecía sensato, y no pensaba perder esa oportunidad por unos cuantos cientos de dólares.

Sin embargo, cuando le dijo su nombre al recepcionista, la miró desconcertado.

—Tengo dos reservas a su nombre, señorita Doyle.

—¡Ah! —Sintió que la presión que tenía en el pecho disminuía un poquito—. Lo ha hecho. Me ha reservado una habitación.

—Sí… —Los ojos del chico se movían de su cara a la pantalla del ordenador—. Voy a darle la habitación que hará que su estancia sea la más… cómoda.

—Genial.

Cinco minutos después, entraba en la habitación de hotel más lujosa y palaciega que había visto en la vida. No, ni siquiera podía decirse que fuera una «habitación». Tenía tres zonas para sentarse.

—¿Tres? —Soltó la maleta al lado de la puerta y deambuló por la suite sin dar crédito—. Pero si solo tengo un culo —masculló.

Se le hundieron los pies en la gruesa moqueta de color vino tinto. Sonaba música relajante procedente de la tele y el aire acondicionado se llevó su nerviosismo con una brisa invisible. Una enorme bañera con chorros de agua la llamaba desde el cuarto de baño, y se le escapó un jadeo entrecortado mientras se llevaba las manos a la boca. Pasó junto a la cama con cuatro postes de estilo rústico emplazada en una estancia separada y fue derecha a por la bañera para abrir el grifo del agua caliente y quitarse la ropa con la que había viajado. No podía dejar escapar la oportunidad de darse un baño cuando la ducha del piso en el que vivía era del tamaño de una caja de cerillas y el agua caía con la fuerza de un espagueti demasiado cocido.

En cuanto la bañera estuvo llena al sesenta por ciento de agua humeante, se quitó la gomilla negra del pelo y se masajeó el cuero cabelludo para eliminar el dolor de cabeza que le había producido la coleta antes de meterse en ese paraíso de porcelana. Se sumergió por completo y salió a la superficie con un gemido que sus vecinos podrían interpretar perfectamente como otra cosa. Pero qué más daba.

Aquello era el paraíso. Andar de un lado para otro por un campo de golf y aguantar la actitud gruñona de Wells merecería la pena si podía regresar a esa habitación al final de cada día. Se quedó tanto tiempo en la bañera que el agua empezó a enfriarse. De modo que añadió un poco más de agua caliente, y la cálida temperatura le arrancó un suspiro de placer todavía más alto… y el borboteo del agua amortiguó el sonido de una puerta que se abría y se cerraba.

Cerró el grifo con el ceño fruncido y volvió la cabeza hacia la puerta del cuarto de baño. Seguro que el ruido era de la habitación de al lado.

Y los pasos también. Eran del pasillo, ¿verdad?

El metro ochenta y ocho de Wells apareció en la puerta del cuarto de baño.

Josephine chilló, y el alarido rebotó en un montón de superficies de mármol.

—¡Por Dios Bendito! —gritó Wells, que se volvió de inmediato para darle la espalda, esa espalda tan ancha.

Aunque no antes de que le viera los pechos desnudos. De que se los mirase bien. Ay, Dios. ¡Ay, Dios!

Josephine se abalanzó hacia el borde de la bañera para coger una toalla y se puso en pie, envolviéndose con ella.

—¿Qué haces aquí?

—Curioso —dijo él con voz tranquila, pese a la tensión de sus hombros—, yo iba a preguntarte lo mismo.

—Es la habitación que me han dado al registrarme. —Después de ceñirse bien la gruesa toalla de color teja al cuerpo, Josephine se dio un tortazo en la frente—. Debería haberme dado cuenta de que era tu habitación en cuanto la vi. Yo…, esto…, ¡uf!

Wells cruzó los brazos por delante del pecho, aunque no se volvió.

—¿Se puede saber qué significa eso?

—Significa que salta a la vista que la habitación es tuya. La bañera me volvió tarumba. Me atrajo como un asado a un cocodrilo, de lo contrario lo habría deducido…

—¿Puedo darme la vuelta ya?

—Si no te importa que tenga solo una toalla…

Él echó la cabeza hacia atrás un segundo.

—Creo que puedo soportarlo, Bella.

—En ese caso… —Se miró en el espejo que había por encima del lavabo e hizo una mueca al ver el rímel corrido por debajo de los ojos y el pelo chorreando que le mojaba los hombros—, supongo que sí.

Wells tardó un poco en darse media vuelta y cuando lo hizo, se concentró en un punto por encima de su hombro antes de mirarla por fin a los ojos. ¿Tenía las pupilas más dilatadas que antes o el vapor le estaba afectando a la vista? Porque ella casi podía sentir que las suyas se estaban poniendo como platos de ensalada al estar tan cerca de ese deportista alto y fibroso en la intimidad de un cuarto de baño, prácticamente desnuda mientras él seguía vestido. Ese contraste tenía algo que le provoco un escalofrío indeseado en la columna, al igual que el hecho de que pareciera mucho más saludable que la última vez que lo vio. Los tendones de sus antebrazos tatuados con tantos colores resaltaban como si hubiera vuelto a levantar pesas y una vena en sus bíceps desaparecía por debajo de la manga de su camiseta, distrayéndola.

«Deja de mirar».

—He reservado el mismo tipo de habitación para los dos. La tuya debería ser exactamente igual que esta. —¿Había bajado la mirada hacia el nudo de la toalla entre sus pechos, recorriéndole cada centímetro de piel por debajo del cuello? ¿Se le habían endurecido los pezones por el aire acondicionado?—. Mi nombre estaba en las dos reservas, así que han debido de darte la llave de la mía por error.

—¡Ah! —Así que… ¿le había reservado esa suite tan extravagante? ¿Por qué?—. Me habría conformado con una habitación normal.

—Todos esos gemidos que hacías en la bañera sugieren lo contrario.

La indignación le quemó la garganta.

—Si me has oído gemir, ¿por qué has entrado?

—¿Te has oído? Parecías un animal herido. Pensé que alguien estaba al borde de la muerte. —Desvió la mirada hacia la bañera antes de clavarla de nuevo en ella—. ¿Es la primera vez que te das un baño?

—Lo pregunta el hombre que casi necesitó una motosierra para que le cortaran el pelo la semana pasada. —Se miraron con una sonrisilla torcida—. Las mujeres no aparecen en tu habitación por arte de magia.

Él apoyó un antebrazo en el vano de la puerta y la miró con una ceja levantada.

—Ah, vale, que sí lo hacen.

Ser consciente de ese hecho le erizó la piel. Pero no eran celos. De ninguna manera. Que sí, que no podía controlar la sana admiración por un atractivo deportista con un trasero impresionante, pero ese no era el motivo de que lo hubiera apoyado tantos años. Había sido su fan número uno porque, en la cima del éxito, no había nada más emocionante que él en el circuito. Nadie más atrevido e irreverente. Nunca había jugado por los premios, ella había visto de primera mano lo mucho que amaba el juego en cada gesto, y eso fue lo que la atrajo.

Le daba igual si tenía mujeres en el minifrigorífico.

El clavo que tenía en la garganta solo era producto de que hubiera interrumpido su baño.

—Por algún extraño motivo —dijo Wells al tiempo que se apartaba de la puerta y se pasaba una mano por la nuca—, tengo la necesidad de explicarme. Han aparecido mujeres en mi habitación dos veces…, y en ambos casos llamé a seguridad. No fueron sorpresas agradables, a diferencia de una pelirroja gimiendo en mi bañera…

—¿Qué vamos a hacer con el error? —lo interrumpió, presa de un alivio alarmante, aunque también seguía muy avergonzada—. ¿Llamo a recepción?

Wells la miró fijamente unos segundos.

—No. Quédate aquí. Ya bajo yo a por la llave de la otra habitación.

Josephine guardó silencio un instante antes de decir:

—Pero si la otra habitación era para mí, a lo mejor hay un hombre esperándome en la bañera. —Parpadeó de forma exagerada y se coló entre Wells y el vano de la puerta, haciendo caso omiso de las mariposas que le aletearon en el estómago cuando él le miró los labios un buen rato—. Seguramente debería quedármela yo.

Él se volvió para mirarla una vez que estuvo en la zona de estar, y vio que tenía un tic nervioso en una mejilla que no auguraba nada bueno.

—Has venido para concentrarte en el golf. —La miró con expresión elocuente—. Lo mismo que yo.

De repente, Josephine fue muy consciente de que ese hombre se había convertido en su jefe… y de que tenía razón. Estaban en Texas para jugar al golf. Empezar un pique dialéctico con un golfista que podría cambiarle la vida si ganaba no era lo más inteligente, ¿verdad? Y teniendo en cuenta que Wells era su jefe, debería pasar el menor tiempo posible delante de él envuelta en una toalla minúscula.

—Estoy concentrada.

—Bien —replicó él, otra vez con los brazos cruzados por delante del pecho. Distante.

—¿Y tú?

—Yo siempre estoy concentrado. Solo que últimamente eso no significa que gane.

—¿En qué te concentras? —le preguntó, aunque sabía que debería cerrar la boca y vestirse.

—En el golf —masculló Wells—. Creía que ya lo habíamos dejado claro.

—Pero ¿en qué parte? ¿En tu *swing*? ¿En la puntuación? ¿En el golpe que vas a dar? ¿En el siguiente hoyo?

—Ya hemos hablado de las preguntas, Josephine —soltó él de malos modos.

Ella se mantuvo firme.

—Tendrás que empezar a contestarlas o no podré hacer mi trabajo, Wells.

Él cambió de postura, inclinándose un poco hacia delante, derramando su aroma sobre ella. Olía a pino, con un toque a otra cosa. Como el interior de un coche nuevo. ¿Cuero cálido? No terminaba de identificarlo, pero no debería empezar a imaginarse cosas. Cosas como pasarle la nariz por ese fuerte cuello para investigar de dónde procedían esas notas a pino y cuero.

—Mi antiguo *caddie* no hacía preguntas —replicó Wells.

Josephine se cuadró de hombros y dio un paso hacia él.

—Yo no habría aceptado consejos de tu antiguo *caddie* ni estando a cinco centímetros del hoyo. Era un melón.

—Un... —¿Estaba conteniendo una carcajada?—. Tendrás que aprender insultos más fuertes si vamos a pasar tiempo juntos.

—Vale. Era una mierda con patas dentro de unos chinos.

—Mejor.

—Gracias. Ahora contesta: ¿En qué parte del golf te concentras?

—En todo. A la vez. —Las palabras le salieron a regañadientes—. En mi penoso *ranking* mundial; en la posibilidad de otro final horrible; en decepcionar a todo el mundo, a... Buck; en que el puto palo me resulte extraño cuando antes era como una parte más de mi brazo. —Ladeó la cabeza y se acercó a ella—. ¿Contesta eso tu irritante pregunta?

Su sinceridad le provocó un dolor agudo en el pecho, pero Josephine se negó a que se le notase en la cara.

—Es un punto de partida —consiguió decir.

Wells resopló.

—¿Para ir adónde?

A esas alturas sus pies casi se tocaban.

Estaban tan cerca que sentía su aliento en la cara.

¿Cómo había pasado eso?

Wells tenía las puntas de los dedos tan cerca del borde de la toalla que parecía casi natural que le acariciara la parte delantera de los muslos con los dedos. Pero no era natural. No con su jefe. De modo que contuvo el impulso de inclinarse hacia delante y descubrir lo que sentiría si le clavaba los dedos en las caderas. Y sí. ¡Uf! No necesitaba más pruebas para saber que su parón se había convertido en una sequía brutal.

—Supongo que descubriremos adónde vas… juntos —susurró Josephine.

—Juntos. —En esa ocasión, fue imposible no fijarse en que sus ojos castaños claros descendían hasta su boca y en que se le hinchaba el pecho. Lo bastante como para casi tocar el nudo de la toalla. Durante un brevísimo segundo, Wells desvió la mirada hacia el dormitorio que ella tenía detrás y entornó los párpados. Pero nada más suceder, apretó los labios y se apartó—. Nos vemos esta tarde en la puerta de tu habitación a las siete.

—¿Para qué?

—Para la fiesta, Bella. Iremos juntos.

«Estúpido corazón. Haz el favor de tranquilizarte».

—¿Por qué?

El brillo de sus ojos era… ¿peligroso?

—Porque no pienso darles a los otros *caddies* la oportunidad de comerte con patatas.

—Soy capaz de defenderme solita —le aseguró.

—Sí, pero me cabrearía si se lanzasen a por ti.

—¿Hay algo que no te cabree? —le preguntó con retintín.

Wells pasó del comentario.

—Y necesitamos que esté tranquilo y concentrado, ¿verdad? Es algo que ya hemos dejado claro. —Retrocedió hasta el lugar donde había dejado su maleta y la cogió con una flexión de bíceps que la distrajo muchísimo—. No eres de esas mujeres que tardan un siglo en arreglarse y siempre acaban llegando tarde, ¿verdad?

—No.

—Estupendo.

Wells echó a andar hacia la puerta, pero se detuvo para acercarse al minifrigorífico. Presa de la curiosidad, lo vio abrir la puerta de un tirón, observar el contenido y cerrarla de golpe.

—Ahí dentro tienes zumos si los necesitas. De manzana y naranja. ¿Te van bien?

A ver, era vergonzoso lo mucho que le costaba tomar aire para contestar esa pregunta tan brusca. Ese hombre era grosero con ella en un momento dado y, acto seguido, parecía preocupado por sus necesidades de azúcar. ¿De qué complicado rincón del universo había salido?

—Sí. Y también he traído cosas conmigo. Pastillas de glucosa y… Gracias.

Wells se marchó con un gruñido.

Josephine se sentó despacio en uno de los numerosos asientos de la suite. Sabía que acompañar a Wells en su regreso iba a ser una experiencia interesante. No había pasado ni una hora y ya estaba segurísima de que se había quedado cortísima en su predicción.

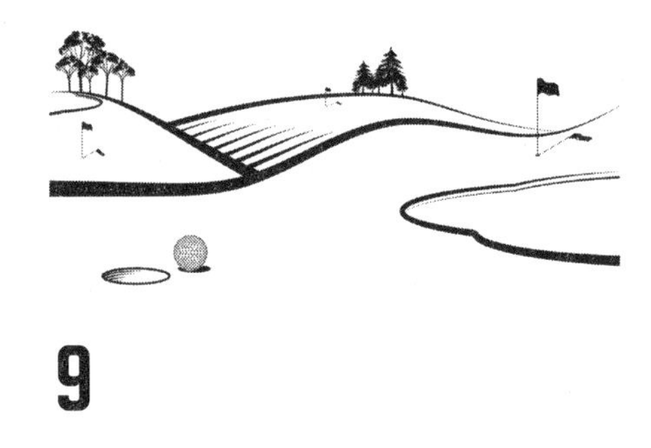

9

Pues sí que era una de esas mujeres que tardaban una eternidad en arreglarse.

Wells estaba plantado delante de la puerta de Josephine, apoyado en la pared del pasillo, mientras intentaba fulminarla con la mirada para que saliera. La oía pasear de un lado para otro allí dentro. ¿De dónde a dónde? ¿Por qué tenía todas las cosas que necesitaba desperdigadas por la habitación? No tenía ningún sentido.

A lo mejor después de que se fuera se había dado otro baño, teniendo en cuenta lo mucho que le había gustado el primero.

El recuerdo de sus gemidos le arrancó un taco mientras se pasaba una mano cansada por la cara. Ese sonido no se le iba a olvidar en la vida, ¿verdad? Ronco y desinhibido. Si reaccionaba de esa manera a una bañera llena de agua, quería saber qué ruidos haría si se lo comía. Se limitaría a... separarle los muslos y a follársela con la lengua. Aunque su objetivo no sería hacerla gemir, sino hacerla gritar.

Carraspeó con fuerza y empezó a andar de un lado para otro.

No debería haber entrado en el cuarto de baño. Dado que era un hombre que estaba bastante de vuelta de todo, debería conocer la diferencia entre un gemido de placer y uno de dolor. Pero la intuición le había dicho que Josephine estaba en ese cuarto de baño, y la simple posibilidad de que estuviera herida lo hizo avanzar sin pensar en otra cosa. Su impulsividad le había salido cara. Carísima.

Porque ya había visto sus blancos y turgentes pechos y esos pezones del color de las frambuesas.

La vida iba a ser más dura a partir de ese momento.

Más dura. Sí, eso lo resumía bien.

Saber que su cuerpo desnudo estaba a la altura de la tentación de su boca... iba a ocupar gran parte de sus pensamientos. Era imposible evitarlo. Era imposible olvidar esos muslos, resbaladizos por el agua. O su piel, suave y húmeda por el calor.

—Me cago en mi vida —mascculló justo cuando Josephine salía en tromba por la puerta de su habitación.

—¡Lo siento, lo siento! Me han llamado mis padres.

—Tus padres... ¿qué?

Se había preparado para quejarse. Para hacérselas pasar canutas por haber tardado una eternidad en vestirse. Por desgracia, en cuanto salió de la habitación con un minivestido sin tirantes, se le olvidó en qué estado del país estaban, por no hablar del enfado porque hubiera tardado tanto.

Nada había merecido más la pena.

Nunca había tenido un color preferido, pero el verde esmeralda oscuro de su vestido se convirtió en el suyo de repente. Le cubría más que la toalla de antes, así que ¿por qué hacía que su piel pareciera tan distinta? Casi como si... reluciera. También se había hecho algo en el pelo, porque lo normal era que lo llevase en un moño descuidado. En ese momento, lo llevaba suelto y como con vida. Y también brillante.

¡Mierda! Que acababa de mirarlo, frotándose los labios rojos.

Rojos.

A lo mejor ese era su color preferido.

«Concéntrate, tío».

—¿Has tardado media hora más por una llamada con tus padres?

—Es que creen que tengo otro episodio alucinógeno.

—¿Perdona?

—Que no se lo creen. Que esté aquí para ser tu *caddie*. —Jugueteó con algo que llevaba en el bolso. ¿Eso era un bolso? Tenía el tamaño de una cartera, pero parecía contener un sinfín de objetos. Bálsamo labial, un minipeine, colirio. Una especie de pluma verde y toallitas desinfectantes. ¿Eso era su insulina? Había investigado un poco sobre la diabetes tipo 1 antes de ir a San Antonio, lo suficiente para saber que había más de una forma de administrar la insulina. Dado que no parecía llevar una bomba, supuso que se la inyectaba—. Al principio, les hizo gracia —siguió Josephine, reclamando su atención—. Pero mi padre ahora cree que sufrí una conmoción durante el huracán. La teoría de mi madre es que he conocido a un hombre y me he fugado con él, pero eso es más un deseo que otra cosa. El asunto es que están a punto de llamar al FBI.

—Pues podemos solucionarlo rápidamente. —Agitó una mano en dirección al bolsito—. Vamos, hazles una videollamada por FaceTime.

—¿En serio? —Josephine abrió de nuevo el bolso con gesto titubeante—. ¿Ahora mismo?

—Sí, ahora mismo —respondió, impaciente—. A menos que quieras pasar otra media hora cepillándote el pelo o algo.

—Gracias por haberte dado cuenta. —Apretó los labios, como para contener una carcajada, y Wells se descubrió deseando que la dejara brotar. Había pasado mucho tiempo desde la última vez que oyó su risa y seguramente fuera por algo que dijo otro, mientras estaba entre la multitud, al otro lado de la cuerda. No le importaría ser el causante de su risa por una vez—. Vale, allá vamos —dijo ella, mientras en el pasillo resonaba el distintivo tono de las videollamadas por FaceTime —. Hola, chicos, aquí hay alguien que quiere hablar con vosotros.

Wells cogió el teléfono y miró la pantalla con el ceño fruncido.

—Han criado a una hija que es incapaz de estar lista a tiempo, aunque haya tenido cuatro horas enteras para hacerlo. Espero que se sientan orgullosos.

La mujer que lo miraba tenía rulos rosas en el pelo.

El hombre llevaba un delantal.

Algo chisporroteaba en la cocina, a sus espaldas.

—Eres... —empezó el hombre, colocándose la espátula en una mano—. Es verdad que estás ahí con Wells Whitaker, Joey-Ro.

—Sí, lo sé, papá. Ya te lo he dicho.

«¿Joey-Ro?», articuló con los labios en dirección a Josephine.

Ella puso los ojos en blanco.

—¿Cómo lograste hacer el *birdie* en el quinto hoyo de Pebble Beach en el 2021? ¿Te metiste en la hierba alta a propósito?

Wells hizo memoria.

—Sí. No me gustó el ángulo en el quedó la pelota después del *drive,* así que evité el resto de la calle y busqué una posición mejor hacia el *green.*

—¡Qué genio! ¡Lo sabía! —exclamó el padre de Josephine antes de que perdiera el control del teléfono y este se estrellara contra el suelo, ofreciendo a Wells una vista panorámica de su hogar, exageradamente típico de Florida.

Entrecerró un ojo.

—Por Dios, qué montón de plantas.

—Ten cuidado con lo que dices de mis hermanos —le soltó Josephine—. Pueden oírte.

Wells meneó la cabeza.

—Como pueden ver, ni se ha fugado con alguien ni sufre una lesión cerebral. Pero como vuelva a hacerme esperarla tanto, a lo mejor la despido. —Colgó tras decir eso y le devolvió el móvil a Josephine—. ¿Lista?

Ella lo aceptó con expresión aturdida.

—Ni siquiera te has despedido.

—Sí, lo sé. —Le puso la mano en la base de la espalda y la condujo hasta el ascensor, mientras se esforzaba por no mover el pulgar, aunque le ardía por las ganas de memorizar ese punto—. Cuando te despides por teléfono, hay promesas inevitables de llamar pronto de nuevo. No voy a caer en esa trampa.

—¿Quién te ha hecho daño, Wells?

Pasó de la punzada que sintió en el pecho y pulsó el botón para llamar a alguno de los ascensores.

Se llevó una sorpresa al ver que una de las seis puertas se abría casi de inmediato, pero suspiró al ver que ya había como seis personas dentro. Saltaba a la vista que se alojaban en el complejo para el torneo, porque se quedaron boquiabiertas al verlo. Pensaba esperar al siguiente, pero Josephine entró sin titubear, y dado que no iba a dejarla bajar sola, no le quedó más remedio que seguirla.

La falta de espacio hizo que quedaran muy pegados. Lo suficiente para que, cuando el ascensor se sacudió y empezó a bajar, tuviese que apoyar una mano por encima de la cabeza de Josephine para evitar que sus cuerpos chocaran. Desde arriba, el arco de Cupido de su labio superior era todavía más evidente. También tenía un lunar diminuto oculto en la sien derecha, justo en el nacimiento del pelo. Y Dios, su piel...

«Joder. Contrólate, tío».

Ese sería un momento ideal para admitir un hecho muy importante: técnicamente, Josephine era su empleada. Lo que quería decir que debía dejar de preguntarse si tenía el cuello sensible. O si se había tocado en la bañera. Esas gilipolleces estaban fuera de lugar. Tal vez no fuera el golfista (ni el ser humano) con más ética del mundo, pero no pensaba aprovecharse de su condición de jefe.

De modo que sería la leche que ella dejara de oler a flores y de lanzarle miraditas con esos preciosos ojos verdes.

—¿De qué pozo infernal ha salido el apodo de Joey-Ro? —refunfuñó.

Se arrepintió del tono que había empleado cuando la vio sorprenderse.

—A ver, empezaron a llamarme Joey cuando era un bebé, que ya sabes que es como llaman en Australia a las crías de canguro. Y de Joey canguro se quedó en Joey-Ro.

—Ridículo.

—Es mejor que todos tus apodos juntos.

—¿Cuáles son?

—El Capullo del Palo, el Golfista del Apocalipsis. Y mi preferido: el Gilmore Tristón.

Alguien resopló para contener una carcajada a su espalda. Otro tosió.

Josephine se mordió el labio mientras se sacudía por la risa. ¿Se reiría si la pegaba a la pared y le atrapaba ese labio entre los dientes?

«No vas a descubrirlo».

Claro que… ¿estaría pensando ella en lo mismo? Su *caddie* desvió la mirada hacia sus labios antes de apartarla a toda prisa, mientras se le encendían las mejillas. ¿Estaba loco de remate por ponerse en una situación en la que tendría que pasar horas y horas durante varios días con una mujer que le resultaba atractiva y a la que le pagaba un sueldo?

—Wells —dijo ella con voz ronca—, nos toca.

Miró por encima del hombro y se dio cuenta de que habían bajado todos menos ellos dos. Seguía muy cerca de ella, en un rincón. La música y las risas de la fiesta se colaban en el reducido espacio, pero de alguna manera no oía nada. Se apartó de ella y le hizo un gesto para que saliera.

—Tú primero.

—¡Oooh! —Josephine pasó junto a él guiñándole un ojo—. Cuidado, empezarán a llamarte el Golfista Galante, el Príncipe del Palo…

Wells resopló y la alcanzó con una sola zancada para recorrer a su lado el pasillo iluminado por farolillos.

—Es que no quería negarte la entrada triunfal que te morías por tener dado que somos los últimos en llegar.

—¿Cuánto tiempo vamos a seguir con esto? ¿Hasta que encuentres otra cosa con la que pincharme?

Se detuvieron delante de la entrada del salón de baile, a la espera de que el grupo que tenían delante le diera sus nombres a la mujer con el portapapeles.

—Eso me parece bien. ¿Tienes algo jugoso?

—Soy una mina, Whitaker, pero tendrás que currártelo.

De repente, Wells deseó haber pasado de esa tonta fiesta y haberla llevado a cenar. A lo mejor no era demasiado tarde. Compartir una comida con su *caddie* no era nada del otro mundo. De hecho, era lo normal. Lo esperado. Y estaba segurísimo de que disfrutaría mucho más hablando con ella que con cualquiera que estuviese al otro lado de esas puertas.

—Oye, la comida aquí va a ser muy elegante y escasa. A lo mejor deberíamos...

Josephine jadeó y le aferró el brazo, mirando algo que había dentro.

—Madre del amor hermoso, es Jun Nakamura.

Wells se obligó a cambiar el chip.

—¿Qué pasa con él?

—¿Que qué pasa con él? Pues nada, solo un par de títulos de los grandes. —Empezaron a brillarle los ojos—. Su precisión es increíble.

Estaba... ¿babeando? ¿Por otro golfista?

La envidia se le clavó en la garganta como un clavo oxidado.

—¿Qué ha pasado con la Bella de Wells? —preguntó, casi a voz en grito.

—A lo mejor puedo verlo en acción si empieza a entrenar antes que nosotros mañana. ¿Qué crees que debería escribir en su cartel?

—Nada, Josephine. No vas a hacerle un cartel.

La vio esbozar una sonrisa muy despacio.

—Creía que podías aguantar las pullas. La vena que te veo en la frente me hace dudar.

Wells la miró fijamente.

El corazón se le bajó de detrás de la yugular y se recolocó en su sitio, pero seguía latiéndole a una velocidad incómoda.

Había estado pinchándolo con la idea de animar a otro golfista.

Y él se lo había tragado enterito.

En ese momento, se le ocurrieron muchísimas cosas. Que Josephine le gustaba mucho, quizá demasiado, fue la primera. La segunda fue que empezaba a preguntarse si acabaría confiando en ella. En plan confiar de verdad en ella. Uno de los motivos por los que nunca había tenido el mismo *caddie* durante mucho tiempo era su incapacidad para creer que a) alguien pudiera saber más que él y b) buscara lo que era mejor para él.

La única vez que había experimentado eso fue con Buck Lee. La única vez que confió en alguien fue en el caso de su mentor. Pero la amistad de Buck estaba condicionada. Dependía de sus victorias.

Wells se juró que nunca volvería a depositar ese tipo de confianza en nadie.

Y no lo haría.

Sin embargo, por primera vez en mucho tiempo..., se sintió tentado.

En más de un sentido.

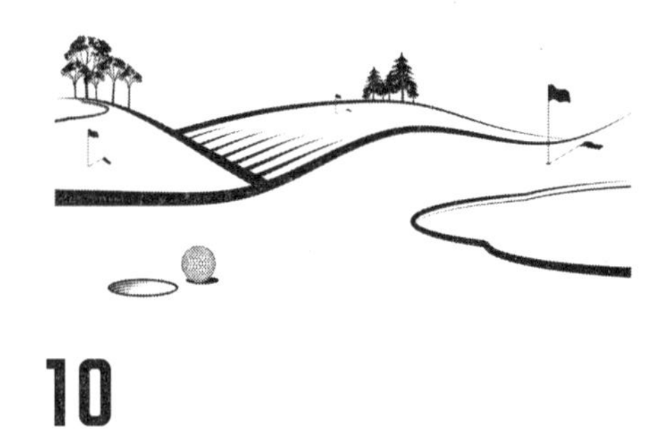

10

Entrar en la fiesta de bienvenida del Abierto de Texas fue para Josephine como ver los Grammy entre bastidores. Allí estaban todos los conocidos del golf. De repente, descubría a escasos centímetros de ella a todos esos deportistas a los que había estado viendo por televisión o en los márgenes de las calles en los campos de golf, vestidos con ropa de cóctel, entre bonitas lámparas y jarrones cargados con peonías blancas. Para ser sincera consigo misma, nadie despertaba su alma de fan como Wells Whitaker, su acompañante con el sempiterno ceño, pero ni falta que hacía que él lo supiera.

Dado que era su *caddie*, comportarse como una fan sería poco profesional.

Sin embargo, después de cinco años de devoción, no podía aplacar del todo la fiebre Whitaker, así que le había hecho un pequeño homenaje pintándose las uñas de los pies con el fin de mantener vivo el espíritu. Un gesto seguro, porque jamás se daría la circunstancia de que él la viera descalza.

Mmm..., o más bien jamás se repetiría...

Se aseguraría de ello.

Ser *caddie* en el circuito profesional era una oportunidad única en la vida, y no pensaba desaprovecharla fijándose en... cosas de Wells. Cosas que nunca habría sabido antes de pasar un tiempo con él. De entrada, era muy sensible en lo referente a su antiguo mentor. Cuando surgía el tema de Buck Lee en la conversación, siempre bajaba la mirada al suelo. Era una especie de tic automático. Además, estaban todas las cosas agradables que hacía, como acompañarla a la fiesta, ofrecerle un trabajo de ensueño, comprobar si había zumo en su minifrigorífico..., pero parecía sentir la necesidad de compensar esas acciones amables con un montón de gruñidos y quejas.

Los pensamientos de Josephine se interrumpieron cuando Wells cogió una copa de champán de la bandeja de un camarero que pasó a su lado y se la ofreció mientras le pedía al hombre con brusquedad una cerveza sin alcohol. Acto seguido, la miró con una ceja levantada, como si estuviera retándola a hacer algún comentario. Sin embargo, ella se limitó a devolverle la mirada.

—Gracias —dijo, dejando la copa sobre una mesa cercana—, pero esta noche paso. Hay una pista de baile y es mejor para todos que no acabe pisándola.

—¡Ah! —exclamó él, tosiendo—. Siento discrepar.

—No, en serio. Que puedo dar un espectáculo.

—Como tu jefe que soy, debería saber de antemano a qué nos enfrentamos.

Intercambiaron una mirada silenciosa cuando pronunció la palabra «jefe». La relación entre ellos, tal como era en esos momentos, no parecía necesariamente de jefe-empleada, aunque bien podría cambiar por la mañana, una vez que empezara la competición. Josephine suspiró.

—Solo hay alguien capaz de hacerme bailar con su música. Como pongan alguna de sus canciones, empezaré a bailar apuntando con los dedos y meneando las caderas.

Wells soltó lo más parecido a una carcajada que le había visto nunca.

—Sabes que voy a preguntarte por el nombre.

—Y yo ya te he dicho que tendrás que currártelo para descubrir cosas con las que pincharme.

—Son las Spice Girls o algo así, ¿no?

—Frío.

—Timberlake.

—Frío gélido. Nunca lo conseguirás. Lo siento. —Josephine apretó los labios y echó un vistazo por el lugar, momento en el que se dio cuenta, por fin, de que todo el mundo los estaba mirando—. Supongo que nos tocará mezclarnos con la gente, ya que ninguno de tus amigos se acerca.

Wells aceptó la cerveza sin alcohol del camarero y se la llevó a los labios, echando la cabeza hacia atrás y haciendo que ella admirara las fuertes líneas de su cuello, tras lo cual la apartó con decisión.

—¿Crees que tengo amigos? —Se limpió el labio superior con el dorso de la muñeca—. Qué mona.

—¿No hay ni una sola persona presente a la que toleres?

—A ti, ¿no?

Era imposible que esa réplica le provocara un aleteo en el estómago. Tolerar a alguien no llegaba a la categoría de cumplido.

—Aparte de mí.

—No.

Ese hombre no podía ser un lobo solitario, imposible.

—¿Tienes amigos fuera del golf?

Wells se encogió de hombros y se frotó la nuca. Hizo ademán de dejar la cerveza en el suelo, pero cambió de idea y la mantuvo en la mano. «¡Anda!», pensó Josephine. Se había dado cuenta de que iba a meter la pata.

—Hace unos años, durante un torneo benéfico entre profesionales y aficionados famosos, me tocó como compañero de equipo un jugador de hockey —dijo—. ¿Has oído hablar de Burgess Abraham?

Josephine se quedó pasmada.

—Pues... sí. Ni siquiera me interesa el hockey y sé quién es. ¿No se hace viral cada dos por tres por su carácter... volátil?

—Así es él. —Wells levantó un hombro—. Aunque vive en Boston, a veces viene a verme cuando estoy en California, porque tiene una casa en Monterrey. Yo también he asistido a unos cuantos partidos suyos. A lo mejor quedamos para tomarnos una cerveza. Tampoco es que lo hayamos hablado. Aunque yo no diría que somos amigos, así que si aparece, esas palabras no han salido de mi boca.

Josephine negó con la cabeza.

—¿Por qué sois así los hombres?

—A ver si lo adivino, tú sí tienes alguien que es «tu mejor amiga». —Se estremeció.

—Y bien orgullosa que estoy.

—¿Quién es?

—Tallulah. —Pronunciar el nombre de su mejor amiga le provocó un escozor en la garganta, así que tragó con fuerza—. Es una futura bióloga marina que quiere especializarse en la fauna invernal. Irónico para una chica de Florida, ¿a que sí? Lleva casi un año de becaria, estudiando los pingüinos en la Antártida. —El orgullo que sentía por su amiga le arrancó una sonrisa—. A lo mejor la recuerdas. Me acompañó para animarte en varios torneos.

Wells negó con la cabeza.

—Seguro que estaba demasiado distraído con tus gritos de ánimo.

Ella resopló.

¿Por qué la miraba de esa forma tan penetrante? ¿Tan ajeno le era el concepto de amistad?

—La... echas de menos. Mucho.

—Sí —reconoció, sintiendo el escozor de las lágrimas en los ojos—. Mucho.

Tras un largo silencio, Wells asintió con la cabeza.

Se llevó la cerveza a la boca para beber otro sorbo, pero tituбеó al ver que entraba un grupo de hombres, riéndose y dándose palmadas.

Uno de ellos era Buck Lee.

A sus sesenta y tantos, el legendario golfista ya no pasaba mucho tiempo delante de las cámaras. Llevaba veinte años retirado del juego profesional, pero había dejado una huella indeleble y su influencia era evidente, tal como demostró el silencio que se hizo en la estancia en cuanto entró.

No era alto ni bajo, sino de estatura media, y llevaba la calva cubierta por una gorra de *tweed*. Lo acompañaban varios golfistas del circuito, a los que Josephine reconoció, porque eran habituales en los puestos altos de la clasificación. Chance Montgomery, Ryan Kim y Buster Calhoun. Se detuvieron en medio de la sala, encantados con la atención de la multitud, antes de separarse para saludar a los presentes.

Los ojos de Buck se posaron en Wells y en ella, como si hubiera sabido desde el principio que estaban allí, pero se estuviera tomando su tiempo para prestarles atención. Wells no movió ni un músculo, pero Josephine sintió la repentina tensión en el aire.

—¿Os habláis? —le preguntó a Wells.

—Claro —contestó él con una forzada despreocupación—. Intercedió ante los poderes fácticos para que pudiera volver al circuito.

«Ya tienes tu respuesta. Deja el tema».

—Las cosas parecen un poco tensas.

«O métete en sus asuntos personales sin más».

—Prefiero no hablar del tema, Josephine.

Asintió con la cabeza. Le parecía justo.

—Vale.

—Supongo que esperaba que mi mentor fuera un poco más… constante. En mi vida. Pero creo que mi racha de derrotas lo hacía quedar mal. No puedo culparlo por querer mantener las apariencias —concluyó con sequedad.

—Pues parece que lo haces. Culparlo, digo.

Wells la miró de repente.

—Sabía dónde se metía. El día que me conoció, yo tenía un ojo morado y los bolsillos llenos con los cubiertos de plata que había robado del restaurante del club de campo. Nunca he fingido ser lo que no soy.

Josephine guardó silencio.

—Es bueno saberlo. ¿Qué piensas robar esta noche aquí?

—¿¡Qué!? —Resopló—. Nada.

Ella levantó una ceja.

—¿Por qué no?

—Porque no soy la misma persona… que era. —Soltó un silbido bajo—. Vaya. Me la he buscado yo solito, ¿verdad? —Se balanceó despacio sobre los talones—. ¿Insinúas que lo que pasó con Buck fue culpa mía?

—No —respondió ella con firmeza—. ¿Cómo quieres que lo haga? Yo no estaba allí. Y si te soy totalmente sincera, de entrada siempre voy a estar…

—¿Qué?

—De tu parte —añadió ella lo más rápido posible, intentando no disfrutar al ver que el rictus de sus labios se había suavizado—. Pero creo que los sentimientos heridos pueden hacer que una persona vea una situación de forma diferente.

—¿Te parezco el tipo de persona que tiene sentimientos que herir?

—Siento mucho informarte de que todo el mundo tiene sentimientos.

—Voy a arrepentirme muchísimo de haberte contratado.

—¡Qué va! —Al igual que sucedió antes en la habitación, Wells y ella parecían gravitar el uno hacia el otro mientras hablaban, de manera que acabaron con las puntas de los pies pegadas, y Josephine tuvo que echar la cabeza hacia atrás. No pudo evitar preguntarse si al resto de asistentes aquello les parecería… íntimo.

Pues claro que sí. Porque lo era.

No había otra palabra que describiese lo que era sentir el calor de su cuerpo a través de la ropa.

O la reacción de su corazón, que latía a mil.

Josephine se apartó en aras de la profesionalidad, sin hacerle caso al ceño fruncido de Wells, que la miró con curiosidad un momento, y luego dijo:

—Me dijiste que las pullas no hieren tus sentimientos. ¿Qué lo hace entonces? —De repente, pareció que se le ocurría una idea—. Y, por favor, di algo que no sea «los gilipollas amargados que me parten los carteles por la mitad», porque hasta hace poco era lo único que veía cada vez que cerraba los ojos.

Lo soltó así, sin más. Como si no fuera consciente de la importancia de tener remordimientos.

—Eres más agradable de lo que crees, Wells.

—No, ¡qué va! —masculló—. Dime algo que te haya herido los sentimientos. Y más vale que no sea un nombre.

—Vale, ¿vas a darme una lista de respuestas inaceptables?

—Venga. Ya he terminado.

Josephine meneó la cabeza y luego se tomó un momento para pensar.

—El verano que cumplí doce años, mi vecina no me dejó ayudarla con su jardín. Se acababa de mudar a la casa de al lado y a los pocos días llegó un tractor que levantó todo el hormigón exterior. Luego colocó unas celosías blancas en una de las fachadas laterales y sembró buganvillas moradas delante, para que treparan por ellas. De repente, veía una explosión de color al otro lado de la ventana de mi dormitorio. Así que un día me acerqué y me ofrecí a ayudarla. Quería aprender sobre jardinería para conseguir que nuestro jardín estuviera tan bonito como el suyo, y me dijo que no. Eso hirió mis sentimientos. Ese fue el motivo de que mis padres compraran cien plantas de interior. Me hicieron un jardín dentro de casa.

No esperaba que Wells pareciera pendiente de cada una de sus palabras, mucho menos tratándose de una anécdota sobre unas plantas que hacía mucho que murieron, pero parecía... ¿embobado?

—¿Y qué quieres decir? ¿Que si alguien rechaza tu ayuda hiere tus sentimientos?

—Sí —contestó sin más, recordando que su vecina se fijó en su monitor de glucosa y se puso nerviosa, como si no quisiera ser la responsable de una urgencia médica.

—Ajá —murmuró él, y siguió mirándola—. ¿Se te da bien aceptar ayuda?

—No. —El calor se fue extendiendo despacio por sus mejillas—. Me la he buscado yo solita, ¿verdad?

Wells bebió un sorbo de cerveza con demasiado entusiasmo.

—Me temo que sí.

—No hace falta que te pongas tan chulito.

—Lo siento, ahora mismo no controlo mi cara.

—A lo mejor pierdo el control de un dedo y te lo meto en un ojo.

—Wells —dijo alguien a su izquierda.

Era Buck Lee, tendiéndole la mano para que se la estrechara.

Wells carraspeó.

—Buck.

Josephine se percató de que el hombre miraba con escepticismo la etiqueta de la cerveza sin alcohol que Wells tenía en la mano. Como no se molestó en ocultarlo, no pudo evitar sentirse decepcionada por el legendario golfista. No se lo mencionaría ni de coña a su padre, que tenía un juego de jarras de cerveza con la cara de Buck Lee grabada con láser.

—Esta debe de ser tu nueva *caddie* —dijo el recién llegado, que le tendió una mano a Josephine.

—Buck, te presento a Josephine Doyle —se apresuró a presentarlos Wells, con una voz serena que contradecía la tensión de sus gestos.

Se estrecharon las manos.

—Estoy deseando que llegue mañana —dijo Buck—. Va a ser... interesante.

Josephine deseó tener la copa de champán en la mano. Lo raro fue que no apareció...

—Sí. He oído que esta noche lloverá un poco. La bola no se elevará mucho.

—Pues sí. —Buck la miró con una sonrisa alegre.

Josephine trabajaba en un campo de golf, así que no era ni mucho menos la primera vez en su vida que la descartaban de buenas a primeras por su sexo; pero como siempre, dejaría que sus resultados hablaran por sí mismos.

—¿Te importa si hablamos a solas, Wells? Nada importante, una cosilla.

Wells miró a Josephine con una vena palpitándole en la sien.

—¿No puede esperar?

—¿Ya estás demasiado ocupado para este antiguo amigo que ha conseguido meterte de nuevo en el circuito?

—Yo no he dicho eso —protestó con firmeza Wells, que seguía sin parecer muy convencido.

En ese momento, Josephine cayó en la cuenta de que no quería dejarla sola. ¿Ni siquiera unos minutos? Había dicho que los *caddies* se la comerían con patatas o algo así, pero era imposible que fueran tan desagradables. Y, aunque lo fueran, era una mujer adulta capaz de vérselas con ellos.

—Vete. —Señaló con la cabeza la terraza iluminada por los farolillos—. De todas formas, me apetece tomar un poco el aire. Encantada de conocerlo, señor Lee.

—Por favor, llámame Buck.

Ella asintió con la cabeza y miró a Wells un momento con una sonrisa.

—Hasta dentro de un rato. —Y, sin darle la oportunidad de protestar, se abrió paso entre un mar de caras conocidas, sintiéndose un poco como si estuviera soñando.

Una semana antes estaba con el barro hasta las rodillas, metiendo en bolsas negras de basura todo los objetos estropeados de la tienda, rezando para que no hubiera un caimán al acecho en el agua (las cosas de vivir en Florida y tal)... y en ese momento, allí estaba, con su mejor vestido en una lujosa fiesta llena de golfistas. La vida nunca dejaba de sorprenderla.

Salió a la terraza y estuvo a punto de jadear.

Las ramas de un magnolio gigante se extendían por encima de la terraza, cuajadas de relucientes y coloridos farolillos. La conversación era más tranquila allí fuera, quizá porque la terraza daba al cuidado campo de golf y el entorno predisponía a la gente al silencio. La brisa era suave, fresca y fragante, y le acariciaba los hombros desnudos como la seda. Alguien se le acercó con una copa de champán, y ella la aceptó como muestra de cortesía. O tal vez porque necesitaba un accesorio con el que andar entre ese mar de personas tan elegantes, muchas de las cuales la observaban pasar con curiosidad. Mantuvo una expresión serena en la cara y siguió hasta llegar a la balaustrada, desde donde contempló el verde que se extendía a sus pies, bañado por la luz de la luna.

Al cabo de unos segundos, se le acercó un hombre por la izquierda. Era más o menos de su misma edad, llevaba una corbata con un estampado de lagartijas y la miraba con una sonrisa sincera en su rostro moreno y con un brillo alegre en los ojos.

—Vaya, pero si es la protagonista de los cotilleos de la noche —dijo el recién llegado mientras apoyaba los codos en la balaustrada a su lado—. Soy Ricky. Encantado de conocerte.

—Hola, yo soy Josephine.

—¡Sí, ya lo sé! —Le guiñó un ojo y volvió a mirar el campo de golf con evidente adoración—. No te preocupes, mañana ocurrirá cualquier cosa escandalosa y esto pasará. Algún golfista romperá su *putter* en tres pedazos o mezclará dos estampados de cuadros distintos. Se olvidarán de ti.

Josephine miró hacia atrás por encima del hombro y vio que una mujer la señalaba con el aperitivo que tenía en la mano. ¿La gente se interesaba por ella porque se había aliado con el malo de la película? ¿O porque era la única mujer que ejercía de *caddie* en el circuito profesional? Quizá por las dos cosas.

—¿Cuándo volveré a tener la oportunidad de que cuchicheen sobre mí en una fiesta en la que sirven caviar en tostaditas? Esto es algo que solo ocurre una vez en la vida.

—Esa es la actitud correcta. —Ricky le dirigió una mirada cómplice—. Nuestros golfistas están emparejados los dos próximos días. Vamos a vernos mucho.

—¿Llevarás tú el alijo de ibuprofeno o lo llevo yo?

Ricky agachó la cabeza entre carcajadas y le tendió una mano para intercambiar un apretón.

—El torneo ya no me parece tan duro, Josephine.

No podía estar más de acuerdo. Saber que habría una cara amiga en las inmediaciones ayudaba a calmar sus nervios en parte.

—¿Para qué jugador haces de *caddie*?

Lo vio cuadrar los hombros con orgullo.

—Para Manny Tagaloa.

Josephine jadeó, sorprendida.

—Vaya, el nuevo.

—Sí. Ya está en la habitación, durmiendo. Tiene un golpe poderoso, pero aburre a las ovejas. Aunque eso hace que mi trabajo sea muy divertido. —Ambos resoplaron—. Solo voy a hacer de *caddie* hasta que pueda poner en marcha mi negocio de reptiles.

—Eso es lo último que esperaba que saliera de tu boca.

—Perdonad que os interrumpa —dijo un hombre desde detrás de Josephine, con un fuerte acento sureño—, pero tenía que acercarme a la mujer del momento.

—Buenooo —murmuró Ricky para que solo ella pudiera oírlo—. Ya empezamos.

Josephine se dio media vuelta y la recorrió un estremecimiento al descubrir nada más y nada menos que la cara del favorito del circuito, Buster Calhoun, con su pelo rubio sobre la frente. Siempre se mostraba humilde delante de las cámaras, ofreciéndoles a los medios de comunicación el momento «Ah, bah, me conformo solo con estar aquí» que tanto ansiaban. Josephine no pudo evitar sentirse impresionada durante un brevísimo instante.

—Usted debe de ser Josephine Doyle —lo oyó decir mientras le cogía la mano libre y se la levantaba para besar el aire justo por encima de sus nudillos—. Es un honor y un placer.

—Encantada de conocerlo, señor Calhoun.

—¡Vaya! —exclamó con fingida sorpresa—. Veo que mi reputación me precede, pero me interesa mucho más la suya, como a todos los demás. —Hizo un gesto con su copa de martini que abarcó la terraza—. ¿De dónde ha salido, señorita Doyle?

Ella esbozó una alegre sonrisa y respondió:

—De Florida.

Un breve silencio seguido de una risilla amable. Otros tres golfistas imitaron a Buster Calhoun.

¿Cuándo habían llegado?

Calhoun bebió un sorbo de martini.

—¿Y qué le parece el recorrido de mañana?

Josephine repasó lo que había investigado durante la última semana. El búnker con forma de habichuela del hoyo once y el agua que rodeaba el diecisiete.

—Creo que los dos obstáculos grandes de los últimos nueve hoyos harán que más de un hombre adulto se eche a llorar.

Calhoun pareció quedarse pasmado durante varios segundos. Después, tanto sus compañeros como él estallaron en carcajadas.

—Yo seré uno de ellos, señorita Doyle. —Algo nuevo, una especie de interés, apareció en los ojos del golfista sureño—. Puede que tenga que robársela a Whitaker.

—Te sugiero encarecidamente que no lo intentes —replicó el susodicho, que se abrió paso entre el grupo de hombres para mirarla a ella con dureza—. Si ya has terminado de sentirte acorralada por estos fanfarrones, creo que es hora de irnos.

—¡Vaya! No nos la quites tan pronto —se quejó Calhoun, que de repente le colocó una mano a Wells en un hombro, aunque la apartó con la misma rapidez al ver que Wells le regalaba su famosa mirada asesina—. Ella es lo más interesante de esta fiesta —adujo, con la voz un poco más débil.

—No está aquí para entretener a nadie.

—Al menos, deja que se quede para ver los fuegos artificiales. —Señaló el cielo nocturno—. Están a punto de empezar. —Le guiñó un ojo a Josephine—. Los he pagado yo.

Wells puso los ojos en blanco con tanta fuerza que Josephine se sorprendió de que no se le salieran de las órbitas. Parecía dispuesto a replicar algo después de la fanfarronada de Calhoun, pero se lo impidió un fuerte estruendo. De repente, el cielo se cubrió de unas estelas de color rosa que estallaron con un sinfín de chispas, seguidas de otras de color verde, y luego blancas. A juzgar por el volumen de las conversaciones, los invitados habían salido del interior para presenciar el espectáculo en la terraza y se agolpaban en torno a la balaustrada que daba al campo de golf, reduciendo el espacio disponible.

Calhoun hizo ademán de acercarse a ella, pero Wells se interpuso, sorprendiéndola al colocarle una mano en la cadera con firmeza. Acto seguido, la volvió para que mirara hacia la balaustrada y luego apoyó los puños en la piedra a ambos lados de su cuerpo, atrapándola entre sus brazos. La postura trascendía el gesto amistoso. Como poco era una forma íntima de estar con su jefe. La multitud avanzaba rápidamente y el espacio se iba reduciendo cada vez más.

Al sentirse observada, Josephine miró de reojo a Ricky.

Sus ojos brillaban con humor cómplice.

«Genial. Ahora cree que estoy con Wells. Que tenemos un rollo, vamos».

Claro que el otro *caddie* había malinterpretando la situación por completo. Era evidente que ella no le interesaba de esa manera. Entre ellos solo había un acuerdo laboral, nada más. A ver..., que el gesto ni siquiera era para mostrarse agradable con ella. Si la había atrapado entre sus brazos, solo era para mantener alejados a los demás golfistas por necesidad, para protegerla de la aglomeración.

—Te dejo sola cinco minutos —le gruñó junto a la oreja— y te las apañas no sé cómo para encontrar la peor compañía posible.

—El jurado está deliberando al respecto. Todavía estoy tratando de entender a Calhoun.

—Cierra el libro, Bella. Ya has terminado de leer.

Josephine enderezó la columna vertebral.

—¿Ah, sí?

Lo oyó rechinar los dientes.

—Recuerda que he pasado cinco años en el circuito con él. Su imagen de chico bueno solo es eso, una imagen.

—Lo mismo podría decirse de tu imagen de chico malo.

—No, eso es real.

Los fuegos artificiales empezaron a estallar cada vez más seguidos en el cielo, retumbando y deshaciéndose uno tras otro en explosiones de color. Los invitados acabaron de agolparse en la terraza, y Wells no tuvo más remedio que pegarse a ella. Su espalda se amoldó despacio a su torso, y sintió que su respiración acompasada le agitaba el pelo. Menos mal que él no podía verle la cara, porque el calor que irradiaba, su fuerza, hacía que tuviera que pestañear con rapidez mientras separaba los labios para aspirar el aire perfumado por las magnolias.

—Entonces, ¿qué estás haciendo? ¿Advirtiéndome que me aleje de él?

—Eso lo resume bien, sí.

—No te molestes en endulzarlo.

—Nunca lo hago. —Wells masculló un taco—. Josephine, necesito saber que eres mía para poder concentrarme.

De repente, se quedó bizca hasta que logró enfocar bien los ojos de nuevo por la sorpresa.

—¿¡Tuya!?

—Mi compañera de equipo —aclaró él en voz baja, al cabo de un momento—. Solo me faltaba tener que preocuparme por la posibilidad de que me dejes tirado para irte a otro equipo.

Josephine se dio media vuelta, y fue un gran error.

Un error garrafal.

Wells se alzaba sobre ella mientras sus brazos la aprisionaban contra la balaustrada. Y su boca, su cuerpo, todo él, estaba cerca, muy cerca. Tanto que le rozó con los pechos los duros músculos del torso al echarse hacia atrás para mirarlo a los ojos. La luz de los fuegos artificiales iluminó su cara y lo vio entornar los párpados al sentir el roce de sus pechos mientras soltaba una especie de gemido.

«¡Ay, madre!», pensó.

Volvió a girarse tan rápido como pudo, agradecida de que él ya no pudiera ver cómo la había afectado el contacto. Tan afectada estaba que ni siquiera era capaz de pronunciar... ¿cómo se llamaba lo que se articulaba con la boca? ¿Palabras?

—¿Eso es lo que te preocupa? ¿Que te abandone? —Francamente, después de años apoyándolo como espectadora en los torneos, aquello le dolió un poco—. Supongo que no he dejado lo bastante claro que yo no soy de las que se largan.

—No es la primera vez que me llevo una sorpresa al respecto con alguien —le dijo cerca de la oreja.

Se refería a Buck Lee, ¿verdad? Después de haberlos visto juntos dentro, ni siquiera le parecía una suposición, sino un hecho.

—Bueno, supongo que tendré que demostrar que yo soy diferente. —El calor que irradiaba ese torso tan duro contra su espalda le estaba dejando la boca seca, así que cuando volvió a hablar, su voz sonó un poco áspera—. No te abandonaré siempre y cuando tú no vuelvas a abandonarte a ti mismo.

¿Estaba Wells respirando un poco más rápido después de oír sus palabras?

Vio que su brazo derecho se separaba de la balaustrada.

Siguió a su lado mientras en el cielo estallaban los fuegos artificiales, contó tres coloridos estallidos, cuatro, y en ese momento sintió el roce de las yemas de sus dedos (un leve roce) en la cara interna de su muñeca, donde le latía el pulso, y se estremeció. Ese pequeño, pero deliberado, roce le provocó tal mareo que se habría caído de lado si el cuerpo de Wells no la hubiera sostenido por detrás, con esos pectorales contra los omóplatos y el trasero tan cerca de sus partes bajas que era un peligro.

¿Se daría él cuenta de que tenía la piel de gallina en el cuello? ¿Ese murmullo sordo que acababa de escapársele era de admiración hacia ella? No lo sabía, pero al sentir la presión de su pulgar en la muñeca, estuvo a punto de derretirse, sintió un pitido en los oídos y le pareció muy irritante no poder seguir fingiendo que lo encontraba atractivo. Su cuerpo se sublevaba cuando lo tenía cerca, y no le permitía pasar por alto ese hecho tan inconveniente. Un pulgar en su muñeca le estaba provocando cierta urgencia en ciertas partes de su anatomía. De haber estado solos, no le cabía duda de que se habría pegado por completo a la parte inferior de su cuerpo.

Para restregarle el culo.

«¡No, ni hablar! ¡No has venido para eso!».

En el cielo ya estallaba la traca final, las explosiones se sucedían una tras otra, y pese a sus propias advertencias, su pulso seguía el frenético ritmo. Tal vez el magnolio había creado un ambiente romántico y la atracción gravitatoria solo era un efecto secundario. Como si pudiera sentir que los unía la noche, el ambiente y la proximidad de Wells, además de la promesa que ella misma había hecho y que todavía flotaba en el aire. Lo había dicho en serio. Sentía que el corazón de Wells latía a un ritmo acelerado contra su espalda, haciéndole saber sin decir nada que sus palabras habían significado algo para él. Quizá que habían significado mucho.

Su cabeza pareció inclinarse hacia la izquierda por sí sola. ¿Le estaba dando acceso a su cuello de forma consciente o inconsciente? No tenía ni idea. Pero cuando sintió el roce de su cálido aliento en esa zona tan sensible, dejó de importarle y empezó a preguntarse qué sentiría si la acariciara con los labios. Con los dientes.

Sintió que el pecho de Wells bajaba y subía de forma exagerada una vez, dos, y luego le colocó la mano en la cadera y le dio un apretón allí donde nadie podía verlo, tirando de ella hacia atrás poco a poco...

Los fuegos artificiales llegaron a su fin tan de repente como empezaron. La multitud empezó a menguar con rapidez, ya que no había nada interesante en el cielo, y las conversaciones se retomaron. Los invitados retrocedieron para regresar al interior charlando alegremente, de manera que Wells no tuvo más remedio que alejarse de ella y clavar la mirada en la distancia, por encima de su hombro, mientras trataba de controlar la respiración.

—Ya llevamos aquí mucho tiempo. Vámonos.

—Eeeh..., sí. Vale.

«No se te ha notado nada», pensó.

Wells señaló el salón de baile con la barbilla, invitándola a precederlo. Fue un gesto muy brusco, después de lo que había estado a punto de suceder..., ¿no? Se rio un poco por lo bajo, pero el sonido murió en su garganta al sentir que él se inclinaba hacia ella cuando pasó por delante para aspirar su olor justo por encima de su hombro al tiempo que le rozaba el costado con el codo.

Seguir andando después de aquello fue todo un reto.

Entraron en el salón de baile, atravesaron la estancia, convirtiéndose en el centro de las miradas de asombro de los presentes, y entraron en el ascensor, que en esa ocasión estaba vacío. Se mantuvieron en silencio en todo momento. Hasta que salieron al pasillo y llegaron a la puerta de su suite.

—Josephine…

—¿Qué?

Wells puso los brazos en jarras y se movió un poco, como si estuviera buscando las palabras correctas.

—Lo que ha pasado ahí abajo no volverá a ocurrir.

Wells Whitaker: las cosas siempre claras.

—Vale. Sí. De acuerdo —dijo de forma automática, sin hacerle ni caso a la decepción que la embargaba—. En realidad, no ha pasado nada.

—Y así es como debemos seguir, sin que pase nada —replicó él.

«Deja de asentir tan fuerte con la cabeza», se dijo Josephine.

—A ver, ¿qué podría haber pasado? ¿Que hubiéramos acabado besándonos? ¿Bajo la romántica luz de la luna? Pues claro que no. Eso no va a ocurrir.

—Exacto. —Parecía horrorizado al oír lo de «la romántica luz de la luna»—. Nada de besos. Ni hablar.

—Vale.

Ella no había ido a Texas con la intención de enrollarse con Wells Whitaker, golfista profesional. Ni siquiera se le había pasado por la cabeza. Sí, se sentía atraída por él. Y la bañera hacía que se sintiera más sensual que de costumbre cuando se bañaba en ella. Lo cierto era que nada de eso estaba en la agenda. Lo que sí estaba era el importante asunto de reconstruir la tienda de su familia.

Además, debían resucitar la carrera de ese hombre.

Así que debería haberse sentido aliviada cuando él dijo que nada de situaciones que pudieran acabar en besos.

—¿Vale? —repitió Wells, que acabó meneando la cabeza—. A ver, que sí. Vale. Aunque nuestro acuerdo sea inusual, aunque sea temporal, lo cierto es que eres mi empleada, Josephine. Tu sueldo depende de mi rendimiento.

—Estoy de acuerdo. Los límites ya están borrosos. Si los difuminamos todavía más, no conseguiremos nada bueno.

—Yo no lo describiría como «nada bueno», pero entiendo lo que dices.

—Yo tampoco lo describiría como «nada bueno». Si nos besáramos, a lo mejor hasta te gustaría. ¿Quién sabe? A lo mejor descubres que soy la mujer que mejor besa del mundo. Pero no lo vas a descubrir.

—Desde luego que no —replicó él con voz ronca, tras lo cual carraspeó con fuerza—. Espera..., ¿qué has dicho?

—Vamos a dormir bien y a darles una paliza mañana a todos —dijo Josephine al tiempo que levantaba una mano para chocar los cinco. Él la miró con cara de disgusto.

—Debemos estar en la salida del primer hoyo a las ocho y cuarto, Bella. No te atrevas a llegar tarde. —Retrocedió por el pasillo hacia el ascensor—. Ni te atrevas a llegar alegre, o te mandaré de vuelta a casa.

—No, no lo harás.

Wells se detuvo al final del pasillo.

—No, no lo haré —dijo, sin volverse.

Y luego desapareció, dejando a Josephine aturdida.

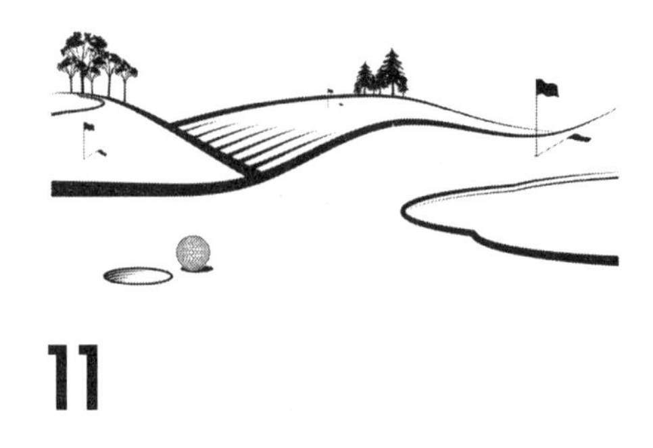

11

A Wells nunca le resultaba fácil dormir la víspera de un torneo, y esa noche no fue una excepción. En cuanto el reloj digital marcó las 5.00, sacó las piernas de la cama, se incorporó y se pasó las manos por la cara.

«No me puedo creer que vuelva a estar aquí».

¿Qué había sido de su decisión de abandonar ese deporte?

No era una buena pregunta que hacerse después de haber pasado las últimas ocho horas intentando no pensar demasiado en Josephine. También conocida como la razón por la que había regresado al golf.

Todavía sentía la curva de su cadera en la mano.

Había estado a punto de besar a su *caddie* delante de jugadores y miembros de la asociación por igual, porque en aquel momento se sintió ajeno por completo a lo que les rodeaba. Esos momentos absurdos de romanticismo no eran habituales en su vida. Mucho menos si estaba sobrio. Pero no podía dejar de preguntarse..., ¿le habría devuelto ella el beso? Y sobre todo..., ¿a qué sabía su boca?

«A lo mejor descubres que soy la mujer que mejor besa del mundo. Pero no lo vas a descubrir».

Gimió mientras echaba a andar hacia el cuarto de baño para afeitarse, ducharse y peinarse con los dedos, tras lo cual se colocó una gorra para ocultar el desastre. Saldría a pasear por el campo, se despejaría la mente y se familiarizaría con el terreno. Dormir un poco sería de más ayuda; pero, al parecer, el descanso era algo imposible.

No con la pelirroja en sus pensamientos.

No cuando ese día se pondría de nuevo delante de las cámaras, una experiencia que había sido cada vez más humillante durante los dos últimos años. En esa ocasión, sin embargo, no solo estaban en juego su carrera profesional y su dinero. También debía pensar en Josephine, y eso añadía un nivel de responsabilidad que lo asustaba y que había sido una imprudencia asumir. Porque la probabilidad de acabar defraudándola era alta.

Llevaba dos años defraudando a todo el mundo. ¿Por qué había pensado que esa vez sería diferente? No iba a salir al campo y descubrir que había recuperado su golpe por arte de magia.

«No te abandonaré siempre y cuando tú no vuelvas a abandonarte a ti mismo».

Esas palabras resonaron en su cabeza mientras bajaba en el ascensor vacío y recorría el solitario vestíbulo. Unos cuantos organizadores corrían de un lado para otro, colocando anuncios de coches de lujo y de bancos de gestión patrimonial. No había ni un cartel de Coca-Cola ni de Bud Light.

Puso los ojos en blanco al ver una pancarta enorme en la que aparecía Buster Calhoun al volante de un Mercedes, y apretó el paso para salir del vestíbulo al aire húmedo de la mañana. El sol se asomaba por el horizonte, dispuesto a bañar el campo con su dorado tejano. Unos cuantos miembros del personal y algún que otro *caddie* lo vieron salir y lo miraron con curiosidad al pasar, seguramente porque se dieron cuenta de que su polo no llevaba el logotipo de ningún patrocinador, ya que nadie quería respaldarlo con su dinero.

—¿No te alegras de haber depositado tu confianza en mí, Josephine? —murmuró mientras pisaba el campo cubierto de rocío y se adentraba en la bruma, aspirando lentamente el aroma de la hierba recién cortada.

«No te abandonaré siempre y cuando tú no vuelvas a abandonarte a ti mismo».

Levantó la barbilla al ver que aparecía una figura entre la bruma delante de él, alguien que salía de la calle del primer hoyo. Al acercarse y tomar forma, se dio cuenta de que era una mujer y, por desgracia, conocía muy bien esa silueta.

—¿Bella? —Se adentró en la bruma, con la intención de encontrarse con ella a medio camino—. ¿Qué haces aquí sola?

Cuando se acercaron, ella parpadeó, a todas luces sorprendida al verlo. Unos rayos de sol atravesaron el aire húmedo que la rodeaba, como si anunciaran la Segunda Llegada de Cristo.

—Recorriendo el campo. ¿Y tú?

—Lo mismo, evidentemente.

—¡Ah!

Wells bajó la mirada y se fijó en sus pantalones cortos y en su camiseta. Estaban llenos de sonrientes jirafas.

—Vas en pijama, Josephine.

Ella torció el gesto.

—Pensé que podría volver a mi habitación antes de que alguien me viera. ¿No podías dormir?

—Pues no —contestó, alzando un poco la voz, ya que su falta de descanso se debía en gran parte a su boca, a lo bien que le quedaba el vestido verde y a un millón de razones molestas más, la mayoría de las cuales tenían su origen en ella.

—En fin —replicó Josephine, que se colocó a su lado, de modo que ambos quedaron de cara al campo, aunque por la diferencia de altura ella no podría ver tan lejos como él—, si estás nervioso, es un buen momento para recordarte que lo importante es el juego. —Joder, su voz era… tranquilizadora—. No la gente, los gritos ni las cámaras. Intenta recordar el campo así, como está ahora, cuando empiece todo el ruido. Un campo grande y tranquilo. Está aquí para que lo disfrutes, no para asustarte.

—¿Eres mi *caddie* o mi maestra *zen*?

—Una mujer es capaz de ser las dos cosas, Whitaker.

Wells resopló y el sonido casi, casi, se convirtió en una risilla.

Se sumieron en el silencio un instante, mientras contemplaban la salida del sol a lo lejos.

—¿Sabes una cosa? —le preguntó ella mientras se colocaba un mechón de pelo suelto en la coleta—. Si te preocupa algo, este sería un buen momento para soltarlo. Entre nosotros existe la confidencialidad golfista-*caddie*. Legalmente, no puedo repetir nada de lo que me digas.

—Eso no existe, Josephine.

—Acabo de crearlo.

—No me preocupa nada.

En esa ocasión, la oyó resoplar.

La miró con el ceño fruncido.

Joder, esa mujer era irritante. El sol le arrancaba destellos dorados ocultos en su pelo cobrizo y descubría las motitas ambarinas de sus ojos. Irritante. Todo en ella lo era.

—¿Por qué no me dices tú lo que me preocupa, ya que te has despertado con tanta sabiduría esta mañana?

La vio hacer un mohín con los labios y tuvo que apartar la mirada. Era eso o arriesgarse a acercarse y acariciarle el labio inferior, para descubrir de una vez por todas si era tan suave como parecía.

«Lo es. Sabes que lo es».

Esos labios se deslizarían por su abdomen como chocolate fundido sobre una bola de helado.

Que era lo último en lo que debería estar pensando en ese momento. O en cualquier otro.

Josephine no estaba allí para ligar. Estaba allí para salvar la tienda de su familia.

Su salud estaba en juego, joder.

Si no se tomaba en serio ese torneo, sería un cabrón.

¿Desde cuándo le importaba serlo o no?

Carraspeó con fuerza y dejó que las palabras salieran de su boca sin pensar en lo que iba a decir.

—La aparición de Buck anoche. Supongo que cada vez que lo veo, recuerdo que me dio esta oportunidad de ser un grande del deporte y yo la desperdicié. Siempre le decía a la prensa: «El chico solo necesitaba una oportunidad». Pero… no sé. A lo mejor es que desaprovecho todas las oportunidades que me dan. Buck no es el primero que se harta de mis gilipolleces y se larga.

—¿Quién más se ha largado?

Soltó una carcajada carente de humor.

—No habrás visto nunca a mis orgullosos padres animándome en un torneo, ¿verdad? No, porque de pequeño fui un delincuente. Consiguieron trabajo en un crucero y se largaron, dejándome atrás. Tampoco los culpo. —Hizo una pausa para tomar aire—. Tal vez carezco de… las herramientas adecuadas para manejar el éxito, ¿sabes? A lo mejor lo único que tengo es esta habilidad y nada más. No el carácter que me hace merecerla. Solo… eso. —Al principio, empezó a hablar para distraerse de las inapropiadas fantasías que estaba imaginando por culpa de la boca de Josephine, pero se sorprendió al descubrir que un nudo en su interior se aflojaba a medida que se iba confesando. Un nudo del que había sido del todo inconsciente.

—¡Vaya! —susurró ella, con la vista clavada en el horizonte—. Veo que llevas mucho guardado. Creía que ibas a decirme que me callara.

La miró con los ojos entrecerrados.

—Eso no quiere decir que me disguste que me lo hayas dicho —se apresuró a añadir Josephine, que extendió un brazo para darle un apretón en el codo. Lo miró en silencio un instante y luego añadió—: Wells, ¿no te das cuenta? Has aprovechado muchísimo la oportunidad que te dio. Conseguir entrar en el circuito profesional ya es de por sí un milagro. Lo importante no siempre es lo que estás por hacer. A veces es lo que ya has hecho.

Wells sintió que se le estrujaba el pecho y que luego se expandía de repente, oprimiéndole las cuerdas vocales.

—Qué chorrada.

—No es una chorrada. Y eso de tener padres que te animen en los torneos… —Meneó la cabeza—. Yo cuento con eso en mi vida, así que no puedo ver las cosas desde tu perspectiva. Pero sé muy bien que el carácter no procede de un único lugar. El éxito es más complejo que eso, y somos nosotros quienes lo controlamos. ¿Crees que fui tu fan número uno solo por tu éxito en el golf?

Eso hizo que la mirara de repente. Sobre todo por el tiempo verbal que había empleado. «Fui tu fan número uno». En pasado.

—¿No era por eso?

Ella sonrió al comprobar que tenía toda su atención y apareció un hoyuelo en su mejilla, como si no tuviera ya bastante con lo que lidiar.

—La primera vez que te vi jugar fue en un torneo benéfico. En Orlando, para el hospital infantil. Estuviste enfurruñado todo el tiempo, pero... —Dejó la frase en el aire, como si necesitara un momento para serenarse—. Vi que le dabas tu bolsa de palos a uno de los niños en el aparcamiento. Cuando todas las cámaras se habían ido a casa y nadie estaba mirando. —Bajó la voz—. Te pillé demostrando que te sobra buen carácter.

Wells recordaba la sonrisa del chico como si la hubiera visto el día anterior.

—Debía de ser otro golfista. Eso no pasó.

—Sí que pasó. Por eso empecé a seguirte. —Le dio un empujón con el hombro—. Todo el mundo se desvía del camino de vez en cuando. Pero el tuyo sigue ahí, esperando. Y sigue siendo tan bueno como antes.

Esa mujer era como una de esas azadas que remueven la tierra endurecida, molestando un suelo que solo quería que lo dejaran en paz. O eso creía.

—¿Debo esperar todas las mañanas una de estas insoportables charlas para subir el ánimo, Josephine?

—Solo si me siento generosa. —Guardó silencio y empezó a jugar de nuevo con su coleta—. ¿Qué quería decirte Buck anoche?

—¿Te refieres a mientras tú estabas en la terraza, conquistando a las masas?

—Pues sí.

Soltó un taco.

—Me dijo que me portara bien con la prensa. Es una de las condiciones para dejarme volver al circuito.

Una risilla brotó de los labios de Josephine y acabó convirtiéndose en una carcajada.

—No tiene gracia, Bella —murmuró él—. Preferiría clavarme un clavo oxidado en la frente.

Se puso seria. Más o menos.

—¿Sabes siquiera portarte bien con la prensa?

—Ya sabes cuál es la respuesta.

—Olvídate del golf, deberíamos practicar la sonrisa.

Eso lo hizo levantar un dedo.

—No pienso sonreír. Estoy aquí para jugar al golf, no para convertirme en el próximo embajador de Mercedes.

—¡Ah! Creo que podemos considerarnos a salvo de semejante aberración —murmuró ella, tras lo cual dio una palmada—. ¿Te apuntas a un desafío rápido?

—¿Se te ha olvidado por qué estamos aquí?

—No me refiero al golf. No exactamente. Es otra cosa. —Lo agarró de la muñeca y tiró de él para internarlo más en la bruma en dirección al *green* del primer hoyo. No sabía por qué permitía que esa mujer tan optimista lo arrastrara, pero lo cierto era que no quería estar en ningún otro sitio y que se lo estaba pasando bien en contra de su voluntad. Qué raro todo—. Vale —dijo Josephine, situándolo a unos diez metros del agujero—. Saca el móvil y cierra los ojos.

—No.

—Hazlo —masculló.

—Vale, madre mía. —Soltó un suspiro irritado, aunque sentía algo muy parecido a la alegría en la zona del esternón. Sacó el teléfono y cerró los ojos—. ¿Y ahora qué?

—Sin abrir los ojos, mete el teléfono en el agujero.

—Una cosa muy normal, vamos. —Echó la cabeza hacia atrás para suplicar paciencia, y luego se rindió ante lo absurdo de todo aquello, avanzando unas zancadas en dirección al agujero. Cuando juzgó que estaba razonablemente cerca, redujo la velocidad y acortó los pasos, tras lo cual se agachó y...

—Mmm... —oyó que Josephine murmuraba a su espalda, aunque luego se convirtió en lo que parecía un suspiro de admiración.

Wells sintió que le temblaban los labios.

—¿Qué ha sido eso, Bella?

—Nada —dijo ella, demasiado deprisa.

Tuvo que apretarse el interior de un carrillo con la punta de la lengua para contener una sonrisa. Josephine se fijaba en los culos. Era bueno saberlo. Puede que no fuera el mejor golfista del circuito, pero desde luego que tenía el mejor culo.

—Suelta el móvil —le ordenó ella—. Veamos cuánto te has acercado.

Soltó el teléfono sobre la hierba, abrió los ojos y descubrió con consternación que estaba a medio metro del agujero.

—Ya sé que me voy a arrepentir de preguntar, pero ¿para qué ha servido este pequeño ejercicio?

Josephine se plantó delante de él, se agachó para recoger el teléfono y se lo puso en las manos con fuerza.

—De haber querido, podrías haber dejado atrás el agujero. No tenías por qué quedarte entre el banderín y el punto de partida. No estás en una cajita. Mira todo este gigantesco campo... —La pasión relució en esos ojos verdes y él no pudo evitar que su cuerpo reaccionara en respuesta—. No te limites. No vivas en una cajita. Llega tan lejos como quieras. De eso se trata. —Lo miró con una sonrisa alegre, unió las manos a la espalda y se marchó. Primero le hacía el puto numerito ese y luego se marchaba dando saltitos hacia el vestíbulo del hotel, como si no acabara de darle una patada en el cerebro—. Voy a por una magdalena, por si quieres una —le dijo por encima del hombro.

Pues claro que quería una magdalena. Después de esa lección tan reveladora, quería comer carbohidratos como para matar a un buey. Y en ese momento se le ocurrió otra cosa igual de apremiante y se descubrió siguiéndola a grandes zancadas, un poco aturdido.

—No deberías estar sola cuando vas en pijama.

Ella se volvió sin detenerse y lo miró como si estuviera fumado.

—Un pijama con estampados de jirafa seguro que da pie a entablar muchas conversaciones.

—¡Eres mi *caddie*! Soy el único con el que tienes que entablar conversaciones.

—Qué triste. —Atravesó la puerta doble lateral por la que se accedía al vestíbulo y fue directa a la barra del desayuno, donde los empleados todavía estaban preparándolo todo—. ¿Puedes pedirme una magdalena mientras yo hago mis cosas? —Miró la vitrina—. De naranja y arándanos.

—Esa combinación la inventaron en el infierno, pero si quieres...

El chico que atendía el mostrador le preguntó qué le apetecía, pero de repente Wells se distrajo al ver que Josephine abría la pequeña mochila que llevaba cruzada, de la que sacó un objeto verde que parecía un bolígrafo. Cuando lo destapó, vio que tenía una aguja. Era la insulina. Iba a comer, así que debía inyectarse insulina para que su cuerpo pudiera procesar los carbohidratos. Con qué facilidad había pensado él en comerse una montaña de ellos sin preocuparse del efecto que tendrían en su cuerpo, del efecto que tendrían en el de Josephine. La vio morderse el labio mientras giraba una ruedecita situada en la parte superior del bolígrafo.

El corazón se le subió a la boca cuando se levantó la camiseta y se clavó la aguja en el abdomen, a unos cinco centímetros a la derecha del ombligo.

—¿Oiga?

—Eh... —¿Por qué no podía tragar? ¿Le dolía cuando se pinchaba? Nunca la había visto hacerlo, ni a ella ni a nadie, la verdad—. Una magdalena de arándanos y naranja, una de arándanos y... ¿café? —añadió, pero no le salió la voz del cuerpo. Se limitó a articular la palabra en dirección a Josephine.

—Agua —respondió ella, sonriendo, mientras guardaba el bolígrafo en la bolsa.

Un momento después, Wells le entregó a Josephine su desayuno, con ganas de ofrecerle mucho más. Cualquier cosa. Necesitaba con desesperación hacerle la vida más fácil.

A lo mejor podía..., ¿verdad?

Claro que tampoco iba a decírselo. Si Josephine se daba cuenta de que le importaba tanto como al parecer le importaba (según le insinuaba el corazón, que seguía atascado detrás de su nuez), las cosas podrían complicarse y ponerse turbias. Debía concentrarse en ganar para ella.

—Oye —dijo, antes de que pudieran separarse en el ascensor—, mándame por SMS el número de tu padre. Se me ha olvidado contarle un detalle sobre el tiro que hice en Pebble Beach.

Ella estrujó la magdalena.

—¿Vas a... llamar a mi padre para hablar de golf?

Wells se encogió de hombros mientras le daba un bocado a la suya.

—Solo para presumir de esa jugada tan magistral que me saqué de la manga.

—Vale. Te enviaré un mensaje. —Se apartó y se despidió agitando la mano—. Nos vemos en la salida.

—Vale. —Le hizo un gesto con la barbilla mientras se separaban—. ¿Es Rihanna la que te hace bailar?

—No.

—¿Algo de la época disco, como los Bee Gees?

—Tampoco.

Soltó un taco mientras ella desaparecía. ¿Quién era, joder?

El mensaje le llegó cuando entraba en la suite. Por supuesto, el número de teléfono iba acompañado de un montón de emojis de caritas sonrientes. Pasó por alto los alegres círculos amarillos y pulsó el número, tras lo cual se acercó el teléfono a la oreja. Contestaron al segundo tono. ¿Era un teléfono fijo?

—Sí, hola. Soy Wells Whitaker.

Silencio.

—¿Va todo bien con Josephine?

Por Dios, pensaban que llamaba con malas noticias. No era de extrañar, ya que por la voz parecía un enterrador con bronquitis. Seguramente porque se le antojaba muy poco natural hacer algo de forma totalmente altruista.

No siempre había sido tan egocéntrico, ¿verdad? No, al principio de su carrera se ofrecía voluntario para ayudar en programas extraescolares locales, sobre todo para chicos con problemas, ya que él fue uno de ellos. Le enviaba entradas para los torneos a su tío cuando jugaba en Florida. Como poco, no iba por ahí gruñéndole a todo el mundo. Pero cuando su juego empezó a decaer dos años antes, tomó un rumbo equivocado. Tal vez estar cerca de Josephine lo empujara de nuevo en la dirección correcta.

Cierto era que no tenía práctica a la hora de preocuparse de otra persona más allá de sí mismo. Sin embargo, al ver que Josephine se inyectaba la insulina se preguntó si a ella le iría bien contar con un segundo par de ojos. No necesariamente para prestarle ayuda. Solo un poco de apoyo. Aunque, en realidad, todo aquello lo dejara como pez fuera del agua.

Quizá necesitaba dejar atrás el agujero, no seguir limitándose.

—Josephine está bien, aunque no puede decirse lo mismo de su gusto para elegir magdalenas. —Se acercó a la ventana y clavó la mirada en el campo, concretamente en el hoyo donde había estado minutos antes con su *caddie*—. En primer lugar, por favor, que no se entere de que lo he llamado por esto. Ella cree que estamos hablando de Pebble Beach.

Una breve pausa.

—Claro, hijo —respondió el padre de Josephine.

—Y en segundo lugar... —Se quitó la gorra y se frotó la frente—. ¿Podría explicarme lo que necesito saber para ayudarla a cuidarse? Por favor.

Oyó que la madre de Josephine empezaba a llorar de repente.

«Genial. Ya me estoy arrepintiendo».

Sin embargo, no se arrepentía. Ni siquiera un poco.

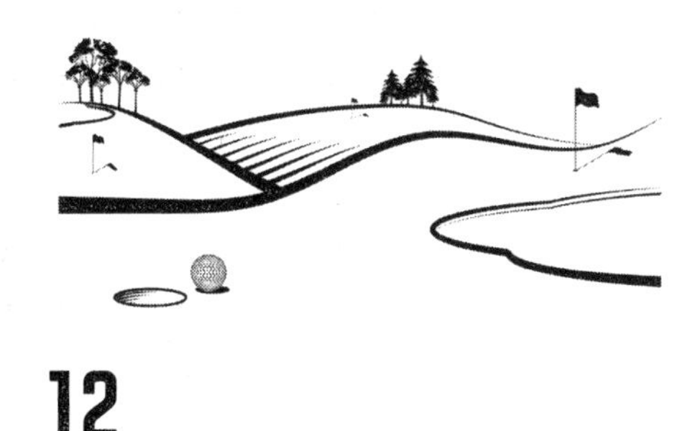

12

Josephine estaba delante de la puerta de la «sala de las bolsas», señalada tal cual con una placa dorada, en la que los *caddies* recogían los palos de sus golfistas antes de dirigirse al campo para que el torneo diera comienzo. Al otro lado de la puerta, oyó unas estruendosas carcajadas. Todos eran hombres. Obviamente, ya lo sabía. Ella era la única mujer que ejercía de *caddie* en el circuito profesional. Dado que había crecido en un campo de golf, ese mundo dominado por los hombres le resultaba familiar. Sin embargo, ese día no iba a trabajar detrás del mostrador de una tienda de artículos profesionales de golf ni iba a darle clase a un adolescente.

Estaba en el peldaño más alto de la escala profesional.

Había absorbido todo el conocimiento posible sobre ese deporte. Lo había vivido, comido y respirado durante años. No obstante, se podría argumentar que no se había ganado ese puesto tan elevado con el sudor de su frente, y estaba segura de que los demás *caddies* ya lo habían pensado. Seguramente hasta lo habían discutido entre ellos.

«Respira hondo».

«Respira hondo».

Se ganaría el derecho a estar allí. A partir de ese día.

Rozó la placa con un dedo y estaba a punto de empujar la puerta para abrirla cuando…

—Hola.

Al oír la voz de Wells se estremeció por dentro. Se giró para verlo acercarse, obviamente procedente de los vestuarios de los jugadores, situados al otro lado de la sede del club... y, en fin, el impacto de su imagen seguía siendo el mismo. Lo había visto hacía solo unas horas. Y lo había visto muchas veces en los últimos cinco años. Pero sentir toda esa deslumbrante energía sobre ella hacía que ciertas partes de su anatomía hicieran la ola.

—Hola —replicó—. Iba a coger la bolsa y a reunirme contigo en la salida del primer hoyo. No llego tarde.

Desde el otro lado de la puerta, se oyó un coro de carcajadas.

Wells miró hacia la sala y luego volvió a mirarla a ella.

—¿Qué haces aquí fuera? —Un peligroso brillo relució en sus ojos al tiempo que tensaba los músculos, como si se preparara para una pelea—. ¿No te dejan entrar?

—No, ¡qué va! Es que necesitaba un segundo.

Wells se relajó. Un poco.

—¿Por qué necesitas un segundo?

De ninguna manera iba a decirle a su jefe que, por raro que pareciera, se sentía intimidada. Ese hombre debía tener plena confianza en ella en todo momento o no confiaría en ella en el campo.

—Estaba admirando la placa.

—Josephine, lo tuyo con el golf es una puta obsesión.

—Lo sé. —Tragó saliva con dificultad—. ¿Nos vemos fuera?

—Sí. —Hizo ademán de moverse, pero se detuvo—. ¿Quieres que le pida al director del torneo una sala separada para las bolsas? Nadie lo cuestionaría. Y supongo que... —Levantó un hombro—. Yo lo preferiría.

—¿Por qué?

—Puede que te encuentres a algún descamisado ahí dentro. —Miró hacia la puerta y después la miró a ella—. Para que quede claro, no son celos. Lo digo por si te resulta incómodo.

—Eres mi héroe —susurró—. Siempre protegiendo mi inocencia para que no vea pezones rodeados de pelos.

—¡Venga ya! —Wells cambió de postura y le preguntó después de un breve titubeo—: ¿No te gustan los hombres con vello en el pecho o...?

¿Por qué lo preguntaba? ¿Porque él tenía mucho?

¿Le gustaba que las mujeres se lo retorcieran? ¿O le gustaba a él retorcerles el pelo a las mujeres?

De repente, el aire se le quedó atascado en los pulmones y pasaron unos segundos hasta que pudo soltarlo despacio.

Fuera como fuese el pecho de Wells, seguro que estaba encantado con él. Se lo imaginaba pavoneándose con los vaqueros desabrochados, el pelo mojado y los pies descalzos como un vaquero después de un rollo de una noche, la viva imagen de la confianza.

—El vello corporal no influye a la hora de que un hombre me guste más o menos —contestó ella, mientras se sacaba de la cabeza esa imagen tan atractiva—. Pero sí soy muy exigente con los pies.

Lo vio levantar una ceja oscura.

—¿Con los pies?

—Sí.

Wells se miró los zapatos al instante.

—¿Cuáles son tus criterios de valoración?

—No es algo que pueda expresar con palabras —contestó ella—. La limpieza es muy importante, claro, pero... no sé. Supongo que no me gustan mucho los que llevan siempre a la vista esos huesos largos y delgados. —Se estremeció—. La culpa la tienen todos los hombres de Florida, que siempre llevan sandalias.

—Así es más fácil que elimines a los pobres desgraciados que tengan pies huesudos.

—Exacto.

Wells frunció el ceño y la miró, meneando la cabeza.

—¡Madre mía!

Ella pasó por alto su evidente desaprobación y señaló la puerta con la cabeza.

—Sabes que tengo que entrar o se burlarán de mí durante el resto del torneo.

Wells se apresuró a asentir con la cabeza.

—Precisamente por eso no pedí una estancia separada para las bolsas cuando me registré en el torneo. Habría sido una gilipollez, Bella, pero no quería que tuvieras que lidiar con eso. Además, seamos sinceros, seguro que habría acabado rompiéndole la nariz a alguien y nos habrían expulsado.

No supo por qué, pero oírlo usar el plural la inundó de calidez. Al igual que la actitud protectora que le demostraba. Era curioso, porque siempre había pensado que un hombre que amenazara con violencia en su nombre la disgustaría. Sin embargo, tratándose de Wells, lo único que sentía era una emoción vertiginosa.

—Me alegro de que no pidieras una estancia separada. —Le dio un empujón en un hombro, pero él no se movió ni un milímetro—. Ve a practicar un poco. Yo intentaré sobrevivir al bosque de pezones rodeados de pelos.

—¿Antes o después de superar la fuente de los pies huesudos?

Y así fue como Josephine entró en la sala de las bolsas riéndose como una colegiala. En la abarrotada estancia se hizo el silencio de repente, pero ni se le ocurrió preguntarse qué estarían pensando de ella. Lo que se preguntaba era si Wells había calculado el momento de su visita y la había hecho reír a propósito para que no se pusiera nerviosa al entrar en esa zona rebosante de testosterona. Era imposible.

¿Verdad?

Examinó la pared en busca del nombre de Wells, que debería estar sobre una taquilla destinada a guardar sus palos, además del uniforme oficial que ella debía llevar.

—¡Aquí, Josephine! —exclamó una voz conocida.

Era Ricky, el *caddie* al que conoció en la fiesta de la noche anterior. Estaba de pie al fondo de la sala, señalando la taquilla que había junto a la suya.

—Gracias —murmuró, mientras se acercaba a él y abría la puerta de la taquilla, donde encontró un chaleco blanco de rejilla con el nombre de Whitaker en la espalda. Su fan interior aún debía de estar al acecho, porque de repente casi se le escapó un chillido. Se obligó a comportarse con formalidad y se pasó el chaleco por encima de la cabeza, satisfecha de que combinara tan bien con la falda negra plisada que llevaba. Después, se echó al hombro la pesada bolsa de cuero—. ¿Bajas ya?

—Pues sí —respondió Rick con una sonrisa—. Si no se nos da bien el día, por lo menos sabemos que después nos desahogaremos tomándonos unas copas.

—Amén.

Todos los ojos estaban clavados en ellos, los dos recién llegados, mientras echaban a andar hacia la puerta.

—¡Buena suerte con Whitaker! —exclamó a su espalda un *caddie* veterano al que reconoció. Llevaba la bolsa de Calhoun y salía mucho en pantalla mientras su golfista acababa el primero en todos los torneos—. Sus tres últimos *caddies* no podían ni verlo.

—Va a necesitar algo más que suerte —dijo otro—. Necesita un milagro.

—Cuenta la leyenda que el golpe de Whitaker sigue en el fondo del lago de Sawgrass.

Se alzó un coro de resoplidos y risillas.

—Ya vale —dijo uno de los *caddies* más veteranos antes de guiñarle un ojo a ella—. Vas a hacerlo fenomenal ahí fuera.

Josephine le dirigió una mirada de agradecimiento.

—Lo haré, gracias. —Dudó antes de salir por la puerta detrás de Ricky. Ese sería un buen momento para demostrarles que aunque se burlaran de ella, era capaz de devolverles las pullas sin cortarse un pelo—. Por cierto —añadió, dirigiéndose al *caddie* que había hecho la broma de que Wells se había dejado su golpe en el fondo de un lago—, estoy segura de que no tienes la culpa de que tu golfista siempre acabe en el búnker. Pero si te gusta tanto la arena, a lo mejor deberías reservar unas vacaciones en la playa. —Salió de la sala seguida por un estruendoso coro de carcajadas.

Ricky chocó el puño con ella.

Y eso fue lo último bueno que ocurrió ese día.

Los torneos de golf duraban cuatro agotadoras jornadas.

El primer día por la tarde, la cosa estaba chunga.

Como antigua fan de Wells Whitaker, Josephine era consciente de su carácter difícil. Sin embargo, estaba segura de que algo le había sentado mal, porque nada más entregarle el *driver* en el primer hoyo, Wells se convirtió en una gárgola con cara de piedra. Cualquier sugerencia por su parte era recibida con un gruñido o con alguna protesta. Soltó tantos tacos que dos observadores se acercaron en sus carritos para darle una advertencia, y luego rompió el hierro 5 tras golpear un árbol. En cuanto terminaron, se marchó hecho una furia del *green* para entregarle su tarjeta de puntuación diaria al árbitro.

—¡Joder! —dijo Ricky, acercándose a ella—. Y yo pensando que nuestro día había sido malo.

En ese momento, ambos miraron a su golfista, Manny Tagaloa, que estaba de pie junto al *green*, totalmente inmóvil, con una toalla sobre la cabeza.

—Al menos habéis acabado en par —murmuró Josephine, echándose la bolsa al hombro—. Nosotros saldremos mañana con tres por encima.

—¿Te apetece que nos tomemos algo después de ducharnos?

—Cuanto más fuerte, mejor.

Una hora y media más tarde, Josephine se desplomaba en un taburete junto a Ricky en el bar del vestíbulo del hotel. Tuvieron suerte de encontrar asiento, ya que los espectadores quemados por el sol y medio borrachos ocupaban todos los rincones de la estancia. Cuando el camarero por fin encontró un momento para preguntarles qué les servía, Ricky pidió una jarra de cerveza rubia y un martini *lemon drop* para ella. Normalmente, evitaría algo tan dulce, pero su nivel de azúcar en sangre estaba tiritando después de haberse pasado todo el día de un lado para otro, así que necesitaba un chute con desesperación.

—¿Cómo acabaste con Tagaloa? —preguntó, después de beber el primer sobro y suspirar.

—En realidad, fue compañero de mi hermano en la universidad —contestó Ricky—. Nos conocimos en una despedida de soltero. En Las Vegas. Nos emparejaron para una ronda y algo encajó. Consiguió su pase para entrar en el circuito profesional una semana después. Supongo que es el típico caso de estar en el lugar adecuado en el momento justo.

—¡Qué bien!

—Pues sí. —Ricky se rio un poco—. ¿Y Whitaker y tú? ¿Cómo os conocisteis?

—Bueeeno —contestó, alargando la palabra—. Antes era su fan. Aunque igual me quedo corta al describirlo así. Lo animaba en los torneos como si fuera a la guerra. Siempre llevaba su línea de ropa y algún cartel.

Ricky abrió los ojos de par en par mientras ella hablaba.

—¿Antes, cuando ganaba?

—No, hace tan solo un mes.

—¡Vaya! —Bebió un sorbo de cerveza—. Eso es... admirable.

—Gracias. Así nos conocimos. Luego abandonó el circuito. —Josephine clavó la mirada en el líquido amarillo claro de su cóctel—. Pasó por mi barrio por casualidad cuando el huracán azotó Palm Beach y fue a verme para ver cómo estaba. A partir de ahí... empezó todo.

Ricky parpadeó un par de veces.

—¿Pasó por tu barrio por casualidad?

—Pues sí.

Otra pausa.

—¿No vive en Miami?

—Sí. Estaba en Palm Beach visitando a un amigo.

—¡Ah! —Ricky clavó la mirada durante unos segundos en la tele situada al otro lado de la barra, donde por supuesto, estaban emitiendo un resumen de los mejores golpes del día. Era seguro decir que Wells no aparecería—. Y... ¿quién era su amigo?

Josephine hizo un mohín con la nariz.

—No le pregunté y él no me lo dijo. Lo que seguramente significa que era una mujer.

—Vale. —Ricky se llevó de nuevo la cerveza a los labios—. Yo no apostaría todo mi dinero a esa posibilidad.

—¡Vaya! ¿Por qué?

Antes de que el *caddie* pudiera contestar, el móvil de Josephine empezó a vibrar en la barra. Lo cogió, pensando que eran sus padres que la llamaban para darle ánimos. Pero no eran sus padres. Era Tallulah.

Jadeó y se llevó el teléfono al pecho.

—Lo siento, tengo que contestar. Mi amiga me llama desde la Antártida.

—¡Madre! —exclamó Ricky—. Corre, vete.

—Vuelvo enseguida.

—No te sorprendas si descubres que tu copa está vacía —le dijo el *caddie*.

—Es toda tuya. —En cuanto se bajó del taburete, tocó la pantalla para aceptar la llamada y se llevó el teléfono a la oreja mientras caminaba hacia una zona del bar menos concurrida—. ¡Estás viva! Empezaba a pensar que habías muerto congelada o por el ataque de una morsa furiosa.

—De momento no, pero nunca se sabe. —Tallulah soltó un suspiro—. Suena como si estuvieras en un bar. Los recuerdo. Vagamente. Señorita Doyle, ¿ha salido con algún chico?

—Sí, pero solo es un amigo. Creo. Estoy en San Antonio, en el Abierto de Texas.

—Qué sorpresa...

—Tallulah, no te lo vas a creer. —Empezó a dar saltitos—. Soy la *caddie* de Wells Whitaker.

—¡Síííí, Josephine! —exclamó su mejor amiga, claramente sin creerla—. Pues yo me he unido a la colonia de pingüinos. Soy su ilustre nueva líder.

Josephine jadeó.

—Es increíble. ¿El puesto tiene muchos beneficios?

—Los mejores. Tengo hasta seguro dental. —Tallulah soltó un gemidito—. Te echo mucho de menos. Me encanta lo que hago, pero me han asignado a tres científicos que no comprenden lo que es el sarcasmo. Cuando salgo del centro de investigación y les digo que voy a nadar, se lo toman en serio. Si me diera un chapuzón, seguramente moriría.

—¿Lo has comprobado para estar segura?

—Te quiero. Ven a la Antártida. Tenemos marsopas.

—Me gustaría, pero tengo que lavarme el pelo...

—Y hacerle de *caddie* a Wells Whitaker, por supuesto —añadió Tallulah, en plan guasón—. ¿Qué tal en las distancias cortas? Y me refiero a su trasero, obviamente.

—Para comérselo, como siempre. En las distancias cortas es donde el trasero de un hombre se la juega.

—¡Sí! —Oír la risa ahogada de su amiga le arrancó una sonrisa—. ¡Como el anuncio aquel!

—Es un clásico. —Se apartó para dejar pasar a alguien que iba al baño, y su espalda chocó contra algo duro—. Lo siento —dijo, girándose un poco, pero sin mirar quién estaba detrás—. Por desgracia, el trasero no compensa su mal genio. Ni su falta de modales o su incapacidad para aceptar consejos útiles. Ni su...

Le arrancaron el teléfono de la mano.

Josephine se volvió y su mirada se encontró con un mentón sin afeitar, tras lo cual fue subiendo hasta detenerse en unos ojos castaños inescrutables.

Wells.

Estaba delante de ella.

¿Qué parte de su llamada había escuchado?

—No sé lo que mi *caddie* iba a decir a continuación, pero supongo que sería algo así como: «Ni ese *backswing* tan flojo que tiene». Le encanta echarme la bronca por eso.

Josephine solo atinó a mirarlo boquiabierta.

—Puede que no esté de acuerdo con algunas de sus críticas, pero todo lo que ha dicho de mi culo es cierto. No tiene igual. —Cortó la llamada y le devolvió el teléfono—. A la cama. No quiero que tengas resaca por la mañana.

Fue como si le echaran un cubo de agua helada por encima. Acto seguido, la ira brotó como un géiser y le envió un torrente de ácido a la garganta.

—¡Mi mejor amiga me ha llamado desde la Antártida, so bruto! Hace tres semanas que no hablo con ella. —Si lo que vio en la cara de Wells fue un destello instantáneo de arrepentimiento, le pareció estupendo—. Además, lo mismo da que yo tenga resaca o que esté feliz como una perdiz, ¡en el campo no me haces ni caso!

Wells esbozó una sonrisa tensa.

—Como mínimo, has disfrutado mirándome el culo.

—Pues ya puedes conservarlo, porque ahora mismo es lo único que tienes.

Vio que se le movía la nuez al tragar.

—¿Ya vas a tirar la toalla?

La irritación de Josephine subió al siguiente nivel.

—¿Eso es lo que has intentado hacer? ¿Ponerme a prueba para ver si renuncio?

Él se cruzó de brazos.

—¿Lo vas a hacer?

Algo en su actitud beligerante y en su mirada provocadora hizo que recordara la conversación de aquella mañana. «A lo mejor es que desaprovecho todas las oportunidades que me dan. Buck no es el primero que se harta de mis gilipolleces y se larga». Pues si esperaba lo mismo de ella, iba listo. No pensaba darle la satisfacción de ser como los demás.

—¡No! Me quedo. Aunque solo sea para cabrearte. —Miró el teléfono con impotencia, sabiendo que podía intentar devolver la llamada, pero que seguramente no conseguiría conectar. Lo había intentado antes varias veces después de que se cortara. Tallulah tenía muy poca cobertura donde trabajaba y solo disponía de un tiempo limitado cuando usaba el teléfono fijo.

Joder.

Sentía una burbuja de emociones que se iba agrandando en su pecho y necesitaba subir antes de que estallara.

—Para bien o para mal, te veré por la mañana. Buenas noches.

Pasó por delante de un Wells con cara pétrea de camino a la barra. Tras disculparse con Ricky, que pareció comprenderla (ya que todo el bar se había quedado en silencio después de su discusión con Wells), dejó unos billetes para el cóctel y echó a andar hacia los ascensores del vestíbulo. Por suerte, uno de ellos se abrió enseguida y descubrió que estaba vacío.

Antes de que las puertas pudieran cerrarse, una mano enorme se coló entre ellas, abriéndolas de golpe. ¿Wells la había seguido? ¡Qué valiente!

Después de mirarla un instante, entró en el ascensor y ambos guardaron silencio con la mirada fija en los números mientras subían. La tensión entre ellos agitaba el aire como si fuera la cola de una serpiente de cascabel.

—No debería haber cortado la llamada.

—Lo añadiremos a tu montaña de atropellos.

Lo sintió dar un respingo.

—Una montaña, ¿eh?

—Al final de la semana, deberíamos tener una cordillera completa. La llamaremos los Alpes Tontos.

—¿De verdad piensas quedarte tanto tiempo?

—No pienso volver a responder a esa pregunta. Si creías que iba a abandonar tan fácilmente, ¿por qué me pediste que te hiciera de *caddie* para empezar?

En cuanto se abrieron las puertas en su planta, Josephine salió del ascensor casi dando un salto, dejando su pregunta en el aire. Oyó los pesados pasos de Wells tras ella.

—Josephine, es normal que me preocupe si me vas a dejar tirado o no. Joder, ahora mismo me estás dando largas mientras hablamos, ¿no?

Ella echó la cabeza hacia atrás y gimió con la mirada fija en el techo del pasillo.

—Lo hago para que no acabes formando parte de la lista de lesionados durante el torneo. —Una vez en su puerta, sacó la tarjeta de su bolso y la presionó contra el sensor, haciendo que la luz verde parpadeara. Su intención era entrar y cerrar la puerta, recuperar la calma en la tranquilidad de la enorme bañera o tal vez en uno de múltiples asientos, como si fuera la prima enfadada de Ricitos de Oro. Sin embargo, durante los últimos veinte minutos no había podido dejar de pensar en una cosa. En el escepticismo de Ricky cuando le dijo que Wells había ido a verla por casualidad después del huracán. Así que se detuvo con una mano en la puerta y dejó que su boca tomara el control, porque la ira había desconectado su cerebro—. ¿Con quién estabas en Palm Beach cuando pasaste por casualidad por Rolling Greens?

De repente, fue como si una persiana bajara por delante de su cara, dejándola inexpresiva.

—¿Qué?

—Que a quién visitabas.

Vio que le aparecía un tic nervioso en una mejilla.

—No me gustan las preguntas, Bella. ¿Te acuerdas?

Pues a ella le estaba saliendo fuego por las orejas.

—¿Ah, sí? A mí no me gusta la sensación de que estás jugando conmigo.

Sus palabras lo hicieron retroceder de repente, visiblemente desconcertado.

—¡Jamás jugaría contigo!

—Llevas todo el día sin hacerme caso y has pasado de mí porque quieres que renuncie, porque eso justificaría tu filosofía de mandar a todo el mundo a la mierda. ¿Eso no es un juego?

Wells parpadeó y se quedó mirando la pared un momento, como si acabara de darse cuenta de lo que había hecho.

—Yo…, no. No lo he hecho a propósito.

—Bien. —Josephine exhaló con brusquedad—. Me alegro mucho de ponerle fin a esa expectativa.

—Todos los que te han precedido han renunciado —masculló Wells, dando un paso decidido hacia ella. Luego otro. Y otro más. Hasta que estuvo tan cerca que Josephine olió su jabón al respirar. La cogió por la nuca, la hizo girar y después le enterró los dedos en el pelo y le echó la cabeza hacia atrás mientras su boca se acercaba desde arriba.

El cuerpo de Josephine se puso en alerta máxima. Sus terminaciones nerviosas sonaron como alarmas en miniatura. Entreabrió los labios con la súbita desesperación de inhalar su aliento, de respirarlo pese a la discusión que se estaba produciendo. Sentía la firmeza y el calor de ese cuerpo contra el suyo. Su altura y su fuerza hicieron que se preguntara si sería capaz de hacer algo más que dominar a una mujer en la cama. ¿Intentaría ser tierno y acabaría perdiendo los papeles? ¿O ni lo intentaría siquiera?

—¿No quieres juegos? Pues vale. No estaba visitando a nadie en Palm Beach. Fui por ti. —Esas tres palabras hicieron que a Josephine se le pusieran los ojos vidriosos y le retorcieron el corazón—. Siento haberle colgado a tu amiga —siguió él, pronunciando las palabras con cuidado—. Estaba a tu lado, escuchando todas las razones por las que sabía que ibas a dejarme tirado, Bella, y…

—No voy a dejarte tirado —susurró ella, luchando contra el impulso de morderle la boca o besársela. O las dos cosas.

—Ya veremos.

¿No iba a besarla?

La gente no se ponía a hablar sin más con la boca a un palmo de distancia, ¿verdad?

A lo mejor solo quería que le quedara claro que se estaba disculpando, ¿no?

¡Ay, Dios! Esos ojos castaños eran muy… bonitos y muy profundos a esa distancia. Y su mano parecía tan dominante en su pelo que no pudo evitar querer ofrecérselo todo. Aunque estuviera enfadada. ¡O a lo mejor porque lo estaba!

Con los ojos clavados en su boca, se lamió despacio el labio inferior. Sintió que el pecho de Wells subía y bajaba.

—Que descanses —le dijo él con voz ronca—. Mañana te espera un largo día y tendrás que aguantarme. —La soltó con evidente pesar y dio un paso atrás—. Me pondré mis pantalones más ajustados.

—Gracias —replicó ella, aturdida—. Quiero decir…

—Buenas noches, Josephine. —Wells se volvió y se alejó por el pasillo, contoneando las caderas—. Disfruta mirándome el culo. Te lo has ganado.

—Me retracto. Renuncio.

Su estruendosa carcajada resonó al entrar en el ascensor y luego desapareció por completo.

Josephine entró casi sonámbula en la habitación, mientras en su mente se repetían tres palabras, «Fui por ti», hasta que por fin se durmió.

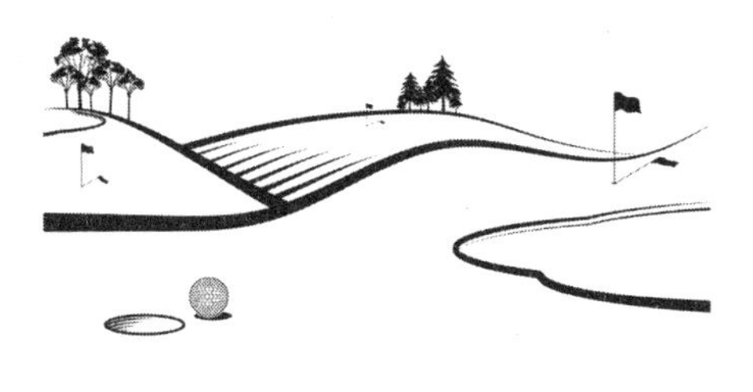

13

El viernes por la mañana, Wells estaba delante de la sala de las bolsas, con los brazos cruzados mientras se golpeaba con un dedo índice el codo opuesto. Josephine estaba dentro y necesitaba hablar con ella antes de que empezara el segundo día.

En fin, técnicamente no necesitaba hablar con ella. No le debía explicaciones a nadie.

En ese caso..., ¿qué? Después de lo de la noche anterior y de cómo lo había reprendido de una forma tan precisa que resultaba inquietante, ¿de verdad quería que Josephine lo entendiera mejor?

Eso tampoco tenía ningún sentido.

Salvo que si lo entendía mejor, cabía la posibilidad de que su relación golfista-*caddie* se fortaleciera. En el pasado, algo así ni se le habría pasado por la cabeza. Siempre jugaba como le apetecía. No necesitaba una segunda opinión en cuanto a cómo golpear la bola para meterla en un agujero. Lo hacía y punto. Salvo que ya no lo hacía.

Y, de repente, eso importaba mucho, porque si él perdía, también lo haría Josephine.

Por supuesto, eso también pasaba con sus anteriores *caddies*, pero nunca había aceptado a nadie en exclusiva. Los *caddies* de sus torneos anteriores tenían una carrera profesional consolidada y seguridad económica. Otras opciones. Eso era distinto.

El otro detallito que hacía diferente a Josephine del resto de sus antiguos compañeros de golf era que quería follársela con tantas ganas que se había despertado gruñendo su nombre mientras se la cascaba. Mientras se imaginaba su pelo castaño cobrizo sobre su almohada, clavándole las uñas en las espalda, con las tetas desnudas y rebotando. Joder, se había corrido en cero coma. Y, la verdad, se había sentido muy culpable después, sobre todo teniendo en cuenta que era su jefe a todos los efectos.

Y más culpable todavía por haberle estropeado la noche.

Por haber cortado la llamada de su mejor amiga.

Pensar en lo que había hecho —y en la reacción desolada de Josephine— todavía le provocaba un vacío enorme en el pecho. La noche anterior se había pasado tres horas buscando la dirección de correo electrónico de Tallulah en el centro de investigación y ni el mismísimo Dios iba a impedirle remediar ese error. Tardara lo que tardase. De lo contrario, el recuerdo de los ojos cuajados de lágrimas de Josephine lo atormentaría hasta el final de sus días.

Lo más normal del mundo que podía sentir un golfista por su *caddie*.

Se pasó una mano por la cara sin afeitar. Como tuviera que esperar un minuto más, entraría a buscarla. ¿Por qué tardaba tanto en salir con su bolsa?

Por fin se abrió la puerta y allí estaba Josephine, pasando por debajo del brazo del hombre que la sujetaba. El mismo tío con el que la vio sentada a la barra la noche anterior.

¿Qué pasaba allí?

Su vista adquirió una alarmante tonalidad gris y sintió que le ardía el cuero cabelludo por debajo de la gorra.

—¡Ah! —Josephine se detuvo al verlo esperando—. Wells.

El otro *caddie* los miró.

—Te veré en el campo —le dijo a Josephine antes de tenderle una mano a él—. Buena suerte hoy.

Wells todavía no tenía claro lo que le inspiraba ese tío, pero Josephine lo observaba con el ceño más fruncido a cada segundo que él titubeaba.

—Ajá —masculló Wells mientras le estrechaba la mano—, lo mismo digo.

En cuanto el otro *caddie* se alejó lo suficiente, ella lo pinchó.

—Ser educado no ha sido tan difícil, ¿a que no?

—La verdad es que me estoy desmoronando por dentro.

—Pobre gárgola. —Josephine meneó la cabeza y echó a andar hacia el campo, y él la siguió. Fue detrás a propósito, mientras se sacaba paquetitos de pastillas de glucosa de los bolsillos y abría con cuidado varios compartimentos de la bolsa de golf para meter los tubos de plástico dentro. Con sabor a uva—. Me alegro de que hayas venido pronto. Practicar un poco el *swing* sería...

—¿Hay algo romántico ahí? —la interrumpió.

Ella lo miró parpadeando por encima del hombro, pero por suerte ya había terminado de llenar la bolsa con refuerzos de azúcar, tal como había sugerido la madre de Josephine.

—Que si hay algo romántico ¿dónde?

Wells se colocó a su altura.

—Entre ese crío y tú.

—En primer lugar, se llama Ricky y es el *caddie* de Tagaloa. Ayer pasamos todo el día con ellos. ¿Te suena de algo?

—Pues no mucho.

Ella puso los ojos en blanco.

—En segundo lugar, no, tiene novia. De hecho, tiene dos. Y las dos quedan relegadas por su dragón de Komodo, Slash.

—Bien —gruñó Wells, con el mundo otra vez a color.

Las mejillas de Josephine adquirieron un leve tono rosado.

—Supongo que la segunda novia no opina lo mismo. —Recorrieron varios metros en silencio—. ¿Querías hablarme de otra cosa?

—Sí.

Siguieron andando.

Wells sabía lo que quería decir, pero no tenía la menor idea de cómo expresarlo con palabras.

—No se trata de que no quiera aceptar sugerencias en el campo, Josephine. No soy tan cabezota, joder. —Esa última frase hizo que ella pusiera cara de no creérselo, algo justo, pero añadió—: Es como que... cuando veo que la jornada empieza a ser una mierda pinchada en un palo, lo único que quiero es darme prisa para cagarla del todo.

—Eres autodestructivo.

Pese al maravilloso elogio, le encantaba que Josephine se lanzara de cabeza a la conversación con él, sin pompa ni ceremonia.

—Eso suena mucho peor de lo que yo he dicho.

Josephine se detuvo y se apartó del camino de modo que las parejas que iban detrás pudieran pasar. Soltó la bolsa delante de ella y se tensó la coleta. Del... Dios, del modo más mono del mundo. ¿Por qué todo lo que hacía era tan adorable?

—¿Por qué quieres cagarla del todo?

—La verdad, no esperaba profundizar tanto con la explicación. —Empezaba a notar calor en la nuca—. ¿No podemos dejarlo en lo de la mierda pinchada en un palo?

—Me temo que no.

Wells soltó un taco. Se quitó la gorra y se pasó los dedos por el pelo antes de ponérsela de nuevo.

—Voy a darte el gusto porque me siento como un villano de Batman después de lo de anoche.

—A ver —replicó ella sin perder comba—, eres la cruz de mi existencia, como Bane para Batman, que lo sepas.

Uf, por Dios. ¿También sabía hacer chistes con Batman? El corazón le latía a la velocidad de la luz. ¿Qué se suponía que debía hacer con eso?

—Muy graciosa —replicó, aunque la voz le salió un poco estrangulada—. Esto... ¿de qué estábamos hablando?

—De que eres autodestructivo.

—Sigue sin gustarme esa frase, pero vale. —Cambió de postura y puso los brazos en jarras. Tenía la sensación de que una mula le había dado una coz en el pecho—. Supongo que me saboteo en el campo porque quiero demostrar que no me importa.

—¿Y te importa?

Wells abrió la boca, pero no le salió nada.

Josephine siguió delante de él, en silencio.

Sintió que empezaba a picarle debajo del cuello.

—¿Te importa, Wells?

—Sí —contestó después de varios segundos más.

—Supongo que una pregunta más apropiada sería por qué te cuesta tanto admitir que te importa si ganas o pierdes —dijo ella en voz baja.

¡Por Dios! Solo quería explicarle que no era cierto que no le hiciera ni caso en el campo, tal como ella afirmó la noche anterior. Que iba a esforzarse al máximo para prestarle atención, para incorporar sus sugerencias. Aunque no había aceptado una sesión psicológica, con los brillantes ojos verdes de Josephine clavados en él, se dio cuenta de que la verdad quería brotarle de la garganta.

—No quiero otorgarle ese poder a nada. El poder de... —«Suéltalo de una vez. Ya te has tirado a la piscina, así que empieza a nadar»—. Si el golf es lo que va a salvarme o a destrozarme, prefiero destrozarlo yo antes.

—¿Por qué?

—Porque así soy yo quien pone las reglas. Yo controlo el deporte y sus consecuencias. Si voy a lanzarme por los rápidos, la canoa la pongo yo.

—Tu canoa está llena de agujeros —replicó ella, impaciente.

—Lo sé, Josephine —masculló—. Por eso te di la oportunidad de largarte.

Ella levantó las manos.

—Menos mal que empiezas a hablar claro. Ayer jugaste fatal para acicatearme a que me fuera.

—Al principio, no. Pero como todo empezaba a irse a la mierda, supongo que quise darte una excusa para que tirases la toalla cuanto antes y así me evitaba la espera. —¡Por el amor de Dios! Era como si tuviera una banda en el pecho que no paraba de tensarse—. Te traje aquí con buenas intenciones. Quiero ganar por ti. Pero la esperanza es un puto monstruo, Bella, sobre todo cuando dicha esperanza depende de mí.

—No, no lo es —replicó ella.

—Buck tenía muchas esperanzas puestas en mí, ¿verdad? En cuanto empecé con los traspiés, cogí una cerilla y le prendí fuego para cagarla del todo. —Ya solo le quedaba hablar de sus padres. Era incapaz de hurgar tan hondo—. Les fallo a los demás y se van. He fallado en este deporte, y me ha abandonado. Es más fácil ser el primero en largarse.

—¿En serio? ¿Es más fácil o solo te has acostumbrado a ese patrón de mal comportamiento? —Josephine se acercó y le colocó una mano en el pecho—. Sé valiente. Permítete que te importe de nuevo.

Wells tenía la sensación de que tiraban de él en direcciones encontradas. Estaba en un cruce de caminos con un viento conocido que lo impulsaba a coger el camino habitual. Donde estaría solo, sin que nadie contase con él. Esa dirección no era agradable. Pero era cómoda. En el otro camino, había... esperanza. Tentadora, pero peligrosa. Sobre todo cuando la posibilidad del fracaso implicaba decepcionar a esa mujer.

El sonido de un carrito que se acercaba interrumpió sus pensamientos.

—Señor Whitaker —dijo uno de los observadores del campo—. Comienza en diez minutos.

—Gracias —replicó Josephine con una sonrisa forzada—, ya vamos.

El carrito cambió de dirección y regresó por donde había llegado, dejándolos sumidos en un relativo silencio. Josephine se agachó y se colgó la bolsa del hombro. Él quería tirar la dichosa bolsa al suelo, cogerla en brazos y llevarla de vuelta a su habitación. Quería enterrar su cuerpo y su alma en ella, y retrasar el momento de jugar al deporte que lo hacía sentirse como un fracasado.

No fracasaría a la hora de hacerla gemir. Sería el puto maestro en eso.

—Wells.

—¿Qué?

—Deja de mirarme las tetas. —Josephine regresó al camino y empezó a recorrer deprisa la distancia que quedaba hasta la calle—. Este uniforme de *caddie* no tiene nada de excitante.

Wells la siguió, anonadado porque se sentía más... ligero. Pese a la carga de la que habían estado hablando durante los últimos cinco minutos, juraría que sentía menos tensión en el cuello. Incluso tenía las piernas más relajadas, por no hablar de la cabeza. ¡Por Dios! ¿Estaba preparado para... que le importase de nuevo, tal como Josephine le había pedido?

—Llevas un uniforme con mi nombre, Bella. No hay nada más excitante.

Ella fingió que le daban arcadas.

—A ver qué te parece esto: si consigues hacer un *eagle* en el primer hoyo, puedes... —Cerró la boca con fuerza mientras le ardía toda la cara—. Da igual.

Se le aceleró el pulso al oírla.

—Ah, no, necesito oír el resto de esa frase.

—Es poco profesional. Solo estaba...

—¿Tonteando conmigo?

—No. —Josephine meneó la cabeza con vehemencia—. Nunca tontearía con mi jefe.

Como no tuviera cuidado, toda esa conversación iba a ponérsela dura, y faltaban dos minutos para que salieran por televisión. A menos que su polla quisiera hacerse con el papel de doble de su hierro 9, tenían que bajar el tono. Aunque no quería pasar por alto la oportunidad de hablar de la naturaleza de su relación. Eso estaba permitido, ¿verdad? Solo para dejarlo todo muy claro, cristalino.

—Tenemos que hablar de esto después, Josephine.

—No, de eso nada. No volverá a pasar.

—¿El qué no volverá a pasar? —«Masoquista»—. Ni siquiera sé qué ibas a proponer.

—Era una tontería. Si hacías un *eagle* en el primer hoyo, iba a ofrecerte posar para una foto vestida con mi uniforme de *caddie*. —El rubor ya le subía hacia el pelo—. Por eso de que te parece tan excitante.

Su reino por esa foto.

—Hecho.

—Esto..., no —balbuceó—. No, ese no es un comportamiento adecuado entre jefe y empleada.

—Pues no lo es, no. Y si yo hubiera propuesto la apuesta, el error sería mío. Pero como lo has hecho tú, creo que seguimos manteniendo el decoro.

—Me sorprende que conozcas siquiera la palabra «decoro».

—Eres tú la que va sugiriendo fotos sin pantalones con tu uniforme de *caddie*.

Ella se quedó boquiabierta.

—¿Quién ha dicho nada de sin pantalones?

—Lo siento, el ruido de la multitud... —Wells se tocó una oreja—. Los vítores me han impedido oír lo que estabas diciendo exactamente.

Josephine esbozó una sonrisilla torcida..., y él lo supo. Iba a obligarlo a que descubriera su farol. Y su polla iba a conseguir ese papel de doble, fijo.

—De hecho, he dicho que sin pantalones y sin sujetador. —Josephine parpadeó una vez. Dos—. Tienes que prestar más atención.

Sintió que se le secaba la boca.

—Dame el *driver*.

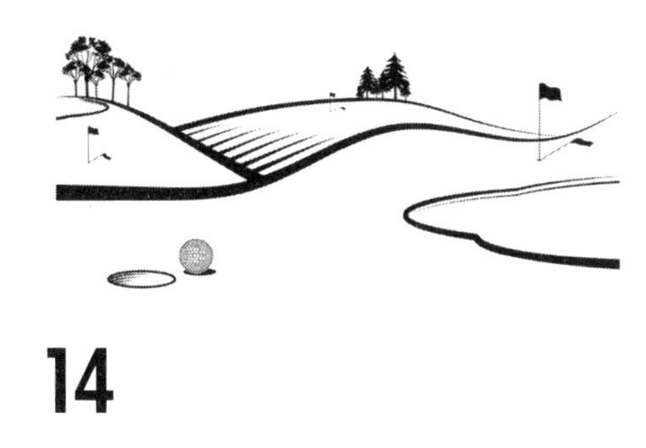

14

Pues Wells acabó haciendo un *eagle* en el primer hoyo.

Josephine fue incapaz de mirarlo a los ojos mientras recogía su *driver*.

¿Se podía saber en qué estaba pensando?

En qué estaban pensando los dos.

¿De verdad iba a enviarle una foto casi desnuda?

Desde que derribaron la tercera pared entre jugador y fan, habían pasado el noventa por ciento de su relación discutiendo. Y el noventa por ciento de dichas discusiones estaban relacionadas con conseguir que él dejara de ser un capullo. ¿Se sentía atraída por él? ¡Sí! No tenía sentido negarlo después de todas las guarradas que se le pasaban por la cabeza con más frecuencia de un tiempo a esa parte, con una fijación importante en morderle el culo.

Wells estaba cañón.

Eso no se podía discutir.

El problema radicaba en que también era su jefe. Y en que solo la tenía a ella. Su mentor y su representante lo habían abandonado. Difuminar los límites de la profesionalidad sería una idea espantosa. Horrible.

—Josephine, estaba pensando una cosa —dijo Wells al tiempo que se ponía a su lado, justo delante de la salida del segundo hoyo—. No debería ser yo quien se beneficiara hoy de una apuesta. Hace falta un acuerdo justo.

—Tenemos que hablar de distancia —soltó ella.

¿Acababan de temblarle a Wells los labios por la risa?

—No me sentiría bien si no sacaras algo del trato.

—Tengo todo lo que necesito.

Wells bajó la mirada, brevemente, hasta sus muslos.

—¿En serio?

Sintió que una gota de sudor le caía por la columna.

—Menos mal que ahora mismo no tienes un micro.

Él murmuró algo.

—¿Qué quieres a cambio de que haga par en este hoyo? Debes decidirlo tú.

—¿En aras del decoro? Creo que la palabra no significa lo que tú crees.

Wells dejó pasar un segundo.

—Creo que me gusta tontear contigo. Y creo que tú también quieres tontear. —La miró de nuevo, pero con expresión seria—. Y mientras tengas claro que tu puesto está asegurado y que antes me corto las piernas que abusar del poder que tengo sobre ti, a lo mejor necesitamos tontear sin más, Bella.

¿Cómo conseguía que esa palabra, «tontear», sonara a otra cosa?

—Eso no es lo que dijiste el miércoles por la noche.

—Ahora estoy explicando mejor lo que dije. Siempre que seas tú la que dé el primer paso…

—¿Para tontear?

—Y que sepas que no hay ninguna presión…

—Lo sé. Lo tengo claro.

—Pues vamos a tontear, joder. —Entrecerró los ojos y clavó la mirada a lo lejos—. Fija las condiciones de tu apuesta.

¿Qué estaba pasando? ¿Estaban en mitad de un torneo de golf poniendo las reglas para tontear? ¿Cómo era posible que se lo estuviera pasando tan bien aunque la hubiera pillado totalmente desprevenida? Cierto era que creía a Wells cuando le decía que no había presión, porque no la sentía. Él nunca usaría su posición para hacer nada que la incomodase. ¿Bastaba su intuición como excusa para dar un minúsculo paso al frente? ¿Era lo bastante fuerte como para proponer la madre de todas las apuestas?

La estaba desafiando con la mirada para que lo hiciera, pero a la vez también la tranquilizaba.

Josephine se llenó los pulmones de aire mientras se armaba de valor.

—Si haces par en este hoyo… —Ladeó la cabeza y estiró el cuello para mirarle el trasero, aunque fue incapaz de pronunciar las palabras—. Mmm.

Wells esbozó una sonrisa poco a poco.

—¿Quieres una foto mía con los pantalones bajados?

Y pensar que esa mañana se había levantado creyendo que llevaba una vida casi normal…

—Me parece que no tiene mucho sentido negar que me gusta tu culo después de que anoche me oyeras hablar por teléfono.

—Para comérselo —Le guiñó un ojo—. Dijiste que está para comérselo.

Josephine cerró los ojos y soltó un gruñido amenazante.

—Tú dale a la bola y ya, so payaso.

Wells se echó a reír.

¡Se echó a reír!

Casi le flaquearon las piernas. Abrió los ojos de golpe con la esperanza de ver su cara sonriente, pero ya estaba concentrado en el golpe que estaba a punto de hacer, moviéndose a derecha e izquierda para examinar el ángulo, para comprobar el viento.

Ejecutó el *swing* sin el titubeo que había desarrollado a lo largo de los dos últimos años y la bola cayó en la parte izquierda de la calle. La multitud que se concentraba a su espalda aplaudió con fuerza.

Wells le pasó el *driver*.

—Bien visto, Bella.

Josephine podría haberse pasado el resto de la mañana totalmente distraída por haber ganado una apuesta que le garantizaba una foto personal del culo de Wells, pero estaba demasiado absorta en el atisbo del antiguo Wells que tenía delante. Consultaba con ella cada golpe mientras los repasaban en los libros de distancias y se acuclillaban el uno junto al otro para comparar notas sobre el ángulo del *green*. Casi parecía que... se lo estaba pasando bien.

Sin embargo, todo ese progreso se detuvo en el hoyo ocho.

Estaban hombro con hombro, esperando a que Tagaloa hiciera su *putt*, cuando Buck Lee apareció entre los espectadores. Su cara solo era una más entre la multitud, pero su llegada fue como si a Wells le tirasen un cubo de agua fría. Empezó a adoptar una expresión taciturna y a moverse con menos naturalidad.

En un abrir y cerrar de ojos, bajó dos puestos en la clasificación.

—Oye. Tenía una pendiente traicionera. Olvídalo —le dijo ella y se le cayó el alma a los pies al ver que no replicaba nada.

El siguiente hoyo fue peor.

Buck Lee se fue, con la misma indiferencia con la que había aparecido.

Y en ese momento fue cuando el atisbo del antiguo y sorprendente Wells Whitaker se esfumó por completo.

A ese ritmo, la posibilidad de pasar el corte y seguir en el torneo al día siguiente era casi nula. No a menos que pasara la tarde sin hacer un *bogey* en ningún hoyo, y eso parecía tan probable como que Taylor Swift actuara en su cuarto de baño esa noche.

«No dejes de intentarlo. No tires la toalla con él».

—Se está levantando viento...

—Me importa una mierda el viento, Josephine. A estas alturas, me la trae floja todo.

Quería bajar los hombros, pero se negó a permitirlo.

—Vas a cagarla del todo.

—Eso parece, sí —replicó él con los labios apretados mientras examinaba la punta de su palo.

—No. Da un paso atrás, reconoce lo que haces y esfuérzate por concentrarte de nuevo.

Wells resopló, lo que llamó la atención de varios espectadores.

—¡Por Dios, deja de meterme con calzador esas chorradas zen tuyas, Bella!

—Una chorrada es permitirle a esa vieja gloria pasivo-agresiva y condescendiente que se te meta en la cabeza y te la ponga patas arriba. Dejar que gane. Creía que eras más duro.

Wells volvió la cabeza despacio, fulminándola con una mirada incrédula.

—¿Lo has visto treinta segundos y has sacado todo eso en claro?

—¡Ajá!

Wells tenía toda la pinta de que estaba intentando salir como podía del agujero mental en el que se había metido, pero era incapaz. Se lo decían su mueca de arrepentimiento y el brillo de sus ojos, que había desaparecido por completo.

—Dame el *drive*, Josephine.

—Cógelo tú. Yo me voy con el público.

—¿¡Qué!? —gritó él.

—He dicho que me voy… —contestó mientras señalaba con los dedos la zona acordonada de los espectadores— allí.

El pánico fue apareciendo poco a poco en su cara.

—¿Qué ha pasado con lo de no abandonarme nunca?

—Dije que no te abandonaría siempre y cuando tú no volvieras a abandonarte a ti mismo. Y eso es lo que estás haciendo. —Se dio media vuelta, dio unos cuantos pasos y pasó por debajo de la cuerda, hacia la derecha de la tribuna…

Y de inmediato un carrito de golf le pasó por encima de un pie.

El dolor le subió desde los dedos al tobillo, dejándola completamente sin aire en los pulmones. Fue un shock tan grande, pasó tan deprisa, que ni siquiera tuvo tiempo de exclamar. Tenía el culo en la hierba antes de darse cuenta de que se estaba cayendo, con la única necesidad de aliviar la presión que sentía en el pie. Seguro que se lo habían roto.

La voz incrédula de Wells casi la dejó sorda.

—¡Josephine!

Se plantó delante de ella y su imagen le pareció borrosa un instante por toda la sangre que se le agolpaba en la cabeza, pero después de unos segundos en los que pudo evaluar su estado, el shock la abandonó y el dolor empezó a mitigarse. «Un susto. Solo te has llevado un susto».

—Estoy bien.

—¡Qué cojones vas a estar bien! —explotó Wells al tiempo que se arrodillaba delante de ella—. ¡Te han atropellado!

—Solo el pie.

—Has atropellado a mi *caddie* —gruñó en dirección al carrito, en el que iban dos observadores—. Voy a jo...

—¡Wells!

Él soltó un gruñido frustrado.

—¿Dónde está el médico del campo? —Antes de que Josephine se diera cuenta de sus intenciones, Wells la levantó del suelo y la acomodó entre sus brazos—. ¿Dónde?

Uno de los observadores se levantó.

—He avisado por radio. El carrito médico viene de camino.

—Genial —replicó él—, otro carrito. ¡A lo mejor si tenemos suerte, la remata!

—Cuidado, Whitaker —repuso el observador, agitando un dedo en el aire—. Veníamos para darte una advertencia por el uso de lenguaje soez. Otra vez —añadió con retintín.

—Wells, ya casi no me duele —dijo ella mientras intentaba zafarse del férreo abrazo que la sujetaba—. Solo me ha pillado desprevenida.

—¿Es un mal momento para decirte que nada de esto habría pasado si te hubieras quedado conmigo, donde debes estar?

—Sí, es el peor momento para decirlo. —Perdió la tensión del cuello y acabó apoyándolo en la flexura de su codo—. ¡Ay, por Dios, no dejes que mis padres vean esto!

—Aquí viene el carrito médico —dijo Wells, que todavía parecía mucho más nervioso de lo que merecía la situación. Con tres largas zancadas, Josephine acabó sentada en el asiento de cuero. El médico ni tuvo la oportunidad de bajarse de detrás del volante antes de que Wells se arrodillara de nuevo delante de ella—. No me acuerdo: ¿hay que dejar el zapato puesto cuando es una torcedura para que no se hinche o me equivoco?

—¡No es una torcedura! —gritó ella.

—Caballero, ya me encargo yo —terció el médico con impaciencia.

—Solo será un segundo. Voy a comprobar los daños.

Wells le quitó el zapato, y en ese momento fue cuando todo empezó a suceder a cámara lenta. Recordó la noche que se pintó las uñas de los pies, y la incredulidad la golpeó como un mazazo.

—El calcetín no. Déjame el calcetín puesto.

—¿Cómo quieres que vea algo con el calcetín puesto?

—No hay nada que ver.

Y allá que le quitó el calcetín.

Allí estaban: cinco dedos con las uñas bien pintadas de azul. Con brillantes letras amarillas. Deletreando «BELLA» con un «de» en pequeño. Él se quedó inmóvil. Pasaron tres segundos. Cuatro. Y después, haciendo caso omiso de sus protestas, Wells le arrancó el otro zapato y el otro calcetín, dejando al descubierto la palabra «WELLS».

Él no dijo nada.

No se movió.

Se había convertido en una estatua.

Josephine contuvo el aliento mientras lo veía ponerse en pie, apoyar las manos en la parte superior del carrito y mirarla, durante un buen rato, dejando que los engranajes de su cabeza dieran vueltas.

—Vamos a pasar el corte —dijo él con voz vibrante.

Josephine dio un respingo cuando Wells golpeó el techo del carrito.

—Vamos a pasar el puto corte, Josephine.

—Vale —susurró ella, y la vergüenza que sentía se convirtió en otra cosa. En pura esperanza. Esperanza y… unión. Con ese hombre.

Para bien o para mal.

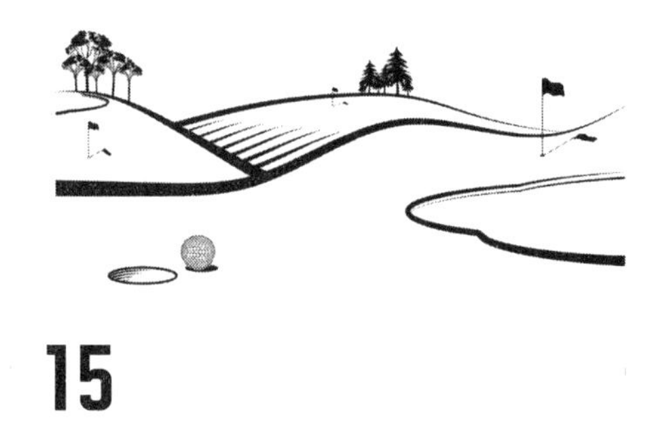

15

Wells vio que cambiaba la clasificación en la pantalla del televisor y que su nombre se colaba en la franja verde, entre los sesenta y cuatro jugadores mejor clasificados.

«Increíble».

Se dejó caer de espaldas sobre los cojines del sofá de su habitación y soltó el aire. Empezó a sentir algo raro en el espacio entre el pecho y la garganta, algo que le dificultaba la tarea de llenar los pulmones de aire. Solo había pasado el corte una vez en toda la temporada y fue por un tecnicismo, porque el golfista que estaba por encima cometió un error al anotar su puntuación.

Sin embargo, ¿eso?

Eso era por méritos.

Y su regreso triunfal de ese día solo podía achacarse a una cosa.

O… a diez, para ser exacto.

A los dedos de los pies de Josephine.

Se presionó los ojos con los nudillos y soltó una carcajada casi histérica que resonó en la habitación.

—Se te ha ido la pinza. Pero del todo.

Tal vez fuera verdad, joder, pero no podía negar la bomba atómica de alivio, de orgullo y de esperanza que le había explotado en el estómago al quitarle los calcetines y ver aquellos diminutos milagros devolviéndole la mirada. Allí estaban, la prueba de que Josephine seguía creyendo en él. De que seguía siendo su fan número uno. ¡No la había perdido! Y ni de coña iba a permitir que se arrepintiera de eso.

Se puso en pie y fue al cuarto de baño, donde plantó las manos en la encimera de mármol para mirarse los ojos en el espejo.

—No vayas a su habitación. —Se encogió de hombros con forzada naturalidad—. No vayas y punto.

A ver, que si iba, no significaba que fuera a pasar algo de índole sexual. Pero estaban sucediendo cosas raras en su interior. Cada día que pasaba con esa mujer en su vida se deshacía de otra capa de entumecimiento e indiferencia. Tenía ganas de jugar al golf al día siguiente.

Con ella.

Cerca de ella.

Junto a ella.

Dondequiera que ella estuviera.

Inclinó la cabeza hacia delante.

—Por el amor de Dios, contrólate, joder.

Que sí, que había sido él quien la invitó a tontear, pero la complicada dinámica de poder entre ellos seguía presente. Josephine dependía de él para recibir ingresos. Ella tenía mucho que perder.

Sintió la vibración del móvil en el bolsillo y abandonó esos pensamientos erráticos.

Hablando del… ángel.

Era Josephine.

Abrió el mensaje intentando no hacerle caso al nudo que tenía en la garganta… y sintió que toda la sangre del cuerpo se le agolpaba en un punto. Era un selfi de Josephine en el cuarto de baño con el uniforme de *caddie*. Y no sabía adónde mirar primero. Porque había cumplido con su parte de la apuesta. Con creces.

Sin pantalones.

Y también sin bragas, o al menos eso insinuaba la foto.

—Madre del amor hermoso.

Se había tirado del chaleco para cubrirse abajo, pero la prenda era corta, de modo que podía verle las caderas, y no había ni rastro de ropa interior. Solo piel blanca y tersa hasta donde alcanzaba la vista, con lunares en algunos puntos que le hicieron la boca agua. Se moría por agarrar, masajear y lamer esas curvas. Jod…, ¡tampoco llevaba sujetador! Y eso sí que era un puto tormento por culpa del tejido de rejilla, que le permitía ver un atisbo de lo que había debajo, aunque no iba a fingir que no había hecho zoom en un intento por ver el color más oscuro de sus pezones.

Allí estaban. Pequeños y bien duros.

Ni siquiera le importaba que su cerebro cachondo estuviera rellenando lo que faltaba.

—Nena… —Se pasó una mano por el paquete y se dio un apretón—. Joder.

Josephine: Felicidades por pasar el corte. Disfruta tu nuevo fondo de pantalla.

Wells inspiró hondo varias veces —e hizo zoom cinco veces más— antes de contestar.

Wells: A la mierda el trofeo, ya he ganado. Para siempre.

Wells: Solo me falta tu cara.

Esa cara tan preciosa en la que no podía dejar de pensar.

Josephine: ¡Venga ya! Me da igual si no te veo la cara en el mío.

Josephine: De hecho, lo prefiero.

Wells soltó un gruñido, sintiéndose insultado, y levantó la cabeza para mirarse en el espejo.

Wells: Tengo una cara estupenda, Bella, y lo sabes.

Josephine: Te estás mirando en el espejo, ¿verdad?

Esa mujer no tenía derecho a conocerlo tan bien. No tenía ningún derecho. No sabía lo que había hecho para merecer semejante suerte. Por primera vez en mucho tiempo no estaba solo. Tenía una... amiga. Una amiga medio desnuda a la que no podía dejar de mirar. ¡Por Dios, qué muslos!

Wells: ¿Todavía la quieres?

Josephine: ¿El qué?

Wells: La foto de este melocotón que está para comérselo, Bella. ¿Todavía la quieres?

Josephine: 🙄 Sí 🙄

Antes de que le llegara la respuesta, Wells ya se estaba desabrochando los pantalones y dándose media vuelta, de modo que se le reflejara el culo en el espejo. Se lo había mirado un montón de veces, pero nunca se había hecho un selfi del culo en un cuarto de baño. Tardó unos minutos en a) encontrar la luz/el ángulo adecuado y b) tensarlo sin que pareciera que lo estaba tensando. Pero al final, ¡ja!, se hizo una foto que consiguió el aprobado y la mandó.

No obtuvo respuesta.

Se subió los pantalones, se los abrochó y esperó. Y esperó un poco más. ¿Se habría metido Josephine en la ducha?

No, en todo caso se daría un baño. Le encantaba esa bañera.

Él tenía una enorme en el piso de Miami que nunca usaba, pero por algún motivo, de repente se alegraba de tenerla. No sabía por qué.

En ese momento, se le puso durísima al imaginarse a Josephine en su bañera, con el uniforme de *caddie* pegado al cuerpo. Se metería en el agua con ella. Seguramente ella se haría una barba con la espuma o alguna chorrada así…, y ¿por qué sentía la tráquea ocho veces más pequeña?

Estaba excitado… ¿física y emocionalmente?

¿Qué se suponía que tenía que hacer al respecto?

Mientras le ordenaba a su erección que desapareciera, porque habían accedido a tontear y a intercambiar fotos, no a irse a la cama, se quitó la ropa que había llevado todo el día, se dio una ducha y se las apañó para resistir la tentación de mitigar la frustración que sentía con la mano.

Por una parte, no tenía que vivir con el sentimiento de culpa.

Por la otra, tenía las pelotas más duras que el puto pomo de una puerta.

«Una cosa por la otra, no está mal».

Josephine seguía sin contestar cuando salió de la ducha.

Muy bien, empezaba a ponerse nervioso. ¿Habría cambiado de idea con respecto a su culo? Sería mejor preguntárselo en persona que por un mensaje de texto, ¿verdad? De repente, se descubrió cogiendo el ascensor con el pelo húmedo y vestido con unos pantalones de deporte y una sudadera hasta la planta de Josephine, porque, al parecer, solo quería empeorar el dolor. Aunque, de alguna manera, mantenerse alejado de ella era una forma propia de dolor.

—Por favor, que alguien me diga qué hacer con esta chica —masculló mientras llamaba a su puerta con un poco más de fuerza de la necesaria—. Soy yo.

Ella respondió al cabo de un segundo.

—¿Quién es «yo»?

Sintió que una vena le latía en la frente.

—El único hombre al que deberías estar esperando —gritó.

—Tranquilo. —Ella se echó a reír mientras abría la puerta, con la piel bastante ruborizada. Interesante. ¿Qué había estado haciendo antes de que llamara? Muy bien, se lo imaginaba—. Sé que los golfistas sois muy territoriales con vuestros *caddies*, pero tú lo has convertido en un arte.

Wells solo atinó a mirar fijamente esa piel recién lavada y brillante que tenía delante de los ojos. Descalza y envuelta en un albornoz. Tenía una foto de esa mujer en el móvil cubierta solo con un chaleco corto de rejilla. Él le había mandado una foto de su culo. ¿Iban a fingir que nada de eso había pasado? No lo sabía. Lo que sí sabía era que, por algún milagro, estaba igual de increíble con el albornoz que medio desnuda.

—Mmm..., ¿qué?

Ella lo miró meneando la cabeza.

—Da igual. ¿Vas a entrar?

Wells le enseñó el móvil y lo señaló con la cabeza.

—¿Y?

—Y ¿qué?

—¡La foto de mi culo, Bella! —estalló—. No me has mandado ni un emoji de fuego ni nada. ¿Te has roto los pulgares o qué?

—Estaba... —Agitó las manos—. No sabía cómo responder.

—Diciéndome que es un culo de puta madre, ¡ya está!

—¡Ya sabes que lo es!

—¡Quiero que me lo digas tú!

—Vale. ¡Vale! Es firme, perfecto para morderlo y una distracción constante. Otros tíos seguro que se avergüenzan de ducharse cerca de ti en el gimnasio, porque tu culo deja a los demás a la altura del betún. Si llevaras un arnés en la espalda, tu culo podría usarse como asiento en una montaña rusa. Alguien debería azotarlo, la verdad. Es un culo digno de azotar.

Se arrepintió de inmediato de haberle pedido que le respondiera. O, a lo mejor, el problema era que no se arrepentía en absoluto y que se pasaría el resto de la vida pensando en ella mordiéndole el culo como si fuera una manzana.

—Mejor. —Tosió—. Llevas un albornoz, Josephine. —¡Dios! Tenía la voz como si llevara una semana perdido en el desierto—. ¿Quieres ponerte otra cosa?

Ella bajó la mirada un momentito antes de volver a clavarla en él con una ceja levantada.

—Ya me has visto con menos, ¿no? —replicó con sorna—. Pero dime si va a darte un vahído, que llamo a recepción para que suban las sales.

Tras decir eso, dejó que la puerta se cerrase, lo que no le dejó más alternativa que sujetarla y entrar, cerrando tras él. Había cometido un error al ir allí. La habitación estaba perfumada por su baño, y el aroma de las flores y del jabón flotaba en el aire. Solo había una luz encendida, lo que hacía que el ambiente fuera muy íntimo. Una luz tenue que era muy peligrosa.

—De hecho, iba a vestirme para ir a tu habitación —dijo ella al tiempo que se sentaba en el sofá, tras lo cual metió los pies debajo del cuerpo—. Me has ahorrado el viaje.

Wells titubeó en el extremo del sofá.

—¿Por qué querías verme?

«Madre mía, intenta parecer menos cachondo, colega».

Era más fácil de decir que de hacer. No dejaba de preguntarse qué llevaría debajo, si acaso llevaba algo bajo el grueso albornoz blanco. Y de pensar en lo cálida que tendría la piel después del baño.

¿El agua caliente hacía que fuera flexible?

«Ya está bien, gilipollas».

Parecía que estaba pasando algo allí, entre ellos. No sabía lo que era, pero su situación como jefe y empleada los colocaba sobre una delgadísima cuerda floja, de modo que tenía que ir con mucho cuidado por el bien de Josephine.

—En fin. —Ella cambió un poco de postura y se colocó un mechón de pelo mojado detrás de la oreja—. Lo que iba a decirte... me parecía una buena idea cuando estaba en el baño. Pero ahora que te tengo delante con cara de haberte despertado de un coma de cuarenta años y descubrir que los coches pueden volar..., me han entrado las dudas.

—Joder. Lo siento. —Se pasó una mano por la cara al oírla. Josephine no tenía ni idea de que su descripción era tan acertada que resultaba vergonzosa. Se sentó en el extremo contrario del sofá—. Supongo que sigo un poco conmocionado después de la ronda de hoy.

A Josephine le brillaron los ojos.

—Sabía que podías hacerlo.

—¿De qué querías hablarme? —dijo del tirón. Era eso o besarla.

—Vale, vale. —Ella entrelazó las manos en el regazo. Inspiró hondo.

Uf, era importante.

—No quiero alargarme demasiado —dijo—. Pero..., a ver, mis padres eran muy protectores cuando yo era pequeña. Por... —Señaló el bolígrafo de la insulina con una mano, que estaba en la mesita de café—. Ya sabes.

Wells tragó saliva.

—Veo por dónde vas.

—A ver, que mi madre dejó de trabajar cuando me diagnosticaron la diabetes, para poder estar en casa por si llamaban del colegio por una emergencia. Mis padres me decían que todo iba a salir bien, que podría llevar una vida normal y corriente como todos los demás, pero sus actos decían todo lo contrario. No podía ser como todos los demás si ellos sentían la necesidad de poner sobre aviso a mis entrenadores de fútbol o a los padres de mis amigos. O si se gritaban el uno al otro «¿Tienes la insulina de emergencia?» cada vez que salíamos de casa.

Wells sintió una especie de cremallera en el centro del pecho que se iba cerrando diente a diente, apretando cada vez más.

—Seguro que era aterrador.

Josephine asintió con la cabeza. Tardó un momento en seguir hablando.

—El asunto es que cuando fui lo bastante mayor me vi en la necesidad de bloquearlos. En lo relativo a mi diabetes. Por mi propio bien. Por su propio bien... A ver, la preocupación iba a matarlos. Lo hacían lo mejor que podían, y los quiero. Pero soy yo quien tiene que vivir con esto, ¿sabes? Soy yo la única que lo entiende. Es duro cuando alguien más se involucra, porque me recuerda que debo tener miedo.

El suministro de aire en la habitación se había reducido a la nada.

—¿Es necesario que tengas miedo?

—¿Si le doy demasiadas vueltas? Sí. Mi vida depende de ese vial de insulina. Pero mientras tenga lo que necesito, puedo vivir hasta los cien años. Todos los días se diagnostican enfermedades con las que las personas no pueden vivir. Eso me convierte en una afortunada, con la desgracia de no tener un páncreas funcional, ¿verdad?

No era la primera vez que Wells se daba cuenta de lo fácil que habría sido tachar a esa mujer de ser simplemente una fan acérrima. Una cara entre la multitud. Una cara bonita, sí, pero un miembro más de su equipo de animadores. Cuando, en realidad, deberían homenajearla allá donde fuera. Se moría por decirle lo valiente que era, joder, pero la intuición le dijo que no le sentaría bien. Que eso le recordaría que debía tenerle miedo a algo y acababa de decirle que eso no le gustaba.

Pensó en la inyección de glucagón para emergencias que tenía en su suite, metida en la maleta.

La que le había enviado por mensajería la madre de Josephine.

¿Debería devolverla? ¿Qué sentiría ella al saber que la tenía?

—Vas a hacerlo —dijo sin pensar.

—¿El qué?

—Vas a vivir hasta los cien años. Te lo exijo.

El hoyuelo que vio en la mejilla de Josephine estuvo a punto de matarlo.

—Lo que te pasa es que no quieres buscarte otro *caddie*.

Wells gruñó.

Estaba sentada muy lejos.

La miró con el ceño fruncido por algún motivo y se sentó en el centro del sofá al tiempo que movía la barbilla de forma imperiosa para que se colocara debajo de su brazo.

—Venga, antes de que cambie de opinión.

En vez de acurrucarse contra él, Josephine se apartó un poco, sorprendida.

—¿A qué viene esto? ¿Qué haces?

—Voy a sellar nuestro momento de unión con un abrazo, Josephine —contestó, enfatizando su nombre—. ¿A ti qué te parece?

—¡Pero si solo era el prefacio!

—¿Hay más? —¿Estaba intentando arrancarle el corazón del pecho o qué?

—¡Sí! —contestó ella, que se plantó delante de él con el móvil en la mano, dándole vueltas—. Estaba pensando... A ver..., he esperado que confiaras ciegamente en mí en el campo, pero no tienes motivos. Para confiar en mí. Pero ¿y si yo te confiara algo? No sé. A lo mejor eso ayuda.

El brazo que tenía levantado cayó al sofá como un peso muerto, mientras el corazón se le desbocaba en el pecho.

—¿Vas a confiarme algo?

—Si quieres. No hay presión ninguna.

—¡Sí! —exclamó, levantando la voz de nuevo—. Lo que sea, Bella. Sí.

—Todavía no sabes de qué se trata.

—Sí.

—Wells.

—Sí.

—¿De verdad quieres hacer el seguimiento de mi azúcar en la *app*? —La vio ponerse colorada y toquetear el móvil mientras a él se le ponía todo el vello de punta—. Nadie ha compartido conmigo el seguimiento salvo mis padres y Tallulah, pero hace años que lo hago sola. A ver, que no tienes que hacer nada, claro. Ni siquiera es necesario que actives las alertas. Puedo cuidarme sola. Pero es... Supongo que es algo vital para mí. He pensado que si te confiaba eso, a lo mejor te sentirías más inclinado a...

Wells la envolvió en un abrazo asfixiante.

Ni siquiera recordaba haberse puesto en pie, pero de repente Josephine estaba entre sus brazos, con las uñas pintadas de azul seguramente a varios centímetros del suelo. La sangre le corría tan deprisa y de tal manera que la cabeza le daba vueltas. En mitad de ese caos mental, solo podía pensar en una cosa que no dejaba de repetirse. Si ese increíble ser humano estaba dispuesto a compartir algo tan importante con él, eso significaba que era válido, ¿no? Que merecía la pena sacarlo del hoyo.

—Para que conste, el prefacio no era necesario —le dijo contra la frente—. Si quieres algo de mí, pídemelo, Josephine. Tienes un sí asegurado.

Ella lo miró a la cara y parpadeó varias veces, como si estuviera sorprendida, antes de reponerse.

—Te lo recordaré mañana cuando quieras usar un híbrido en vez del hierro 5.

Tenía su boca a escasos centímetros. Centímetros.

—¿Vas a hablar de ese tema durante nuestro momento de unión?

—Se levanta la sesión —murmuró Josephine, entornando los párpados de forma sospechosa.

Se estaban mirando las bocas con descaro y se percató de que a ella le latía el pulso en la base de la garganta.

—¿De verdad, Bella?

—En fin, mmm… —Se humedeció los labios, y él sintió un dolor abrasador en las pelotas—. Pensaba ver una peli, por si quieres quedarte un ra-rato.

«No debería», pensó.

—Sí, me quedaré un rato.

No se había dado cuenta de que seguía abrazando a Josephine hasta que ella se retorció para zafarse y sentarse en el sofá. Cuando la vio coger el mando a distancia para encender la tele, se percató de que le temblaban un poco los dedos. Joder, igual que a él. Sentarse junto a ella (en albornoz) era un diez en la escala de Richter de las malas ideas. Pero allá que se sentó, tan cerca que el cojín se hundió e hizo que se pegara a su costado, permitiéndole rodearle los hombros con un brazo.

—Josephine.

—¿Qué? —susurró ella.

Tuvo que echar mano de toda su fuerza de voluntad.

—Si quieres que me vaya, dilo.

Vio que el pecho le subía y le bajaba, y que tenía los ojos vidriosos clavados en la tele.

—Solo es una película, Wells.

Él se tragó una dolorosa carcajada.
«Solo es una película». Claro.
Y ella solo era su *caddie*.

16

«Seguramente no debería haber puesto la película *300*», pensó Josephine.

Al principio, le pareció un término medio estupendo.

Acción para Wells. Espartanos despechugados para ella.

¿Verdad?

Sin embargo, se le había olvidado la escena. La escena de sexo. Cuando el rey Leónidas le hace el amor con pasión a su mujer antes de partir. Una obra maestra a cámara lenta que, la verdad, habría visto varias veces de estar a solas. Pero no estaba sola… y el aire que los rodeaba a Wells y a ella se cargaba con cada segundo que pasaba.

¿Qué estaba pasando?

Que sí, que habían tenido un montón de momentos explosivos y desconcertantes, en los que la cercanía de Wells le subía la tensión y le provocaba mariposas en el estómago, porque era guapísimo, no se podía negar. Que sí, que había mirado la foto incendiaria que le había mandado de su duro trasero hasta que las hormonas la obligaron a meterse una mano debajo de las bragas. Antes de darse cuenta, dichas bragas habían desaparecido por completo. A lo mejor hasta estaba en plena masturbación con una foto de su jefe cuando él llamó a su puerta. Comportarse con naturalidad fue un desafío tan grande como intentar un salto de pértiga con un espárrago.

Habían conseguido llegar a lo que podría ser una asociación fructífera. Un poco de tonteo, pues sí, pero era una relación laboral bastante respetuosa. ¡Más de lo que habría imaginado, la verdad! Sin embargo, estar sentada en el sofá en esa habitación de hotel casi a oscuras (pegada a su musculoso costado como si fuera una cita romántica) mientras veían a Leónidas metérsela a su señora le estaba provocando un deseo palpitante en zonas que no deberían estar palpitando.

«Por el amor de Dios, no pienses en cosas que palpitan».

¿Estaba haciendo una montaña de un grano de arena? Los golfistas y los *caddies* a menudo formaban lazos estrechos, ¿no? Muchos eran buenísimos amigos e incluso familia, porque la confianza era un factor vital. Quizá... solo habían hecho eso, estrechar lazos. Eso era lo que había entre ellos en ese momento. Se habían acurrucado el uno junto al otro para ver películas como dos amigos de toda la vida.

Con la intención de confirmar esa plausible teoría, Josephine miró brevemente a Wells a la cara y descubrió que la tenía tensa y que la estaba mirando a ella, no a la tele.

«¡Ay, madre! Amigos se queda corto».

—He estado pensando... —le dijo él, con una voz ronca que sintió en las entrañas—. Se nos da bastante bien esto del tonteo, ¿no?

Sintió que le ardía la piel, desde la cara a las puntas de los dedos.

—La verdad es que yo tengo un poco la sensación de estar dando palos de ciego.

Él pausó la peli al tiempo que levantaba una ceja.

—La foto que me mandaste no ha sido dar palos de ciego. Eso ha sido nivel experto.

—¡Ah! —Contuvo una sonrisa—. Bien.

—¿¡Bien!? —Él emitió un gruñido ronco—. Bella, que hubo un terremoto y todo.

La sonrisa brotó sin más, enorme.

Lo oyó tragar saliva. Con fuerza.

—A lo que iba: que ahora que hemos cogido carrerilla en esto del tonteo, deberíamos aprovecharla. ¿Estás de acuerdo?

Ese hombre no dejaba de sorprenderla. Debía mantenerse en alerta con él, aunque al mismo tiempo sabía con total seguridad que no pasaría nada si bajaba la guardia. Qué curioso.

—Sí, estoy de acuerdo —convino ella, intentando no jadear—. Sería irresponsable desaprovecharla.

Wells asintió con la cabeza y se tomó su tiempo para recorrerla con los ojos antes de mirarla de nuevo a la cara.

—Joder, ¿por qué hueles tan bien, Josephine? ¿Es crema? ¿Perfume?

—Crema —consiguió contestar con voz entrecortada.

—Eso me parecía.

—Es una mezcla de vainilla y lila. Muy de temporada.

—Me distrae.

—¿Por qué?

—Porque apareces oliendo así y, de repente, empiezo a imaginarte... mientras te la pones. —Las palabras «te la pones» nunca habían sonado tan guarrillas—. Por eso.

—Sí, me la pongo a cámara lenta, estirando despacio cada pierna recién afeitada por delante, con los dedos perfectamente alineados...

—No me quites la ilusión —bromeó él al tiempo que le daba un tironcito a la solapa del albornoz, haciendo que girase el cuerpo para mirarlo más de frente en el sofá. La rodilla izquierda abandonó los confines del albornoz para descansar sobre el muslo de Wells, y los dos miraron el punto de contacto un segundo, antes de que él preguntara—: ¿Te gusta cómo huelo yo?

—Sí —contestó ella, haciendo un esfuerzo para que le saliera la voz del cuerpo—. ¿Crema o perfume?

Vio que a Wells le temblaban los labios por la risa.

—Loción para después del afeitado. —Sin apartar la mirada de ella, le acarició la rodilla desnuda con un pulgar—. ¿Por qué no te sientas en mi regazo para olerla de cerca?

No quedaba oxígeno que respirar.

—Vale.

Wells se inclinó hacia ella, con movimientos lentos, y dejó la boca a un dedo de la suya al tiempo que le rodeaba la cintura con esos fuertes brazos y la arrastraba para llevarla hasta el otro extremo del sofá. De repente, se encontró sentada en su regazo, vestida con el albornoz, con el culo plantado sobre su musculoso muslo derecho y las piernas desnudas sobre el izquierdo.

—Vamos —dijo él, mientras le acariciaba el pelo con los labios y le aferraba el nudo del albornoz con una mano—, huéleme.

¿Alguien estaba volcando el sofá?

—¿Así es como sueles tontear? —le preguntó.

—Josephine —dijo y después levantó la mano enrollada en la tela blanca del albornoz y la usó para levantarle la barbilla al tiempo que la miraba a los ojos—, yo nunca tonteo.

¿Qué quería decir eso? La cabeza no le daba para desentrañar esas palabras, porque estaba salivando por la necesidad de oler a ese hombre. Tan de cerca, su aroma pasaba de ser atractivo a resultar embriagador, y era incapaz de hacer otra cosa que no fuera pegarle la nariz al cuello e inhalar. Las notas a eucalipto y aceite de almendras le hicieron perder el sentido. Mientras tanto, la mano de Wells, que seguía sujetando el cinturón, subía y bajaba por la unión entre sus muslos, deteniéndose justo en el límite de la decencia.

—¿Qué te parece? —preguntó él, agitándole el pelo con el aliento.

—Me gusta —susurró al tiempo que inhalaba de nuevo.

Un gemido satisfecho resonó en el pecho de Wells.

—Sé de otra cosa que también te gusta, Josephine.

Su voz ronca la excitó y le provocó un escalofrío.

—¿El qué?

Wells cogió el mando a distancia del brazo del sofá, despacio y con absoluta premeditación, y retrocedió hasta el comienzo de la escena de amor de la película. Y después le dio al *play*.

Josephine tragó saliva con fuerza en un intento por no apretar los muslos. ¿Se había dado cuenta de que le estaba prestando más atención de la cuenta a la escena antes?

La escena se repitió, y los gemidos y los tambores resonaron en la estancia.

Wells le puso la boca en la sien.

—Te gusta que le dé fuerte, ¿verdad?

Sintió que la excitación le corría por el cuerpo, empezándole en los pezones. Se le endurecieron y se le sensibilizaron bajo el albornoz blanco. Y después más abajo, los músculos del estómago se fueron entrelazando uno a uno hasta tensarse como los cordones de unos zapatos. Intentó controlar la respiración y actuar con normalidad, pero Wells se movió con una sensualidad animal debajo de ella, alzándole la barbilla con la mano derecha mientras le recorría un lado del cuello con los labios…, y el jadeo que se le escapó en respuesta a la leve caricia fue contestación suficiente.

Aunque él no había terminado de hacerle preguntas.

—¿Metiste el vibrador en la maleta, Bella?

Si se lo hubiera preguntado a plena luz del día, no habría contestado. O le habría preguntado si él había metido en la maleta el respeto por la privacidad de los demás. Pero en la íntima oscuridad de la suite (con esas sombras danzando en la pared y el culo plantado en su regazo), nada le parecía prohibido.

—No —contestó—. No creí que fuera… necesario.

—No esperabas que te mandase fotos de este culo que está para comérselo, ¿verdad?

La carcajada que se le escapó fue más un jadeo. Wells sabía muy bien lo que estaba haciendo cuando llamó a su puerta, el muy capullo. ¿Por qué le gustaba tanto que no hubiera dicho nada hasta el momento?

—Cierra la boca.

Los nudillos que le acariciaban la barbilla se tensaron y fue imposible pasar por alto el anhelo que lo llevó a apretar los labios y que se asomó a sus ojos.

—Ciérramela tú.

Se oyó un gemido procedente de la tele. Quizá. También podría haber sonado en su cabeza o habérsele escapado a ella misma, porque bien sabía Dios que quería que la besara. Con fuerza.

Con locura. Con frenesí. Toda ella era un manojo de nervios que reclamaban que los calmaran. Que reclamaban fricción. La caricia de otra persona. Y no de cualquiera. De Wells.

—Para dejarlo bien claro, quieres que yo...

—Haz el primer movimiento y luego tomo yo las riendas. —A esas alturas, sus bocas se tocaban. Tenían los labios húmedos por la respiración agitada del otro—. O dime que me vaya. Y lo haré. Pero quiero tener claro que sabes que no hay presión, Josephine. Si me echas de aquí, seguirás siendo mi *caddie* mañana, y nada cambiará. Absolutamente nada. ¿Entendido?

¿Había conocido alguna vez a una persona que la hiciera sentir tantas emociones distintas? Frustración, gratitud, sentimiento de pertenencia, ira..., lujuria.

—Entendido —contestó y suspiró cuando él le acarició el hueco de la garganta con el pulgar mientras esos brillantes ojos se le clavaban en la boca como si estuviera planificando una estrategia—. ¿Qué pasa después de que tomes las riendas?

Sintió que le vibraba el pecho mientras le recorría la mejilla con la boca hasta dejarla contra su oreja.

—¿Te refieres a después de que terminemos de besarnos? No te atrevas a saltarte esa parte, te lo advierto. Por fin voy a conseguir saborearte como he estado soñando.

—¿Querías besarme? Si ni siquiera eres amable conmigo.

—¿Eres capaz de decir eso mientras te alojas en la suite presidencial, Bella? —La miró con una ceja levantada—. Ya he llamado al siguiente hotel para asegurarme de que tu habitación tenga la bañera más grande...

Lo besó.

Fue un encuentro firme de labios que se convirtió en tres, cuatro, besos más ligeros. Como si se estuvieran saboreando y les gustase más cada cata. ¿Era su imaginación o podía oír los estruendosos latidos del corazón de Wells? Se inclinó hacia él y le apoyó las palmas de las manos en el pecho, donde descubrió que el órgano le latía a marchas forzadas, y eso la excitó más que cualquier otra cosa. Era una prueba de que había vulnerabilidad debajo de ese exterior que a menudo mostraba a un capullo. Y un anhelo que estaba a la altura del que ella sentía.

Se estaban besando. Se estaban enrollando.

Estaba enrollándose con Wells Whitaker.

Su jefe.

Aunque él no era nada de eso para ella en ese momento. No después de conocerlo mejor. En ese momento, solo era Wells, su irritante compañero de equipo, que también era atento, cínico, protector, temperamental y excitante. Y la besaba como si no le importase que se quedaran sin oxígeno. La besaba como si ella fuera un almuerzo y quisiera memorizar todos y cada uno de los sabores que paladeaba.

—Ahora voy a tomar las riendas, Josephine —le dijo con voz ronca, besándola con pasión—. ¿Quieres que lo haga?

Su respuesta fue ferviente y clara:

—Sí.

—Muy bien. —Le rodeó la cintura con las manos y la hizo girar sobre su regazo para dejarla de frente a la televisión, que apenas si podía ver en ese momento porque estaba sumida en una especie de bruma lujuriosa—. Échate sobre mí. Voy a abrirte el albornoz como si fueras un puto regalo de Navidad.

Por regla general, cuando llegaba el momento de quitarse la ropa delante de un hombre, siempre se sentía cohibida. Se preguntaba qué pensaría, no solo de su cuerpo en general, sino también del circulito gris que llevaba en la parte posterior de un brazo. Sin embargo, no pensó en nada de eso cuando Wells le desató el albornoz con manos temblorosas y se lo abrió, de modo que su cuerpo desnudo quedó iluminado por la tenue luz de la tele. Por Dios. Estaba buenísima. Era una tentación irresistible. Eso fue lo que le dijeron el gemido ronco de Wells y el enorme bulto que sentía debajo del culo.

Sentía su mirada recorriéndola por encima del hombro, oía que se le aceleraba la respiración junto al oído y notó que levantaba un poco las caderas, frotándose contra su culo, como si el movimiento fuera involuntario. Necesario.

—¿Me has dejado entrar en tu habitación sin bragas?

—No creí que lo fueras a descubrir.

—Gracias, Señor, por la elección inapropiada de película que ha hecho Josephine —replicó él, y la carcajada que se le escapó se convirtió en un gemido cuando le dio un chupetón en el cuello, abriéndole todavía más el albornoz para recorrerle despacio los costados con las yemas de los dedos—. ¿Necesitas que sea tierno? Seré la persona más tierna que has conocido en la vida. Solo para ti. Solo tú. ¡Por Dios, eres preciosa!

Así se sentía. Por completo, sin la menor duda.

Deseada. Segura. Libre para olvidarse de absolutamente todas las inhibiciones.

Anhelante y atrevida al mismo tiempo, separó las piernas hasta dejarlas a ambos lados de los duros muslos de Wells, animada por el gruñido ronco que oyó a su espalda.

—¡Joder, Bella, sí! ¿Me estás invitando a que te lo acaricie?

Dejó que la cabeza le cayera hacia atrás hasta apoyarla en su hombro y asintió. Lista para sentir. Muriéndose por hacerlo.

Aunque Wells no le dio el gusto de inmediato. Se tomó su tiempo y volvió la cabeza para lamerle la oreja, recreándose en cada beso. Le acarició los pechos con las palmas de las manos, cogiéndoselos con ternura en un primer momento antes de empezar a masajeárselos con más fuerza con cada lento y reverente apretón de sus dedos.

—¿Te he interrumpido mientras te tocabas? ¿Estabas de puntillas inclinada sobre el lavabo para poder mirar mi foto, tocándote el clítoris con los dedos mojados?

—Sí —admitió con un jadeo.

Wells soltó un gruñido ronco.

—Seguro que sigue mojado, ¿verdad, Bella?

A esas alturas, le daba vueltas la cabeza, le ardía todo el cuerpo.

No podía quedarse quieta sobre el regazo de Wells, y a él no parecía importarle mucho, porque gruñía cada vez que movía el culo sobre su erección. Ladeó la cabeza en señal de invitación y gimió cuando él la aceptó, lamiéndole el pulso. Al mismo tiempo, bajó una mano por su abdomen para tocarse y jadeó al llegar al clítoris, que estaba hinchado y húmedo. No le quedó más remedio que acariciarse. Con fuerza, deprisa.

—Está mojado —dijo Wells.

—Sí.

—Enséñamelo.

Esa orden habría sido desconcertante de no ser porque sus cuerpos hablaban un lenguaje propio e indescifrable. O a lo mejor estaban inventando uno nuevo, exclusivo de ellos dos, porque Josephine levantó los dedos y los vio brillar con los párpados entornados, y casi perdió la cabeza cuando él le mordió el hombro, con fuerza, en respuesta.

En señal de aprobación.

Solo le permitió un segundo para disfrutar del perfecto ramalazo de dolor antes de que le quitara el albornoz por completo y la arrojara boca arriba al sofá. Desnuda. Total y maravillosamente desnuda mientras Wells seguía vestido. Estaba cachonda. Estaba muy cachonda. ¿Por qué la ponía eso tan cachonda?

—¿Te gusta ser guarrilla conmigo? —gruñó él antes de quitarse la sudadera, quedándose solo con los pantalones de deporte. Ese no era el hombre que todos veían en el campo de golf. Que sí, que seguía siendo el mismo tío duro y seco, pero multiplicado por diez. Tenía varios tatuajes. La palabra «WHITAKER» en las clavículas. Un Ojo de la Providencia en los pectorales. Una serpiente que le bajaba por la cadera derecha. Su torso y su abdomen se tensaban por una energía casi furiosa. En resumen, que era magnético. Duro. Elegante. Hermoso.

Lo vio acariciarse el enorme bulto por encima de los pantalones mientras se humedecía los labios, tras lo cual se inclinó para pasárselos por el pubis y rozarle la cara interna de los muslos con los dientes.

—Madre del amor hermoso —jadeó ella.

Muy bien, tenía que corregirse: multiplicado por quince.

—Dime cómo quieres correrte —le ordenó él con voz ronca, besándole la corva de la pierna derecha. Después la de la izquierda.

Con los ojos relampagueantes por el deseo—. Puedo cascármela mientras te lo como. Seguro que me corro en un puto segundo cuando te oiga gemir, Josephine. O puedo darte duro tumbada de espaldas. ¿Qué prefieres? —Se la tocó por encima de los pantalones, dándose un apretón—. Decide deprisa, porque me muero por hincarte el diente.

Ya eran dos. Era recíproco.

Era incapaz de dejar quietas las caderas sobre el sofá y le dolían los pezones de lo duros que los tenía. Normalmente necesitaba tirar más de imaginación para llegar a ese estado. Tenía que pensar en algo excitante en vez de dejar que la excitara la realidad de tocar a otra persona. Pero no con Wells. Todas sus zonas erógenas jadeaban en busca de aire, sobre todo los músculos del abdomen, que tenía tensos y que se tensaban todavía más a cada segundo que pasaba. «Decide deprisa, porque me muero por hincarte el diente».

La naturaleza de su relación (al igual que su propio carácter) era desafiarlo. Si a eso se le sumaba que nunca se había sentido tan empoderada sexualmente, Josephine se descubrió haciéndole un gesto con un dedo para que se acercara y fundiendo sus bocas despacio con sensualidad cuando él lo hizo.

—Nada de meterla. Esta noche no.

Él dejó caer la cabeza hacia delante, pero lo aceptó.

—Vale, Bella.

—Pero si no pierdes los estribos estos dos próximos días y acabas bajo par… —dijo mientras le pasaba las uñas por el pecho y los pezones, haciendo que se estremeciera y diera un respingo—, te dejaré que te corras dentro.

El verdadero poder fue observar que sus pupilas se tragaban el marrón de sus iris, de modo que esos ojos se volvieron negros al tiempo que se metía la mano derecha en los pantalones y empezaba a masturbarse con fuerza.

—¿Te estás quedando conmigo, Josephine? —gruñó con los dientes apretados—. Por Dios, en la vida he tenido tantas ganas de darle una azotaina a alguien.

—También te dejaré que hagas eso —susurró ella.

Wells soltó un taco.

—Sin condón. ¿Sin nada?

—Si es seguro para los dos.

—Lo es. Estoy limpio.

—Yo también. Y llevo un DIU. Es lo único que me va bien. —Le acarició el mentón con los dientes—. También te puede ir bien a ti. Muy, muy bien.

—¡Joder! —Se movió a la velocidad de un rayo y se dejó caer boca abajo mientras le separaba las piernas y le pegaba los labios como un peregrino que estuviera rezando. Movió la lengua como si fuera un arma sensual y usó dos dedos para acariciarle con firmeza el clítoris y penetrarla varias veces, haciendo que se estremeciera.

¿Cuándo habían pintado el techo de su habitación como la Capilla Sixtina? Sentía los muslos con la misma consistencia que la gelatina, pero también los tenía tensos, a medida que su sexo se contraía más y más deprisa, hasta que tuvo que aferrarse al sofá y apretar los dientes.

—Estoy a punto.

—Que no te dé miedo rodearme la cabeza con las piernas y frotarte con mi lengua, ¿vale? Está ahí para lamer este coño. Córrete con fuerza.

Josephine arqueó la espalda mientras los estremecimientos le sacudían los hombros y se reflejaban en su cabeza. Le palpitaban los pezones y sus músculos internos se tensaron, dejándola ciega y sorda por un segundo. Solo oía los rápidos latidos de su corazón y su respiración entrecortada. Y después el placer la asaltó con un éxtasis abrumador mientras se tensaba entera y gritaba el nombre de Wells con voz ronca.

—Estoy aquí, nena. Deja que te la meta en la boca, un segundito nada más —lo oyó decir, y al abrir los ojos se lo encontró a horcajadas sobre ella, con los pantalones de deporte en las rodillas y acariciándosela con una mano una y otra vez —. Juro por Dios que estoy a punto. Por favor. Solo necesito una chupadita para aguantar los siguientes dos días.

La descarnada necesidad que captó en su voz hizo que se incorporase sobre un codo, aunque aún tenía la vista nublada por el orgasmo. En cuanto le dio permiso con la mirada, él avanzó de rodillas hasta metérsela entre los labios, gimiendo con la mirada clavada en el techo y aumentando el volumen de sus gemidos cuando lo aceptó cada vez más adentro. Sin embargo, se quedó mudo de repente cuando empezó a chupársela con fuerza.

De repente, soltó un taco muy soez y se la sacó a toda velocidad para dejarle un reguero húmedo sobre las tetas, seguido de otro, y de otro, con el abdomen tenso, los muslos temblorosos a ambos lados de su cuerpo y los ojos cerrados con fuerza. Fue el momento más erótico de su vida. Ya fuera en la vida real o en las películas.

El rey Leónidas no le llegaba a Wells Whitaker ni a la suela de los zapatos.

Wells se dejó caer sobre ella, pero apoyó el peso sobre los codos para no aplastarla del todo, con la mirada desenfocada, mientras intentaban recuperar el aliento.

—En fin —dijo él al cabo de un momento, con la voz muy ronca mientras la miraba fijamente—. Supongo que esto complica un huevo las cosas.

Y tras decir eso, se levantó, se subió los pantalones de deporte y le dio el albornoz. Después se puso la sudadera y empezó a andar de un lado para otro mientras se pasaba los dedos por el pelo y seguía mirándola fijamente. ¿En qué estaba pensando? ¿Habría cumplido sus expectativas ese encuentro inesperado?

—Mañana no vas a estar rara conmigo, ¿verdad?

Josephine se incorporó, se cerró el albornoz y se obligó a comportarse como una adulta. Se habían dado placer mutuamente y Wells estaba a punto de marcharse. Saltaba a la vista que no era de los que abrazaban ni se relajaban después..., y no pasaba nada. Ella tampoco solía hacerlo. Si deseaba que la hubiera abrazado un segundito después de terminar, se le pasaría.

—No voy a estar rara contigo. ¿Y tú?

—¿Yo? —Un resoplido—. No. —Acto seguido, asintió una vez con la cabeza y se fue.

Con la sudadera del revés.

¿Se podía saber qué acababa de pasar?

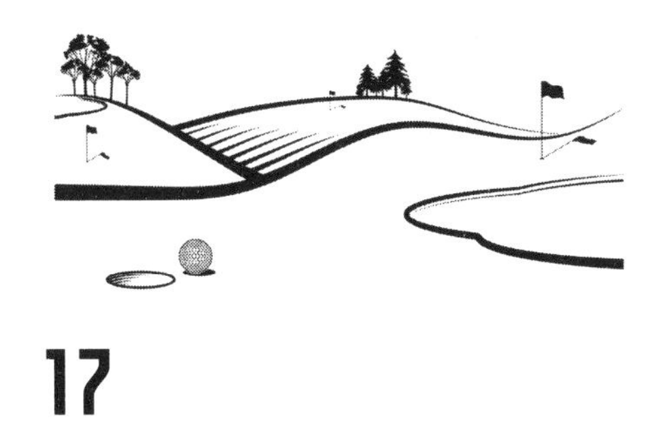

17

Wells dejó en su sitio la barra de sentadillas con un golpe metálico que resonó en el lugar y se volvió para mirar el gimnasio del hotel, disponible las veinticuatro horas del día y que en ese momento estaba vacío. La música *country* amenizaba el interior climatizado desde un altavoz invisible, y se oía el zumbido de una de las luces halógenas del techo. Eran las cuatro de la madrugada y debería estar durmiendo, pero después de tres horas dando cabezadas con la tele puesta, se había despertado excitado y sabía que sería imposible volver a dormirse.

Solo se le ocurrieron dos opciones.

Quemar un poco de energía en el gimnasio o llamar a la puerta de Josephine y volver a preguntarle si las cosas iban a ponerse raras entre ellos después de haberse enrollado. Aunque «enrollarse» se quedaba cortísimo en su opinión, teniendo en cuenta que después se le olvidó el número de su habitación, su fecha de nacimiento y el nombre del presidente de su país. Le ponía nervioso esperar hasta una hora decente para asegurarse de que su relación no se había visto comprometida.

Quería dejar el tema claro antes de empezar la ronda por la mañana, porque de otro modo no tendrían la menor oportunidad de hablar fuera de cámara hasta última hora de la tarde.

Como no lograra tranquilizarse al respecto, su concentración se iría al cuerno.

Siendo justo, de todas formas las iba a pasar PUTAS, con mayúsculas, después de que Josephine le hubiera recorrido el pecho con las uñas y lo hubiera retado a acabar bajo par si quería correrse dentro de ella.

Gimió en voz alta, poniéndole fin al silencio del gimnasio.

Sí, podía decirse que la dinámica entre ellos había cambiado mucho desde el día anterior.

Y eso lo acojonaba. En un principio había pensado que acabaría metiendo la pata en el campo y la mandaría a paseo. Pero ¿eso? Las cosas habían cambiado por completo. Él no mantenía relaciones, no las quería y no las entendía.

Punto.

«Te has pasado enrollándote con tu *caddie*, tío».

Por primera vez en toda su vida, deseó poder comentar toda esta situación con otro hombre. Podía intentar llamar a Burgess, pero en su opinión, el malhumorado jugador de hockey estaba más atrofiado que él en el plano emocional. Además, había muchas papeletas de que Burgess le colgara el teléfono, así que no. No haría ninguna llamada.

Buck estaba descartado en lo referente a consejos paternales.

En cuanto a sus padres, sabría Dios dónde estaban. En algún lugar de Florida, según tenía entendido.

De forma sorprendente, pensó en el padre de Josephine. Si no necesitara consejo precisamente sobre su hija, lo consideraría como una opción.

Supuso que tendría que resolverlo sobre la marcha. Resolver las cosas solo no era nuevo para él.

Lo novedoso era que fuese un dilema romántico.

Y, además, tan importante.

Porque esa mujer… lo era. Muchísimo. De ahí que tuviera un nudo enorme en el puto estómago.

Echó a andar por el suelo de madera para beber un vaso de agua del surtidor, pero se detuvo en seco al ver por el rabillo del ojo que algo se movía al otro lado de la puerta de cristal de doble hoja. La piscina del hotel estaba justo al lado del gimnasio, reluciendo como una piedra preciosa verde en la oscuridad, y una silueta que conocía muy bien se asomaba por la verja.

¿Josephine?

Siguió andando y se estampó contra la puerta de cristal.

El golpe que recibió en la rodilla y en la frente al chocar contra el cristal, que resonó con fuerza en el silencio, hizo que Josephine se diera media vuelta, sobresaltada, y que respirase aliviada al reconocerlo.

—¿Acabas de estamparte contra la puerta? —fue su pregunta, que le llegó amortiguada desde el exterior.

—No. ¡La he golpeado a propósito! —Se apresuró a salir y dejó que la puerta se cerrara a su espalda, silenciando una versión para ascensor de *Old Town Road*—. Para llamar tu atención.

Ella lo miró con un brillo guasón en los ojos.

—Claro…

De la misma manera que tampoco se había puesto la sudadera del revés después del casi polvo del sofá. Estaba totalmente descolocado por su culpa. Hasta su percepción de la profundidad se vio alterada cuando se acercó a ella en la bruma matinal.

—Ojalá no salieras sola a estas horas, Bella.

Ella le echó un vistazo, fijándose en los pantalones cortos de deporte y en la camiseta sudada.

—Tú también sales a estas horas.

—Sí, pero yo soy grande y malo. Tú eres pequeña y buena. —Pasó por alto el mohín contrariado de sus labios y miró hacia la piscina esmeralda por encima de su hombro—. ¿Pensabas darte un chapuzón?

—No me he traído bañador, así que solo iba a meter los pies. —Extendió la mano y sacudió la verja que conducía a la zona de la piscina—. Está cerrada. Ya me lo esperaba, pero de todas formas me apetecía dar un paseo.

—Mmm… —Wells se sacó la tarjeta de la habitación del bolsillo y se acercó a la puerta cerrada, donde se detuvo un momento para observar el mecanismo. Levantó un poco el picaporte y deslizó la tarjeta entre la ranura y pestillo, abriéndola de golpe—. «Cerrado» es un término subjetivo.

Josephine parpadeó.

—La seguridad del hotel tal vez no lo vea así.

—A estas horas de la madrugada, solo hay un guardia de seguridad en un carrito de golf y seguramente esté durmiendo. —Se llevó la punta de la lengua al interior de un carrillo—. ¿Quieres mojarte o no?

—¡Hala! —Le dio un empujón en el hombro—. Qué bonito.

—Me refería a tus pies.

La vio pasar a su lado y atravesar la verja abierta con los labios temblándole por la risa, tras lo cual rodeó la zona más oscura de la piscina y se sentó en el borde de hormigón. La siguió sin quitarle la vista de encima, disfrutando al ver que se llevaba las rodillas al pecho, se quitaba las sandalias y las colocaba una al lado de la otra. Qué pulcritud. Acto seguido, se subió los pantalones del pijama hasta las rodillas, probó el agua con el dedo gordo de un pie y al instante metió los dos pies bajo la superficie, suspirando y echando la cabeza hacia atrás, con los ojos cerrados.

—¿Me acompañas? —le preguntó.

¿Hacía falta preguntarlo siquiera? Lo cierto era que solo había ido al gimnasio para no despertarla tan temprano. Porque quería estar cerca de Josephine. ¡Y saber cómo se sentía por lo que había pasado entre ellos! En ese momento, no percibía nada raro en su actitud.

Sin dejar de mirarla con atención en busca de alguna señal de arrepentimiento, se quitó las zapatillas y los calcetines, que arrojó de forma descuidada al suelo. A continuación, se sentó al lado de Josephine en el borde de la piscina y metió los pies en el agua fresca. Aprovechando que ella seguía con los ojos cerrados y la cabeza echada hacia atrás, recorrió con la mirada la parte delantera de su garganta y literalmente sintió que se le dilataban las pupilas. ¿Tenía libertad para inclinarse y recorrer esa piel con la lengua o todavía estaban averiguando cuándo, dónde y cómo estaba bien tocar?

—Iba a llamar a tu puerta —se descubrió diciendo, sin mediación alguna de su cerebro. En cuanto Josephine lo miró, no le quedó más remedio que matizar dicho comentario con más palabras—. Quería asegurarme de que no estabas rara por lo ocurrido y saber a qué atenerme antes del inicio de la jornada.

Josephine se apoyó en las manos, pensativa. Por fuera, era la viva imagen de la despreocupación; pero, incluso a la luz de la luna, alcanzó a ver un ligero rubor en su cuello.

—¿Te parezco rara?

—No —contestó al cabo de un momento—. Pero estás deambulando por el hotel de madrugada.

Ella se humedeció los labios y levantó el hombro izquierdo.

—Vale, admito que no me esperaba que te fueras tan rápido como lo hiciste.

Esa confesión le disparó el pulso al instante.

—Me fui tan rápido porque yo tampoco me esperaba que fuera así.

—¿Cómo?

—Tan bueno. —Al ver el alivio que se reflejaba en esos ojos verdes, sintió la piel sudorosa de repente. ¿Se había sentido insegura al verlo abandonar tan deprisa su habitación?—. No sé, mi cerebro se desconectó cuando empezamos a besarnos. Nunca me había pasado.

¿Tenía las mejillas más coloradas o era un efecto de la luz de la luna? Parecía casi... complacida por el hecho de que hubiera perdido la capacidad de pensar en cuanto sus bocas se tocaron. Al menos a uno de los dos le parecía bien. Para él era como un viaje en una montaña rusa, pero del revés.

—¿En qué sueles pensar durante el sexo? —le preguntó ella, por fin.

Las banderas rojas ondearon delante de su cara.

—Josephine, esta conversación no va a tener lugar.

—No, de verdad que quiero saberlo. —Cruzó las manos sobre el regazo—. Contesto yo antes...

—Ni se te ocurra decir una palabra más. —Tenía la tensión por las nubes—. Vale. Supongo que me concentro en no decir... cosas que puedan molestar a mi pareja y también en asegurarme de que los dos disfrutemos. —Intentó interpretar su reacción, pero no pudo—. Nunca he sido un cabrón con las mujeres, Josephine. Lo que no quiero es acabar atrapado con una de ellas.

La vio llevarse una mano al pecho.

—Sabía que en el fondo eras un romántico empedernido.

—Seguramente ellas tampoco querían acabar conmigo. —Se frotó el muslo con una mano impaciente, preguntándose cómo había pasado de hacer sentadillas a desnudar su alma en cuestión de minutos—. Lo que quiero decir es que no me planteé siquiera la posibilidad de estar aprovechándome de ti. O de acabar atrapado contigo. Tal vez eso me sorprendió tanto como para irme con más brusquedad de la cuenta. En serio, no fue por ti.

Josephine guardó silencio durante tanto tiempo, mientras agitaba los pies de lado a lado en el agua, que estaba a punto de suplicarle que le hablara cuando ella dijo:

—Te has olvidado del detalle de ponerte la sudadera del revés.

—No sé de lo que estás hablando.

Su risa reverberó sobre la superficie del agua. El silencio posterior fue agradable, aunque solo duró hasta que ella señaló con la cabeza la verja que él había forzado.

—Corrígeme si me equivoco, pero no era la primera vez que forzabas una cerradura.

—No. Pero ha pasado tiempo. Es bueno saber que no he perdido mis habilidades.

—¿Dónde perfeccionaste dichas habilidades?

Estaba a punto de explicárselo, pero se contuvo.

—Estoy admitiendo muchas cosas que me hacen parecer un indeseable.

—No te preocupes, ya sabía que lo eras —replicó ella con una sonrisa, haciéndole saber que era una broma. ¡Menos mal!—. Además..., me gustas. —Sacó del agua los dedos con las uñas pintadas de azul y los movió a la luz de la luna—. ¿Recuerdas?

Le gustaba.

«Ya lo sabías. Te ha dejado que te corras en sus tetas», se recordó.

Pues sí. ¿Era posible que cada vez que ella lo dijese en voz alta (o se lo demostrara) se sintiera como un héroe? Esa posibilidad le hacía ilusión. De un tiempo a esa parte, lo ilusionaban muchas cosas. Tras asegurarse de que no parecía un supervillano, dijo:

—Además de juntarme con una pandilla poco recomendable, fui yo quien la creó. Un grupo de chicos con demasiada libertad que solo llamábamos la atención cuando nos metíamos en líos, así que nos asegurábamos de montar follón. —Dudó antes de contarle la siguiente parte—. Las noches que mis padres celebraban fiestas en casa, me colaba en el instituto para dormir en el gimnasio. En casa había demasiado ruido incluso después de que la fiesta acabara, porque se ponían a discutir cuando estaban bebidos. Así que perfeccioné el arte de forzar cerraduras.

Josephine se fue acercando a él, hasta que sus caderas se tocaron.

—Ojalá no hubieras tenido que hacerlo. Lo siento.

—No pasa nada. —Le frotó la parte baja de la espalda trazando círculos, mientras contemplaba embelesado la imagen de sus pies juntos en el agua—. Cuando me fui a vivir con mi tío, ya no tenía que dormir en el instituto. Pero luego me pillaron con una bicicleta robada y el juez del tribunal de menores me dio un ultimátum: pasar un tiempo en el reformatorio o conseguir un trabajo. Escogí la segunda opción, pero no iba a dejar que un juez me diera una lección, así que empecé a robar algún que otro reloj de las taquillas, por puro despecho. Y a lo mejor me quedaba con unos cuantos billetes de cien de algún fajo. Todo eso se acabó en cuanto Buck me pilló, pero sí..., la verja de la piscina ha sido coser y cantar.

Durante unos minutos solo se oyó el ruido de sus pies moviéndose despacio en el agua.

—Pero nunca has dejado de meterte en líos del todo, ¿verdad? La pelea de hace unas semanas... y todas las anteriores.

Wells suspiró.

—Sí. Supongo que es algo que no me ha abandonado del todo. La batalla interior. A veces, me resulta reconfortante. ¿Es malo? No quiero ser el tío que se echa atrás en una pelea.

—Creo que eso está bien. Siempre que luches por algo que merezca la pena.

Rememoró los últimos puñetazos que había dado.

—Digamos que estoy sentado en un bar, ocupándome de mis asuntos, y un desconocido borracho con una gorra de DraftKings empieza a insultarme porque le he estropeado su partida de *fantasy* golf. Luego, digamos que me tira a la cara una alita de pollo muy picante. ¿Merecería la pena romperle la nariz?

—Pues sí, la verdad.

Compartieron una sonrisa de oreja a oreja y después volvieron a mirarse los pies, sumergidos en el agua.

—¿Y tú, Bella? Seguro que hay algún bache en tu pasado. Alguna expulsión del instituto o algún problema con la policía. Una denuncia por exhibicionismo. Dime algo.

La vio entrecerrar los ojos en la oscuridad.

—A Tallulah le va la marcha. Más que a mí. Tiene una altísima tolerancia al alcohol y es muy graciosa cuando se emborracha, así que aunque yo me pasara las noches bebiendo Coca-Cola Light en los bares, con ella me lo pasaba fenomenal. Pero la mayoría de las veces ella salía sola con otras amigas o con algún chico y yo me quedaba en casa esperando un informe entretenido a la mañana siguiente. Sin embargo, una vez me convenció para ir a Nueva Orleans por su cumpleaños...

—Me gusta el rumbo que va tomando esto.

—¿Sí? Porque fue la primera vez que fumé marihuana y luego fuimos a una excursión de fantasmas por la ciudad, que es justo lo que no se debe hacer después de haber fumado maría, por detrás de saltar en paracaídas y presenciar un parto en directo. Sobre todo, en una ciudad desconocida.

Estaban empezando a dolerle las costillas por aguantar la risa.

Así que al final se le escapó una carcajada.

—Acabamos en un cementerio, donde te juro que vi unos dedos huesudos asomando por el suelo. —Josephine le dirigió una mirada solemne que lo dejó al borde de la histeria—. Spoiler: había hierba, no tierra.

—Qué ironía. ¿Ahí acabó la noche?

—No, escúchame. Cuando terminó la excursión, estaba tan preocupada por la idea de haberles arruinado la noche a los demás con mi paranoia que me tomé dos chupitos de tequila para demostrarles que me lo estaba pasando bien. Y que no me preocupaba la posibilidad de que los fantasmas nos hubieran seguido desde el cementerio, aunque en realidad sí me preocupaba. Me pasé toda la noche mirando por encima del hombro, y lo digo en serio, no es una exageración. En resumidas cuentas, el tequila me hizo efecto y acabé enseñándole las tetas a un caballo de la policía. Con un policía encima.

Wells meneó despacio la cabeza.

—Hay tantos giros en esta historia que me estoy mareando. Dime que no te detuvo por exhibicionismo.

—No, en Nueva Orleans no hay problema con eso. Me dio un collar del *mardi gras*.

—¿El policía?

—No, el caballo. Aunque a lo mejor fue todo producto de la maría.

Wells tuvo que enterrar la cara en la flexura del codo para no despertar a todo el puto hotel con sus carcajadas.

—Creo que es la mejor historia que me han contado en la vida.

—Gracias.

Wells no se dio cuenta de que le había estado frotando la parte baja de la espalda en círculos todo el tiempo que ella había estado hablando hasta que la vio mirar hacia atrás. En ese momento, ya en silencio, Josephine se acercó más y él pensó: «Sí, más besos». Sin embargo, lo sorprendió al apoyarle la cara en el hombro. ¿Qué era esa sensación que le atravesó el pecho como el viento de una tormenta? Parecía una mezcla de afán protector y… gratitud por verla tan relajada y segura con él como para que lo usara de almohada.

De repente, se oyeron unos pitidos procedentes de sus pantalones cortos de deporte y de los del pijama de Josephine.

«Debe de haberle bajado el nivel azúcar en sangre».

Josephine levantó la cabeza y lo miró a los ojos después de mirarle el bolsillo del pantalón.

—¿Te descargaste la aplicación y aceptaste mi solicitud de seguimiento? No tenías por qué hacerlo. —La preocupación nubló el verde de sus ojos—. Pita a todas horas. Vamos, que es un sufr...

La besó.

Lo hizo sin pensarlo siquiera. Besarla era como la letra de una canción favorita. Le salía sola.

—Pues claro que acepté tu solicitud de seguimiento, Bella. En cuanto llegué a mi habitación y me puse la sudadera del derecho. —Metió la mano en el bolsillo de los pantalones cortos y se sacó el tubo de pastillas de glucosa con una opresión en el pecho, tras lo cual se las ofreció sin mediar palabra.

Ella las miró un instante antes de aceptarlas.

—¿Llevas pastillas de glucosa encima?

Wells se encogió de hombros, rezando para que su comportamiento no fuera exagerado. Ni siquiera había esperado verla esa mañana. Solo intentaba acostumbrarse a llevar el tubo encima.

Josephine seguía sin saber qué decir.

—¿Lo has hecho... sin más? —preguntó al final—. Sin darle mucha importancia. —Abrió el tubo, se metió dos pastillas moradas en la boca y masticó despacio—. Gracias, Wells. De verdad.

«Pídeme que camine sobre cristales rotos y verás que ni me lo pienso». Eso era lo que quería decirle, pero en lo referente a esa mujer prefería seguir lo que le indicaba el instinto, e intuía (claramente) que no le gustaba darle mucha importancia al tema de la diabetes.

—¿Quién te hace bailar? ¿Prince? ¿Madonna? ¿The Weeknd?

La vio sonreír despacio.

—No. Y deja de intentar pillarme desprevenida.

—Es solo cuestión de tiempo que lo descubra.

—Las ganas que tienes.

Con el mayor cuidado posible para no moverle la mejilla ni hacer que volviera a sentarse erguida, le pasó un brazo por los hombros. Tras unos minutos de silencio, bajó la mirada y la descubrió con los ojos cerrados, respirando de forma profunda y uniforme. ¿¡Estaba dormida!?

Pues sí. Lo estaba.

Se había quedado dormida apoyada en él.

Se permitió un momento de orgullo atónito antes de levantarla con cuidado para sentarla en su regazo. Acto seguido, se dio media vuelta, se puso de rodillas y se levantó. La llevó hasta la hilera de tumbonas blancas de plástico dispuestas cerca de la piscina y se sentó en una, con su *caddie* en brazos, echándose hacia atrás y cerrando los ojos. Hizo todo lo posible por memorizar la sensación de tenerla tan cerca antes de que sus propios párpados sucumbieran al sueño. Justo antes de dormirse, se le ocurrió una idea de lo más absurda. ¿Y si el problema de esa madrugada para ambos no hubiera sido la imposibilidad de dormir?

¿Y si hubiera sido la imposibilidad de dormir… separados?

18

Los dos primeros días del torneo habían sido como una montaña rusa... con llamas incluidas y bocabajo. Sin embargo, el tercer día acabó siendo el más extraordinario de todos. Wells hizo su mejor ronda en dos años. A lo largo de la mañana y de la tarde, la multitud que los seguía de hoyo en hoyo fue aumentando y haciéndose más ruidosa. Poco después empezaron los vítores. ¡Estaban animando a Wells!

Claro que él no se dignó a reconocerlo.

El sol de Texas ardía con fuerza cuando llegaron a la calle del hoyo dieciocho. Wells bebió un buen trago de agua de su cantimplora metálica y se la dio a Josephine sin mirarla. Demasiado sedienta para cuestionar el gesto, ella dejó que el agua fría le refrescara la garganta, tapó la cantimplora y volvió a guardarla en la bolsa, sacando a continuación los prismáticos y acercándoselos a los ojos para examinar el *green*. Ya le había dado su consejo a Wells y estaba esperando a que terminara de asimilarlo.

—¿Dónde debo dejarla? —le preguntó él, refiriéndose a la bola—. Dame un punto de referencia.

—Es una pena ser baja. No veo nada por encima de la cuesta. —Le tendió los prismáticos—. ¿Quieres mirar?

—Súbete a mi espalda —sugirió Wells, sin perder un segundo—. No estarás contenta con el tiro a menos que puedas verlo por ti misma.

Eso era cierto. Sin embargo, era una idea absurda y no pensaba hacerle caso ni de coña.

—Te agradezco que quieras que esté satisfecha con la estrategia, pero los *caddies* no se suben a los golfistas así como así —replicó y él la miró con una ceja levantada—. Ya sabes a lo que me refiero.

Wells soltó un suspiro.

—Me temo que necesito tu opinión sobre dónde apuntar exactamente o no confiaré en el tiro, Bella.

—¿En serio?

Hizo un gesto con la cabeza para señalar su espalda de nuevo.

—Alguien dijo en una ocasión que mi culo podría usarse como asiento en una montaña rusa. Pon a prueba la teoría.

Josephine sentía un sospechoso calor en las mejillas; pero, joder, era cierto que quería comprobar su posición en relación al *green*.

—Solo subiré un segundo —murmuró al tiempo que lo rodeaba para colocarse frente a su espalda. Se tomó unos segunditos para admirar…

—En fin, sé una cosa en concreto con la que estás satisfecha —soltó Wells.

Mientras suplicaba poder mantener la cordura, le puso las manos en esos musculosos hombros y saltó, aferrándose a su cintura con las piernas. La multitud se echó a reír, y luego llegó el sonido de los disparos de las cámaras. Ella apenas se dio cuenta de nada porque… ¡Por Dios! Hacía muchísimo tiempo que no la montaban a caballito, seguramente la última vez fue mucho antes de ser consciente de su cuerpo o de sus partes erógenas. Porque no recordaba haber sentido nada parecido, ¡en absoluto! Estaba firmemente sentada sobre la parte superior de sus nalgas y le apretaba la cintura con la cara interna de los muslos. El aroma a limpio de su loción para después del afeitado la asaltó de repente, de la misma manera que lo hizo la contracción de los músculos de su espalda contra los pechos. Se quedó sin aire en los pulmones.

—Mmm…

—Los prismáticos, Josephine —le dijo él con voz ronca.

—Sí. Vale.

Se llevó los prismáticos a los ojos con una mano temblorosa.

—Yo diría que apuntes al tío que lleva el polo y la gorra, aunque claro, con todos los que van así vestidos, no te estoy aclarando mucho las cosas. El del polo verde menta. —Le pasó los prismáticos—. ¿Lo ves?

Wells miró hacia el lugar indicado.

—Sí. ¿Apunto hacia allí?

—Sí.

—Compruébalo otra vez —dijo él, devolviéndole los prismáticos, y su mano, ya libre, le rodeó el tobillo y se lo acarició metiéndole el pulgar bajo el calcetín. Con brusquedad—. Tómate todo el tiempo que necesites.

A ese ritmo, necesitaría unos trece segundos para llegar al orgasmo. Como mucho.

En otras palabras, ya era hora de bajar. Y eso fue lo que hizo.

—¿Estás listo? —le preguntó sin aliento, alisándose la ropa.

—Algunos dirían que demasiado. —Wells tomó una honda bocanada de aire para recuperar el control. Al final, se concentró en el tiro, murmurando algo ininteligible.

Así era como Josephine sabía que había llegado el momento de quitarse de en medio: cuando lo oía murmurar de esa forma y lo veía fruncir el ceño.

Retrocedió sin hacer ruido y contuvo la respiración, rezando por haberle dado un buen consejo. Soltó el aire al ver que la bola caía en el lugar exacto que habían elegido, a unos treinta metros del hombre del polo verde menta y a diez del hoyo.

—Gran golpe —dijo al tiempo que cogía el hierro 6 para volver a guardarlo en la bolsa.

Wells estaba a punto de responderle, pero de repente se alzaron los vítores a su alrededor mientras avanzaban hacia el *green* y se preparaban para el *putt*. La creciente masa de gente pareció sorprenderlo en ese momento, aunque disimuló bien, agachando la cabeza de camino al último golpe del tercer día.

—No me gusta la hierba de este —dijo.

—Es muy desigual —convino ella.

—Estaba pensando en la lección zen aquella que me diste la mañana de la primera ronda. ¿Te acuerdas? —Se agachó, con el *putter* en la mano—. El campo es más grande que la distancia entre la bola y el hoyo, ¿verdad? ¿Y si apunto un poco más allá para evitar esa hierba irregular y dejo que caiga?

—Me encanta —murmuró ella—. Desde aquí puedes controlarla mejor que desde la calle. Dale con delicadeza.

—Con delicadeza —resopló él—. Nunca ha sido tan obvio que mi *caddie* es una tía.

—Qué suerte tienes.

—Ya veremos.

Josephine se mordió el labio inferior para contener una sonrisa.

—¿Lo ves bien, entonces?

—Mmm...

Esa era su señal. Josephine retrocedió y apoyó una mano en la bolsa con cierto tembleque. Ese día no se jugaban el premio gordo, eso sería al día siguiente, pero le parecía... muy importante. Había algo emocionante en el aire. Wells no había perdido los nervios ni se había desanimado mucho por los malos golpes. Y no podía achacárselo a su apuesta. Un golfista no resurgía de sus cenizas solo por el sexo. ¿Verdad?

No.

Eso sería ridículo.

Tal vez fue así como empezó esa mañana, pero llevaba cinco largos años viendo jugar a ese hombre y era como si lo sintiese volver a la vida. En el fondo, Wells Whitaker amaba el golf y por fin, por fin, lo veía permitiéndose demostrarlo. Sin ambages. Abiertamente. Era algo glorioso de presenciar.

«Por favor, que siga así».

El duro filo de la correa de la bolsa se le clavó en la palma de la mano mientras Wells enfilaba el tiro y golpeaba con suavidad la bola, que superó el hoyo y luego bajó rodando hacia él, al que cayó con un tintineo. El público rugió por la sorpresa y el asombro ante el osado golpe. Las cámaras competían en busca de la mejor posición para grabar a Wells mientras regresaban a la sede del club. Los comentaristas repasaban la jugada en las retransmisiones en directo. Todo fue un caos.

Al estilo del golf.

Mientras tanto, Wells se quitó el guante con despreocupación y se lo metió en el bolsillo trasero del pantalón, como si no fuera consciente del revuelo que estaba causando.

—¿Lista, Bella?

—Sí. —Josephine se echó la bolsa al hombro—. No vamos a chocar el puño siquiera, ¿verdad?

—No vamos a rebajarnos a eso —respondió él lo bastante alto como para que se oyera por encima de la multitud.

—Eso se lo dices a mi puño —replicó ella, que sacudió la mano—. Tiene muchas ganas de moverse.

—¿Ah, sí? —Wells se llevó la punta de la lengua al interior de un carrillo y la miró de arriba abajo con rapidez, pero de forma abrasadora—. Sé lo que se siente, ¿verdad?

El aire se escapó de golpe de sus pulmones, una reacción bochornosa, y sintió que se le aflojaban las piernas. Había muchas cámaras grabándolos. No era el momento más oportuno para que se le endurecieran los pezones.

—No estás jugando bien solo por mi...

—¿Incentivo sexual? —terminó él.

Ella negó con la cabeza.

—Menos mal que saben que no deben ponerte un micro, como ya he dicho en más de una ocasión.

Wells esbozó una sonrisa torcida y le hizo un gesto para que se mantuviera cerca de él mientras enfilaban el sendero. Entendía perfectamente por qué. Había cientos de manos extendidas, suplicándole a Wells que chocara los cinco. ¿Y... a ella también? Sí. De vez en cuando, alguien gritaba: «¡Josephine!» ¿Habrían mencionado su nombre durante la retransmisión en directo o lo habían buscado?

—Quédate cerca, por favor —le dijo Wells al oído—. Bella, por favor.

—Vale.

—Hemos comprobado que eres más que capaz de llevar mi bolsa de un lado a otro durante cinco horas, pero ahora mismo me gustaría quitártela. ¿Te parece bien?

—¿Por qué?

—Porque tienes marcas en el hombro.

—¡Ah! —Volvió la cabeza y vio unos cuantos surcos rojos marcados en la curva del hombro, cerca del cuello—. No me duelen.

—A mí me duele solo de verlos.

Josephine puso los ojos en blanco y dejó que cogiera la bolsa.

Entre la multitud alguien exclamó un sentido: «¡Oooooooh!».

Josephine gimió, pero no tardó en recordar lo que había querido decirle a Wells poco antes.

—No estás jugando bien solo por el incentivo sexual. Vuelves a disfrutar del juego en sí. Se nota.

Un segundo de silencio.

—¿Cómo lo sabes?

Josephine buscó las palabras adecuadas.

—Porque después de un golpe buenísimo tienes cierta expresión en la cara. Como si estuvieras sumido en tus reflexiones, aunque creo que lo que haces es intentar controlar tus sentimientos. En plan: «¡Ni hablar!». No quieres dejarte llevar por la felicidad. Así que te quedas ahí analizando el golpe o buscando el lado negativo. —De repente, lo golpeó en el pecho—. ¡No lo hagas, Wells! Deja que lo positivo sea positivo.

—Eso estoy haciendo ahora mismo —replicó él con brusquedad, y debió de pillarse desprevenido a sí mismo, porque se tambaleó un pelín—. ¿Me lo he pasado bien hoy? Sí, supongo que sí. Pero sin ti no habría recordado cómo disfrutarlo, Josephine. —Carraspeó con fuerza—. Y ahora, si has terminado de ponerte sentimental, tengo que entregar la tarjeta de puntuación para que no me descalifiquen.

—Sí-sí —balbuceó ella, deteniéndose al pie de la rampa, en una zona que, por suerte, estaba acordonada y mantenía lejos a los espectadores, que seguían jaleándolos—. ¿Quieres que sujete la bolsa?

—Tienes marcas en los hombros —gruñó mientras entraba en tromba en la sede del club.

En cuanto la puerta se cerró tras él, se le acercó una mujer con la americana de los miembros de la PGA y un auricular en una oreja.

—¿Señorita Doyle?

—Sí.

—En cuanto el señor Whitaker termine de entregar su tarjeta, se solicita su presencia en la carpa de los medios de comunicación.

—¿En serio? —Josephine se quedó sin sangre en la cara de repente—. Ay, por Dios.

La sonrisa cortés de la mujer vaciló.

—¿Cómo dice?

Josephine estuvo a punto de decirle a la mujer que Wells no se sometería a las preguntas del mar de periodistas deportivos, pero ¿no había sido esa una de las condiciones para permitirle volver al circuito profesional? ¿Que se portara bien con los medios de comunicación?

—Allí estará —le aseguró con un hilo de voz.

Iba a ser interesante.

Wells salió de la sede del club al cabo de unos minutos, con la bolsa aún colgada del hombro.

—Vamos a comer, Bella.

—Mejor esperamos un poco. Te quieren en la carpa de los medios.

—¡No me jodas! —refunfuñó, sin perder comba—. ¿Por qué?

—Seguramente porque acabas de jugar tu mejor ronda en dos años.

Lo oyó soltar el aire entre dientes mientras parecía reflexionar sobre la situación.

—Si es así, tú también comparecerás conmigo.

Eso no cuadraba.

—Lo siento, ¿qué has dicho?

—Enderézate la coleta. —Cogió a Josephine de la mano y tiró de ella hacia la carpa—. Harás la entrevista conmigo.

Se quedó boquiabierta.

—¿Tengo la coleta torcida o algo?

—Desde el hoyo once. —Levantó un hombro—. Estás muy mona, así que no he querido decírtelo.

—¡Wells! —Intentó frenarlo, pero solo logró que sus talones patinaran en la hierba—. Los golfistas no llevan a sus *caddies* a la carpa de los medios de comunicación.

—Este sí.

—¿Por qué?

—No lo sé, Josephine —respondió por encima del hombro—. Es que... tengo una necesidad bastante fuerte de asegurarme de que todo el mundo sabe que eres muy importante, joder. ¿Te parece bien? ¿Serías tan amable de seguirme la corriente?

Josephine cerró la boca de golpe.

¿Qué se suponía que debía responder?

No se le ocurría nada. No cuando de repente se sentía... exultante. Como si pudiera flotar hacia el cielo despejado y disfrutar allí arriba de la luz del sol, sin bajar nunca. ¿Lo era? ¿Era muy importante para él? Había albergado la esperanza de que su ayuda durante el torneo cambiara las cosas, pero oír que Wells lo admitía en voz alta había desbloqueado algo en su interior. Algo parecido al... orgullo.

Un chico con un portapapeles les hizo señas para que entraran en la enorme carpa blanca de los medios de comunicación en cuanto llegaron y, por Dios, todo sucedió muy rápido. Pasaron de estar bajo el sol abrasador a sentir la fría caricia del aire acondicionado del interior en un abrir y cerrar de ojos. La carpa estaba ocupada por los técnicos de iluminación, las cámaras de televisión y los reporteros, intercalados con micrófonos de ambiente.

Al fondo los esperaba una mesa alargada con varios micrófonos con los logos de las cadenas importantes. Sus padres estarían viéndolo sí o sí.

—Espera. Ven aquí —dijo Wells, que la hizo girar cogiéndola por los hombros.

Antes de que ella pudiera adivinar qué pretendía, le colocó unos cuantos mechones de pelo en la coleta y se la tensó con cuidado, haciéndola parpadear a gran velocidad.

—Gracias.

En respuesta, tiró de ella hacia la mesa con un gruñido y empezó a subir la escalera...

Aunque se detuvo en seco.

Solo había una silla.

Josephine empezó a bajar la escalera tan aliviada que no había palabras para describirlo.

—Nos vemos luego.

—No.

Wells le acercó la silla y la guio hasta ella. Acto seguido, se colocó justo detrás, con el ceño fruncido y los brazos cruzados.

—¿¡Qué pasa!? —gritó, dirigiéndose a los demás ocupantes de la carpa.

Se oyó un coro de risas nerviosas. Colorada como un tomate, Josephine vio que los periodistas intercambiaban miradas, algunos encantados, otros horrorizados. Al final, uno de los valientes se puso en pie.

—Señor Whitaker —dijo el hombre, un cuarentón con un bloc de notas en la mano—. Enhorabuena por el éxito de hoy. ¿Le importaría explicarnos qué lo ha llevado a volver al circuito?

—La pregunta es si me importa, pues sí, me importa.

Josephine no lo pensó. Le dio un codazo. Con fuerza. Le salió de forma natural.

La carpa estalló en carcajadas.

No pudo verle la cara a Wells, pero se sintió aliviada cuando volvió a hablar, en esa ocasión con sequedad, pero sin rastro de la hostilidad anterior.

—¿Responde eso a tu pregunta?

El periodista se balanceó hacia delante sobre las puntas de los pies, levantando las cejas.

—¿Su *caddie* tuvo algo que ver con su regreso?

—Así es. Me intimidó para que lo hiciera.

Josephine se inclinó hacia delante para hablar por el micrófono.

—Eso es mentira, señoría.

Más risas reverberaron en el oscuro interior de la carpa, en esa ocasión más fuertes.

Wells se inclinó y la apartó de un codazo para amplificar su propia voz.

—Les presento a Josephine Doyle, amigos. Es más mala de lo que parece.

—Solo cuando afirmas que la velocidad del viento es irrelevante.

—Y luego te dejaste atropellar por un carrito de golf para hacerme la puñeta, si no recuerdo mal.

Josephine sonrió de oreja a oreja.

—No veía la hora de librarme de ti, Wells.

A esas alturas, nadie contenía la risa.

—Gracias por ponerme en mi sitio, Josephine.

Le sonrió, sorprendida al ver un atisbo de… afecto en su habitual expresión pétrea. El corazón le palpitó en respuesta.

—De nada —replicó sin aliento.

Los reporteros los miraron en silencio durante varios segundos.

Y luego todo el mundo empezó a gritar preguntas a la vez.

No tuvieron ninguna oportunidad para hablar durante su almuerzo tardío.

Ni en el trayecto por el vestíbulo hacia los ascensores.

La gente no dejaba de pararlos para pedirles fotos y autógrafos.

En ese momento, tras pulsar el botón de su planta, Josephine se dejó caer contra la pared del ascensor y se quedó mirando al frente, conmocionada.

—¿Qué ha sido todo eso?

—No lo sé —murmuró Wells, mirando su teléfono—. Pero mi antiguo representante me ha llamado tres veces en la última hora y es de los que no se levantan de la cama a menos que alguien le ofrezca un montón de dinero.

—¿Vas a devolverle las llamadas?

—Luego. —Un tic nervioso apareció en una de sus mejillas—. Antes necesito hablar contigo.

Las puertas del ascensor se abrieron en la planta de Josephine y enfilaron el pasillo hacia su suite, uno al lado del otro. Hasta qué punto no estaría emocionada que palpitaba por el deseo aun cuando necesitaba desesperadamente ducharse y cambiarse de ropa. ¿Iba a entrar Wells otra vez en su habitación? ¿Cómo era posible que echara tanto de menos el roce áspero de su mentón en las mejillas cuando solo lo había experimentado una vez?

—¿De qué necesitas hablarme?

—De seguridad. —Se quitó la gorra de béisbol, se pasó una mano por el pelo y miró hacia los ascensores—. Cuando dije que quería que todo el mundo supiera lo importante que eres, no lo pensé bien. Si pudieras quedarte en la habitación cuando yo no esté contigo, Bella... —Agitó las manos en el aire—. Mi nivel de estrés te lo agradecería.

—Wells, ¡venga ya! —Puso los ojos en blanco—. Solo me han pedido autógrafos porque estaba allí, contigo. Por amabilidad, nada más.

—Los aficionados al golf son malos como ellos solos, Josephine. Una vez un niño con una gorra Callaway me hizo una peineta. ¡Y estaba con su abuela! Que me dijo que me metiera un palo por el culo.

Josephine se tapó la boca con una mano para no reírse.

—No tiene gracia —dijo él—. Te pido amablemente, ya que parece que te gustan las chorradas bonitas y tal, que, por favor, no vuelvas a deambular sola por el hotel antes del amanecer. Mejor me llamas y vengo a buscarte. Por favor.

—¡Vaya! No sé si «deambular» es la palabra adecuada.

—Josephine…—Wells avanzó hacia ella y se detuvo soltando un taco cuando sus cuerpos estuvieron a escasos centímetros de distancia. Sin embargo, acabó por reducirla del todo y la aplastó contra la puerta, haciendo que ambos exhalaran sendos suspiros temblorosos mientras sus cuerpos se acercaban. Todo lo posible—. Déjame cuidarte, Bella. Déjame preocuparme por ti sin hacerme un montón de preguntas, ¿vale?

—Odias las preguntas —susurró ella.

—Sí. Pero a ti no te odio, en serio. —Cerró los ojos y pegó la frente a la suya—. Acéptalo.

¿Por qué tenía la impresión de que cuando ese hombre decía que no la odiaba equivalía a la promesa de otro de entregarle su reino?

—Cuando te retires del golf, podrías considerar dedicarte a la poesía.

Lo oyó soltar un gemido frustrado justo antes de que la besara con fuerza al tiempo que plantaba las manos en la puerta, por encima de su cabeza.

—Josephine, como me hagas esperar un segundo más para oír que estás de acuerdo con lo que te digo, te juro que…

—No lo sé —replicó ella, y se percató de que se le aceleraba la respiración y de que el deseo le abotargaba el cerebro—. Es divertido hacerte esperar.

Wells guardó silencio, la miró a los ojos y rio entre dientes al ver lo que transmitía su cara.

Desafío. Emoción.

Volvió la cabeza a derecha e izquierda para comprobar que el pasillo estaba vacío.

Para asegurarse de que estaban solos.

Acto seguido y con un movimiento rápido, se agachó un poco y la apretó con fuerza entre los muslos, levantándole los pies del suelo.

—¿Te gusta burlarte de mí? —susurró contra su cuello con voz ronca.

¿Le gustaba?

«Pues sí…».

—Quizá un poco.

—Podría entrar contigo —dijo él, que empezó a rotar las caderas, haciendo que viera chispas por delante de los ojos—. Y convencerte de que me des el premio un día antes.

—Podrías intentarlo —jadeó, encantada al sentir el roce de su palpable erección en el clítoris.

De repente, se quedó quieto y presionó con fuerza. Una vez. Y otra más. Hasta que le arrancó un grito que ella logró silenciar cerrando la boca.

—Podría conseguirlo. —Se abalanzó a por sus labios, de los que se apoderó con un beso hambriento, succionando su lengua antes de meterle la suya en la boca y gemir, satisfecho. Después le mordió el labio inferior con un gruñido y lo soltó—. Pero quiero mirarte a los ojos mientras me corro y saber que me lo he ganado, joder. Y no me refiero al dinero, me refiero a que… estés orgullosa. De mí.

Josephine solo atinó a mirarlo, conmocionada. La verdad, él también parecía un poco sorprendido.

—Ya estoy orgullosa de ti.

—Pues quiero que lo estés todavía más, Josephine. —La besó con ternura y se tensó, haciendo una mueca de dolor mientras dejaba que sus pies volvieran a tocar el suelo—. Mucho más —repitió al tiempo que retrocedía un paso y se tocaba el paquete con una carcajada y una mueca de dolor—. Mejor me voy antes de que cambie de opinión. ¿Vas a quedarte en la habitación o no?

Asintió con la cabeza a duras penas, porque todos sus huesos se habían transformado en gelatina.

—Tienes suerte de que haya una bañera.

—Siempre habrá una puta bañera, Josephine. —Volvió a pasarse los dedos por el pelo y se dio media vuelta para regresar a los ascensores con un gemido—. Buenas noches.

Josephine sintió el asomo de una sonrisa en los labios.

—Buenas noches, Wells.

Entró en la suite aturdida y se dejó caer en el suelo enmoquetado, con la mirada perdida, rememorando el beso mientras se acariciaba los labios con los dedos. ¿Se estaba enamorando de Wells Whitaker? ¿Del hombre de verdad y no de la figura que siempre había admirado de lejos?

Sí.

Estaba segura de que iba cuesta abajo y sin frenos.

Seguro que había un montón de razones válidas para intentar detener el descenso, pero no se le ocurría ni una sola. A lo mejor necesitaba tener una de ellas justo delante de las narices.

19

Wells supo que algo iba mal en cuanto Josephine abrió la puerta a la mañana siguiente. Llevaba la coleta torcida y le dio los buenas días murmurando entre dientes. No había ni rastro de su carácter alegre y animado, ni de sus sabias palabras. Más bien fue un «buenos días» apagado. Llevaba otra vez el albornoz blanco del hotel y estaba claro que si todavía no se había vestido, iban a llegar tarde para el turno de práctica que les habían asignado. Su intuición le dijo que no lo mencionara.

Esa vez no.

Esa no era la Josephine a la que había dejado sonrojada en su puerta la noche anterior.

—¿Va todo bien? —le preguntó con cautela, entrando y cerrando la puerta.

—Ahora mismo me arreglo —le dijo ella desde el cuarto de baño.

Luego añadió algo en voz baja que a Wells le pareció: «Algunas personas necesitamos algo más que una puta gorra».

¡Guau! Cruel, pero justo.

Había mucho de cierto en esa queja.

Pese al riesgo de que le apuntara a la cabeza con un cepillo para el pelo, apoyó el hombro en el marco de la puerta del cuarto de baño y la vio hacerse otra coleta, que se quitó de un tirón, tras lo cual dejó caer los brazos a los lados como si le pesaran cien kilos cada uno.

—Sí, pero ¿va todo bien, Josephine?

—Es ridículo, en serio. A estas alturas debería saberlo ya —dijo, pronunciando cada palabra con cuidado—. Anoche pedí la cena al servicio de habitaciones y no me puse suficiente insulina para el pan de la hamburguesa. Siempre me quedo corta al calcular los carbohidratos de los panes de hamburguesa. ¡Siempre! Así que me he despertado con el azúcar en sangre a trescientos.

Le costó un gran esfuerzo, pero Wells disimuló la alarma.

—¿Es peligroso?

—Puede serlo si se mantiene tan alta durante mucho tiempo. Pero así es la vida con diabetes. Llegar a trescientos es más habitual de lo que me gustaría, porque nunca podré imitar perfectamente a un páncreas. Es imposible. —Cerró los ojos, inspirando por la nariz y espirando por la boca—. Cuando tengo una subida de azúcar, me siento nerviosa y... alterada, más o menos. Me duele la cabeza. Me cuesta concentrarme.

Si Wells hubiera podido quedarse con su diabetes en ese momento, no habría dudado. Ni un solo segundo. De hecho, a la mierda con su páncreas sano. Vaya marrón. ¿Tener que preocuparse por el pan de una hamburguesa? Por no hablar de toda la comida de cada día. Sinceramente, no sabía cómo una persona podía estar pendiente de eso todos los días del año sin sentirse en un perpetuo estado de frustración.

—¿Así es como te sientes ahora? ¿Te duele la cabeza y te cuesta concentrarte para hacer las cosas bien?

—Sí.

—¿Cómo lo arreglamos?

—Tú no puedes hacer nada. Soy yo la que tiene que hacerlo.

—Vale, es justo.

Se hizo un pesado silencio.

Josephine estaba frustrada por una mezcla de cosas, al menos según lo percibía él. Arrepentimiento por haberle gritado, enfado consigo misma, irritación general y angustia física. Por su rostro pasaban un sinfín de emociones a la vez, como si fueran brochazos de acuarela mezclándose unos con otros, y seguramente necesitara intimidad en ese momento, pero no podía marcharse.

—¿Puedes manejar esto sola... sin quedarte sola?

Esos ojos verdes lo miraron a través del espejo.

—Claro —respondió ella con cautela.

Asintió con la cabeza, aliviado.

—Sé que vamos a llegar tarde por mi culpa —dijo ella.

—Ahora mismo eso da igual.

Josephine suspiró, cogió el cepillo del pelo y volvió a soltarlo.

—Me he inyectado una dosis de insulina rápida, así que estoy esperando a que me baje. Lo hará, aunque a veces va despacio. De todas formas puedo funcionar, así que déjame que me arregle.

—Digamos que no es necesario que nos preocupemos por llegar a tiempo al horario de entrenamiento, porque soy el puto amo del golf y practicar es para seres inferiores. ¿Qué más podrías hacer para sentirte mejor?

Eso era.

Un asomo de sonrisa.

El corazón empezó a latirle a un ritmo más normal.

—A ver... —Josephine se encogió de hombros—. Beber agua ayuda. Y si corro, bajará muy rápido.

Wells levantó una ceja y señaló sutilmente la puerta de la suite con la cabeza.

—Si estás insinuando que te gustaría salir a correr conmigo, no.

—¿Por qué? Si crees que ahora estoy irritada, espera a verme haciendo una actividad que solo debería llevarse a cabo si alguien te persigue con un cuchillo de caza. ¿Sabes que los pulmones sangran un poco cuando corres? Saben que no está bien.

—No pienso decir nada. Correremos y ya está. —Se apartó del marco de la puerta y empezó a estirar, llevándose el talón derecho al culo—. Me gustaría mucho que te sintieras mejor, Bella —dijo como si tal cosa, cuando en realidad quería gritar: «¡Por favor, ponte bien de inmediato!»—. ¿Crees que me asusta verte irritada? En el diccionario hay una foto mía al lado de la palabra «irritación».

Nunca me ha preocupado que la gente tuviera que sufrir la mía, así que no merezco que te preocupes por mí.

—Es un buen argumento. —Josephine se volvió y se apoyó en el lavabo, con la duda pintada en la cara—. Seguro que ya hay una multitud fuera. Van a mirarnos y a preguntarse por qué hemos salido a correr así de repente antes de la jornada de hoy.

A él le importaba una puta mierda lo que pensaran los demás, pero... a Josephine sí le importaba. Sobre todo ciertas cosas. Como sus capacidades. Su fuerza. Y una carrera por el bien de su salud entraba dentro de esos dos epígrafes. Era una mujer fuerte por su lucha diaria, no pese a ella, aunque así era como lo veía él, lo cual no tenía por qué coincidir necesariamente con lo que Josephine sentía en ese momento de vulnerabilidad.

—Vamos a correr por el pasillo. Ni siquiera tienes que cambiarte.

Ella soltó una carcajada.

—¿Correr por el pasillo en albornoz?

—Si así te sientes mejor, saldré despechugado.

Josephine se encogió de hombros.

—No voy a protestar —murmuró.

—Deja de intentar seducirme con halagos —replicó él con sequedad al tiempo que se quitaba la gorra y la arrojaba al lavado para despojarse del polo—. Vamos.

—Me sangran los pulmones por la emoción —dijo ella y, pese a la irritación que la embargaba, Wells se percató de que le miraba con admiración el pecho y el abdomen. Tal vez incluso flexionara un poco los músculos para ayudarla a sentirse mejor. Lo que hiciera falta para sacarla de la suite y conseguir que le bajara el azúcar. Porque tenía claro que no debía confiar en que ella le permitiera formar parte de la solución.

Colocaron el picaporte de latón de la puerta de lado para mantenerla abierta y luego se quedaron el uno junto al otro de pie en el pasillo enmoquetado. Josephine iba descalza, él con las deportivas de piel que siempre llevaba hasta que llegaba el momento de ponerse los zapatos de tacos.

—¿Estás lista?

—No —contestó ella, empezando a moverse.

Wells contuvo una sonrisa mientras la alcanzaba y seguía su ritmo. Siguieron hasta el final del pasillo, donde tocaron la pared, giraron y emprendieron el camino de vuelta.

—Depeche Mode.

—No —respondió ella sin inmutarse.

—Bad Bunny.

—Dices nombres sin ton ni son.

—Dime la década, por lo menos —protestó él.

—Vale, pero porque vas sin camiseta. —Lo miró de reojo con los labios fruncidos—. Los años sesenta.

—Eso habría sido útil al principio —masculló.

Josephine le dio un empujón con la cadera, haciéndolo trastabillar un instante.

—Ya te he ayudado bastante.

Para ser sincero, le encantaba que Josephine estuviera de mal humor.

—Es verdad. Es verdad.

Llegaron al otro extremo del pasillo, le dieron un golpecito a la pared y siguieron de nuevo en la otra dirección, manteniendo un silencio agradable durante unos minutos. Hasta que él dijo:

—Son los Beatles, ¿verdad?

—No.

Gimió.

—Te estás acercando —lo consoló ella.

—Ya te digo.

—Pues a ver qué dices ahora. —Josephine llamó a la puerta de una de las habitaciones del pasillo y apretó el paso hasta correr a una velocidad tres veces superior a la que habían mantenido hasta el momento. Lo dejó atrás. Haciendo que pareciera que había sido él quien había llamado.

Wells soltó una carcajada, que se cortó bruscamente cuando la puerta a la que había llamado Josephine se abrió unos metros por detrás de él.

—Eh..., ¿hola? —dijo un hombre mayor que se asomó al pasillo.

Wells aceleró el paso sin volverse.

Josephine acababa de entrar en su suite.

No. No sería capaz. No iba a cerrar la puerta, dejándolo sin camiseta en el pasillo, pillado in fraganti como un niño travieso llamando a las puertas de los demás.

Spoiler: sí, lo hizo.

Wells se detuvo delante de la puerta y agarró el picaporte, que empujó con fuerza. Había cerrado.

—¡Uf! Bella, has cometido un error muy gordo.

Su risa jadeante le llegó a través de la puerta.

—¡Abre!

—¿Has llamado a mi puerta, muchacho? —le preguntó el hombre desde el otro extremo del pasillo.

—Lo siento —respondió él, agitando una mano—. Me he equivocado de habitación.

El hombre no estaba dispuesto a dejarlo estar.

—¿No eres el tal Whitaker?

Josephine estaba a punto de morirse de la risa al otro lado de la dichosa puerta.

—Ya te has divertido bastante —le gritó, aunque él también estaba... ¿sonriendo?—. Déjame entrar.

La puerta se abrió de repente y Wells entró furioso, dejando que se cerrara tras él mientras miraba a Josephine, que estaba apoyada en la pared más alejada de la habitación, con la cara entre las manos y los hombros temblándole por la risa.

—Parece que te encuentras mejor —dijo, deseando poder saborear esa risa, sentirla contra su boca.

—Bastante. —cogió el móvil que estaba en la cama, tocó la pantalla y se lo enseñó para que viera que la curva ya iba bajando: 267. Una cifra alta todavía, pero la cosa pintaba bien—. Seguirá bajando ahora que le he dado un empujón.

—Me alegro, nena.

«Vale, se me ha escapado».

Se miraron en silencio y fijamente durante un segundo, antes de echar a andar hacia el baño al mismo tiempo, de manera que se detuvieron en la puerta para comprobar que el otro no iba a protestar y luego entraron juntos. Despacio. Wells volvió a ponerse el polo y la gorra, mientras Josephine emprendía un nuevo intento de hacerse una coleta.

—No sé, pero a mí me parece que siempre te la haces igual.

Josephine resopló y luego dijo:

—Normal, siendo un hombre que no tiene ni idea.

—Déjame intentarlo.

Josephine se detuvo en el acto de recogerse el pelo, dejando al descubierto ese cuello tan apetecible.

—¿Quieres hacerme la coleta?

—Quiero hacerle muchas cosas a tu coleta.

—¿¡Cómo!? Qué asco.

«No te pases, tío».

—Eso no ha salido como yo quería. —Se colocó detrás de ella y sacudió las manos—. Estoy nervioso porque es la primera vez que ejerzo de peluquero.

—¿En serio? Te he visto menos nervioso por un *putt* de veinte metros.

Wells cogió el cepillo con la mano derecha y empezó a pasarlo por esos mechones cobrizos. Sabía que en algún momento tenía que empezar a formar la coleta, pero, joder, eso era relajante.

—¿Cómo conseguís las mujeres hacer algo? Te lo digo en serio, podría pasarme horas haciendo esto.

—Añade eso al comentario de la coleta y creo que tienes un problema de fetichismo sexual, Whitaker.

Teniendo en cuenta cómo había empezado la mañana, decidió que se estaba convirtiendo en la más divertida que había tenido en mucho tiempo. Quizá incluso era la más divertida de toda su vida. El simple hecho de estar cerca de ella era… como ochenta experiencias en una. Relajante, excitante, cómoda, excitante. Divertida, interesante y perfecta. Y excitante. ¿Era un momento raro para mencionar que le gustaría darle un mordisco en el cuello? De hecho, se moría de ganas de desatarle el albornoz y verla desnuda en el espejo del cuarto de baño, pero no era el momento adecuado. No cuando ella se había despertado sintiéndose fatal.

—Muy bien, allá vamos.

Se mordió el labio inferior hasta casi hacerse sangre y usó el cepillo para empujar secciones de pelo hacia el puño izquierdo. Cuando se sintió satisfecho al ver que tenía el pelo tenso, sucumbió al pánico, porque le parecía imposible mantener esa tirantez tan perfecta.

Vio que ella sujetaba una goma elástica negra por encima del hombro.

—Toma.

—Gracias a Dios. —Soltó un suspiro—. Esta parte es estresante.

—¡Ya lo sé!

—Hay mechones que sobresalen por mucho que intente aplastarlos —gruñó, mientras le colocaba la goma y le daba vueltas, sintiendo como si estuviera utilizando las manos de otra persona.

—Sí, parecen aletas de tiburón.

Se le escapó una carcajada.

—Por Dios, Josephine, eso es exactamente lo que parecen. —Sus miradas se encontraron en el espejo y el corazón le dio un repentino vuelco—. ¿Te encuentras mejor, Bella?

—Sí. —Ella volvió un poco la cabeza y le besó la cara interna de la muñeca—. Gracias, Wells.

No. Debería ser él quien se lo agradeciera, ¿verdad? Josephine ya había empezado a transformarlo en un golfista mejor, pero que le hubiera permitido ayudarla esa mañana con algo tan personal e importante para ella... Joder. Eso lo había hecho sentirse humano. Un humano que valía la pena.

Le agradecía la confianza que había depositado en él. Y quería que confiara mucho más.

Sin saber qué decir, se inclinó y la besó en un lateral del cuello, limitándose a respirar mientras lo asaltaba la necesidad de hacer más. De tocarla por todas partes. Cerró los ojos y exhaló bruscamente al sentir que ella echaba el culo hacia atrás. La agarró por las caderas y...

Lo llamaron por teléfono.

No. ¡Nooooooo!

Se desinflaron a la vez. El precioso culo de Josephine le puso fin a su campaña de tentación mientras le sonreía a través del espejo y se apartaba de él para ponerse fuera de su alcance.

Se sacó el móvil del bolsillo mascullando un taco. Era Nate. Otra vez.

Solo podía haber una razón.

«¡Has vuelto!».

Era como si lo estuviera oyendo. ¿Quería oírlo?

Por el bien de Josephine, sí. Quería oír a Nate mientras se lo decía.

¿Por el suyo? Toda esa atención y esos elogios eran efímeros. Lo sabía muy bien.

¿Qué fue lo que le dijo Josephine unos días antes? «Lo importante no siempre es lo que estás por hacer. A veces es lo que ya has hecho». Había estado pensando mucho en eso. Y quizá... tuviera razón. Quizá podía aprender a librarse de la presión que suponía comparar sus resultados con los de los demás. Criticar su *swing*. Estresarse por el siguiente torneo, incluso antes de terminar el que estaba jugando. Quizá podía vivir el momento, disfrutando simplemente del juego por lo que fue para él en el pasado.

Una vía de escape.

—Es mi representante —le dijo a Josephine.

—Cógelo.

Wells giró el móvil varias veces en la mano antes de devolverle la llamada a Nate. Por fin.

—¡Ya era hora, campeón! —lo saludó el cabronazo.

—Vale, veo que no te cortas ni para saludar. ¿Qué quieres?

—¿Así le hablas a un viejo amigo?

—La última vez que hablamos —masculló con los ojos clavados en el pulso del cuello de Josephine— me llamaste «gilipollas».

—¡Oye, un momento! Dije que estabas haciendo el gilipollas, que no es lo mismo.

Wells clavó la mirada en el techo, suplicando paciencia.

—Tengo que bajar a entrenar o se me pasará el tiempo. ¿A qué vienen tantas llamadas?

—Quieres que vaya al grano. Vale. —Lo oyó teclear de fondo—. Esta mañana puedo ofrecerte un montón de oportunidades, chavalín. Y para quitarnos rápido de en medio la fea letra pequeña, te adelanto que cobraré el quince por ciento de todas estas bonitas oportunidades.

—Vaya. —Pasó una mano por la coleta de Josephine, sonriendo satisfecho al verla articular con los labios la palabra «fetichista»—. Qué pena que ya no trabajes para mí.

—Podemos cambiar eso muy fácilmente, ahora que te has convertido en el chico que ha resurgido de sus cenizas.

Wells suspiró.

—¿Has puesto últimamente el Golf Channel? —le preguntó Nate—. Joder, están hablando de ti hasta en ESPN. La vuelta que le has dado a la tortilla, que golpeas la pelota como el Wells de antaño y que encima tienes una *caddie* guapísima. Los medios de comunicación se están relamiendo con vosotros.

—Se están… —Se le aceleró el pulso como si acabara de mentir en un detector de mentiras y su brazo libre le rodeó la cintura a Josephine por voluntad propia, atrayéndola contra su pecho—. ¿Qué dicen de Josephine?

—Nada malo, evidentemente. No hay nada malo que decir.

Josephine se volvió entre sus brazos y señaló el dormitorio con un gesto de la cabeza.

—Voy a vestirme —susurró—. Sigue hablando.

La besó en la frente y asintió con la cabeza.

Como un marido que se despide de su mujer antes de que ella se vaya a trabajar.

Después de la mañana que habían compartido, le parecía muy… natural.

Esperó a que Josephine se alejara lo bastante como para no oírlo y cerró la puerta del cuarto de baño para continuar la conversación.

Porque conocía bien a Nate y había captado el cambio en su tono de voz.

—¿Qué están diciendo de verdad de ella?

—¡Ah! Bueno, ya sabes, en los tiempos que corren los periodistas y los comentaristas no pueden decir abiertamente que está buena, pero se hacen muchos guiños y se dan codazos. «Si fuera mi *caddie*, yo también practicaría mucho». ¡Ja, ja, ja! Cosas así. En el extremo inocente del espectro dicen que es tu amuleto de la buena suerte.

—Vaya. —Era humillante que sintiera un nudo en la garganta por eso—. Ajá…

Pasaron unos instantes en silencio.

—¿Lo es? ¿Hay algo entre vosotros? —le preguntó Nate.

—Eso es algo que solo nos incumbe a nosotros dos —masculló—. ¿Queda claro?

—Clarísimo, campeón.

—No me gusta que hablen de ella. Josephine es… —«Mía», añadió para sus adentros. Empezó a pasearse de un lado para otro del cuarto de baño—. Es todo corazón. Es auténtica, perspicaz y leal. Es imposible que le hagan justicia con una frase hecha.

Nate guardó silencio un instante y luego dijo:

—Lo siento, no puedo hacer nada para evitar que hablen de ella. Sobre todo si sigues ganando.

—Lo sé, joder. Es que no me gusta.

—En ese caso, te sugiero que mantengas la televisión apagada.

Empezó a andar en círculos frotándose la nuca.

—Muy bien, acabemos con esto. ¿De qué oportunidades quieres hablarme?

—De la palabra mágica de las oportunidades, Wells. —Nate bajó la voz y añadió con un susurro reverente—: Patrocinadores. Dos.

—Lo que tú digas.

—¿Qué te parece Mercedes?

—Paso. Siguiente.

Nate fingió echarse a llorar al otro lado.

—Sabía que ibas a decir eso. Ya había supuesto que lo tacharíamos pronto de la lista. —Hizo una pausa, sin duda para conseguir un efecto dramático—. ¿Has oído hablar de una pequeña marca llamada Under Armour? Atento a esto: quieren patrocinaros a ti y a tu *caddie*.

Eso hizo que Wells levantara la cabeza. Y que dejara de andar.

—¿Cuánto?

—Cinco cifras para cada uno. De momento. Están siendo listos y quieren conseguir un acuerdo barato contigo antes de que tu regreso al circuito pueda calificarse de triunfo. Dicho esto, solo piden dos apariciones vestidos con su marca, para estar seguros de que no vas a autodestruirte y a dejarlos con el culo al aire. Además, tienen derecho de tanteo en tu próximo contrato de patrocinio. Nos parece bien, ¿verdad? Si sigues así, esto nos deja mucho margen de maniobra para negociar futuras condiciones. Vas a conseguirlo, chaval. ¿Te parece bien?

Cinco cifras. Un par de años antes la oferta habría tenido unos cuantos ceros más a la derecha.

Por Dios, deseaba mucho eso para Josephine. Podría reconstruir su tienda, pagarse un seguro médico mejor y cuidar de sus padres. Claro que cinco cifras también significarían mucho para ella. Muchísimo.

—Hecho.

—Ya sabía yo que dirías eso. Han enviado una selección de polos y gorras para que ambos elijáis. Me he tomado la libertad de enviarlos a una sala de reuniones de la planta baja del hotel.

—Qué hijo de puta eres.

—¡Hemos vuelto, chavalín!

Wells colgó.

Salió del cuarto de baño…

Y se detuvo en seco, mirando con creciente deseo a Josephine mientras se ponía un sujetador deportivo, que cubría esas tetas tan perfectas. Luego la vio ponerse una camiseta de manga corta. Demasiadas capas.

—Hola —dijo ella—. Ya no me queda casi nada.

A él sí que no le quedaba casi nada para... Pero ¡por Dios! ¿Adónde los llevaría aquello? Sus sentimientos por Josephine se estaban expandiendo a un ritmo alarmante, pero no tenía ni idea de lo que saldría (de lo que podría salir) de esa dolorosa atracción. El sexo podría arruinar toda su dinámica por completo y, sin embargo, seguramente acabaría muerto si no se la follaba hasta dejarla con los ojos vueltos.

Lo antes posible.

¿Qué pasaría después? ¿Se convertiría en su novia?

¿Cuánto tiempo podría durar una relación entre ellos si trabajaban juntos, sobre todo teniendo en cuenta que podía ser un capullo insoportable en el campo? Podría volver a atropellarla un carrito de golf.

O algo peor.

Carraspeó con fuerza.

—A ver. Tenemos un patrocinador. Enhorabuena, Bella, eres cinco cifras más rica. Vamos a bajar para elegir tu atuendo, y más vale que no escojas nada rosa.

Josephine se volvió tan rápido que estuvo a punto de caerse.

—¿Yo..., yo? Yo..., ¿cinco cifras? ¿¡Yo!?

No era la primera vez esa mañana que Wells sentía un nudo en la garganta.

—Sí.

—Pero... —balbuceó—. ¿Por qué?

—Porque eres... tú, Josephine. Y que conste que mereces muchísimo más. Lo único que tengo que hacer es demostrar mi valía antes de que eso sea posible..., y lo haré. Por ti. Por... nosotros. —Aunque ella estaba en el otro extremo del dormitorio, habría jurado que oyó que se le aceleraba la respiración—. ¿Vale?

—Vale. —Ni un atisbo de duda en su voz.

¿Qué había hecho para merecerla?

—Estupendo, pues vamos a...

Josephine jadeó en ese momento.

—¿Vamos a ir vestidos a juego?

—Ni de coña, Josephine. Ni hablar.

20

Pues sí, al final, acabaron vestidos a juego.

Por accidente.

¿O no?

Después de llevar cinco años siendo la megafan de Wells, Josephine contaba con la ventaja de saber qué colores le gustaban más… y el celeste era uno ellos. En cuanto entraron en la sala de reuniones y echó un vistazo por las dos mesas, supo qué polo iba a elegir él de entre la ropa de hombre. Era un azul más frío que el celeste, pero era el que más se parecía a su color de cabecera. Y la suerte quiso que hubiera una falda a juego con el polo, con el logo en azul marino incluido.

—¿Quieres jugar a una cosa?

Wells la miró con los ojos entrecerrados.

—Esto me huele a trampa.

—¿Yo? ¿Tenderte una trampa? —Parpadeó con expresión inocente—. Venga, di que sí.

Él cruzó los brazos por delante del pecho y suspiró, pero no consiguió ocultar del todo el brillo guasón de su mirada.

—Explícate primero.

Josephine señaló con una mano la amplia selección de ropa.

—Elegimos y nos vestimos sin vernos el uno al otro. Pero en cuanto nos pongamos las prendas, debemos quedarnos con ellas. Nada de cambiarse.

—Tenemos que aguantarnos con lo que elijamos.

—Eso es.

Wells se acarició la barbilla.

—Me da en la nariz que voy a arrepentirme de aceptar, pero lo de verte semidesnuda me pone de buen humor.

—No, no. —Se acercó a la puerta y echó el pestillo—. No se mira.

—Josephine —dijo a modo de advertencia—, me la estás poniendo dura.

Jamás habría imaginado que un hombre que hablaba sin tapujos de su paquete pudiera revolucionarle las hormonas como si fueran el motor de un tanque.

—Pues será mejor que tengas cuidado al subirte la cremallera —susurró.

Él soltó una carcajada que dejó a la vista sus dientes blancos y sus arruguitas. Para morirse de guapo.

Intentó que no se le notase que esa carcajada le había acelerado tanto el corazón que le daba vueltas la cabeza.

Madre del amor hermoso. Si alguna vez se reía así delante de las cámaras, lo que estaban haciendo solo sería la punta del iceberg en cuanto a oportunidades para encontrar patrocinadores.

Wells le agitó una mano delante de la cara.

—¿Sigues viva, Bella?

—¿Qué? Sí —respondió al tiempo que se daba media vuelta—. Vale. Preparados. Listos.

—Ya.

No le hizo falta echar una miradita por encima del hombro para saber que Wells iba derecho a por el polo azul hielo. Sin embargo, había subestimado lo torpes que se le volverían los dedos al saber que él se quitaría la camiseta para ponerse el polo. El suave frufrú de la tela al deslizarse por su torso y caer al suelo casi la dejó bizca, y se golpeó una rodilla con una de las sillas de la sala de reuniones mientras cogía la falda azul hielo.

—¿Estás bien? —le preguntó él.

—Sí, sí —se apresuró a contestar mientras se bajaba los *leggins*.

—Vale.

Se subió la falda por las caderas y se mordió el labio inferior mientras elegía un polo blanco. Se quitó la camiseta. Antes de poder ponerse el polo por la cabeza, sintió algo cálido en la espalda desnuda.

—He mirado, Bella. —Wells la agarró de las caderas y tiró de ella despacio para pegarle el culo a su paquete mientras le recorría el cuello con los labios abiertos—. Esta falda te hace un culo tan tremendo que ni puedo cabrearme porque me hayas engañado para que vayamos a juego. —La giró para que lo mirase y se apoderó de su boca antes de obligarla a andar hacia atrás y levantarla por las caderas para subirla a la mesa.

—Wells...

—Lo sé. —Le puso las manos en las corvas y tiró de ella hasta el borde de la mesa, haciendo que sus cuerpos se tocaran y... oooh. No había exagerado con lo de tenerla dura.

—Sé que tengo que jugar un partido de golf antes de metértela, pero Dios, estos putos muslos hacen que la espera me esté matando. —Wells le enterró los dedos en el pelo y le echó la cabeza hacia atrás antes de rozarle la garganta con la punta de la lengua—. Déjame por lo menos que te lo coma. —Se enroscó la coleta en un puño. Y se dio otra vuelta—. ¿Te gusta cómo suena eso, Josephine? Creo que te gusta, nena. Te tiemblan las piernas.

—Yo..., mmm...

—Has elegido una falda por un motivo, ¿no? —dijo Wells con un gemido contra su cuello antes de rozarle la mejilla con los labios para apoderarse de su boca, besándola con ardor, gruñendo cuando ella le devolvió el beso—. Porque esperabas que me pusiera de rodillas y te lo comiera.

La verdad, ni se le había pasado por la cabeza que una falda proporcionara... oportunidades.

Para un mejor acceso.

Madre del amor hermoso, pero bien que lo tenía presente en ese momento.

Ese pensamiento zigzagueaba, rebotaba y daba tumbos en su cabeza.

—Sí, por favor —susurró contra su boca húmeda—. Por favor.

—Voy a comértelo ahora y a follártelo después, ¿a que sí, Bella?

Sus músculos internos se tensaron con tanta fuerza que se le saltaron las lágrimas.

—¡Sí!

—Josephine. —Le atrapó el lóbulo de la oreja entre los dientes y le dio un tironcito, bajando después hasta sus hombros para volver a subir y después restregarle esa dura erección una vez, dos, contra las bragas—. Este es uno de mis golpes que no necesita mejorar. Ve dándole vueltas a eso mientras te chupo el clítoris.

—Ay, madre.

Se quitó el polo azul hielo, se apoderó de su boca para darle otro beso abrasador y después hizo ademán de ponerse de rodillas…

En alguna parte sonó un golpe. ¿Tal vez en su propio pecho?

No.

¡La puerta!

Alguien estaba llamando a la puerta de la sala de reuniones.

—Me cago en la puta —masculló Wells al tiempo que golpeaba la mesa con un puño mientras se secaba el sudor que tenía sobre el labio superior con la muñeca de la otra mano—. ¿¡Qué!?

Pasaron unos segundos.

—Wells Whitaker, soy Kip Collings. —Una pausa—. El director del torneo.

Josephine se quedó tan boquiabierta que casi tocó el suelo con la mandíbula inferior.

«¿Kip Collings?», articuló con los labios en dirección a un Wells muy frustrado.

Si alguna vez hacían un Monte Rushmore del golf, la cara de Collings estaría allí. Básicamente era el tío que solo aparecía para entregar el trofeo. Tal era su importancia.

Y estaba a punto de pillarla en sujetador, montándoselo con su golfista.

—¿Te importa que entre un momento? —dijo Collings con una risilla—. Seré breve. Sé que se acerca la hora de tu salida y que estás ocupado preparándote.

—O algo —mascullló Wells mientras se frotaba el puente de la nariz.

—Ve a abrir la puerta —le pidió ella con voz aguda, pero susurrando, al tiempo que se bajaba de un salto de la mesa y se ponía el polo blanco—. Es el director.

—Casi te había quitado las bragas, Josephine. La verdad, por mí como si es el Papa.

—No digas «bragas» y «Papa» en la misma frase. Nos va a fulminar un rayo.

—¡Joder! —masculló él con una mueca—. Por favor, no me hagas reír cuando la tengo dura. Duele.

—Pero me gusta tu risa.

—A mí me gusta todo de ti, joder —gruñó Wells, mirándola a la cara con expresión intensa antes de clavar la mirada en el suelo. Mientras tanto, Josephine se sintió flotar hacia el techo, llevada por nubecillas blancas—. ¿Estás lista, Bella?

Ella tragó saliva.

—Sí.

—Un momento, director —dijo Wells mientras se ponía de nuevo el polo y se lo dejaba por fuera para cubrir la... situación. Después añadió entre dientes—: Viejo cortarrollos.

Josephine le dio una palmada en el hombro.

Wells se tomó su tiempo mientras cruzaba la sala, abría la puerta con un resentimiento palpable y la sujetaba para que el director entrase. El hombre entró con una expresión risueña en sus ojos marrones, hundidos en una cara marcada por las arrugas y enrojecida.

—Habéis causado sensación entre los dos —dijo el hombre, que miró a Wells con detenimiento—. Por buenos motivos, esta vez.

—Un placer conocerlo, señor Collings —lo saludó ella, en un intento por ocultar sus nervios.

—Encantado de conocerte, jovencita. —Señaló con un gesto informal a Wells—. Tengo entendido que lo llevas por el buen camino.

Ella mantuvo la sonrisa.

—Ha llegado hasta aquí. Es capaz de ir por el buen camino él solito.

Sintió, más que vio, que Wells se volvía para mirarla, sorprendido.

—Ajá. —El director los observó a los dos—. En fin, sea cual sea la magia que os traéis juntos, que no baje el nivel.

—Aquí no baja nada… —murmuró Wells.

Josephine le dio una patada en el tobillo.

—Sí, señor.

El director soltó una risilla, ya que no era tonto ni mucho menos, pero no estaba escandalizado en absoluto.

—Nuestra audiencia se duplicó ayer con las noticias de este posible regreso triunfal. Y espero que no os moleste que lo diga, pero ¿una chica joven de *caddie*? Vamos, eso les resulta muy interesante a los espectadores. No puedo decir que los culpe después de haberos visto en acción, pero es más que eso. Hombre, mujer o lo que sea, se te da muy bien interpretar la calle, Josephine Doyle. —El señor Collings se dio unos toquecitos en el bolsillo y sacó una llave—. Lo que me recuerda que me he encargado de que tengas tu propia sala de las bolsas a partir de ahora. Siento que hayas pasado estos tres días sin la intimidad necesaria.

Ella agitó una mano.

—Ah, no es necesario, señor…

—En primer lugar, llámame Kip, por favor. —Sin darle tiempo a discutir, le puso la llave en la mano y asintió con la cabeza al ver que ella cerraba los dedos a su alrededor—. En segundo lugar, seguro que te preocupa que los demás hablen de doble rasero, de favoritismo y de todas esas pamplinas. Si alguien te lo dice a la cara, dile que venga a verme. Mis nietas me tienen bien enseñado.

¡Guau! Le caía muy bien ese hombre. En cuanto tuviera un momento libre, iba a llamar a su padre para contarle esa conversación a pies juntillas. Menos lo del doble sentido de Wells.

—Gracias, Kip.

Wells asintió con la cabeza, con una expresión de gratitud poco habitual en la cara.

—Le agradecemos mucho el gesto, director.

El hombre asintió con la cabeza y se dio media vuelta para dirigirse a la puerta, pero no sin antes darle unas palmaditas a Wells en la espalda.

—No la sueltes —le dijo—. Y dales duro ahí fuera.

Ambos se quedaron mirando la puerta un segundo después de que el director se fuera.

—Supongo que no tenemos tiempo para...

—No. —Josephine suspiró y miró el reloj de pared.

Wells agachó la cabeza un momento antes de mirarla con evidente curiosidad.

—Cuando te ha dicho que me llevas por el buen camino, podrías haber hecho una broma sobre mi genio, pero no lo has hecho. ¿Por qué?

—Muy sencillo —replicó con un guiño antes de echar a andar hacia la puerta—: nadie se mete con mi golfista, solo yo. —Se dio media vuelta al llegar a la puerta y se lo encontró mirándola con expresión pensativa (tal vez incluso un poco sorprendida), pero se recuperó enseguida y frunció el ceño.

—Y nadie se acerca demasiado a mi *caddie*, solo yo. Quédate a mi lado ahí fuera, Josephine.

—Eso es lo que pienso hacer. ¿Cómo si no se van a dar cuenta de que vamos vestidos a juego?

El gemido de Wells resonó por el pasillo, seguido por la carcajada de Josephine.

21

Cuando llegaron a la primera salida, vieron a una figura conocida junto a un *caddie*, al que estaba instruyendo sobre el método para limpiar correctamente sus pelotas. La superestrella rubia tenía el ceño fruncido por la irritación, aunque cuando se volvió hacia las cámaras de televisión, esbozaba una sonrisa digna de un anuncio de dentífricos. Buster Calhoun. ¿Qué hacía allí?

—Por favor, Bella, dime que no estamos emparejados con ese imbécil.

—Pues… creo que no lo estábamos. —Josephine miró al otro *caddie* con expresión compasiva mientras empezaba a limpiar las bolas con más vigor—. Han debido de descalificar a alguien. O a lo mejor algún jugador se ha retirado. Han cambiado las parejas por algo.

Eso no era verdad. Calhoun había caído en la clasificación del torneo. Hasta el nivel de Wells. Pero no quería decirlo en voz alta y recordarle que, aunque tenían una buena oportunidad para ganar dinero ese día, todavía les quedaba un buen trecho hasta conseguir que su nombre apareciera de nuevo entre los diez primeros. Mientras que los golfistas de los primeros puestos se irían ese día con premios de decenas de millones o de seis cifras, a Wells le iría bien si conseguía cinco. Muy lejos de sus primeros días en el circuito, pero una mejora considerable.

Ya solo le quedaba llevarlo hasta el final. Conseguir que pasara esa ronda sin fallar un trillón de golpes y marcharse de Texas con algo que no llevaba cuando llegó: optimismo.

Wells se quitó la gorra y enterró la mano entera en el pelo.

—De los más de cincuenta golfistas que quedan, tenía que tocarme el suplente del rey del baile.

—Que te estoy oyendo, Whitaker —replicó Calhoun con sequedad por encima del hombro.

—Esa era la idea.

Josephine miró a Wells meneando la cabeza.

«¿Qué pasa?», articuló él con los labios mientras hacía estiramientos.

Joder. Esa sorpresa inesperada era lo último que necesitaban esa mañana. Aunque Wells estuviera jugando mejor a marchas forzadas, su progreso era inestable. Nuevo. Estaba aprendiendo a andar otra vez. Que lo emparejasen con el número uno del mundo, a quien no tragaba, era un obstáculo que no se esperaba.

Mientras Josephine rellenaba los detalles pertinentes en su cuaderno de puntuaciones, una sombra apareció en el suelo delante de ella. Sin levantar la vista, supo que esas Nike blanquísimas pertenecían a Calhoun. Su nombre bordado en el logo le dio una pista.

—Vaya, si es la mujer del momento, la encantadora señorita...

—¡Ni de coña! —gritó Wells al tiempo que se colocaba junto a ella—. Está ocupada. Para siempre.

Calhoun se echó a reír.

—¡Venga ya, Whitaker! Solo estoy entablando una conversación. —Hablaba con voz agradable y culta, pero algo feo brillaba en sus ojos azules—. Admito haber pensado que era una especie de truco cuando empezó el torneo. O que traer a una *caddie* novata era otra forma de Whitaker de menospreciar el circuito. Pero usted es legal, ¿no es así, señorita Doyle? —Le guiñó un ojo—. He estado prestando atención.

—Solo voy a decirlo otra vez, Calhoun: dirige tu atención a otro sitio —dijo Wells en voz baja y seca—. Rapidito.

El elegante golfista no había terminado.

—¿Qué te preocupa? ¿Que vaya a cambiar de barco y se venga a jugar al equipo ganador? —Otro irritante guiño hacia ella—. La oferta está sobre la mesa, señorita Doyle.

Josephine se plantó delante de Wells antes de que él pudiera abalanzarse sobre su rival, de modo que sintió su torso en la espalda.

—Estoy bien donde estoy ahora mismo, gracias. —Bajó una mano, rozó discretamente con un nudillo el puño de Wells y suspiró cuando sintió que él aflojaba los dedos. Fue un gesto inconsciente que quería mantener entre ellos dos, pero Calhoun tenía un ojo avizor... y lo vio, momento en el que esbozó una sonrisa elocuente.

—¡Ajá! —exclamó con retintín—. Supongo que yo también jugaría mejor si ella fuera mi *caddie*.

—Ahora tengo que matarte, joder —gruñó Wells al tiempo que le rodeaba a Josephine la cintura con un brazo, a todas luces preparado para apartarla de delante.

«¡Madre mía, esto va fatal!».

Clavó los talones en el suelo todo lo que pudo, pero pronto descubrió que eso era inútil. Sus pies se levantaron del suelo. Claro que no podía permitir, de ninguna de las maneras, que Wells y Calhoun se pelearan, porque de lo contrario no solo los echarían del torneo, sino que además a Wells lo echarían para siempre del circuito. Que Calhoun lo hubiera pinchado para hacerlo estallar no les importaría a los observadores: toda la culpa recaería en Wells debido a su historial.

Josephine volvió la cara para mirarlo y se quedó sin aliento al ver la expresión asesina de sus ojos.

—Oye. Oye, oye, oye. —Intentó por todos los medios volver a plantar los pies en el suelo en busca de agarre y por fin lo consiguió, tras lo cual le tomó la cara entre las manos—. Estás dejando que te trastorne. Que era justo lo que quería.

—Te ha faltado al respeto, Josephine.

—Eso dice más de él que de nosotros, ¿no te parece?

Vio que aparecía un tic nervioso en una de sus mejillas.

—No puedo dejarlo pasar.

—No, no puedes, así que vas a darle una paliza en el campo de golf.

Wells siguió fulminando con mirada asesina a Calhoun por encima de su hombro.

—Pero así no conseguiré oír que se le rompen los huesos.

Calhoun soltó una tos estrangulada.

Un observador se acercó a ellos con paso titubeante desde su izquierda.

—¿Va todo bien por aquí?

—Sí —contestó Josephine con firmeza.

—No —gruñó Wells.

Josephine miró al observador con la sonrisa más inocente de la que fue capaz, teniendo en cuenta que estaba sujetando a un toro enfurecido a punto de lanzarse a por un trapo rojo.

—Solo necesitamos un momento.

—Un minuto para la salida es lo que queda.

—Estaremos preparados —le aseguró ella al observador antes de mirar de nuevo a Wells—. Que te quede claro: si este capullo arrogante y relamido está intentando desestabilizarte es que estamos haciendo algo bien.

—Que puedo oírte.

—Esa era la idea —replicó ella. Después le dijo en voz baja a Wells—: Bloquea el ruido. Solo estamos tú y yo aquí fuera.

Eso no era verdad ni mucho menos. En los pocos minutos que llevaban allí, preparándose para la jornada, se había formado una multitud que bien podría ser un pequeño ejército. Los comentaristas hablaban delante de sus micrófonos, los espectadores le gritaban a Wells. Y a ella. Si aguzaba el oído, hasta captaba el zumbido de un dron por encima, sin duda captando la imagen cenital del campo para los espectadores televisivos. Era un caos total y absoluto.

Al estilo del golf.

—No me gusta rehuir una pelea —protestó él—. Ya lo sabes.

—Esta no merece la pena.

—Siento no estar de acuerdo en lo más mínimo.

Como no estaba consiguiendo nada, no le quedó más alternativa que jugar su última baza.

—¿Se te ha olvidado nuestra apuesta? —susurró.

Nunca había visto un coche estamparse contra un muro de ladrillos a ciento cincuenta por hora, pero sospechaba que se parecía mucho a Wells al reaccionar a su recordatorio. La inercia de su ira se detuvo en seco.

—He decidido esperar a jugar los dieciocho hoyos para matarlo —dijo él con sequedad.

—Es lo único que se puede pedir —repuso con un suspiro aliviado.

Wells le tendió la mano para que le diera el *driver* y ella le puso el palo en la palma, sonriendo para sus adentros cuando Calhoun resopló y se alejó con paso altanero hasta su lado.

Una crisis superada.

¿Cuántas más les quedaban?

Una. Al final, resultó que tenían que superar una crisis más.

Y pasó en el último hoyo.

Wells se mantuvo concentrado durante toda la mañana y consiguió mantener su puesto en la clasificación. El decimoquinto. Para Josephine, bien podrían estar los primeros.

Solo necesitaba un par en el hoyo dieciocho para que Wells se embolsara treinta mil dólares. El diez por ciento iría para ella. ¡Tres mil dólares! Además del montante del patrocinio de Under Armour. Era más dinero del que había tenido nunca. Pero en ese preciso momento, la inminente esperanza de reconstruir La Tee Dorada y de recuperar su seguro de salud quedaba relegada por la idea de que Wells recuperase su puesto en el mundo del deporte profesional. Cada vez que daba un golpe, lo hacía con más y más de su antigua elegancia.

La multitud se había duplicado desde esa mañana..., y todos los espectadores estaban emocionadísimos.

Casi podía oír a sus padres gritando enloquecidos en el sofá de su casa.

Dicho lo cual, ya se estaba permitiendo anticipar los cambios que haría en la tienda familiar. El brillo del nuevo suelo de madera, la pared de libros de referencia, la tecnología que usaría para modernizar el espacio. Cómo lograría que pasara de ser una parada obligatoria para los visitantes a una experiencia que querrían repetir.

Aunque ya soñaría más adelante.

En ese momento, estaba concentrada en Wells. En terminar el día por todo lo alto.

Calhoun estaba refunfuñando en la maleza después de una ronda mediocre, a la espera de que Wells hiciera su *putt*. Mientras tanto, ella estaba en el *green* del hoyo final. Un *putt*. Un solo *putt* y podrían volver a casa como ganadores, al menos en su opinión.

Sin embargo, Wells estaba… paralizado.

Habían hablado de la distancia, del ángulo, de la velocidad del viento. Y él se había… parado sin más.

—¿Qué pasa?

Lo vio frotarse el centro de la frente mientras miraba la pelota parpadeando.

—¿Y si fallo?

—No puedes pensar de esa manera.

—¿Cuál es la diferencia de premio si fallo? —Wells cerró los ojos—. Dios, no quiero joderlo, Bella.

—No vas a hacerlo. —Le dio el *putter*—. Visualiza el golpe.

—Esa es la cosa…, que no puedo.

—Vale. Vamos a hacer como que sí que puedes visualizar el golpe, ¿cómo sería?

Él volvió la cabeza despacio.

—¿Se puede saber de dónde te sacas estas chorradas?

Lo miró con una sonrisa.

—Ayuda, ¿a que sí?

Él le dio la razón a regañadientes.

—Ya te digo.

El público estalló en carcajadas. Josephine oía el zumbido eléctrico de la cámara, los susurros de los comentaristas. ¿Cuánto habían oído? No tenía la menor idea, pero eso daba igual en ese momento. Solo estaban Wells y ella.

—¿Cómo sería? —le insistió.

Vio que sus ojos cobraban vida de nuevo, que los engranajes en su cabeza empezaban a funcionar.

Después se puso en posición. Inspiró hondo. Y metió el *putt*.

Cualquiera diría que acababan de ganar el Masters de Augusta por la reacción de los espectadores. El rugido fue tan ensordecedor que sintió que el suelo vibraba bajo sus pies. Todos se movieron al mismo tiempo: los periodistas invadieron el *green*, el personal de seguridad contuvo a los espectadores, la cerveza se derramó sobre los pantalones chinos.

Wells soltó el *putter*, pasó junto a un periodista que le hacía una pregunta y la levantó del suelo estrujándola con un abrazo. Ella se echó a reír de buena gana contra su cuello, mientras sentía el escozor de las lágrimas en los párpados. Un montón de emociones la asaltaron a la vez: alegría, alivio, orgullo... Y no solo por Wells, sino por sí misma.

Quizá por primera vez en la vida, el sueño que llevaba alimentando tantos años tomó una forma concreta. Podía usar la experiencia de trabajar con un golfista profesional (no, con el mejor golfista profesional) para trasladar esa familiaridad a La Tee Dorada. Podía usar lo que había aprendido para llevar el negocio de su familia al siglo XXI... con los conocimientos y la confianza para respaldarlo.

Una minúscula grieta se formó bajo su piel al recordar que tendría que dejar a Wells y el circuito profesional en algún momento, pero... ese había sido el plan desde el principio, ¿no?

Estaba muy distraída con los pensamientos del futuro, de tener que irse, cuando Wells le pegó los labios a la oreja, derramando su cálido aliento:

—Josephine.

—¿Sí?

—Salgamos de aquí. —Le aferró el polo por la espalda mientras el pecho se le sacudía—. No me hagas esperar otro minuto sin ti.

Ella echó un vistazo a su alrededor, aturdida.

—Todos los periodistas deportivos de Texas quieren hablar contigo.

—Que les den. —Le rodeó los hombros con un brazo y la protegió con el cuerpo mientras se abrían paso entre la exultante multitud—. Solo estamos tú y yo.

22

Wells solo quería hacer una cosa en la vida: follarse a esa mujer.

Quería llevársela a un lugar oscuro, bajarle las bragas de un tirón y metérsela entre esos suaves y sensuales muslos. Y por algún irritante motivo, todo el mundo, hasta el apuntador, quería impedírselo. Una multitud lo siguió a la sede del club donde entregó su tarjeta de puntuación. Los periodistas les metieron los micros en la cara, usando la misma expresión en bucle. Regreso triunfal. Regreso triunfal.

«¿Ella es la responsable de tu regreso triunfal?».

«Josephine, ¿cómo te sientes al ser un amuleto de la buena suerte para Wells Whitaker?».

«¿Os veremos juntos en el Masters de Augusta?».

Si hubiera poseído la más mínima capacidad para responder otra cosa que no fuera «Por favor, necesito correrme dentro de mi *caddie*», les habría dicho que sí, que sin duda Josephine era la responsable de su regreso triunfal. Dos semanas antes, era un cadáver. No esperaba volver a coger un palo de golf en lo que le quedaba de vida. En ese momento, tenía pulso. Un objetivo. El posible resurgir de su carrera. La sangre le corría de nuevo por las venas.

Tenía esperanza, todo por Josephine.

Y lo único que quería era venerarla con todo su ser. Alabarla y perderse en ella y… exigirle saber qué eran el uno para el otro.

Sí, quería detalles.

¿Eran golfista y *caddie* que usaban el sexo como incentivo a modo de estrategia?

Cosas más raras se habían visto.

¿Quizá amigos con derecho a roce? ¿Novios?

Mierda. Le gustaba cómo sonaba eso último. Muchísimo. Aunque era demasiado pronto y además ¿qué significaría eso para su dinámica en el campo? ¿Tendrían que mantener su relación amorosa separada de la del golf para conservar la ética? Si querían mantener una relación sana, en la que ella no tuviera que redirigir su atención constantemente para que no acabara matando a alguien, sí.

Etiquetar lo que tenían lo complicaría todo.

Josephine tendría que estar loca para querer ser su novia, la verdad.

Aun así, esa palabra le sentaba como anillo al dedo.

Oooh. Anillos.

«Uf, para el carro, tío».

Casi habían llegado al vestíbulo del hotel cuando una multitud atravesó las puertas con los móviles en alto, haciéndoles fotos a Josephine y a él.

Se miraron con expresión abatida y cambiaron de dirección.

Josephine se echó a reír y trastabilló un poco cuando tiró de ella.

—¿Qué te puede hacer gracia en un momento así? —le preguntó.

—Me estás arrastrando por todo este complejo de golf enfocado en atraer familias en busca de un lugar para... —Agitó una mano— cobrarte nuestra apuesta. Tiene su gracia.

—Josephine, te aseguro que no la tiene.

—¡Espera! —Ella le dio un tirón para detenerse en el sendero. Se sacó despacio una llave del bolsillo de la falda, con los ojos como platos, y la sostuvo a la luz. El sol se reflejó en su majestuosa superficie como si los ángeles la hubieran nombrado el nuevo Santo Grial—. Se nos olvida que tengo mi propia sala de las bolsas.

—¿Y dónde queda? —Wells se llevó los pulgares a los ojos—. Dios, estoy tan cachondo que he perdido el sentido de la orientación.

—Por aquí.

—Josephine, quedas advertida: no tengo ni para dos segundos de preliminares.

—¡Ay, cariño! —Lo miró pestañeando por encima del hombro—. No los necesito.

El gemido torturado de Wells seguiría resonando en el sendero que llevaba a la sede del club durante los próximos cien años. Y acabó aumentando de volumen cuando vieron que estaba bloqueado por un grupo de espectadores que buscaban autógrafos.

—Sé que está mal desear que una riada se los lleve, pero... —dijo él, aunque dejó la frase en el aire.

—No lo hagas.

—Demasiado tarde.

—Qué vergüenza, Wells... —Josephine se interrumpió y tomó aire—. Espera. Ahí está Rick. Se me ha ocurrido algo. —Le hizo señas al *caddie* mientras salía de la sede del club, de modo que cambió de dirección para acercarse a ellos, mirándolos con curiosidad—. Ricky, ¿te acuerdas de ese dragón barbudo tan raro que esperabas comprarte si Tagaloa acababa lo bastante alto en la clasificación?

El chico se dio una palmada en el pecho.

—¡Uf, eso, tú restriégamelo!

—Si creas una distracción para nosotros, sin hacer preguntas, Wells te lo comprará.

—Te compraré diez —le aseguró él con seriedad.

—Hecho.

El *caddie* echó a correr gritando que había un concurso de camisetas mojadas en el vestíbulo del hotel y, ¡milagro!, la multitud se alejó detrás de él. Con esa distracción, Josephine y Wells no perdieron tiempo para correr la distancia que los separaba del club y enfilar hacia la esquina donde se encontraba su sala de bolsas privada.

A Josephine le temblaban las manos cuando intentó meter la llave en la cerradura, de modo que él tomó el control y casi abrió la dichosa puerta a patadas para entrar. Dos *caddies* los pillaron mientras entraban juntos en la sala de las bolsas, pero le importaban una mierda los mirones cuando tenía a esa mujer delante, quitándose el polo blanco en cuanto la puerta se cerró tras ellos. Al polo lo siguió el sujetador deportivo, que dejó caer al suelo, antes de soltarse la coleta como una diosa, con las tetas botándole por el lujurioso movimiento.

«Me cago en la puta».

«Nunca he deseado tanto a nadie».

Le bastarían unas cuantas caricias en la polla para correrse. Solo con mirarla.

—Josephine —gruñó entre dientes mientras la obligaba a retroceder hacia una fila de taquillas, sujetándola con fuerza por las caderas—, tus tetas me están destrozando la vida.

Ella tocó las taquillas con la espalda, sacudiéndolas.

—¿En el buen sentido? —preguntó, jadeando.

—La primera vez que las vi, estaban mojadas y cubiertas de espuma. Te juro por lo más sagrado que llevo esa puta imagen grabada en el cerebro. —Mientras le masajeaba las caderas con las manos, le trazó la curva del cuello con la lengua hasta llegar al hombro, succionando con los labios, rozándola con los dientes. La piel de Josephine era como una fruta madura que se había pasado todo el día calentándose al sol. Totalmente deliciosa—. Es un crimen no haberme metido todavía esos pezones en la boca, Bella. Levántalos para que pueda chupártelos.

Josephine arqueó la espalda con un suspiro entrecortado, poniéndose de puntillas, pero seguía quedando demasiado lejos debido a su diferencia de altura. Desesperado por tenerla cerca lo antes posible, Wells le metió un muslo entre las piernas y tiró de ella hasta colocarla en lo más alto, y gimió sin tapujos cuando sintió la calidez de su coño a través de los pantalones y de sus bragas.

—Dime que tienes fuego entre las piernas —jadeó al tiempo que bajaba la boca a sus tetas y le lamía uno de los endurecidos pezones—. Dime que necesitas que lo apague.

—Apágalo —dijo ella con un estremecimiento—. Por favor. Estoy ardiendo.

La satisfacción que sintió fue como un puñetazo en el estómago. Honor. Responsabilidad. No era algo insignificante ser la persona a la que esa mujer autosuficiente le pedía alivio. Ella era un reino... y le estaba dando las llaves. «No desaproveches la oportunidad». Le puso las manos en el culo, cogiéndole los cachetes para poder subírsela y bajársela por el muslo, y el gemido que se le escapó hizo que se le tensaran las pelotas de forma dolorosa.

—¿Cuánto tiempo llevas deseando tenerme dentro, Josephine?

Ella lo miró parpadeando con los ojos nublados por el deseo, apretándole el muslo con las piernas.

—Cada vez más desde que he empezado a conocerte, Wells —susurró.

¡Uf!

Mierda.

Unas garras invisibles se le clavaron en la yugular y el corazón empezó a atronarle los oídos. A lo mejor en los más profundo se preguntaba si Josephine seguía colada por la estrella que fue en otro momento. A lo mejor a su subconsciente le preocupaba que ella solo estuviera haciendo realidad una fantasía. Pero no se trataba de eso. En ese momento se conocían bien. Y cuanto más estrechaban lazos, más lo deseaba ella.

Y lo mismo en su caso. Sentía lo mismo por Josephine.

Cuantas más experiencias vivía a su lado, más quería.

El pecho prácticamente le ardía por la necesidad de estallar ante la avalancha de esperanza y de felicidad que ella había desatado. Incapaz de mirarla sin pronunciar hasta la última y reveladora palabra que le resonaba en la cabeza, se concentró en sus pechos. Eran suaves y firmes contra su lengua, y se le endurecieron más conforme los fue chupando. Josephine se retorcía contra su muslo y gimió cuando lo sintió tensarse de forma rítmica contra su coño, mientras la movía arriba y abajo, arriba y abajo, sujetándola por ese culo tan prieto.

Merecía cada segundo de espera. Esa mujer merecía diez milenios de espera.

—Creo que estoy cerca —balbuceó ella, con un deje incrédulo en la voz.

—Mmmm. ¿Tienes los pezones sensibles, Josephine?

—Eso parece...

—¿Nunca te los han chupado como es debido?

—¡Wells!

—Córrete en mi muslo, nena. Nadie te lo impide. —Le pasó la lengua por el otro pezón y la torturó con lametones y succiones antes de metérselo en la boca y sentir que todo su cuerpo vibraba contra él—. Tú te corres frotándote con mi pierna. Y yo te doy media vuelta y te la meto desde atrás un rato. ¿Te parece justo?

A ella se le escapó un sonido mitad carcajada y mitad sollozo mientras movía las caderas más deprisa, arriba, abajo y de un lado a otro.

—¿Se supone que puedes hablarme de esta manera?

—No lo sé. —Le metió las manos en las bragas y le clavó los dedos en la carne prieta de sus nalgas, pegándola más y más—. Pero si mi forma de hablar hace que te frotes contra mi muslo como una guarrilla, intenta impedírmelo.

Josephine se quedó sin aliento y le aferró el cuello del polo antes de echarse hacia atrás en una súplica inequívoca de que quería que le chupara más los pezones y, ¡Dios!, estaba encantado de darle el gusto. Se le puso más dura que una piedra entre las piernas mientras le chupaba esos pezones rosados y le deslizaba un dedo entre las nalgas con el que le presionó el ano, y algo atávico y animal despertó en su interior cuando ella gimió y se frotó contra su muslo con más frenesí.

¡Ay, joder! ¡Joder! ¡Joder!

«Me va a matar».

—En cuanto termines de correrte en las bragas, Bella, voy a metértela —dijo a un centímetro de su oreja. Al darse cuenta de que estaba muy cerca, hizo más presión con el dedo entre sus nalgas y sintió que ella empezaba a temblar antes de abrir la boca para murmurar su nombre—. ¿Seguro que quieres dejar que me corra sin condón?

Ella se quedó de nuevo sin aliento.

—Sí —consiguió decir antes de estallar en un orgasmo, justo delante de sus ojos, retorciéndole las manos en el polo y jadeando contra sus labios…, y él le devoró la boca a sabiendas de que buscaba un ancla, honrado, desesperado y anhelante por proporcionársela. ¡Por Dios Bendito! Estaba maravillosa frotándose contra su muslo y devolviéndole el beso con total abandono. Tanto que tenía la sensación de que había arrastrado al mayor tesoro del mundo a la oscuridad para disfrutarlo y guardárselo para sí de forma egoísta. Y, joder, eso era justo lo que había hecho, ¿no?

«Mía».

«Josephine, eres mía».

Esos enormes ojos verdes se clavaron en los suyos, y casi consiguieron que el corazón se le saliera por la boca. Llevado por el pánico de lo que ella le hacía sentir, se la bajó del muslo, le dio media vuelta para que mirase las taquillas, le levantó la falda y le bajó las bragas mojadas y retorcidas hasta los tobillos.

—Quítatelas, Josephine. No quiero nada que me impida separarte las piernas.

Mientras lo obedecía y apoyaba las manos en la taquilla que tenía delante, él se desabrochó el cinturón y se bajó la cremallera, y siseó al sentir el roce contra su dolorosa erección. Se bajó los pantalones y los calzoncillos hasta las rodillas antes de rodearle las caderas con el antebrazo izquierdo para ponerla de puntillas, entre jadeos, ¡entre jadeos!, por la expectación de sentir a esa mujer por dentro. Le frotó la entrada húmeda con la polla y soltó un gemido ronco contra su nuca.

—Josephine… —Las palabras que querían brotar de su boca le daban casi miedo, pero cerró los ojos y las dejó salir de todas formas, porque se trataba de ella—. Esto…, tú y yo. Somos más que el golf. O un incentivo para ganar. Somos más que eso. Pero dime de todas formas que te he ganado. —Le metió la punta y gimió mientras la penetraba con delicadeza, y supo de inmediato que nunca querría follarse a otra mujer mientras viviera.

Se le podría llamar intuición. Se le podría llamar lo que fuera, pero la forma en la que Josephine contuvo el aliento y lo miró por encima del hombro, como si hubiera percibido un cambio radical en el ambiente, fue poco más que trascendental. Lo miró a los ojos y gimió mientras él se la metía, hasta el fondo, hasta que gritó sin abrir la boca.

Una imagen de Josephine recorriendo el pasillo de una iglesia le cortocircuitó el cerebro.

Hizo que el pulso le zigzagueara por las venas.

¿Se podía saber qué le pasaba?

—Dímelo —le ordenó entre jadeos.

—Me has ganado —susurró ella al tiempo que se tensaba a su alrededor—. Haz conmigo lo que quieras.

No necesitó más aliciente. Se inclinó sobre ella y se la folló a lo bestia. ¿Qué otra cosa podía hacer cuando su coño era como un guante de seda y le había dado permiso para correrse dentro? ¿Cuando estaba haciendo fuerza contra las taquillas para salir al encuentro de sus embestidas, sollozando su nombre con gemidos cachondos y tocándose el clítoris con los dedos? No habría sido capaz de ir despacio aunque de eso dependiera el destino del mundo.

«Haz conmigo lo que quieras».

—Te deseo siempre. A todas horas —confesó, con la respiración superficial, mientras le golpeaba ese increíble culo con las caderas y lo veía temblar presa de un afán posesivo tan descarnado que lo sorprendía al mismo tiempo que le parecía de lo más normal en lo referente a ella. Solo a ella—. Una vez y otra y otra, joder, Josephine. Me ganaré este coño tan rico si es necesario cada vez que me lo folle.

—No es necesario —susurró ella.

Y quiso que lo dijera de nuevo, quiso ver que su boca formaba las palabras, de modo que le enterró una mano en el pelo, la enderezó y le pegó el cuerpo a las taquillas.

—¿Josephine?

Ella volvió la cabeza, y sus bocas se unieron, como dos imanes.

—Es como has dicho: somos más que un deporte. Más que un incentivo. —Lo miró a la cara con los párpados entornados—. ¿Verdad?

—Sí —respondió casi sin aliento. Por el esfuerzo. ¿Qué le estaba pasando?

Sus emociones eran como unos platillos que le resonaban en la cabeza y en la caja torácica. En ese momento era incapaz de encontrarles sentido. Solo sabía que esa mujer era su único método para respirar. Necesitaba aire. Y podía conseguir la mayor cantidad de oxígeno gracias a su placer, de modo que le apartó los dedos y empezó a acariciarle él mismo el clítoris. Con el corazón y el anular. Trazando círculos y jugueteando con la humedad de su coño, el punto donde estaban unidos, ese lugar que hacía que le temblaran los muslos de forma descontrolada.

—Eso es, nena, déjate llevar. Pero ahora con mi polla.

—¡Sí, por favor! ¡Ay, Dios!

—¿Qué quieres? Dímelo.

—¡Wells!

La embistió de nuevo, haciendo que dejara de tocar el suelo mientras la acariciaba a toda velocidad.

—¿Dios? ¿Wells? Alguien te está dando bien, Josephine, porque estás mojadísima, joder.

Josephine golpeó la taquilla con ambas manos mientras intentaba tocar el suelo con los pies, pero él no se lo permitió, dado que el instinto le decía que se correría con más fuerza si no tenía esa pizca de control, y tenía razón. Sintió que se le tensaban los músculos internos, que cerraba los puños y que se convulsionaba a su alrededor con tanta intensidad que tuvo que morderle el hombro para no echar abajo el techo con sus gritos.

«Madre del amor hermoso».

Tuvo que recurrir a todo su autocontrol para metérsela hasta el fondo y quedarse quieto mientras la dejaba retorcerse sobre su polla y alargar el placer antes de empezar a moverse de nuevo.

—Lo que haría por conseguir metértela otra vez —le gruñó contra el cuello—. Cualquier cosa. Que Dios me ayude, haría cualquier cosa por repetir esto.

Ella volvió la cabeza para que sus bocas se encontraran en un beso jadeante mientras apartaba la mano derecha de la taquilla y le enterraba los dedos en el pelo.

—Deja que te vea —susurró ella—. Cuando te corras.

Wells ni siquiera sabía en qué parte de su cuerpo se alojaba su corazón en ese momento. Si en el estómago o en la boca.

—¿Eso va a hacer que quieras más?

—Creo..., creo... que a lo me-mejor sentirme cerca de ti....

En un abrir y cerrar de ojos, en aras de su propia supervivencia, la interrumpió con la boca, porque si Josephine seguía diciendo cosas así, él empezaría a hacer un montón de juramentos antes de tiempo. «Nunca besaré a nadie más. Nunca tocaré a nadie más». O le pediría que fuera con él a Miami al día siguiente en vez de volver a casa durante el descanso entre torneo y torneo. Para que pudiera averiguar qué aspecto tenía en su bañera y dar largos paseos por la playa con ella al atardecer.

«¿Ahora soy un romántico?».

No tenía ni idea. Pero si ella quería mirarlo mientras se corría, era lo menos que podía hacer.

O eso creía. Fue mucho más difícil de lo que se había imaginado, en el sentido de que casi no podía respirar por tanta intimidad.

Josephine unió las puntas de sus lenguas, lo aprisionó con sus músculos y él empezó a recitar nombres de santos. Ni siquiera era católico. Tampoco era consciente de saber tantos nombres. Pero estaba claro que estaba teniendo una experiencia religiosa o algo, porque cuanto más lo apretaba con los músculos internos, más luces brillantes veía delante de los ojos mientras su cuerpo se movía por voluntad propia, aplastándola contra las taquillas. Con fuerza. Embistiéndola. Embistiéndola.

—Por Dios. Lo siento, nena, lo siento —masculló mientras el choque de sus cuerpos, los jadeos de Josephine, la firmeza de su culo contra el estómago…, todo eso hacía que le diera vueltas la cabeza, pero que ella volviera la cabeza para mirarlo a los ojos mientras pasaba era como si le arrancaran el alma de cuajo. Todo era verde, como sus ojos.

Todo su universo.

Toda su existencia se reducía a ella. Motitas ambarinas, el olor a flores y su rebelde pelo cobrizo.

La dramática liberación de tensión tuvo lugar en la parte inferior de su cuerpo, pero también en la superior. En el pecho. Se estaba liberando para ella. Le estaba entregando todo lo que llevaba dentro y era incapaz de detener, de frenar, la desesperación por conectar con Josephine de forma permanente, y ese anhelo adoptó la forma de follársela contra la taquilla, mientras ella se golpeaba las rodillas con el metal y él también lo golpeaba por puro afán posesivo.

No solo por el hecho de poseerla a ella, sino por el hecho de que ella lo estuviera poseyendo a su vez.

Una petición muy sencilla: que la mirara mientras se corría.

Sin embargo, tal vez fuera el momento más íntimo que había tenido en toda la vida.

Ella lo miró con una sonrisa casi al final y fue como si todo encajara de repente.

El último coletazo de frustración sexual lo abandonó, de momento, saliendo en una oleada de alivio descarnado e incomparable, llenándole el cuerpo…, un cuerpo que lo recibía a la perfección y lo acariciaba con esos maravillosos músculos y esa piel sedosa, apretándolo con un ritmo que solo podían oír ellos dos. Su semen salió poco a poco, impregnándolos a ambos mientras seguían unidos y arrancándole un gemido al tiempo que la embestía aunque se le estaba bajando la erección, por la sencilla razón de que era incapaz de parar, de que era incapaz de alejarse de ella.

Nada le había parecido mejor que esa mujer. En la vida.

—¿Qué vas a hacer desde hoy hasta que empiece el siguiente torneo? —le preguntó contra el cuello con voz trémula—. Ven a Miami. Tengo una bañera. —La vio ponerse colorada. Observó totalmente absorto el rubor que se iba extendiendo y se preguntó cómo llevaba toda la vida sin darse cuenta de que tenía a un ángel delante de las narices.

—Yo... A ver, que me parece estupendo —empezó ella, que parecía sorprendida por el ofrecimiento. ¿Por qué no iba a estarlo? Acababa de pasar del estupor poscoital a recibir una invitación para pasar más tiempo juntos sin golf de por medio. Acababa de darle un empujón a la posibilidad de mantener una relación. Al menos, ella parecía un poco interesada en aceptar ir a Miami. ¿Verdad?—. Pero es que... tengo que ponerme manos a la obra con la reparación de la tienda...

—Pues claro que sí —se apresuró a decir él—. Es..., claro. Evidentemente. La tienda. —Se la sacó con una mueca y se subió los pantalones. A lo mejor hasta se detuvo un segundo para disfrutar de la guarrada que le había dejado en la cara interna de los muslos, pero se encontraba en ese punto raro de sentirse posesivo, unido a ella y expuesto. ¿Así se sentían las mujeres después del sexo? ¿Emocionalmente desolladas y con la necesidad de una etiqueta bien grande que dijera que la situación era permanente?

Joder, era horrible.

Se metió en el pequeño cuarto de baño y cogió una toalla de mano, tras lo cual salió para limpiarla, aunque una fuerza implacable lo impulsó también a besarla en un hombro mientras lo hacía.

Muy bien, Josephine no quería ir a Miami. A lo mejor podía ir él a verla. Ayudarla con La Tee Dorada. Pero ¿y si ella quería distanciarse un poco entre torneos? Teniendo en cuenta que era un gilipollas insoportable el noventa por ciento del tiempo, sería muy razonable.

¿Por qué la idea de que Josephine quisiera distanciarse de él le revolvía el estómago?

Tantearía el terreno para saber a qué atenerse.

—Estamos a domingo. Tendremos que irnos a la República Dominicana el miércoles. Eso no te da mucho tiempo para empezar con las reparaciones en la tienda. —Soltó el aire que había estado conteniendo—. A lo mejor necesitas un poco de ayuda...

—¿La República Dominicana?

Josephine se había puesto blanca.

Él frunció el ceño.

—Es donde se celebra el siguiente torneo.

—¡Por Dios! —Se llevó una mano a la frente y se dejó caer contra las taquillas—. Wells, soy una idiota.

—Te aseguro que no es verdad.

—No tengo pasaporte. —Josephine abrió la boca y la cerró—. A mis padres siempre les dio miedo sacarme del país por si perdíamos los medicamentos o había una emergencia... Es que... ni se me ha pasado por la cabeza que tendríamos que salir de Estados Unidos. —Cruzó los brazos por delante de las tetas, como si tuviera frío, de modo que él recogió su sujetador y su polo, le dio las prendas y la observó fascinado mientras toqueteaba diminutos corchetes y tiras hasta acabar poniéndose la prenda por la cabeza—. Lo entendería perfectamente si quisieras otro *caddie*...

Casi acabó con las entrañas por fuera al oírla.

—¿¡Qué!?

—Solo para el siguiente torneo.

¿Por qué tenía la sensación de que el pulso le iba a atravesar la piel?

—Somos tú y yo, Josephine. O nada. Y punto.

—Pero no podrás participar en el siguiente torneo —le recordó ella—. Es imposible conseguir un pasaporte en tres días.

—Pues no participo y nos lo saltamos. —Estuvo pensando un momento, algo que le costó mucho, teniendo en cuenta que ella acababa de proponerle que se buscara otro *caddie*—. California va detrás de la República Dominicana. Lo retomaremos ahí.

—Pero, Wells...

—Tema zanjado, Josephine.

Ella lo fulminó con la mirada, con una expresión tan terca en la cara que él fue incapaz de contenerse, de modo que pegó sus frentes y empezó a mover la cabeza de un lado a otro. Empezó a lamerle los labios y a besarla, aumentando poco a poco el ritmo hasta que sus labios se movieron con ansia y ella se aferró a la pechera del polo de un modo que demostraba que estaba tan afectada como él, ¡gracias a Dios!

—En semana y media debería darte tiempo suficiente a que se note el cambio en la tienda —dijo él con voz gruñona, entre beso y beso, con los labios de ambos mojados—. Es una pena que vayas a echarme mucho de menos.

Ella soltó una pequeña carcajada y lo miró meneando la cabeza.

¿Qué quería decir eso, joder?

¿Le daba risa que pudiera echarlo de menos?

Seguramente.

Sin duda.

Quizá él necesitaba esa semana y media para controlar su corazón. Porque desde luego que había caído con todo el equipo por esa mujer y no tenía ni idea de si ella quería algo con él más allá de una relación profesional que conllevaba… un polvo trascendental y arrollador de vez en cuando.

¿Cómo iba a aguantar semana y media sin saber a qué atenerse?

«¡Por Dios, es preciosa!». Esos ojos. Esa voz. Toda ella.

No.

Nada de semana y media. La vida sería un infierno sin un mínimo de claridad. De modo que iba a conseguirla. Esa noche.

—¿Tu vuelo sale por la mañana?

—Sí —contestó ella—. Temprano.

—El mío también. ¿Te apetece tomarte algo conmigo esta noche? Nos merecemos una celebración.

Su invitación pareció aliviarla, ya que se le relajó la boca. ¿Eso era prometedor?

—Sí. Me… gustaría —contestó ella, mirándolo con una sonrisa.

En ese momento lo supo.

Joder, iba a pedirle a esa mujer, ¡a su *caddie*!, que fuera su novia.

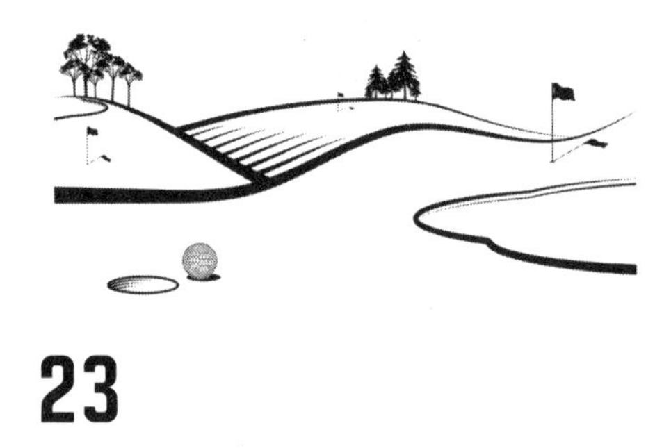

23

Josephine tenía la sensación de que prepararse para tomar algo era más difícil que nunca.

Seguramente debería haber dejado de ensimismarse con la mirada clavada en el espejo del baño y la Beautyblender olvidada en la mano mientras los minutos pasaban sin darse cuenta. Pero los recuerdos seguían ocupándole la mente. Unos recuerdos sensuales. La lengua de Wells jugueteando con sus pezones, esas manos rudas en el trasero, que el sexo con Wells fuera una increíble y excitante mezcla de irrespetuosidad y adoración.

—Ya puedes admitirlo —le dijo a su reflejo—: quieres más. Te mueres por más.

En el pasado, la habían tratado como a un objeto frágil en la cama. Los hombres que no se tomaban el tiempo necesario para comprender su diabetes le hacían preguntas generales antes de acostarse juntos, en plan: «¿te va a pasar algo?».

Pues no. No le iba a pasar nada. La corrección del nivel de azúcar solo era una forma de vida. Corregir bajadas y subidas. Era su día a día normal. Nunca admitieron que podía hacer exactamente lo mismo que una persona con un páncreas funcional, así que se limitaban a contenerse con ella, preocupados por la posibilidad de arrancarle el sensor de glucosa o de que fuera a necesitar azúcar en plena faena.

Sin embargo, Wells no lo había hecho. Y no porque no le importase. De hecho, sospechaba que le importaba mucho. Lo había pillado comprobando su nivel de azúcar en la *app* dos veces ese día. Durante un torneo de golf profesional que estaban retransmitiendo en directo por la tele, con dinero y respeto pendiendo de un hilo, había estado pensando en ella. Sí, a Wells le importaba su salud. Mucho.

También parecía reconocer que su fortaleza era mayor que su enfermedad.

Tragó saliva y se volvió un poco para mirar el sensor, que estaba donde siempre, pegado a la parte posterior de un brazo. Si el dichoso chisme no se había despegado durante el polvo con Wells, seguramente no se despegaría con nada, porque ¡uf! ¡Guau!

Llevaba un tiempo cada vez más colada por él.

El encuentro en la sala de las bolsas privada lo había convertido en algo muchísimo más fuerte.

¿Estaba oficialmente enamorada de Wells Whitaker? ¿Del hombre de verdad y no de la figura a la que había estado siguiendo los últimos cinco años?

—Madre mía —susurró—, creo que sí.

El estómago se le encogió por la expectación de verlo en el bar, una tontería, dado que había pasado todo el día con él. Pero así era. Tampoco le hacía mucha gracia la idea de pasar semana y media sin él. Aunque la tienda necesitaba desesperadamente de su atención. No podía pasar de sus responsabilidades, por mucho que quisiera aceptar la invitación de Wells para ir a Miami.

Miró el móvil e hizo una mueca al ver la hora. Si llegaba tarde, Wells se lo recordaría para los restos. Se permitió disfrutar de la emoción que sentía en el estómago (y que no tenía nada que ver con el sándwich que había pedido al servicio de habitaciones y que había devorado una hora antes) mientras terminaba de maquillarse y se ponía el vestido azul que se puso para la fiesta de bienvenida la víspera del torneo, y después se puso unos zapatos de tacón y salió de la suite.

A fin de tener más intimidad, Wells la iba a llevar a algún sitio fuera del hotel. Aunque no sabía adónde iban, habían quedado en verse en el bar del vestíbulo y después él se encargaría del resto.

Josephine bajó en el ascensor y salió a la planta baja, aliviada al ver que la multitud se había reducido bastante una vez terminado el torneo. Echó a andar deprisa, convencida de que Wells ya estaba sentado a la barra, seguramente practicando algún sermón sobre la puntualidad. Sin embargo, no llegó muy lejos antes de que alguien conocido se interpusiera en su camino nada más traspasar la entrada del bar, bloqueándole el paso.

Buck Lee.

—En fin, tengo que concederle el mérito señorita Doyle —dijo el hombre mientras le tendía una mano a modo de saludo—, desde luego que me ha puesto en mi sitio esta semana.

Josephine mantuvo la sonrisa mientras se estrechaban las manos, aunque no pudo contenerse y apretó con más fuerza de la habitual.

—No sabía que esperaba que se me diera fatal.

Él se echó a reír.

—Para ser justos, no era el único que hizo esa predicción. No porque sea una mujer, claro —se apresuró a añadir—. Solo porque es una novata. Y una desconocida además.

—Ajá. —«Vas listo si crees que me he tragado ese cuento»—. Ha sido un placer verlo de nuevo, pero llego tarde y Wells me está esperando, y ya es lo bastante quisquilloso sin darle motivos extra. —Se arrepintió de inmediato de haber dicho eso. Tenía intención de que fuera un comentario gracioso y tierno, pero parecía que se estaba quejando con Buck, y no era el caso—. Si me permite...

—Supongo que «quisquilloso» es una forma de describirlo —replicó Buck con sorna antes de darle un sorbo a un vaso con hielo y con un líquido dorado—. Beligerante, autosaboteador y cabezota. Ahí tiene otras. —Saltaba a la vista que llevaba un rato bebiendo, algo que era de una hipocresía increíble en su opinión. Quería alejarse, pero el hombre continuó con la conversación—: Cuando me llamó para pedirme volver al circuito profesional, me negué. En redondo. No pensaba arriesgar de nuevo mi reputación cuando él la había tirado por los suelos la primera vez.

Josephine vio por encima del hombro de Buck que Wells se acercaba a través de la multitud.

Cuanto más se acercaba, más se le caía a ella el alma a los pies.

«Por favor, que no oiga nada de esto».

—Si me disculpa, señor Lee, tengo que...

—Luego me contó la historia lacrimógena de que el huracán destrozó la tienda de su familia. Añadió el hecho de que era una mujer (perdón), y sabíamos que eso llamaría la atención de los espectadores que habíamos perdido y lograríamos atraerlos de nuevo. Una historia de interés humano. —Señaló con el vaso la tele que había por encima de la barra y soltó una risilla entre dientes—. ¡Mire eso! Están hablando del tema ahora mismo.

Le daba miedo volver la cabeza.

Cuando se encontró con la mirada de Wells por encima del hombro de Buck, vio la sorpresa y la admisión en sus ojos, y después vio arrepentimiento. Por Dios. Por fin miró la tele y se quedó boquiabierta al verse en el campo, en una grabación de ese mismo día. Lo sabía por la falda azul hielo.

Bajo su imagen se leía: «Golfista le tiende la mano a *caddie* diabética y en la ruina».

Se le heló la piel y se le revolvió el estómago.

No. Seguro que lo había leído mal.

—Como le dije a Wells, a los medios les encantan las historias de la gente sufridora —comentó Buck—. Audiencia, audiencia y audiencia, ¿no? Sabíamos que este enfoque conseguiría que volviera al circuito.

A Josephine le latía el corazón a mil por hora.

Todos los ocupantes del bar la miraban, sin duda fascinados por la supuesta historia lacrimógena... que la presentaba ni más ni menos que como un caso de caridad. No como alguien que ofrecía consejos valiosos. No como alguien que era buena en su trabajo. No, era un caso de caridad.

Éxito y respeto. Ambas cosas lo eran todo en ese mundillo..., y saltaba a la vista que ella estaba a años luz de conseguir lo segundo. ¿Qué implicaba eso para su reputación? En ese momento, era una *caddie* y se tomaba su trabajo muy en serio. La imagen importaba en esa situación.

Y la imagen importaría todavía más cuando llegara la hora de reabrir La Tee Dorada.

—Voy a serle sincero... —Buck, ajeno por completo a su angustia, no había terminado de hablar—. Me sorprendió descubrir que Wells tenía corazón. No creía que le importase nadie salvo sí mismo, pero es evidente que tiene algo más de lo que sospechaba...

En ese momento, Wells se colocó detrás de Buck.

—Ya basta, Buck —dijo, y añadió con urgencia—: Josephine...

—Tiene mucho más que eso —lo interrumpió ella, mirando a Buck a la cara y pasando del vacío que sentía en el pecho y que crecía por momentos. Por Dios, ¿habían visto sus padres todo eso en el Golf Channel? Pues claro que lo habían visto, la televisión en su casa siempre estaba puesta en ese canal.

Quería enfadarse con Wells... y estaba enfadada con él. De verdad que sí. Había conseguido volver al circuito profesional usando su precaria situación como carne de cañón para los medios. Cuando menos, lo había permitido, ¿no? Había dejado esa información en manos de alguien en quien no se podía confiar, y que había acabado manipulándola y retorciéndola a su conveniencia.

Dicho lo cual, nadie, absolutamente nadie, insultaba a su golfista. Solo ella.

—Wells tiene muchísimo más que eso. Y a lo mejor cuando lo llamó con la intención de pedirle ayuda para volver al torneo, lo hiciese por mí. Pero ahora también juega por sí mismo. Le encanta este deporte. Se le da genial. Y usted es un fan y un amigo que solo está a las maduras, no a las duras. En mi opinión, no se puede caer más bajo. Discúlpeme. —Se dio media vuelta y echó a andar hacia la puerta con piernas temblorosas, por decir algo.

—¡Joder, Josephine, vuelve aquí! —gruñó Wells, siguiéndola.

Entrar en el luminoso vestíbulo después de haber estado en el oscuro interior del bar hizo que se sintiera diez veces más expuesta de lo que ya se sentía, pero en vez de dirigirse a los ascensores, salió al exterior. Necesitaba aire para procesarlo todo. Para decidir qué iba a hacer al respecto.

¡Por Dios! Estaba empezando a asimilar todo el reportaje y la vergüenza le subía por la garganta, secándole la boca.

Se debatió entre ponerse a despotricar o hacerle caso a la voz de la razón, que le recordaba que sin su puesto de *caddie* jamás podría reconstruir la tienda. Wells le había hecho un gran favor, y él no podía controlar a la prensa. Aun así, aquel día en La Tee Dorada le pidió que no la convirtiera en un caso de caridad. Pero allí estaban, y era mucho peor de lo que se había imaginado.

Wells la alcanzó justo cuando salía del vestíbulo a la terraza exterior y juntos caminaron a grandes zancadas en silencio hasta que llegaron al borde del campo de golf, como si por algún acuerdo tácito hubieran decidido que el *green* iba a ser el sitio donde tuvieran esa conversación.

—Josephine, tienes que dejar que te lo explique.

—No tengo que hacer nada —replicó ella, quitándose un zapato que le arrojó directo a la cabeza.

Wells se agachó y vio que el zapato le pasaba por encima del hombro derecho.

—Es verdad. Deja que empiece de nuevo. —Se quedó callado más tiempo del que ella había esperado—. En primer lugar, que me hayas defendido ahí dentro incluso después de ver y oír esas... gilipolleces... ¡Por Dios, Bella! No te merezco, joder. ¿Vale? ¿Podemos zanjar esa parte?

Josephine tuvo la sensación de que se le había hinchado toda la cara.

—¿Y qué más? Sigue.

Wells tenía toda la pinta de alguien que cruzaba entre dos rascacielos por una cuerda floja.

—Cuando llamé a Buck para pedirle ayuda, solo quería volver al circuito profesional por cualquier medio. Nunca creí que llegara tan lejos. Nunca creí que acabaría convirtiéndote en un personaje de un guion ridículo o algo así.

—No soy un caso de caridad —le recordó con un susurro estrangulado.

—Joder, claro que no lo eres. —Wells se golpeó el pecho con un puño—. Yo soy el caso de caridad. Soy yo. Tú eres la que me ha alejado de la extinción.

Oírlo rebajarse no consiguió que se sintiera mejor.

—¿Qué han dicho sobre la tienda? ¿Se van a enterar mis padres de que no renové el seguro? ¿De que el motivo de que sea tu *caddie* es que necesito dinero para las reparaciones y, por Dios, para la insulina?

Él cerró los ojos.

—Sí.

—Wells. —Se tapó la cara con las manos—. Esto no está pasando. ¿Sabes lo mucho que tuve que esforzarme para que confiaran en mí? ¿Para que creyeran que podían relajarse y dejar que me ocupara de la tienda y de mi enfermedad? Ahora saben que soy una farsante.

—¡No eres una farsante! Ni se te ocurra decir eso. No puedes controlar los huracanes ni el puto sistema sanitario, Josephine. No he visto a nadie que parezca menos una farsante que tú. —Se tiró del pelo—. Voy a ocuparme de esto. Voy a aclarar todas las ideas equivocadas que tienen de ti, de nosotros, en cuanto se me presente la oportunidad. Esta misma noche.

—No hagas nada, Wells. Por favor. Solo conseguirás que la historia tenga más atención.

Él la miró fijamente un buen rato antes de alejarse unos pasos y empezar a soltar tacos con la mirada clavada en el cielo.

—Es culpa mía. No debería haber confiado en Buck. Pero créeme, por favor, nunca quise que la información saliera de los miembros del comité. Lo siento, Josephine.

Ella soltó el aire con fuerza.

—Lo sé.

Se hizo un pesado silencio.

—Me da miedo preguntar dónde nos deja esto.

—¿A qué te refieres?

—Me refiero... —Él se dio media vuelta de nuevo, pero sus ojos tenían una expresión mucho más atormentada—. Estás en todo tu derecho de mandarme a la mierda.

—No voy a hacer eso. Vale que ahora mismo estoy cabreada, pero sé..., sé que algunas partes de la historia son verdad. Me estás ayudando.

—Eso no es nada comparado con todo lo que tú has hecho por mí, Josephine. Haces que todo parezca posible. Me has despertado de nuevo.

Josephine respiró hondo varias veces en un intento por reparar su orgullo destrozado (el optimismo que sentía y que habían acribillado) y buscar la manera de avanzar. Disfrutar de un poco de tiempo para pensar en privado tal vez le iría bien, pero esa no era la clase de frustración que se podía olvidar fácilmente. Las palabras de Wells eran muy bonitas, pero no cambiaban la situación..., que tampoco cambiaría a la luz del día.

Ganarse el respeto de todo el mundo implicaba tomarse en serio su trabajo en ese momento. Ganarse el respeto de todo el mundo implicaba que las personas relacionadas con ese deporte la tomaran en serio. Los demás *caddies*, los golfistas, los observadores y los espectadores. Un romance con su jefe lo impediría. Además del enfoque que ya había tomado la prensa, mantener una relación pública con Wells solo conseguiría aumentar su imagen de incapacitada.

Estaba claro lo que insinuarían.

Que había conseguido el trabajo solo porque era su novia.

Qué tío más legal que había llegado a ese extremo para cuidarla.

—Iré al torneo de California, pero creo que sería buena idea que le echemos el freno a lo... que sea que hay entre nosotros. ¿Vale?

Él cerró los ojos despacio y apretó los dientes.

—Sabes que mi plan siempre ha sido reabrir La Tee Dorada. Para competir con los campos más importantes de Palm Beach, y esta es mi oportunidad. Pero para conseguirlo necesito que vean... que soy competente. Y ya es bastante duro de por sí como para que encima me conozcan por padecer una enfermedad incurable y por tener una tienda de deportes destrozada. Por ser la chica rescatada por el mismísimo Wells Whitaker que la ha ayudado a capear el temporal. No quiero tener éxito de esa manera. Imagínate el cariz de la historia si también saliéramos juntos. —Empezó a arderle la cara—. A ver, que no estoy haciendo suposiciones en ese sentido. Solo...

—Haz todas las suposiciones que quieras, Bella —la interrumpió él con firmeza—. Pues claro que quiero salir contigo, joder.

Quiso decirle que sí, incluso después de todo el revuelo de los últimos diez minutos. Era muy posible que no estuvieran allí, que ni siquiera hubieran participado en el abierto de Texas si Wells no le hubiera contado a Buck la verdad sobre su situación. Había hecho lo necesario para ponerlos en la senda para ganar dinero. Pero después de luchar todos los días de su vida para parecer competente por méritos propios, esa situación le escocía. Mucho. Estaba cabreada, la invadía la impotencia y no quería ni imaginarse lo que sus padres estaban pensando. Solo necesitaba frenar un poco.

—No creo que sea una buena idea de momento —replicó al final, con la garganta dolorida.

Vio que el pecho de Wells subía y bajaba con más rapidez.

—Ven aquí, Josephine. —Dio un paso lento hacia ella—. Bésame y luego dime que sigues creyendo eso.

Ella retrocedió un paso al tiempo que levantaba una mano para impedirle que siguiera acercándose, por mucho que deseara justo lo contrario. Todo el cuerpo le gritaba que apoyara la cara entre sus pectorales y que dejara que la abrazase para capear el temporal juntos. Sin embargo, la irritación, la preocupación y la humillación se lo impidieron.

—Creo que nos vendrá bien saltarnos el torneo en la República Dominicana, porque nos permitirá que se olviden un poco de la historia. —Le costaba tragar saliva—. Así recuperaremos fuerzas y estaremos preparados para California.

Se dio cuenta de que él intentaba controlar la necesidad de discutir.

—No tengo elección, ¿verdad? —replicó Wells con sorna, con indiferencia, aunque la mirada tormentosa de sus ojos estuvo a punto de hacerle reconsiderar su decisión.

Al final, negó con la cabeza y se mantuvo firme. Eso era lo correcto.

Wells la miró un buen rato con los párpados entornados.

—Al menos, deja que te acompañe de vuelta a tu habitación.

Casi se le aflojaron las rodillas al imaginárselo delante de la puerta de la suite. El campo de golf era un lugar seguro. A diez metros de una cama no.

—Puedes acompañarme a mi planta. Pero te quedas en el ascensor.

—¿Por qué? —En esa ocasión se acercó más, y Josephine ni siquiera tuvo la fuerza de voluntad de intentar impedírselo con una mano, así que le permitió que la pegara a su pecho mientras su aliento le agitaba el pelo de la sien—. ¿Te preocupa que puedas perdonarme y dejarme entrar? —Le rozó el pulso de la base del cuello con la punta de la nariz antes de darle un buen lametón—. ¿Te estás preguntando cómo puede ser un polvo de reconciliación cuando es algo tan importante?

—Sí —jadeó mientras las mariposas le aleteaban como locas en el estómago, por no hablar de su corazón.

—Gracias a Dios —replicó Wells con un suspiro y un gruñido—. Menos da una piedra. Al menos me queda esperanza. Siempre me la das. —Le tomó la cara entre las manos, alarmándola, porque fue incapaz de contenerse y se volvió hacia la calidez, como una flor que recibiera agua—. No tengo derecho a pedírtelo, pero dame un poco más de esperanza ahora mismo. Dime que no he metido la pata hasta el fondo, que todavía tengo una oportunidad contigo.

—No…, no lo sé —susurró con sinceridad. No quería darle alas hasta poder pensar sin que su presencia le nublara la mente y las hormonas le alteraran el cerebro—. Intentaré tener una respuesta para cuando estemos en California.

—En California —repitió él contra su boca, con sequedad—. Tienes mucha más confianza que yo en mi capacidad para pasar tanto tiempo lejos de ti, Bella. Lo reconozco.

Antes de que pudiera replicar, Wells la cogió de la mano, soltó un taco entre dientes y atravesó el vestíbulo tirando de ella. Se mantuvo callado en el ascensor de camino a su habitación. Josephine sabía que estaba a punto de estallar aunque estuviera apoyado con despreocupación en la pared del ascensor. Esperaba que intentase besarla de nuevo en cualquier momento y le preocupaba la posibilidad de no poder resistirse y pedirle que pasara la noche con ella, porque bien sabía Dios que necesitaba consuelo en ese momento. Muchísimo. Más del que ella misma podía darse. Pero de alguna manera y aunque se miraron a los ojos hasta que la puerta del ascensor se cerró, y los alejó, se mantuvieron separados.

«Semana y media no es mucho tiempo».

«Tienes un montón de cosas para mantenerte ocupada. Fuegos que apagar. Un orgullo que reparar».

Sin embargo, estaba segura de que él la acompañaría en todo momento durante esos diez días.

Rondaría sus pensamientos, dormida y despierta.

Tal vez incluso estaría más cerca de lo que se imaginaba.

24

Una semana después, Josephine estaba de pie en medio de La Tee Dorada, inspeccionando los progresos que había hecho limpiando y secándolo todo con ventiladores industriales. Habría que sustituir casi todos los paneles de yeso y también el suelo de madera, que estaba combado. El día anterior, nada más recibir en la cuenta bancaria el dinero del torneo, le dio luz verde a un contratista local para que empezara a tomar medidas y a encargar ventanas nuevas.

El dinero del patrocinio de Under Armour debería llegar en los próximos días, pero necesitaba ver los dólares en la cuenta antes de creer que era cierto. Durante la reunión con el contratista, el hombre había dibujado un plano para instalar delante de la tienda un minigolf y una terraza cubierta, además de una ventana que daba a la calle donde los golfistas podían acercarse y comprar sin tener que entrar en la tienda siquiera. La primera tienda de artículos de golf en Florida que contaría con ese servicio.

En cuanto ella diera el visto bueno, empezarían las obras.

Hacer esas mejoras la dejaría pelada económicamente de nuevo, pero a diferencia de la última vez, el dinero no iría a parar a un agujero negro. No estaba tapando una gotera para ver que salía otra. Un segundo torneo con buenos resultados por parte de Wells y resolvería lo del seguro médico. El entramado de su vida por fin se estaba recomponiendo.

Y nunca se había sentido tan sola.

Cada vez que pestañeaba, veía detrás de los párpados un recuerdo de Wells, como si fuera una tortura. Lo veía esperándola a que saliera de la sala de las bolsas con su expresión irascible y los brazos cruzados por delante del pecho. O colocándose la visera de la gorra hacia atrás mientras se agachaba para comprobar el ángulo de un *putt*. O el día que abrió el minifrigorífico para ver si había zumos. El sabor y la textura de su boca, el roce áspero por la barba de su barbilla y de sus mejillas, tan abrasivo y a la vez tan agradable sobre su piel suave. Sus pies sumergidos en el agua verde de la piscina del hotel.

Lo recordaba pronunciando su apodo: «Bella».

Wells lograba que se sintiera como si su lugar en el mundo estuviera con él. Como si la necesitara para sobrevivir.

Como si la valorara. Como si fuera importante. Hasta cuando discutían.

Y lo echaba muchísimo de menos.

Era domingo. Faltaban tres días para verlo en California. Durante la última semana, se había distraído limpiando y preparándose para hacer cambios importantes en la tienda, pero esos tres días que quedaban le parecían interminables. Esa mañana había pensado en coger el coche y conducir la hora y media que la separaba de Miami para verlo, pero ¿no sería como ir en contra de todas las decisiones que tomó la última noche que pasaron juntos en Texas? Estaba manteniendo las distancias por el bien de su reputación. De la profesionalidad. Del respeto.

Sin embargo, nada de eso parecía importar en ese preciso momento, cuando deseaba oír sus hoscas quejas tanto que hasta le dolía el esternón.

Habría dado cualquier cosa por llamar a Tallulah. Solo cinco minutos, para poder contárselo todo a su mejor amiga. Ella validaría la decisión que había tomado. O, por lo menos, soltaría un montón de exclamaciones al oír los detalles sexuales. La verdad, la vida no era tan satisfactoria cuando no había nadie a quien contarle el polvo que echaron en la sala de las bolsas. Era una historia para susurrarla y ponerse colorada después de tres copas de vino.

Aunque… referirse a esos momentos robados en la sala de las bolsas como un simple polvo no le hacía justicia del todo. Mucho menos cuando una semana después aún podía recordar la sensación de tenerlo dentro.

Se desplomó contra la pared dañada.

¿Cómo habría pasado Wells los últimos siete días?

Solo le había enviado un mensaje de texto, con la información sobre el vuelo. Detalles básicos del itinerario.

Nada más.

«Eso es lo que le pediste. Eso es lo que querías», se recordó.

Se salvó de tener que admitir el remordimiento que la invadía cuando oyó unos pasos que se acercaban desde el exterior. Si necesitaba alguna prueba más de que lo echaba muchísimo de menos, la obtuvo al comprobar que se le aceleraba el pulso y se le cortaba la respiración por la idea de que entrara en la tienda.

En cambio, quienes aparecieron en la puerta fueron sus padres.

Le costó un esfuerzo considerable tragarse la amarga decepción, que solo le provocó una saludable dosis de culpabilidad.

—Mamá, papá. —Soltó el envase de toallitas húmedas que tenía en la mano y se acercó a ellos, para dejarse rodear por esos cuatro brazos a la vez—. Siento no haber ido a casa. Quería limpiar la tienda antes de que la vierais en tan mal estado.

Evelyn le frotó la espalda trazando un firme círculo y la estrechó con fuerza.

—Tu trabajo no consiste en protegernos de las cosas incómodas, Joey.

«Oh, oh…».

Conocía ese tono de voz de su madre. Se mostraba cariñosa, como siempre, pero definitivamente estaba dolida.

Josephine soltó el aire y retrocedió un paso para mirarlos a la cara. Sus padres no eran de los que exageraban las emociones, pero esa tarde se mostraban cautelosos. Dolidos. Y, la verdad, se merecía esa reacción después de haber estado en Palm Beach una semana entera y haber evitado la Gran Conversación.

—Además de sentir no haber ido a casa, también siento mucho todo lo demás. —Quiso frotarse la garganta, para librarse del malestar que sentía, pero tenía las manos sucísimas—. No sé qué habréis oído exactamente en la tele, porque hasta ahora no me he atrevido a ponerla siquiera. Pero... ya os habréis dado cuenta de que acepté trabajar de *caddie* para Wells porque... necesitamos el dinero si queremos reparar la tienda.

—Deberías habérnoslo dicho, Joey —dijo su padre en voz baja—. Tenemos ahorros. No tenías por qué cargar tú sola con toda esta responsabilidad.

—Me gusta la responsabilidad —se apresuró a replicar—. ¡La quiero! Y a lo mejor hasta ya no confiáis en mí, pero os prometo que voy a dejar la tienda mejor que nunca. ¿Vale? No volveré a cometer los mismos errores.

Su madre suspiró.

—Sabes que la tienda no es la parte que más nos preocupa. —Evelyn miró al techo y parpadeó varias veces, como si estuviera conteniendo las lágrimas—. Nos preocupas tú. Eres diabética. Necesitas un seguro médico. No es un lujo opcional...

—Mamá, lo sé. ¿Puedes confiar en mí? —Renunció a mantenerse limpia y se masajeó la dolorida garganta—. Yo me encargo. De todo. Solucionaré los problemas uno a uno.

—¿Cómo voy confiar en ti si nos has mentido?

—Técnicamente, no mintió —terció su padre—. Solo omitió la verdad.

Josephine dejó caer los hombros por el alivio.

—Gracias, papá.

Jim refunfuñó algo y empezó a moverse por la tienda.

—¿Tienes suministros médicos? ¿Sensores suficientes? ¿Insulina?

—Sí. Lo necesario para aguantar hasta que pueda contratar un seguro. No estoy...

—¿Racionando la insulina? —la interrumpió su madre, que pronunció la primera palabra como si fuera un insulto—. Ni se te ocurra hacer eso. Venderíamos la casa antes de permitir que lo hicieras.

—¡Lo sé! Lo sé. Por eso no os dije nada. —Se arrepintió al instante del exabrupto, pero sus padres la miraban atónitos mientras las palabras flotaban en el aire. No tuvo más remedio que matizarlas. Explicarlas. Soltó un suspiro al tiempo que le daba la vuelta a la caja que había usado para transportar los útiles de limpieza, y se sentó en ella, dejándose caer—. Lo que ocurra con la tienda es una cosa y mi diabetes es otra. Soy adulta. Soy yo quien debe encontrar soluciones para mis propios problemas. Soy yo quien tiene que vivir con esta enfermedad. Es mía. No quiero que nadie me cuide, porque eso hace que sienta que... ¡lo necesito! Hace que me sienta como un enferma y no lo estoy. Soy fuerte. —Cayó en la cuenta de que llevaba años evitando esa conversación.

Sonriendo cuando oía advertencias y consejos bienintencionados. Asintiendo con la cabeza. Dándoles la razón.

Un torneo con Wells y ya no evitaba los temas incómodos. ¿Quizá... había aprendido algo de él? O a lo mejor se había acostumbrado a enfrentarse a los problemas sin rodeos y en voz alta. Fuera cual fuese el motivo, el poco tiempo que había pasado a su lado la había cambiado para mejor, ¿verdad? Le había recordado lo competente que era.

Y eso hizo que lo añorase todavía más.

Desde el punto de vista romántico, sí. No podía negar que se le había derretido el corazón y que deseaba sexualmente al muy capullo.

Aunque era más que eso. Echaba de menos a su amigo y compañero de batalla.

—Eres fuerte, Joey —dijo su madre, con la voz temblorosa—. Nunca fue mi intención hacerte sentir lo contrario. A veces, no puedo evitar preocuparme.

—Lo sé. Siento que tengas que vivir con eso, mamá. No es justo.

Jim le puso una mano en un hombro.

—Por ti merecería la pena vivir diez vidas como esta.

—Gracias —replicó, con una carcajada lacrimógena—. Esta conversación se está poniendo muy seria. —Usó el bajo de la camiseta para enjugarse las lágrimas—. Rápido, que alguien diga algo gracioso.

—Buena idea —se apresuró a decir Jim.

Sus padres se miraron a la cara un instante y al final Evelyn chasqueó los dedos.

—¡Ah, cariño! ¿Qué fue lo que dijo Wells esta mañana que hizo que te partieras de la risa?

¿Wells? ¿¡Esa mañana!? Josephine se quedó boquiabierta.

Su padre se dio una palmada en una rodilla.

—Me dijo que hay un árbol en el hoyo nueve de Torrey Pines donde todos los golfistas van a echar una meadita. Es una tradición. Lo llaman el Árbol Meón. Y es el que más crece en el campo. ¡Me lo juró y todo!

Josephine ni siquiera podía asimilarlo. Pero la semana siguiente estarían en Torrey Pines, así que se guardó esa valiosa información para usarla en el futuro.

—¿Por qué has hablado con Wells?

—Llama a tu padre todos los días, querida.

—¿¡Cómo dices!?

—Está intentando conseguirme una entrada para el Masters de Augusta —contestó Jim, que cruzó los dedos.

—¿Y de qué habláis?

—Pues de golf. ¿De qué si no? Aunque… —Su padre titubeó.

—¿Qué? —le preguntó Josephine.

—Bueno, normalmente se las arregla para colar algunas preguntas sobre ti, Joey-Ro. —Hizo una pausa y pareció avergonzarse—. Ahora que lo pienso, esa podría ser la verdadera razón por la que me llama.

—¡Qué va, cariño! ¡Lo hace porque te quiere! —le aseguró Evelyn.

Vio que a su padre se le hinchaba el pecho.

—Sí, ¿verdad?

—Pues claro.

Josephine miró fijamente a sus padres.

—¿Qué ha preguntado sobre mí?

—Bueno... —Jim se rascó la cabeza—. Lo hace con astucia. Verás, estábamos hablando de palos de golf y me soltó como si tal cosa: «¿Qué tipo de palos usa Josephine?», y así con todo lo demás.

Evidentemente, no iba a obtener una respuesta mínimamente satisfactoria hablando con su padre.

—Preguntó por su cumpleaños —dijo Evelyn—. ¿Te acuerdas?

—Ah, sí. Quería saber la fecha.

—¿Por qué?

—Bueno, ¿cómo quieres que lo sepa, Josephine?

—¡Haberle preguntado!

—A Wells no le gustan las preguntas.

—¡Por el amor de...! —Josephine se puso en pie de un brinco—. Si quiere saber algo más de mí, que me lo pregunte él mismo.

Jim asintió firmemente con la cabeza.

—Me aseguraré de decírselo durante nuestra próxima conversación.

—¡Eso!

—¿Se está gestando un romance, Joey-Ro? —preguntó su madre, que agitó un poco los hombros—. Ayer me encontré con Sue Brown en el supermercado y parecía pensar que sí. Dijo que los comentaristas lo insinuaron mientras estabais en San Antonio.

—La cajera del vivero también nos preguntó lo mismo.

—Vaya. Más plantas, ¿no? —Josephine suspiró—. ¿Alguien preguntó por el torneo en sí? ¿O por mi trabajo de *caddie*? ¿O todas las preguntas son sobre si Wells y yo...?

—Creo que a mí tampoco me gustan las preguntas —la interrumpió su padre—. No termines esa.

—Si estamos saliendo. Eso iba a decir.

—¡Ah! —Jim se llevó un puño a la boca y tosió—. Sí, parece que a la gente le interesa sobre todo la posibilidad de que nuestra hija esté saliendo con Wells Whitaker. Y también... que es todo un caballero por ayudarte a salir a flote.

Dado que acababa de confirmar sus sospechas, Josephine asintió bruscamente con la cabeza.

¿No era eso justo lo que había temido?

¿Que la reconocieran como la novia por caridad de Wells en vez de por su talento?

Al parecer, había hecho lo correcto apartándose y dejando que el revuelo se calmara. ¿Se reavivaría en cuanto salieran de nuevo por televisión en California?

Solo el tiempo lo diría.

Y sería inevitable que tuviera que tomar más decisiones. Por ejemplo, ¿cuánto tiempo más podría seguir siendo *caddie* de Wells? Y lo más importante, ¿sería suficiente el tiempo que pasara como su *caddie* para que la gente reconociera su talento para el deporte en vez de centrarse en la desgracia que la había llevado al circuito profesional? ¿Serviría ese talento para la nueva y mejorada Tee Dorada? ¿Le aportaría a la tienda de su familia la atención que ella esperaba? ¿O era solo una ilusión?

Una hora más tarde, Josephine entró en su piso mientras seguía dándole vueltas a esas preocupaciones. Antes de que la puerta se cerrara, oyó un pitido procedente de su móvil.

«Sensor a punto de caducar», decía la alerta en la pantalla.

Había llegado la hora de ponerse uno nuevo en otro sitio. En el otro brazo.

Entró en la ducha con un bostezo y repitió el gesto de quitarse el sensor viejo y colocarse el nuevo en la parte posterior del brazo con una ligera mueca de dolor. No importaba cuántas veces realizara el ritual, una aguja clavándose en la parte posterior del brazo nunca dejaba de ser un poco chocante. Tras soltar el aliento que había estado conteniendo, pulsó en la pantalla del teléfono para activar el nuevo sensor en la *app*, algo que solía tardar sobre una hora. Se comió unas cuantas pastillas de glucosa para asegurarse de no sufrir una bajada mientras esperaba a que el nuevo sensor empezara a funcionar, y luego se tumbó en el sofá y se quedó dormida como un tronco.

25

Wells se bajó de la cinta de correr y cogió la toalla blanca del toallero para secarse el sudor de la cara y del torso desnudo. Acto seguido, se tumbó en la esterilla y se tomó unos minutos de descanso antes de empezar con una serie de abdominales.

Detestaba hacer ejercicio, joder.

Sinceramente, en ese momento detestaba muchas cosas. ¡Muchas! Todo le resultaba molesto.

Daba igual las veces que ajustara el termostato de su piso, siempre hacía demasiado calor o demasiado frío. La comida estaba insípida. Josephine había arruinado sus pajas, así que ni siquiera eso conseguía aliviar la inquietud que lo acosaba. Cada vez que empezaba a cascársela, se ponía a pensar en lo que le gustaba estar dentro de ella y empezaba a dolerle el pecho, además de la polla. La verdad, le preocupaba que le pasara algo grave. ¿Necesitaría ver a un cardiólogo o a un urólogo?

Esa semana había entrenado como nunca lo había hecho desde el principio de su carrera profesional. Había estudiado el campo de Torrey Pines, analizando al milímetro las distancias y repasando los mejores momentos del torneo del año anterior, en el que lo hizo tan mal que ni siquiera pasó el primer corte. No le resultó fácil verlo, pero estaba seguro de que ese año acabaría mejor que en San Antonio. Punto.

Josephine iba a hacerse rica, le gustara o no. Podría decirse que era su venganza por haberlo privado del derecho divino a masturbarse.

Cuando terminó de trabajar los abdominales, se puso en pie y pasó al banco de musculación. Pero en vez de tumbarse, se sacó el teléfono del bolsillo. Empezó a silbar por lo bajini y buscó un vídeo de las noticias que había visto demasiadas veces. No el que cabreó a Josephine la última noche en San Antonio. No, era uno de aquel mismo día, pero después de acabar la ronda. Cuando se aseguró de quedar en un puesto merecedor de dinero y ella saltó a sus brazos.

«Por favor, Señor, no permitas que rastreen estas novecientas visitas hasta mi dirección IP». ¿Los móviles tenían IP? No lo sabía, pero seguro que el FBI era capaz de rastrear cuántas veces había visto la misma escena. Para ver a Josephine sonreírle con evidente orgullo.

Sintió una alarmante presión en la yugular.

«¡Es un ángel!».

Tres días más de separación, qué ridiculez. Cada segundo era absurdo.

Iba a comprarse un piso nuevo y a mudarse, solo para tener algo que hacer además de ejercitarse, ver vídeos de YouTube y llamar al padre de Josephine, ¡por Dios!

Echó el brazo hacia atrás, preparándose para arrojar el teléfono al otro lado de la habitación.

Sin embargo, se detuvo en seco cuando empezó a sonar.

Estuvo a punto de caerse del banco, fuera bromas, pensando que era Josephine quien lo llamaba. «Ha cambiado de opinión sobre lo de tomarse un tiempo. Viene a Miami y estoy a punto de arrasar un puto Bath & Body Works para prepararme».

Sin embargo, no era Josephine.

Era Burgess Abraham. También conocido como Sir Salvaje.

Su amigo, el jugador profesional de hockey, aunque ninguno de los dos admitiría que eran amigos. La suya era una relación completamente sana.

Aceptó la llamada.

—¿Qué?

Se oyó un resoplido ronco que reverberó en el pequeño gimnasio del piso.

—Alguien está de mal humor.

—Pues sí.

—Ahora vivo con una niña enfurruñada de once años, así que no estoy de humor para tus gilipolleces.

Wells se vio levantar las cejas en el espejo.

—¿Tu hija vive ahora contigo? ¿De forma permanente?

—Semanas alternas. De todas formas, el olor a Sol de Janeiro sí es permanente.

—¿Se puede saber qué es eso? ¿Cómo van las cosas con su madre?

—No he llamado para hablar de eso. —Burgess suspiró.

Wells se rio entre dientes.

—¿Quién está de mal humor ahora?

—Vete al cuerno.

—Yo también me alegro de saber de ti. —Wells se cambió el teléfono a la otra mano—. ¿Vendrás a Torrey Pines esta semana para el torneo?

—Mmm… —murmuró su amigo al otro lado de la línea—. No lo sé. ¿A las niñas de once años les gusta el golf?

—Por Dios, yo qué sé. —Wells hizo una pausa, intentando tragarse el nudo que se le estaba formando en la garganta—. A Josephine seguramente le gustaba el golf cuando tenía once años.

Aunque Burgess no emitió sonido alguno, Wells tuvo la sensación de que ese tono de voz tan tristón le hacía gracia.

—Ah, la *caddie*.

Wells gruñó.

—Mmm —murmuró Burguess otra vez—. ¿Puedes preguntarle si es aconsejable llevar a Lissa al torneo?

—Podría si estuviera aquí. —Se llevó un nudillo a un ojo para ejercer presión—. Pero no está.

—No pareces muy contento por eso.

—¡Pues no!

El jugador de hockey guardó silencio durante varios segundos.

—¿Es la elegida?

—¿Para qué?

—¿En serio? —Al otro lado de la línea se oyó el crujido del cuero—. No me hagas explicártelo.

—Me temo que necesito una aclaración.

Burgess masculló un taco.

—Siempre me pasa lo mismo. Los jóvenes de mi vida se creen que soy sabio, porque tengo unas cuantas canas en la barba y siempre acabo explicando cosas románticas y dando consejos sobre cómo tratar a las mujeres, cuando es evidente que no estoy cualificado para ninguna de esas cosas.

—De ahí el divorcio.

—Recuérdame por qué sigo hablando contigo. —Antes de que Wells pudiera hablar, Burgess añadió—: ¿Es la elegida? Es decir, ¿la mujer con la que quieres estar hasta que la muerte os separe? O hasta que te pida el divorcio sin previo aviso, lo que pase antes.

Wells miró fijamente su reflejo en el espejo.

¿Era Josephine «la elegida»? No se le había ocurrido pensar en ella de ese modo, porque nunca había esperado encontrar a «la elegida». Joder, ni siquiera había pensado que existiera. Ese término era una chorrada romántica que se usaba para vender felicitaciones de San Valentín, ¿no? Pero su instinto le decía (con total seguridad) que podría pasarse el resto de la vida recorriendo el planeta y no encontraría a nadie por quien sintiera ni una fracción de lo que sentía por Josephine. Estar lejos de ella lo hacía demasiado evidente.

—Sí. Ella es la elegida. Menos la parte del divorcio.

—Interesante.

—No es interesante —protestó casi a voz en grito—. Es una puta mierda.

—Si es una mierda, lo más probable es que sea culpa tuya.

—Gracias, colega.

De repente, oyó el pitido que alertaba de una bajada de azúcar en sangre. Josephine no había exagerado al afirmar que sonaba constantemente. Las alertas de las subidas tenían otro pitido distinto. Llevaba una semana escuchándolas, deseando poder hacer algo para ayudarla, pero también confiando en que sabía cuidar de sí misma. Y, la verdad, era un alivio tener esa conexión con ella. La *app* compartida era un vínculo importante que él atesoraba.

—¿Qué es ese pitido? —preguntó Burgess.

—El monitor continuo de glucosa de Josephine.

—Si has dicho que no está ahí.

Hablar de su *caddie* hacía que se sintiera mejor ¡y peor! ¿Tenía sentido eso?

—No está aquí. Es una aplicación. Puedo ver…

El pitido se repitió. En esa ocasión, era distinto.

La alerta de una bajada importante.

Era la primera vez que lo oía. Era más alto y más agudo.

—Espera. —El pulso se le aceleró de golpe mientras se apartaba el móvil de la oreja para abrir la *app*, y al ver la curva caer en picado sintió unas repentinas náuseas. Los puntitos descendían hasta el número más bajo posible y luego desaparecían por completo—. Esto…, ¿qué cojones es esto? —Empezaron a temblarle las manos—. Algo va mal. Tengo que irme.

—Adiós.

Cortó la llamada con Burgess y no dudó siquiera en llamar a Josephine. Sonaron cinco tonos y luego saltó el buzón de voz. «¡Hola! Has llamado a Josephine Doyle. ¿En serio? ¿Quién deja mensajes en el buzón de voz? Si es algo urgente, intenta llamar a la tienda. Piiii».

—Bella, ¿qué pasa con tu nivel de azúcar? No veo nada. Ha empezado a bajar y ha desaparecido. Llámame, por favor. Ahora mismo, ¿vale?

Se quedó sentado durante unos trece segundos, luego saltó del banco y salió del gimnasio, con las manos temblorosas mientras llamaba a Jim. No contestó. ¿¡No contestaba!? Si normalmente lo hacía antes de que acabase el primer tono. ¿Era una señal de que pasaba algo grave? ¿Con Josephine?

—¡Joder! —Dio una vuelta completa, sin fijarse en nada, deseando que sonara el teléfono—. ¡Joder!

Corrió hacia la inyección roja de glucagón que tenía en la encimera de la cocina, la cogió, y se hizo con las llaves del coche antes de darse cuenta de lo que estaba pensando. Pensar era imposible, su mente se había desconectado por completo. El estómago se le había subido a la boca y el sudor le corría por la cara mientras volaba hacia el aparcamiento.

Hora y media. ¡Estaba a hora y media de Palm Beach! Si había pasado algo, ¿llegaría a tiempo? Por Dios, ni siquiera tenía la dirección de Josephine. Solo la ubicación de la tienda de artículos de golf. Un hecho alucinante, teniendo en cuenta que era «la elegida».

Menudo topicazo llamar así a alguien cuyo bienestar lo aterrorizaba.

Llegó al Ferrari en cuestión de minutos y puso rumbo hacia el norte por la 95 en dirección a Palm Beach, con el corazón martilleándole el pecho.

—¿¡Por qué no me devuelve nadie la llamada!? —le gritó al salpicadero.

Sentía la espalda resbaladiza contra el asiento de cuero por culpa del sudor helado, y los latidos del corazón parecían resonar por todo su cuerpo. Si lo paraban por exceso de velocidad, que Dios lo ayudara, porque acabaría en las noticias protagonizando una persecución a gran velocidad. No pensaba parar. Daba igual. Prácticamente ni sentía el pie en el acelerador. Solo lo suficiente para saber que estaba casi pegado al suelo y que cada minuto que pasaba le parecían seis horas. No había música ni radio, solo el sonido de su respiración acelerada. Nadie le había devuelto la llamada. ¿Se podía saber adónde iba? No tenía dirección.

Golpeó el símbolo del teléfono en la pantalla.

—Llama a Josephine.

No obtuvo respuesta.

Tampoco de Jim.

¡Por Dios! Había sucedido algo terrible. Lo sabía. ¡Lo sabía!

Incapaz de pensar en otras opciones, llamó a su representante. En ese momento, estaba a veinte minutos de Palm Beach, tras haber reducido el trayecto a la mitad al conducir a una velocidad ilegal.

—Vaya, pero si es mi gallina de los huevos de oro favorita.

—Nate, por favor. Necesito ayuda.

Dos segundos de silencio.

—¡Ay, madre, Wells! No me digas que estás en la cárcel otra vez. No esperes que mantenga esto alejado de la prensa. Hay tantos ojos puestos en ti ahora mismo que…

—No estoy en la cárcel. Necesito la dirección de Josephine. —Ni siquiera reconocía su voz, por el miedo que destilaba—. ¿No rellenó algún tipo de formulario o lo que sea cuando se presentó al concurso aquel?

—Pues… sí. Pero no puedo compartir esa información. Ya te lo dije.

—Es una emergencia, Nate —masculló—. ¡Dame la puta dirección!

Algo en su tono de voz debió de calar en su representante, porque al cabo de un momento empezó a oírlo teclear. Pisó con más fuerza el acelerador, zigzagueando con el coche para sortear el tráfico y pasando de los bocinazos indignados que sonaban a su paso.

—Vale, aquí está —oyó que decía Nate, serio a esas alturas—. 711 Malibu Bay Drive. Apartamento seis.

—Envíamelo también por mensaje —le ordenó Wells, mientras se grababa la dirección en el cerebro—. Gracias.

Cortó la llamada y gritó la dirección, sorprendido al ver que aparecía en el navegador pese a su tono frenético. Seis minutos. Llegaría en seis minutos.

En la *app* todavía no había rastro del nivel de azúcar de Josephine.

¿Qué iba a encontrarse?

No quería ni pensarlo.

—Por favor, Señor, que se ponga bien. —El aire acondicionado había convertido el sudor en hielo sobre su piel, pero apenas se daba cuenta—. Seré más amable. Venderé este coche y donaré todo el dinero a la caridad. No volveré a romper otro palo. Donaré mis dos riñones. Sí, los dos. Llévate mi alma, ya que estás. Llévatelo todo. ¡Pídeme lo que quieras y lo haré! Por favor.

Josephine se incorporó de golpe, sacada del sueño al oír que le daban una patada a la puerta de su piso.

Acto seguido, cayó de espaldas, gritando tan fuerte que la oyeron hasta en Orlando.

Había llegado la hora. Su hora.

Un robo que salió mal. «¿O no?», se preguntaría Keith Morrison, el narrador de *Dateline*, la serie de televisión sobre crímenes reales.

Claro que, ¿quién iba a robarle a ella? No tenía nada de valor en el piso. Sus palos estaban guardados en una taquilla del campo de golf. ¿Y las joyas? ¿Querían el medallón de JCPenney que su madre le regaló cuando se graduó? Porque como se acercaran al medallón, primero los apuñalaría y luego haría las preguntas.

Un momento.

Se espabiló de golpe y asimiló la realidad.

No era un robo. No, a menos que ese golfista de metro ochenta y siete que iba sin camiseta y con ojos desorbitados hubiera caído en la desesperación.

—¿¡Wells!?

No se movió. No de inmediato. Se limitó a seguir mirándola, con el pecho agitado y la puerta a punto de caerse de las bisagras.

Al final, levantó el móvil y lo señaló.

—No había puntos.

—¿¡Cómo!?

Lo vio tragar saliva haciendo un gran esfuerzo, tras lo cual contestó con un hilo de voz:

—Hubo una alerta por bajada y luego... desapareciste del puto mapa. —Su respiración era una especie de resuello—. Y no contestabas al teléfono, Josephine. Pensé... Pensé que te...

Las piezas del rompecabezas encajaron de repente, y acabó de espabilarse del todo.

La sangre se le agolpó en los pies.

—¡Ay, Wells, lo siento! —Se puso en pie despacio—. Debería habértelo explicado.

Él soltó el teléfono, que cayó al suelo con un fuerte golpe, pero no pareció darse cuenta de lo que había hecho.

—Tuve que cambiarme el sensor. Tarda un rato en empezar a funcionar y en conectarse de nuevo con la *app*, así que... no hay lecturas durante casi una hora. —Parecía tan conmocionado que casi le daba miedo acercarse a él—. Aunque pareciera que estaba sufriendo una bajada importante, estaba bien. ¡Estoy bien!

Wells se dobló por la cintura, con las manos apoyadas en las rodillas y los costados hinchados.

—Lo siento —repitió ella, mientras se abría un abismo en el centro de su pecho—. Siento haberte asustado. Me quedé dormida y supongo que silencié el teléfono.

—Vale. —Wells respiró hondo varias veces y soltó el aire de forma entrecortada—. Espera... que me recupere.

—Vale. —Movió los pies descalzos—. ¿Ayudaría un abrazo...?

—¡Sí! —exclamó Wells, que se abalanzó sobre ella como un misil de crucero. Acto seguido, la levantó del suelo y la envolvió en un abrazo tan feroz que hizo que se le saltaran las lágrimas. Le enterró la cara en el cuello y respiró hondo, acercándola cada vez más, como si intentara absorberla—. Que no pasemos todo el tiempo juntos es una puta estupidez, Josephine —rugió.

—Me estás gritando al oído.

No recibió disculpa alguna. Ese hombre no se disculpaba.

Y, la verdad, tampoco lo necesitaba. Su forma de abrazarla, como si estuviera a punto de derrumbarse, era más elocuente que cualquier explicación. Ese era Wells, ¿no?

Nada de palabras dulces. Sus actos lo decían todo.

Josephine miró por encima de su hombro la maltratada puerta, añadiendo detalles a la lista de actos.

—¿Has venido conduciendo desde Miami?

—Habría conducido hasta los confines de la Tierra, Bella.

¡Uf!

Sintió lágrimas en los ojos.

Retiraba lo de que no decía palabras dulces...

—Que seguramente es lo que habrías tardado en devolverme la llamada. ¡Por Dios Bendito!

Josephine se echó a reír.

Lo había echado de menos más de lo que pensaba. ¡Como cien veces más!

—No te atrevas a reírte. He pasado por un infierno. Ha sido la peor hora de mi vida.

Josephine le rodeó el cuello con los brazos, suspirando cuando él la estrechó con más firmeza y le levantó los pies del suelo.

—Lo sé. Lo siento. —Aspiró con disimulo el olor de su cuello, dejando que la combinación de jabón y sudor se filtrara por su piel—. Pero de todas formas vas a pagarme una puerta nueva. ¿Has llamado siquiera?

—No.

Wells echó a andar hacia el sofá y se volvió para dejarse caer en él. Y dada la forma en la que habían estado de pie, no le quedó más remedio que rodearle las caderas con los muslos, sentándose a horcajadas sobre su regazo, con la cara aplastada contra su cuello.

Exacto. No había alternativa.

—Escúchame, Bella —dijo él al cabo de unos segundos, acariciándole la nuca con la palma de una mano que todavía le temblaba un poco—, recuerdo lo que me dijiste. Lo de que tus padres siempre estaban obsesionados por la diabetes y que eso te recuerda que debes tenerle miedo. Sé que puedes cuidar de ti misma. Pero esto me ha desconcertado, ¿vale? No sabía lo que estaba pasando.

—Lo entiendo.

—La próxima vez no perderé los papeles. —Hizo una pausa para soltar un suspiro entrecortado—. Pero de todas formas, deberías contestar las llamadas, joder.

Josephine esbozó una sonrisa y enterró más la cara en su cuello.

—Porque no me visto a juego con cualquiera, Josephine. Solo lo hago con... —Levantó un hombro—. Ya sabes quién.

—Conmigo.

—Ajá —replicó con aspereza—. Tu padre tampoco me cogió el teléfono —añadió al cabo de un momento, como si estuviera sorprendido.

—¿Ah, sí? ¿Lo has llamado para hacerle más preguntas indiscretas sobre mí?

Wells soltó un taco.

—Sabía que sería incapaz de mantener la boca cerrada.

Josephine apoyó la mejilla en su cálido hombro y casi gimió al sentir las caricias de la palma de su mano en la columna. La soledad que sentía en su interior había desaparecido en cuanto se tocaron, y poco a poco estaba siendo sustituida por el alivio, la seguridad, la sensación de equilibrio y la paz. Aunque su método de comunicación estándar fueran las discusiones.

—Querías saber la fecha de mi cumpleaños, lo entiendo.

—Exacto. Es el miércoles que volamos a California. Ya tengo tu regalo.

—¡Venga ya! —exclamó ella, que levantó la cabeza para establecer contacto visual... y captó su mirada de puro afecto antes de que lo ocultara.

—Tendrás que esperar para comprobarlo, ¿no? —replicó Wells con sequedad mientras le apartaba el pelo de la cara. Acto seguido, clavó la mirada en su boca antes de desviarla—. Por Dios, casi ni siento los brazos. Creo que el bajón de adrenalina me está afectando.

—¿Quieres ducharte? —le sugirió después de olfatearlo—. Quizá te ayude con los nervios.

—Tan halagadora como siempre, Bella —protestó—. Estaba a mitad de mi rutina de ejercicio, ¿sabes?

—Siento haberla interrumpido.

Wells se puso en pie, al parecer sin inmutarse por llevar a una mujer adulta aferrada a la parte delantera de su cuerpo.

—No pareces muy arrepentida —dijo. ¿Su voz era más grave?—. No pareces arrepentida en absoluto.

Josephine dejó de rodearle la cintura con las piernas y le dio una palmada en una muñeca para recordarle que todavía la llevaba en brazos. No tenía ni idea de lo que iba a ocurrir entre ellos. Al fin y al cabo, seguía teniendo las mismas preocupaciones que la última vez que estuvieron juntos.

Sin embargo, pasara lo que pasase, Wells siempre sería la primera persona en descifrar el código de su caja fuerte. Era un poco gilipollas, pero de una forma que la hacía sentir... como si fuera miembro de un equipo. La gente había evitado desafiarla durante toda la vida, por más que hubiera demostrado que era capaz de hacer cualquier cosa o que luchara contra la idea de que era débil. Sin embargo, también sabía que si necesitaba apoyarse en él, Wells la respaldaría sin darle importancia.

Lo de que hubiera abierto la puerta de una patada no contaba. No sabía que el sensor se desconectaría de la *app*, y ese era un motivo legítimo de preocupación. Además, se había recuperado pronto y había empezado a echarle la bronca, lo cual era... perfecto en cierto modo.

—Wells...

La soltó por fin y se volvió hacia el pasillo, suponiendo que era el camino correcto hacia el cuarto de baño.

—¿Qué?

—Me alegro de haber confiado en ti para que me siguieras en la aplicación.

Durante un brevísimo segundo, Wells no pudo disimular su vulnerabilidad. Fue fugaz, pero potente.

—¿Aunque te haya tirado la puerta abajo?

—Sobre todo después de que me hayas tirado la puerta abajo. Contigo... —Buscó las palabras adecuadas, porque el momento las requería— me siento competente y sana. Pero también como si tuviera a alguien cubriéndome las espaldas. No es un equilibrio fácil y tú, de algún modo..., sabes cómo mantenerlo. Sin que yo tenga que guiarte. Es difícil, y tú lo haces sin más.

Wells abrió la boca, visiblemente sorprendido, y luego la cerró.

—Si estás intentando engatusarme para que me vista de rosa a juego contigo, ya puedes ir olvidándolo.

—¿Ni siquiera un tono pastel suave? ¡Estamos casi en Pascua!

Se alejó de ella dando grandes zancadas por el pasillo y cerró de un portazo la puerta del cuarto de baño.

¡Guau! Hacía mucho tiempo que no le dolía la cara de tanto sonreír. No le pasaba desde la última vez que vio a Tallulah.

Sin embargo, al oír que empezaba a correr el agua de la ducha, la sonrisa empezó a desvanecerse poco a poco y acabó tragando saliva. Las palmas de las manos se le humedecieron y los muslos se le tensaron al ver las sombras que se movían por debajo de la puerta.

¡Wells se estaba desnudando!

¡En su cuarto de baño!

Para ser justos, había irrumpido en el piso a medio vestir, pero saber que se estaba quitando esos pantalones cortos de deporte era dificilísimo de pasar por alto.

De todas formas, no presenciaría la gran revelación. Fue ella quien le puso freno a su relación. Y con motivo. Esa era su oportunidad para aprovechar los conocimientos que había estado adquiriendo durante toda su vida y ponerlos en práctica. Para sentirse orgullosa de sí misma y de su familia, revitalizando y legitimando el negocio familiar. Salir con Wells de cara al público la encasillaría como la mujer fuerte detrás del hombre de éxito.

O lo que era peor: como su proyecto de caridad preferido.

No.

Eso sí, podían ser amigos. Muy buenos amigos.

Al fin y al cabo, no podía mandarlo a su casa después de que hubiera conducido desde Miami pensando que estaba con un pie en la tumba. En cuanto saliera de la ducha y se vistiera, le preguntaría si quería pedir algo para comer y ver una película en la que no saliera Gerard Butler tirándose a alguien. Podrían discutir la estrategia para Torrey Pines la semana próxima y cotillear sobre los demás golfistas. ¡Sería estupendo! A lo mejor hasta le enseñaba su anuario del instituto para reírse juntos de su flequillo tieso, su aparato de ortodoncia y su collar de conchas, el trío mortal.

Una vez decidida, cerró la puerta rota lo mejor que pudo y enfiló el pasillo hacia el dormitorio, con la intención de buscar una camiseta grande para que Wells se la pusiera. Solo se detuvo unos segundos delante de la puerta del cuarto de baño.

—¿Tienes todo lo que necesitas?

—No —respondió él de inmediato.

Josephine frunció el ceño.

—Esta misma mañana puse toallas limpias.

—Sí, las he visto.

La puerta del cuarto de baño se abrió.

El vapor salió como si fuera una escena mágica.

Allí estaba Wells sin camiseta, con el antebrazo apoyado en el marco de la puerta. Con una toalla muy corta que apenas le tapaba las caderas y dejaba una raja muy grande que le subía por ese muslo tan musculoso.

—Esta toalla es más como un pañuelo de papel, Bella.

—¡Ah! —Carraspeó—. No me digas...

—Pues sí. —Lo vio llevarse la punta de la lengua al interior de un carrillo—. En cualquier momento, se me cae.

—¡Ah! —Sintió un cosquilleo maravilloso que empezó en los pechos y bajó lentamente en espiral, pasando por su abdomen para detenerse entre sus muslos. Oh-oh—. ¿Se puede caer?

—Me temo que sí. —Apartó el brazo de la puerta y se acercó a ella, que seguía paralizada en el pasillo—. Escúchame, Josephine. Sé que quieres que te consideren una profesional. Necesitas que te tomen en serio para hacer realidad tu sueño, y lo entiendo. Yo también quiero eso para ti. Pero, nena... —La inmovilizó contra la pared del pasillo y el gemido excitado que salió de su boca habría sido vergonzoso si hubiera conseguido pensar con claridad—. Aquí solo estamos tú y yo. Podemos ser profesionales más tarde.

—Se inclinó hacia ella y acercó la boca al lugar donde le latía el pulso en la base del cuello, y Josephine sintió el roce ardiente de su aliento sobre la piel cuando la besó—. Nadie nos está mirando. Así que, ¿por qué llevas todavía las bragas puestas? ¿No te lo preguntas? —Le lamió una oreja lentamente y después se la mordió—. Porque yo sí me lo pregunto. —Acto seguido, le rozó los labios y se quedó quieto, sin llegar a besarla durante un instante, mientras respiraban como si acabaran de nadar hasta Aruba. Después se apartó, dejándola allí temblorosa contra la pared, con las caderas sensibles, la piel acalorada y los muslos de gelatina, muriéndose por saborear su boca.

Wells se dio media vuelta y entró en el cuarto de baño, despojándose de la toalla al entrar en la ducha, lo que le permitió ver claramente ese culo... y, ¡por Dios Bendito!, era una obra maestra esculpida en oro. Un sacrificio que hasta el más mezquino de los dioses aceptaría.

Cachetes prietos, gruesos y redondos, con un poco de vello. El culo más perfecto del golf, allí mismo, en su casa. Totalmente desnudo. Una vez que entró en la ducha, mostrándole las pelotas y una erección que, la verdad, parecía pedirle ayuda a gritos, la tentación que era Wells (volver a recuperar la conexión que habían descubierto en Texas) la hizo dar un paso hacia el interior del cuarto de baño, aunque se quedó en el vano de la puerta. ¿Debía hacerlo? ¿O acabaría cayendo cuesta abajo?

Y sin frenos.

Wells le hizo un gesto con un dedo desde el interior de la ducha, rodeado por el vapor.

Acto seguido, bajó esa misma mano y empezó a acariciársela con brusquedad.

La posibilidad de decir que no se le escapó de repente, como si nunca hubiera existido.

26

«¿Estaba haciéndose el interesante, como si no hubiera visto pasar la vida por delante de los ojos ese mismo día?», se preguntó Wells.

Pese al gran esfuerzo que estaba haciendo, seguía sin recuperarse del susto por la posibilidad de que le hubiera sucedido algo terrible a Josephine. Y, la verdad, había entrado en ese cuarto de baño ordenándose a sí mismo respetar sus deseos. En el sofá había estado a punto de besarla, pero recordó lo que ella quería y se contuvo.

Por desgracia, el cuarto de baño de Josephine era como un bonito país de las maravillas de sus aromas y su personalidad. Una mezcla de adornos bonitos y elementos prácticos. Un alegre jabón amarillo junto a un cepillo de dientes eléctrico. Esas estrellas que brillaban en la oscuridad pegadas en el techo, que le daban a la estancia un toque mágico y, al mismo tiempo, una hilera perfectamente ordenada de tarros de cristal con bolas y bastoncillos de algodón. Sin embargo, lo mejor de todo era el sujetador transparente de color celeste que colgaba del toallero.

¡Transparente! Con un lazo blanco entre las copas.

Eso lo llevó al límite.

«¿Tienes todo lo que necesitas?», le había dicho su *caddie* a través de la puerta del cuarto de baño, una invitación tan abrasadora que no pudo menos que aceptarla.

En ese momento, rodeado por completo de su olor (vainilla y lilas, ¿verdad?), la observaba acercarse a través de la puerta de la mampara de la ducha, totalmente empalmado y acariciándosela. «Vamos, nena, no te pares. Ya casi estás aquí», pensó. Sinceramente, ni siquiera estaba seguro de que follarse a Josephine fuera una buena idea. Todavía tenía el cerebro medio nublado por el miedo a haberla perdido, y el delirio se había agravado por la impresión que recibió al verla sana y salva.

Aquello no iba a ser un polvo sin más, aunque esa fuera la impresión que quería proyectar.

¿Sería capaz de follarse a esa mujer sin que se le notara lo que sentía y sin suplicarle que por favor se dejara de chorradas y se dejara querer?

Probablemente no. Quizá debería haberse dejado puestos los pantalones cortos e irse. De vuelta a su solitario piso de soltero en Miami.

Sin embargo, se trataba de Josephine.

Estar cerca de ella de nuevo era como despertarse después de un trasplante de pulmón y recordar lo que era respirar. Solo quería emborracharse con su oxígeno. ¿Era mucho pedir?

—Quítate la ropa —le pidió con voz ronca, alejando la mano de la polla para apoyarse en la pared. Si seguía acariciándose, su frustración sexual contenida acabaría desparramada en el plato de ducha en cuanto le viera las tetas—. Desnúdate para mí, Bella. Necesito verte.

Ella se mordió el labio un momento, titubeante.

Como hombre que conocía el arma más poderosa de su arsenal (tratándose de esa mujer en concreto), se dio media vuelta para que le viera el culo. Cerró los ojos e inclinó la cabeza hacia delante, de modo que el agua caliente se deslizó por su espalda, y contuvo la respiración, rezando para que Josephine tomara la decisión de meterse en la ducha con él.

«Vamos, Bella. Te necesito».

«Demuéstrame que tú a mí también».

Soltó el aire de golpe y de forma entrecortada al sentir que ella le pasaba las palmas de las manos por la espalda húmeda y, ¡por Dios!, la polla le dio tal respingo que casi se le estampó contra los abdominales. ¡Señor Bendito! El efecto que esa mujer tenía sobre él era incomparable. Una caricia y ya tenía en la punta de la lengua un montón de promesas ridículas. «¿Quieres que te lleve por la ciudad sentada en un almohadón de seda, Josephine? Súbete. Sabía que tenía estos brazos por alguna razón».

Sí. Tenía problemas.

Bien gordos.

Y el mayor de todos era el deseo de darse media vuelta y follarse a Josephine allí donde estaba. De colocarse esas preciosas piernas alrededor de la cintura, de lamerle la boca y metérsela una y otra vez mientras ella gemía y lo arañaba. Pero, a juzgar por su tímido y ligero contacto, no iban a la misma velocidad.

«Mantén la calma. Tranquilízate de una puta vez».

Ya. Algo más fácil de decir que de hacer cuando tenía la polla más dura que una piedra.

Y eso empeoró cuando sintió su lengua subiendo y bajando por la espina dorsal, mientras le agarraba el culo con las manos y empezaba a acariciárselo. Rítmicamente.

Un calor abrasador se apoderó de él, y tuvo que hacer un gran esfuerzo para no tocarse la polla de nuevo.

«No, ni se te ocurra moverte. No hagas nada que pueda hacer que pare», se ordenó.

—Es tuyo si lo quieres, Josephine —jadeó, mientras apoyaba los puños en la resbaladiza pared de azulejos. ¿Qué estaba haciendo? ¿Ofreciéndole la propiedad de su culo? Claro que tampoco le vio sentido a retirar la oferta. Si no estuvieran en un cuarto de baño oscuro, con las estrellas brillando en lo alto y el vapor amortiguando sus voces, sus palabras podrían haber resultado... ¿extrañas? Sin duda. Sin embargo, en ese momento le parecía natural darle lo que más le gustaba de él. Darle todo lo que quisiera se había convertido en su forma de vivir—. De hecho, ya es tuyo —añadió sin pensar.

Las palabras salían de su boca sin que su cerebro lo ordenara. ¿Se le estaban cayendo las neuronas por el desagüe o qué?

Y, en ese momento, su capacidad de pensar implosionó cuando la oyó susurrar «Acepto» contra su cuello al mismo tiempo que le acariciaba el ano con un dedo.

—¿Qué...? —soltó de repente, mientras el mundo se tambaleaba peligrosamente—. Vale. Joder.

Justo entonces vio que ella extendía el brazo izquierdo para coger una pastilla de jabón cuadrada y amarilla, hecha a mano, como las que se compraban en los mercadillos de productos artesanos. ¿Iba a comprar a ese tipo de mercadillos? ¿Por qué estaba pensando en eso? Probablemente porque no tenía derecho a disfrutar de lo que Josephine estaba haciendo con él. A juzgar por la resbaladiza espuma de su palma, se había enjabonado muy bien la mano y lo estaba... lavando. Lo estaba frotando con tres dedos, que subían y bajaban, y subían y bajaban... justo allí.

«¡Hostia puta!», pensó. Y la verdad era que le gustaba mucho.

Le gustaba muchísimo, porque era Josephine quien lo estaba haciendo. Y, al parecer, se lo estaba pasando en grande a juzgar por su respiración acelerada, que sentía en los hombros.

Cuanto más lo acariciaba, más ganas tenía de cascársela, y al final le resultó imposible seguir conteniéndose, de manera que se la rodeó con una mano y empezó a masturbarse.

—¡Oooh! Mierda. ¿Qué vas a hacerme, nena?

—Lo que me apetezca. —Le clavó los dientes en el hombro y luego le dio un beso en señal de disculpa—. ¿Vale?

—Vale —mascculló mientras empezaba a ver estrellitas detrás de los párpados—. Pero no podré aguantar mucho antes de tener que follarme ese coño tan precioso, Josephine. Por favor.

Y en ese momento lo hizo. Lo hizo de verdad. Le metió un dedo.

Entero.

—¿Por qué tanta prisa?

Los puños empezaron a temblarle contra la pared y tenía las pelotas tan tensas que el dolor le subía hasta el estómago.

—No... ¡Dios! ¿Tienes que parar?

—No lo sé, tú decides.

Oyó un golpe suave contra el plato de ducha y miró hacia atrás (y hacia abajo) para encontrarse a Josephine de rodillas mientras le lamía el culo con los ojos cerrados como si en la vida hubiera probado nada mejor. El pulso se le aceleró al instante y experimentó una clase de lujuria desconocida hasta ese momento, que empezó a extenderse por sus entrañas. ¿Qué estaba pasando allí? ¿Por qué se sentía más excitado que nunca, joder?

—¿Qué vas a...?

Su lengua lo acarició con fuerza, introduciéndose entre sus glúteos para lamerlo de arriba abajo no una ni dos, sino tres veces. Las rodillas estaban a punto de flaquearle cuando, ¡joder!, le metió un brazo entre los muslos y empezó a acariciarle la polla mientras seguía lamiéndolo con frenesí, trazando círculos alrededor del ano, como si su objetivo fuera volverlo completamente loco. Y así era. ¡Que el Señor lo ayudara! Deslizó el pie derecho sobre el plato de ducha, provocando una especie de chirrido con el movimiento, para ofrecerle mejor acceso, y ella gimió agradecida. Nada, pero nada de nada, podría haberlo preparado para el ataque de lujuria animal que sintió en las pelotas y que lo hizo gruñir contra la pared de la ducha, sin verla siquiera porque a esas alturas hasta estaba ciego.

—Cuando te pille, voy a darte bien, Josephine, te lo juro por Dios —dijo con voz ronca—. Disfruta estando de rodillas, porque te vas a pasar el resto de la noche de espaldas con mi polla dentro, nena. Te doy un minuto más.

Viviría para lamentarlo. O tal vez no. No lo sabía.

Josephine aprovechó al máximo ese minuto.

Le agarró la polla con más fuerza, llevándolo hasta un extremo de placer que resultaba doloroso, como si estuviera disfrutando al máximo con cada caricia mientras le hacía cosas con la lengua con las que él ni siquiera había fantaseado. Ni siquiera había imaginado que podría disfrutar de algo así. Lo había lubricado tanto que, cuando lo penetró con el pulgar, no sintió ninguna molestia, solo una presión alucinante en los huevos, que aumentaba y aumentaba cuanto más empujaba, hasta que empezó a gritarle tacos a la pared. Probablemente solo aguantó treinta segundos de ese último minuto antes de cerrar el grifo de un manotazo, darse media vuelta y levantar a Josephine del suelo por las axilas. Nada más sacarla de la ducha, la cogió en brazos y abrió de una patada la puerta del cuarto de baño para salir al pasillo.

—¿Puedo volver a correrme dentro de ti? —Ver su expresión aturdida por el deseo solo logró que se sintiera más desesperado por tumbarla y unir sus cuerpos. En ese momento. Como fuera. Necesitaba acercarse a ella y sentir que se corría. Verla llegar al orgasmo mientras estaba entre sus muslos para disfrutar de cada segundo. De cada caricia. De cada gota. —. Llevo siete días de frustración pensando en tu coño, Josephine. ¿Puedo metértela a pelo? Sí o no.

La vio cruzar las piernas, allí mismo, entre sus brazos. Vio que apretaba los muslos con fuerza. Una fantástica señal en su opinión.

—¡Sí!

—¿El dormitorio?

—Ahí.

Entró en la habitación que ella le indicaba sin ver nada. La dejó caer sobre la cama y se abalanzó sobre sus muslos, encajándose entre ellos y metiéndosela sin más. Hasta el fondo, sin contemplaciones, porque se la había puesto tan dura que casi ni podía respirar.

—¡Me cago en la puta! —gruñó, bajando la cabeza para enterrarle la cara en el cuello—. No sabes cuánto te he echado de menos, nena. ¡Ni te lo imaginas!

—Me hago una idea —murmuró ella, besándole un lado de la cara al tiempo que levantaba las rodillas para frotarle los costados con la cara interna de los muslos.

Era demasiado a la vez. Sus palabras (la insinuación de que ella también lo había echado de menos), junto con la bienvenida de su cuerpo, fueron como un bálsamo para sus heridas. Por algún milagro, ella parecía conocer su ubicación exacta y cómo tratarlas.

«Mía. Mi Josephine. No hay más que hablar».

Ella le enterró los dedos en el pelo húmedo mientras levantaba las caderas y las movía, y a Wells le gustó tanto que tuvo que agarrarla con fuerza para que se quedara quieta, porque corría el riesgo de correrse demasiado pronto.

—Qué suave. ¡Dios! Tu cuerpo es muy suave —le susurró al oído, empezando a penetrarla despacio, para torturarla y ponerse a prueba a sí mismo en un desesperado intento de controlar la necesidad de correrse—. Y tu coño también. Me follas de maravilla, ¿verdad?

¡Joder! A lo mejor tenía que dejar de hablarle así, porque la oyó jadear al tiempo que se estremecía bajo su cuerpo, tensando los músculos internos hasta tal punto que lo dejó bizco. Esa forma de aprisionarlo debía de ser ilegal.

—¡Por Dios! —gimió, y sus labios se lanzaron a un sensual ataque contra su cuello, succionando un punto muy sensible bajo la oreja—. No te molestes en contestarme. Ya te lo digo yo. Me follas de maravilla, joder.

No había excusa ninguna para su forma de poseerla en esa cama.

Fue un polvo salvaje y desesperado. No podía decirse que le faltara experiencia en el tema del sexo duro y rápido...

Aunque no era solo eso.

Cada sensación física iba acompañada de una descarga emocional. Cada vez que la penetraba era como si el movimiento se reflejara en todo su cuerpo. Lo sentía en el torso, detrás de la tráquea y en lo más profundo de alguna parte desconocida de sus entrañas. No podía acercarse lo suficiente a ella ni podía apartar la boca de su deliciosa piel mientras intentaba proporcionarle tanto placer como ella le estaba proporcionando..., si acaso eso era posible. Le lamió el cuello, le mordió los hombros, le comió la boca a besos, todo mientras la embestía con una ferocidad de la que se habría avergonzado si ella no le hubiera clavado las uñas en el culo mientras le decía a gritos que fuera más rápido.

Le sujetó el mentón con la mano con firmeza y le volvió la cara para que lo mirase.

—Muy bien, nena. Mantén las piernas abiertas y te daré lo que quieras.

Y siguieron follando como si el Apocalipsis estuviera a la vuelta de la esquina.

Sin dejar de mirarse a los ojos.

Se mantuvo al borde del orgasmo desde el principio, ya que llevaba grabado en la memoria lo que ella le había hecho en la ducha, pero se negó a terminar, porque entonces se habría acabado. Y no quería que su tiempo dentro de Josephine terminara nunca. Jamás. No quería que terminara ese cataclismo físico que lo sacudía por dentro y por fuera.

Hasta que Josephine empezó a arquear la espalda y a gemir al tiempo que apartaba las manos de su culo para aferrar la colcha. En ese momento, sintió que su coño lo aprisionaba con más insistencia y ya no pudo aguantar más.

¡Dios! Hasta ahí había llegado.

Josephine era lo más hermoso que había visto en la vida, y la sentía tan estrecha a su alrededor que lo asaltó la urgencia de llenarla. De todas formas, les dijo mentalmente a sus pelotas que esperaran un poco más, mientras bajaba una mano para acariciarle el clítoris con los dedos anular y corazón, y soltó un taco al descubrir lo mojada que estaba por el polvo salvaje que estaban echando. Josephine gimió al sentir sus caricias y retorció la colcha entre las manos mientras arqueaba la espalda, ofreciéndole las tetas, que no dejaban de botar, como si fueran un festín. Y menos mal que llegó al orgasmo en ese momento, porque él estalló como una bomba.

—¡Jodeeeeeeeeeer! —gritó, arrastrando la palabra mientras le acariciaba el clítoris todo el tiempo que pudo antes de verse obligado a buscar un punto de apoyo, dejando el puño en la cama para penetrarla mientras se corría, y esas últimas embestidas fueron un millón de veces más increíbles por su forma de apretarlo, por su voz ronca que lo llamaba a gritos—. A la mierda con lo de mantenernos alejados, Josephine —le susurró al oído con voz entrecortada, tras lo cual le acarició la oreja con los labios—. ¿Te has dado cuenta de lo harto que estoy de mantenerme alejado de ti, nena?

—Sí.

Tras una última y brusca embestida que la hizo jadear, salió de su cuerpo, ya libre del deseo, de la presión y de la tristeza.

—Di que tú también estás harta —le ordenó.

—Lo estoy. ¡Se acabó!

—Claro que sí —mascullló, lamiéndole el sudor de la garganta como un animal salvaje liberado de su jaula por primera vez.

Acto seguido, se desplomó sobre ella, mientras el sudor y el agua se enfriaban sobre sus cuerpos durante unos largos y silenciosos minutos, tras los cuales tiró de la colcha para que los cubriera a ambos y por fin, ¡por fin!, pudo abrazar a su *caddie* en una cama.

Se durmieron en cuestión de segundos.

27

Josephine abrió los ojos y fijó la mirada en la mano masculina que había sobre su almohada. Quizá era su libido tan vigorosamente satisfecha la que hablaba, pero, por Dios Bendito, esa mano era la más bonita que había visto en la vida. ¿La habría esculpido Bernini? Uñas cortas, callos y tostada por el sol. Estaba unida al firme bíceps que tenía debajo de la mejilla, y sintió el impulso de incorporarse y así poder observar el resto de su persona, pero para eso tendría que moverse, e iba a ser que no. Todavía no.

La respiración acompasada de Wells se le colaba entre el pelo y le calentaba la nuca, y cada centímetro de su musculoso torso subía y bajaba contra su espalda. Habían entrelazado las piernas, tenía el culo pegado a su regazo..., y aunque el resto de Wells seguía dormido, cierta parte de su anatomía estaba muy despierta.

No sabía si frotar el culo contra él y tentarlo para repetir lo que hicieron la noche anterior o si no volver a moverse en la vida. Pero nunca jamás. ¿Por qué no podía quedarse allí tumbada a la tenue luz todo el tiempo posible con la persona de la que se había enamorado? Si haberlo echado muchísimo de menos durante una semana no había bastado para convencerla de que Wells se le había metido en el corazón, el día anterior lo había dejado claro.

«No sabes cuánto te he echado de menos, nena».

Ese ser humano había echado abajo su puerta, literal y metafóricamente.

No se lo esperaba. No de esa manera. Quizá porque lo conoció primero como famoso, no como una persona real, tal como lo conocía en ese momento. ¿Cómo iba a imaginar que Wells sabría tratar con ella como si hubiera nacido para hacerlo? La respetaba, la desafiaba, la excitaba y la protegía, todo a la vez. Le provocaba tal pasión que podía discutir y reír al mismo tiempo.

¿Qué iba a hacer con él?

Vio que la pantalla de su móvil se iluminaba en la mesita de noche. Seguramente una alarma de su monitor de glucosa, pero extendió un brazo para cogerlo de todas formas, con cuidado de no apartarse del cuerpo dormido de Wells. Sin embargo, se quedó sin aliento al ver la pantalla, porque no era su monitor de glucosa, era una alerta de su cuenta corriente.

Le habían ingresado el dinero del patrocinio de Under Armour.

Era una cantidad de cinco cifras bastante alta, pero no lo suficiente como para cubrir la renovación que siempre había soñado. Había hablado a regañadientes con sus padres para que adelantaran el resto hasta que les llegaran las ayudas por catástrofe... o Wells ganara un premio de los grandes y ella recibiera su parte. Lo que sucediera antes. De modo que podía darle el visto bueno al contratista para que hiciera todas las mejoras en La Tee Dorada de inmediato. El hombre le había dado una estimación de dos semanas, y después la tienda estaría lista para reponer stock. Poco después podría abrir de nuevo sus puertas. Pero ¿dónde los dejaría eso a Wells y a ella? ¿Se limitaría a... dejarle su puesto a otro *caddie* para volver a verlo por televisión?

Acordaron trabajar juntos a sabiendas de que era temporal, pero eso fue antes de... En fin, antes. El que fuera el golfista número uno del mundo estaba dormido en su cama en ese momento y había dejado muy claro que no quería que siguieran alejados. Y para ser sincera consigo misma, a ella tampoco le hacía gracia la idea de pasar mucho tiempo lejos de Wells. Pero su negocio, el legado de su familia y su corazón estaban en Palm Beach, y no podía olvidarse de La Tee Dorada para siempre. Además, no quería hacerlo.

Mientras se mordía el labio inferior, tomó la dolorosa decisión de apartarse de Wells y se bajó de la cama, soltando el aliento cuando él soltó un gemido ronco. Sin embargo, se limitó a volverse y a estirarse bocarriba en la cama antes de seguir roncando por lo bajo, con la erección matutina levantando la sábana.

El aleteo que sentía en el pecho era tan intenso que tuvo que darle la espalda a su maravilloso cuerpo y a su pelo alborotado, porque de lo contrario nunca haría lo que tenía que hacer. Después de ponerse la bata y de cerrar la puerta del dormitorio sin hacer ruido, se preparó una taza de café y bebió varios sorbos para hacer acopio de valor antes de llamar al contratista.

Pasó del mal presentimiento que tenía en el estómago y le dio el visto bueno para comenzar con la obra, activando así la cuenta atrás del tiempo que le quedaba como *caddie* de Wells.

¿Qué otra alternativa tenía? Debían pagarle el alquiler al club. Un campo necesitaba de una tienda. Cierto que entendían que La Tee Dorada necesitaba reconstruirse después del paso del huracán, pero esperarían recibir los pagos mensuales. La vida seguía su curso, a una velocidad vertiginosa.

Tenía la taza a medio camino de la boca cuando captó un sonido muy familiar: sus padres discutiendo. Y el sonido se acercaba por el pasillo hacia la puerta de su piso.

El miedo hizo que se le encogiera el estómago por un motivo muy distinto en esa ocasión.

Se le había olvidado el desayuno tardío. Iban a recogerla para celebrar su cumpleaños, porque el miércoles, el día que cumplía los veintisiete, estaría en California. No iban a encontrarse a su hija arreglada para disfrutar de unos complicados huevos revueltos y unas cuantas mimosas; más bien iban a verla como si le hubiera comido el culo a un hombre en la ducha antes de que se la tirara de una manera que seguramente hubiera estropeado varios muelles del colchón. Y todo era cierto, ¡qué maravilla!

Había echado un polvo alucinante con el hombre que seguía en su cama. Desnudo como vino al mundo. Y su piso no era ni mucho menos grande, de modo que los quedos ronquidos de su jefe/amante se podían oír desde la cocina si se aguzaba el oído. No era lo ideal. Desde luego que no.

«No pasa nada».

«Puedo con la situación».

«Si puedo con el mal genio de Wells en el campo de golf, encargarme de dos jubilados va a ser coser y cantar».

Era más un deseo que otra cosa, pero en fin.

Ya estaban llamando a la puerta. Aquello iba a pasar de verdad.

Se apretó el nudo de la bata y se recogió el pelo en un moño que sujetó con una gomilla que encontró en el cajón de la cocina donde lo guardaba todo. Inspiró hondo, se deseó buena suerte y abrió la puerta...

Que se descolgó de las bisagras y golpeó el suelo con fuerza. Mierda.

Esbozó una sonrisa deslumbrante.

—¡Buenos días!

—¡Josephine! —exclamó su madre—. ¿Qué le ha pasado a la puerta?

—En fin... —«Piensa, ¡piensa!»—. Ayer, mientras estaba fuera..., en la tienda, comprando víveres... —«¿Víveres? ¿Ahora vives en la época colonial?»—. Alguien del edificio alertó de que olía a gas. Así que los bomberos aparecieron y, como no estaba en casa, tuvieron que entrar a la fuerza. ¡Menuda se montó!

—¿El casero no tiene llave de tu casa? —le preguntó Jim.

—Es que también estaba en la tienda. Sí. Lo vi allí. Comprando... víveres.

Por eso nunca mentía. Era tan transparente como el cristal de una ventana. Sus padres la miraban como si le estuvieran saliendo espaguetis caseros de las orejas.

—Pero vamos, pasad, pasad. —Los hizo pasar por la puerta y los llevó hacia el pequeño salón antes de coger el mando de la tele y subir el volumen para ahogar los ronquidos—. Lo siento. Me he quedado dormida, pero me visto enseguida y nos vamos. Dadme cinco minutos.

Su padre se miró el reloj mientras se sentaba en el sofá, junto con su madre.

—Pero la reserva es para las diez en punto.

Josephine gimió para sus adentros. ¿Quién reservaba mesa para un desayuno tardío a las diez de la mañana?

—Nos darán un poco de cuartelillo. Además, no habrá nadie tan temprano.

Jim la miró con expresión incrédula.

—¿Temprano? ¡Llevo despierto desde las cinco!

—Voy a vestirme. Me arreglaré lo más deprisa que pueda.

Salió del salón con la intención de despertar a Wells y de explicarle en pocas palabras la incómoda situación mientras se vestía...

Justo cuando Wells salía del pasillo con unos bóxers blancos.

Dejando a un lado lo que esa prenda les hacía a sus divinos muslos (y casi seguro que también a su culo, aunque por desgracia no tenía el ángulo adecuado para verlo), ya estaba a la vista. A plena vista del salón. Sin embargo, le bastó una miradita para darse cuenta de que seguía medio dormido, como un enorme león al acecho con sonrisa bobalicona ..., y que no tenía ni idea de que sus padres estaban sentados en el sofá.

De lo contrario, no la habría agarrado del culo para levantarla y besarla en la boca con una promesa íntima y sensual. Y con lengua. Que venía a ser la clase de beso que una chica nunca, jamás de los jamases, querría que sus padres presenciaran.

—Wells... —jadeó al tiempo que se apartaba e intentaba plantar los pies en el suelo.

—La bata tiene que desaparecer. —Le mordisqueó el cuello—. Voy a llevarte de vuelta a la cama.

Le tomó la cara entre las manos para obligarlo a mirar hacia el salón.

—Oh. —La soltó en el suelo, pero la mantuvo cerca, pegada a su pecho pecho. Por motivos evidentes, como su erección..., para no saludar a todos los presentes con ella—. Joder.

—Ajá.

Sus padres los miraban boquiabiertos con la banda sonora del programa *Today* de fondo.

—Jim. Evelyn. Es un placer conoceros por fin en persona. —Parecía muy tranquilo para estar ocultando una erección matutina—. Voy...

—Vamos...

Empezaron a andar de espaldas hacia el dormitorio. Josephine no sabría nunca por qué sintió la necesidad de añadir un saludito con la mano.

—Es como un... ejercicio para mejorar el trabajo en equipo —dijo por encima del hombro—. Como lo de dejarte caer confiando en que el otro te atrape, pero nos movemos como uno solo. En aras del vínculo entre golfista y *caddie*...

—Eso no se lo traga nadie —la interrumpió Wells.

—No puedo creerme que esté pasando esto —susurró ella, furiosa—. Y vamos a ver, ¿no se te ha bajado ni un poquito?

La miró y le guiñó un ojo.

—Nada de nada, nena.

Lo miró con expresión decepcionada. O intentó hacerlo al menos. Una sonrisa amenazaba con estropear la reprimenda. Ya estaban en el pasillo, y fuera de la vista de sus padres, de modo que dejaron de moverse con torpeza y entraron en el dormitorio en penumbra al mismo tiempo, de un salto, antes de cerrar la puerta.

—¿Qué parte no crees que esté pasando? —le preguntó Wells—. Solo por curiosidad.

—¡Se supone que mis padres no pueden ser conscientes de que mantengo relaciones sexuales!

Wells la miró con una ceja levantada.

—Eso es... una puta chorrada, Josephine.

Ella agitó las manos.

—A ver, en teoría ellos deben suponerlo, pero se supone que yo no tengo que... arrancarles la venda de los ojos de esta manera.

Wells le cogió la barbilla con una mano y le levantó la cabeza.

—Para aclarar las cosas: te molesta que te hayan pillado con un hombre en casa. Sin más. No que sea... yo.

—¿A qué te refieres?

—Me refiero... —Soltó el aire con fuerza—. No pudimos hablar del tema anoche, porque estábamos ocupados con otras cosas. Pero tengo la impresión de que quieres mantener nuestra relación en secreto. —¿Eran imaginaciones suyas o parecía un poco preocupado? Expuesto—. ¿Eso también incluye a tus padres?

Se quedó pillada con la palabra que acababa de usar.

—¿Relación?

Pasaron dos segundos antes de que la ceja derecha de Wells subiera a lo más alto.

—¿No ha quedado claro que mantenemos una relación?

—Yo..., a ver, pues no del todo.

Vio que aparecía un tic nervioso en el mentón de Wells.

—Josephine, no es normal que eche de menos a alguien como si fuera una tortura. Y tampoco es normal que pase la noche con una mujer despertándome cada dos horas para convencerme de que no estoy soñando. Contigo hago las dos cosas como si fuera mi trabajo. Y un sinfín más, todas irritantes y que no estoy dispuesto a admitir todavía, pero que implican compras en Bath & Body Works y preguntarme si «Wellsophine» queda bien como nombre de pareja. —Plantó una mano en la puerta, por encima de su cabeza, y se inclinó hacia ella hasta que sus narices estuvieron a punto de rozarse—. Estaba la mar de contento solo hasta que apareciste. Me has destrozado.

Josephine sintió que se le desbocaba el corazón.

—Lo siento.

—Pues yo no. Me encanta que me destroces. Joder, sigue haciéndolo. —La besó con pasión, apoderándose de su boca y metiéndole la lengua mientras le enterraba los dedos en el pelo—. Podemos seguir en secreto de momento. Comprendo tus motivos. Pero no me preguntes si tenemos una relación cuando soy incapaz de pensar si te tengo al lado.

—Tenemos una relación —susurró ella contra su boca—. Pues claro que sí.

Wells soltó un suspiro entrecortado contra su pelo.

—Muy bien. Ahora, si no te importa, me gustaría pasar un buen rato con los padres de mi novia. ¿Te parece bien?

Josephine tuvo la sensación de que tragar saliva era tarea imposible.

¡Por Dios! Ya había admitido para sí misma que estaba colada por ese hombre, pero sus sentimientos cada vez se acercaban más al amor.

«Date permiso. Déjate llevar y lánzate a la piscina».

Eso era lo que su corazón la animaba a hacer. Así que ¿qué le impedía lanzarse desde lo más alto sin red de seguridad? Nada.

Salvo que en un futuro no muy lejano tendría que aparcar los intereses de Wells para centrarse en los suyos.

Confiaba en ese hombre. Más de lo que confiaba en cualquier otra persona, a excepción de sus padres y de Tallulah. Pero no estaba segura de confiar en que la dejara marchar con facilidad.

Aunque, de momento, se dejaría llevar, un poquito más, hasta ver dónde la arrastraba el viento.

¿Qué alternativa le quedaba cuando Wells la miraba como si su próximo aliento dependiera de su respuesta?

—Lo de pasar un buen rato me parece genial.

28

Las mimosas no eran la bebida preferida de Wells.

Tenía la sensación de que iba a romper la copa al cogerla. El champán era para las mujeres.

Sin embargo, bien que se bebió tres de esos cócteles sin darse cuenta.

Estaba demasiado ensimismado en las anécdotas que Evelyn y Jim contaban sobre Josephine para prestarle atención a cualquier otra cosa. Lo mejor de todo era ver a Josephine ruborizada mientras les suplicaba que parasen. Joder, quería enterarse de todo, pero con ella sentada en su regazo la próxima vez para poder hacerle cosquillas y besar esas mejillas sonrosadas y ese cuello colorado.

Tenía que echarle el freno al ansia que sentía por su novia. Por lo menos, delante de sus padres.

«Novia».

¿La había presionado para aceptar? Eso lo había preocupado en un principio..., pero luego recordó que su Josephine no dejaba que nadie la presionara para hacer nada. Si aceptaba tener una relación con él era porque quería tener una relación con él. Punto.

Aunque a lo mejor lo comprobaría después..., un par de veces más.

Con suerte, no sería algo que mantener en secreto para siempre. No sabía cuánto tiempo sería capaz de ocultarlo. Ya antes de empezar a salir con ella, había sido muy transparente en lo que estaba sintiendo. Como cuando le dijo a Calhoun que se mantuviera alejado de ella como una bestia posesiva. O cuando la acompañó por las instalaciones del hotel como si pudiera ser víctima de una emboscada.

Y eso que ella todavía no sabía cuál era su regalo de cumpleaños.

¿Sería capaz de mantener la profesionalidad en público? ¿En todo momento?

La profesionalidad no era precisamente su punto fuerte. Si a eso se le sumaba que estaba saliendo oficialmente con una mujer que lo hacía sentir vivo y tener un objetivo (por no mencionar que lo ponía más cachondo que nunca a sus veintinueve años de vida), la cosa se podía desmadrar en un abrir y cerrar de ojos. Incluso en ese momento, mientras comía con sus joviales, aunque atentos, padres, le costaba no tirar de su silla para acercarla a él y poder cogerla de la mano.

No iban a ocultarles la relación a Jim y a Evelyn, pero Josephine quería que las cosas se calmaran un poco después de que lo hubieran pillado arrastrándola al dormitorio para otro asalto.

«No pasa nada. Está en su derecho».

Aunque no tenía por qué gustarle.

—¿Por qué me miras con el ceño fruncido? —le preguntó Josephine susurrando, casi sin mover la boca.

—Estoy concentrado en la historia —le susurró él a su vez.

No era del todo mentira. Con la idea de cogerle la mano más tarde, cuando estuvieran a solas, cruzó los brazos por delante del pecho, se echó hacia atrás en la silla y estuvo atento a la historia de Evelyn y Jim, sonriendo al comprobar que cada uno decía una frase.

—A Josephine se le han caído todos y cada uno de los dientes de forma traumática —dijo Jim mientras agitaba las manos—. El primero se le cayó el segundo día que fue al cole.

—Los niños volvieron a casa traumatizados aquel día.

—Como si hubieran vuelto de la guerra. Con las camisetas manchadas de sangre…

—Más maduros. Después de ver lo que vieron.

—Y el segundo se le cayó durante un partido de fútbol. El balón le pegó en la boca. Le preguntamos si podía ser valiente y salir del campo por su propio pie, y ella pidió una camilla, en plan dramático.

Wells se echó a reír. Una carcajada real y sonora que hizo que Josephine lo mirase con cara rara.

—Supongo que se ha vuelto más valiente desde entonces. Si alguien la atropella con un carrito de golf ahora, ya ni se inmuta.

—Por favor, sí que me inmuté. Me puse a aullar.

—No lo suficiente para dejar de gritarme —replicó él.

Josephine sonrió.

—Gritarte siempre es prioritario.

«Por Dios, quiero besarla y no volver a respirar en la vida».

—Ahí es cuando empezó la remontada —dijo Jim, que ladeó la cabeza con curiosidad—. Hiciste un *birdie* en casi todos los hoyos después de ese incidente.

—Es una historia aburrida —se apresuró a decir Josephine.

—No, no lo es —la corrigió él, incapaz de no mirarla con expresión ufana—. Llevaba las uñas de los pies pintadas de azul con mi nombre. La pillé con los dedos en la masa.

Josephine se cubrió la cara con las manos.

—¡Qué bonito! —Evelyn los miró, primero a uno y luego al otro—. Pero sigo sin entender cómo eso pudo animarte a remontar de semejante manera.

En ese momento, todos lo miraban a la espera de una explicación. ¿Tenía una? Que pudiera decir en voz alta, claro.

—En fin… —Se pasó una mano por la nuca—. No sé. Supongo que crecí con la necesidad de tener a alguien de mi parte, no sé si me explico. Aunque solo fuera una persona. Durante una época de mi vida tuve a alguien, de mi parte quiero decir, pero esa experiencia solo me enseñó que la gente va y viene. Pero Josephine no es así. Y supongo que sus uñas pintadas me recordaron que… —Soltó el aire—. Que tenerla de mi parte es como tener un ejército entero. Y yo también quería luchar.

El silencio que siguió a sus palabras era tal que podría oírse el ruido de un alfiler al caer al suelo en quince kilómetros a la redonda.

Jim cogió su copa y le dio un buen trago.

Josephine lo miraba con una expresión indescifrable.

—¡Qué bonito! —exclamó Evelyn mientras se secaba las lágrimas con la servilleta. Después, soltó un suspiro mirando hacia el techo antes de clavar de nuevo los ojos en Wells, todavía llenos de lágrimas—. Has dicho que no tenías a nadie a tu lado mientras crecías. ¿Dónde estaban tus padres?

—Mamá... —murmuró Josephine.

—No, no pasa nada. —Wells extendió una mano, le dio un apretón en la rodilla por debajo de la mesa, y sintió que el pecho se le hinchaba hasta alcanzar el doble de su tamaño al notar que ella entrelazaba sus dedos—. Mis padres consiguieron trabajo en un crucero cuando yo tenía doce años. Fui un crío difícil, me expulsaban del instituto, me negaba a volver a casa cuando me lo pedían, me metía en peleas... No sé, supongo que solo necesitaban un descanso. —Intentó sonreír, pero no llegó a conseguirlo—. En fin, que después de eso, se pasaban la vida viajando. Cuando estaban en casa, supongo que necesitaban desfogarse. Siempre estaban de fiesta. Yo empecé a quedarme con mi tío y, una tarde... mis padres volvieron de un viaje a México y... yo no volví con ellos. Nadie dijo nada. Dejé de irme a casa sin más.

Lo embargó una oleada de vergüenza. ¿Por qué estaba arruinando la comida de celebración del cumpleaños de su novia contando esa historia lacrimógena? Los Doyle nunca se habían perdido un hito de la vida de Josephine. Seguramente tampoco se olvidaron de prepararle el bocadillo para el colegio ni un solo día. Su historia sin duda les parecía patética. De modo que intentó aliviar la tristeza que había creado.

—A ver, que yo soy el primero que entiende lo de desfogarse. Seguro que habéis visto las pruebas en la tele —bromeó, aunque no sabía si debería seguir sujetándole la mano a Josephine después de recordarles su paso por la cárcel. No era el mejor novio para su increíble hija. Pero cuando intentó soltarla, ella se la apretó con fuerza.

—Ellos se lo han perdido —le dijo Josephine en voz baja para que solo él pudiera oírla mientras le acariciaba los nudillos con el pulgar—. Igual que todos los demás.

Alguien empezó a cantar.

Varias personas, de hecho.

Wells estaba tan ocupado mirando a Josephine a los ojos que tardó un momento en darse cuenta de que varios camareros habían rodeado su mesa. Dejaron un *cupcake* delante de Josephine, con una vela en el centro.

—¿Es el que no tiene azúcar? —le preguntó Evelyn a una de las camareras sin mucha discreción.

Josephine puso los ojos en blanco con gesto juguetón antes de mirarlo de nuevo con seriedad.

El *Cumpleaños feliz* estaba a punto de llegar a su fin cuando Josephine se inclinó hacia él y le pegó los labios a la oreja.

—¿Alguna vez has tenido una fiesta de cumpleaños, Wells?

«¿Qué le estaba pasando dentro del pecho?», se preguntó.

La presión no paraba de aumentar, aplastándole la tráquea.

Negó con la cabeza, incómodo.

Ella no le demostró lástima, y nunca sabría lo agradecido que estaba por eso.

—¿Soplas la vela conmigo?

Wells soltó una carcajada carente de humor.

—No me hace falta, Bella.

—Lo sé. —Josephine se recogió el pelo con una mano y señaló la llama con la barbilla, invitándolo a unirse a ella—. Pero quiero que lo hagas.

No necesitó más. Si Josephine quería algo, Josephine lo conseguía. Punto.

Soltó un suspiro mientras se incorporaba en la silla y se inclinó hacia el *cupcake*. Sin hacer una cuenta atrás, soplaron al mismo tiempo, apagando la vela. En algún recóndito lugar de su cuerpo, se cubrió un agujero enorme. A lo mejor el camino nunca sería perfecto, pero estaba mejorando. Lo suficiente como para conducir por él.

—Tu *swing* ha mejorado horrores, hijo —dijo Jim.

Wells tuvo que repetirse esa frase varias veces para asimilarla, porque estaba ensimismado mirando a su hija. ¿Podía culparlo alguien? ¿Cómo sabía Josephine lo que tenía que decir siempre? Lo que tenía que hacer. ¿Era un ángel de verdad?

—Gracias —contestó despacio, mientras entrecerraba los ojos y observaba a su novia en busca de pruebas.

—Joey, ¿qué tal tu *swing*? ¿Lo mantienes en forma?

Eso lo espabiló de golpe.

Casi se mareó de lo rápido que volvió la cabeza para mirar a Jim. Y después a su novia.

—¡Por el amor de Dios, Josephine! —exclamó, con la piel ardiéndole por la irritación… consigo mismo—. Nunca te he visto golpear una pelota de golf.

Jim dejó caer la cucharilla en el platillo de su taza de café.

En la mesa se hizo un silencio horrorizado, y bien merecido.

—¿¡Nunca!?

—No —confirmó él, apenado. ¿Cómo era posible?

Josephine se estaba riendo de él.

—Tranquilo, ya tendremos tiempo.

—No, me parece que no lo entiendes, tenemos que subsanarlo hoy mismo.

—Rolling Greens todavía no ha abierto sus puertas desde el huracán. Y no tenemos reserva en ningún otro campo —protestó su novia—. ¿Con el día tan bueno que hace? No habrá huecos libres en ningún lado.

Wells la miró con una cara que decía «¡Venga ya!».

—Mi nombre tiene cierto peso, Josephine.

—Y ahora el tuyo también, Joey-Ro.

«Joey-Ro», articuló Wells con un guiño ufano.

Josephine le pegó una patada por debajo de la mesa mientras le daba un enorme bocado a su *cupcake*.

«Voy a casarme con esta mujer».

No había discusión, joder. Que alguien le indicara dónde estaba la joyería más cercana para comprar las alianzas.

—Llama a Lone Pine por si te pueden hacer un hueco, Joey. Mientras esperas tu turno para jugar, puedes enseñarle a Wells cómo va La Tee Dorada. —Jim dio una palmada y se frotó las manos—. No te vas a creer el cambio que ha dado la tienda en una semana. Joey la ha limpiado de maravilla y lo ha preparado todo para que empiecen las obras. —Miró con esa enorme sonrisa a su hija—. ¿Has hablado ya con el contratista, cariño?

Ella dejó de masticar. Tragó saliva con dificultad.

—Sí.

—¿Cuándo? —quiso saber Evelyn.

Wells la observó con detenimiento al ver que ella no respondía de inmediato.

—Pues la verdad es que ha sido esta mañana —contestó Josephine al final, provocándole un ramalazo de sorpresa en las entrañas—. Le he dado el visto bueno para que empiece.

Jim casi no podía quedarse sentado.

—¿Vas a poner el minigolf, la ventana para los pedidos desde el exterior y todo lo demás?

Josephine asintió con la cabeza.

—Eso es. Incluso hemos hablado de la idea de crear una zona para consultas donde los clientes puedan ver imágenes aéreas tomadas con drones de los hoyos para recibir consejos sobre su estrategia. Le he dicho que… adelante. —Soltó una risilla—. Por todo lo alto.

Cuando más oía del proyecto Wells, más empezaba a relajarse. Esa clase de trabajos tardarían semanas como poco. No tendría que renunciar a Josephine como *caddie* en un futuro cercano. ¿Verdad?

—¿Cuál es el plazo previsto? —le preguntó.

Al ver que ella bebía un sorbo de agua en vez de contestarle de inmediato, sintió que empezaban a sudarle las manos.

—De dos a tres semanas —contestó ella, mirándolo a los ojos—. El huracán ha creado tal necesidad de reconstruir que ha doblado su plantilla. Eso significa que al menos pasaremos el Masters de Augusta.

Le era imposible hablar con la garganta totalmente seca.

—Sí —consiguió decir. «¿De dos a tres semanas?»—. El Masters de Augusta.

En ese momento, cayó en la cuenta de algo muy preocupante. Una duda le había estado rondando en el fondo de la mente, pero con esa revelación se puso en primer plano, donde ya no podía pasar de ella.

¿Podría competir sin Josephine?

Cuando se marchara, ¿quién iba a convencerlo de que no tirase la toalla si se empecinaba en hacerlo? ¿Quién iba a ofrecerle una perla de sabiduría en el momento exacto, en la dosis perfecta? Pues nadie, esa era la respuesta. No había nadie más con la magia de Josephine.

Nadie en el mundo entero.

Cuando ella se marchara, ¿qué sería de él? ¿Volvería a hundirse en la clasificación?

¿Querría Josephine mantener una relación con alguien que se pasaba cuatro días a la semana en la carretera? A lo mejor acababa conociendo a alguien de la zona. Seguramente a otro golfista, ya que trabajaba en una tienda de artículos profesionales de golf. ¡Y sería un tío agradable!

¡Por el amor de Dios, necesitaba una distracción! Cualquier cosa para no suplicarle a esa mujer que siguiera con él en el circuito profesional como un capullo egoísta, en vez de animarla a cumplir sus propios sueños. Menos mal que la camarera eligió ese momento para dejar la cuenta en el centro de la mesa y marcharse.

Wells se puso en pie y se sacó del bolsillo trasero la cartera, bien abultada por las tarjetas de crédito.

—Veamos ese *swing*, Bella. Que no lo haya visto todavía es una puta ridiculez.

—¡Ooh! —Evelyn se atusó el pelo—. ¡Esa lengua!

—Perdón —masculló él.

A Josephine se le escapó una carcajada.

—¡No, no! ¡Pago yo! —medio gritó Jim.

—Sí. ¡Insistimos! —añadió Evelyn.

Wells y Jim se abalanzaron a por la cuenta al mismo tiempo, rompiéndola en dos.

Evelyn enterró la cara en la servilleta.

—¡Que Dios se apiade de nosotros!

—Puedes pagar la próxima vez —protestó Jim.

—¡Puedo pagar siempre!

—¡Y un cuerno!

Josephine estalló en carcajadas, incapaz de contenerse, repantingada en la silla, y lo miró con los ojos chispeantes.

—¿Seguro que quieres que haya una próxima vez?

—Sí, Bella —gruñó él, cediendo por fin al implacable impulso de tirar de la pata de la silla para acercarla todo lo posible y besarla en la frente—. Quiero todas tus próximas veces.

Y estaba a un pelo de pedirle que fuera su *caddie* de forma indefinida.

En plan para siempre. Hasta el Masters de Augusta y más allá.

Al parecer, era más egoísta de lo que se imaginaba.

—No pienses en el calendario —susurró ella.

—Imposible. Pero voy a esforzarme por ti. —«No la beses en la boca delante de sus padres. No podrás parar nunca»—. Feliz cumpleaños.

—Gracias. —Ella le pegó los labios a la oreja y susurró—: Felices cumpleaños, Wells.

Y ya no le quedó nada más a lo que aferrarse. Nada para anclarle los pies ni para evitar que cayera cuesta abajo y sin frenos hasta enamorarse. Hasta adorar totalmente a Josephine Doyle. Se dio un buen porrazo contra el suelo, pero ni intentó levantarse.

Teniendo en cuenta que ella acababa de darle un preaviso de dos semanas, era una situación peligrosa.

29

Josephine se quedó de pie en la entrada de La Tee Dorada mientras veía a Wells pasearse por la tienda, con las manos en los bolsillos. No era de los que se metían las manos en los bolsillos. Normalmente, ponía los brazos en jarras o los cruzaba por delante del pecho. Conocía a ese hombre. Sabía que se debatía entre la alegría por ella y el miedo por la cercanía del fin de su acuerdo. Y sí, ella también estaba nerviosa.

Porque cuando la tienda estuviera lista y llegara el momento de regresar a la vida real, de vuelta a Palm Beach, no estaba segura de que pudiera dejarlo.

Por primera vez, le dio vueltas a la descabellada idea de renunciar a la tienda. De quedarse como *caddie* de Wells hasta... ¿Hasta cuándo? ¿Hasta que se retirase? Solo tenía veintinueve años. Tal vez no se retiraría hasta dentro de diez años o más. ¿Y si cortaban..., tanto personal como profesionalmente..., y ella no contaba con una tienda a la que volver? Eran muchas dudas.

Además, ¿sería capaz de abandonar físicamente La Tee Dorada? Pese a la inundación, la historia de su familia seguía muy viva entre esas paredes. Darle la espalda sería como arrancarse un órgano vital del cuerpo y fingir que era lo normal durante el resto de su vida. Echaría de menos ese sitio, sí, pero sobre todo echaría de menos lo que representaba.

Trabajo duro, ingenio, orgullo, tradición. Familia.

Al mismo tiempo, empezaba a preocuparle cada vez más que dejar a Wells fuera igual de difícil. Si a eso se le sumaban dos o tres semanas más..., ¿cuánto le costaría llegado el momento?

Wells la sacó de sus apesadumbrados pensamientos al preguntarle:

—¿Dónde va la sala de consultas?

Señaló hacia el fondo de la tienda.

—Allí. Se me ha ocurrido poner dos sillones orejeros de cuero y una mesa grande de arquitecto con mapas y distancias. Quiero que parezca la sala de mando de un barco. Pero... con tecnología moderna.

Él estuvo asintiendo con la cabeza un buen rato, como si se imaginara lo que le había descrito.

—Va a ser increíble, Josephine.

—Gracias.

—¿Dónde irá el recortable enorme de Wells Whitaker?

—En el cuarto de baño —contestó ella sin dudar ni un segundo.

A Wells se le escapó una carcajada antes de quedarse callado de nuevo.

Era hora de enfrentar el tema que pendía sobre ellos. Sin rodeos. Así era como lo hacían, ¿no?

—¿Por qué no me dices lo que te preocupa, Wells?

—Vale. —Se enterró una mano en el pelo antes de meterla de nuevo en un bolsillo—. Lo que me preocupa es que... esta misma mañana hemos decidido estar juntos, pero la situación ya está a punto de cambiar. —Cerró los ojos un segundo—. No quiero que nada lo joda, Josephine.

—Pues no dejaremos que nada lo joda —replicó ella mientras intentaba mantener la voz serena.

El pecho de Wells subió y bajó.

—Ya, pero es que... ya me conoces, ¿no? Soy el gilipollas autodestructivo que ostenta el récord de romper palos de golf en todo el circuito. He ganado más peleas de bar que torneos. —Meneó la cabeza—. Me preocupa volver a las andadas sin ti y... dejar de ser el hombre que te merece, ¿sabes? Ya estoy pisando hielo quebradizo.

He terminado en zona de premio una sola vez en los últimos dos años, Bella. Eso no es nada.

—Te equivocas. Sí que es algo.

—¿Seguro? Yo no lo tengo tan claro. —Echó un vistazo por la estancia—. Lo que sí tengo claro es que este sitio destila Josephine. Tiene tu energía y tu estilo. Tu amor por el golf. No puedo privarle a nadie de eso aunque mi impulso sea el de tenerte para mí solo. —Apretó los dientes con fuerza—. Vamos a pasarnos las próximas semanas dándoles una paliza a todos esos pijos del circuito, Bella, porque quiero que este sitio sea exactamente como lo deseas. Necesito hacerlo por ti.

«Estoy enamorada».

«Estoy enamorada de Wells».

«¡Ay, madre!».

Su capacidad para adaptarse y crecer, su consideración, su forma de preocuparse por ella sin hacer que se sintiera sobreprotegida... y su generosidad. Todo eso había rodado hacia ella como una bola y la había tumbado como si fuera un bolo.

«Pleno».

—¿Estás conmigo, Josephine?

—Sí —murmuró, antes de añadir en voz más alta—: Pues claro que sí. Vamos a hacer papilla a todos esos pijos.

«Y yo acabaré igual».

—Me alegro de que estemos en la misma onda —replicó él en voz baja, observándola con el ceño fruncido.

¿Lo estaban? En la misma onda.

Todavía quedaban muchas incógnitas, pero cuando lo vio lamerse el labio inferior y acercarse a ella, todos esos cabos sueltos se paralizaron en el aire y desaparecieron.

De momento.

—¿Cuánto falta para que podamos jugar en Lone Pine? —le preguntó él al tiempo que le rodeaba la garganta con delicadeza.

—*Meinte vinutos.* —Ella hizo una mueca—. Digo..., veinte minutos.

Wells esbozó una sonrisilla torcida.

—¿Estás nerviosilla, nena?

Esa era una forma de describir la deliciosa y lenta brisa que soplaba por debajo de su ombligo, mientras el anhelo por una caricia le endurecía los pezones.

—Sí.

Él le soltó la garganta y bajó la mano para acariciarle el pecho derecho.

—¿Por qué?

Empezó a ver estrellitas delante de los ojos y un gemido le subió desde lo más hondo de la entrañas.

—Me gusta cuando hablas conmigo. Cuando te sinceras conmigo.

—¿De verdad? —Wells le acarició los labios con los suyos, frotándoselos de un lado a otro—. Lamento que seas la única persona en todo el mundo con la que me gusta hablar, Josephine. Eso tiene que suponer mucha presión.

—Aguanto bien la presión.

—Bien. Porque voy a darte mucha la próxima vez que te quite las bragas.

Un gemido le brotó de la garganta, y Wells se lo tragó con un beso apasionado mientras le pellizcaba los pezones por encima de la camiseta, mojándola entre las piernas.

—Ni de coña voy a aguantar dieciocho hoyos de golf —dijo con voz ronca antes de meterle la lengua en la boca y besarla con ardor, provocándole un gemido.

—He reservado nueve —replicó ella con un jadeo.

La puso de puntillas y se apoderó de su boca.

—Siguen siendo muchos.

—¿Dos?

—Uno, Josephine —gimió él—. Ya la tengo dura de solo pensar en verte darle a la bola.

—Wells Whitaker —lo reprendió—, que el golf es un deporte de caballeros.

—A la mierda lo de ser un caballero. —La hizo retroceder hacia la pared, dobló las rodillas y poco a poco se coló entre sus muslos, frotándose de una manera que les arrancó un gemido a los dos—. Llevo soñando con lamer este precioso coño desde esta mañana.

Todo en su interior se tensó.

—Vamos a cancelar la reserva.

Wells movió las caderas y ella ahogó un grito.

—¿Lo hacemos?

—¡Sí!

—No —dijo él con sorna mientras le recorría el cuello con los labios separados—. Las dos primeras veces que lo hicimos, estaba demasiado cachondo como para pararme con los preliminares. Hoy no. —Le clavó los dientes en el hombro—. Hoy voy a descubrir hasta qué punto puedo poner cachonda a mi novia. —Excitada a más no poder, Josephine intentó rodearle las caderas con las piernas, pero él se lo impidió mientras meneaba la cabeza—. Todavía no, Bella.

Se le escapó un gemido de protesta.

—¿De verdad crees que voy a poder darle a una pelota de golf como Dios manda?

Él fingió sopesar la pregunta.

—Si pudieras visualizarlo, ¿cómo sería, Josephine?

Ella fingió escandalizarse y jadeó.

—¿Cómo te atreves a atacarme con mi lección magistral?

Un sonriente Wells retrocedió sin previo aviso y se la echó al hombro. La sacó de la tienda mientras le daba un azote en el culo y enfiló hacia el aparcamiento.

—A lo mejor yo también tengo alguna que otra lección bajo la manga.

30

Cuando los vieron entrar en el club de Lone Pine, todo el mundo se quedó boquiabierto.

Josephine no tenía acceso a sus palos y él se había dejado los suyos en Miami, así que se vieron obligados a alquilarlos, pero la oportunidad de ver a Josephine darles a unas cuantas pelotas bien merecía el esfuerzo extra. Era consciente de que ella le había soltado la mano en el aparcamiento..., y lo entendía. Todos los ojos estaban clavados en ellos mientras atravesaban el vestíbulo del club de campo, dejando atrás el bar para entrar en la tienda de artículos profesionales de golf situada en la planta baja. Algunas personas los vitorearon, otras les desearon buena suerte en Torrey Pines, pero era imposible pasar por alto las miradas elocuentes.

Quería rodear a Josephine con un brazo, pegarla a su costado y protegerla de esas miradas curiosas, pero así solo empeoraría la situación, de modo que apretó los dientes y siguió andando. Supuso que en cuanto entraran en la tienda para coger el equipo, los momentos incómodos quedarían atrás, pero todavía les quedaba lo peor.

Un chico bastante joven en cuya chapa se leía «Ren» golpeó el mostrador con una mano y se balanceó sobre los talones.

—¡Uf, creía que me estabas vacilando por teléfono! —Volcó un montoncito de folletos con el codo—. Sois vosotros. Wells y la fan.

La sonrisa de Josephine se apagó.

—Ah..., hola.

En cuanto asimiló el saludo, Wells sintió que la irritación le quemaba la garganta como un torpedo. No se había mantenido al tanto de las noticias del golf. Nunca lo hacía, porque las especulaciones de los comentaristas podían minar la concentración de los profesionales más experimentados. ¿En qué momento habían empezado a referirse a Josephine como «la fan»?

—Perdona, ¿qué has dicho? —preguntó él al tiempo que plantaba un puño en el mostrador—. No se llama así, chico. A lo mejor quieres empezar de nuevo.

—Josephine —soltó el dependiente, poniéndose colorado—. Lo siento. Es como la llaman en X golf, antes llamado Twitter golf. Quería decir Josephine. Josephine Doyle.

Ella pareció un poco sorprendida de que el muchacho supiera su nombre.

—¡Ah! No pasa nada.

—Sí que pasa —protestó Wells.

—Es que... A ver, por fin he conseguido que mi novia vea los partidos de golf conmigo porque estáis juntos. Le parece muy romántico. —Puso los ojos en blanco y se le encendió un poco más la cara—. No le hace mucha gracia que obligues a la fan... ¡Perdón! Que obligues a Josephine a llevar tu bolsa...

Wells levantó las manos.

—Es mi *caddie*.

—Es mi trabajo. —Josephine se mordió el labio—. Dile que no pesan tanto como parece.

Ren resopló.

—Tendrás que perdonarme, pero trabajo en una tienda de golf. Pesan un huevo.

—¿Puede ayudarnos otra persona? —preguntó Wells entre dientes.

—No —contestó Ren con voz cantarina mientras empezaba a pulsar botones en la caja registradora—. Sois los últimos jugadores del día. Me voy en cuanto comience vuestra ronda.

Wells esbozó una sonrisa falsa que dejó sus dientes a la vista.

—Una pena que te vayas.

El chico asintió con la cabeza, porque estaba claro que no había pillado el sarcasmo del comentario.

—¿Quieres un carrito? ¿O vas a hacer que Josephine también te lleve la bolsa hoy?

Ella estalló en carcajadas.

—Nos llevaremos un carrito —masculló Wells.

Ren sonrió de oreja a oreja.

—En fin, parece que la caballerosidad no ha muerto.

Unos minutos después, mientras cargaban los palos en la parte trasera del carrito, Josephine le dio un codazo en las costillas y le dijo:

—No te lo habrás tomado a pecho, ¿verdad? —su pregunta logró que él la fulminara con la mirada—. Que no pusieras en duda mi capacidad para llevar tu bolsa fue uno de los motivos por los que... —Pareció darse cuenta de lo que iba a decir y cerró la boca deprisa—. Fue uno de los motivos por los que empezaste a caerme bien de nuevo —acabó poco después.

—Detesto recordar que dejé de caerte bien —masculló él.

—Fue durante una temporadita de nada —le aseguró ella, acariciándole el dorso de la mano con la punta de los dedos.

Besarla le pareció inevitable, pero en ese momento ella miró por encima de su hombro y se apartó enseguida al ver algo.

—Tenemos espectadores.

Wells se volvió y miró con los ojos entrecerrados hacia el club de campo, y no le sorprendió ver a un grupito de personas con los móviles en alto, grabando.

—Que ese crío te llamara «la fan»... Josephine, tenías razón —dijo mientras contenía las ganas de frotarse el punto del pecho que le dolía—. La gente minimiza lo importante que eres para mí profesionalmente. Prefieren especular sobre si nos acostamos o no antes que reconocer que eres una puta maravilla en tu trabajo. —Echó a andar cabreado hacia el lado del conductor—. Nadie se inventó un mote gracioso para mi último *caddie*. Ni se preguntó si compartíamos cama por las noches.

Josephine se sentó en el lado del acompañante, mirándolo con detenimiento.

—Esto empieza a molestarte mucho.

—Sí. Y no solo porque es injusto, también porque... —Se pellizcó el puente de la nariz mientras contenía la frustración—. Su comportamiento no me impide desear que todos sepan que eres mía, Bella. Nunca podré suprimir ese deseo. ¿Me convierte eso en un bárbaro?

Ella lo miraba con absoluta comprensión. Con paciencia. Porque era un ángel. Porque comprendía que tenía un puntito de cavernícola y no lo juzgaba.

—Creo que significa que te caigo bien —respondió ella con descaro.

—¿Que me caes bien? —repitió, malhumorado.

Se miraron con expresiones más que elocuentes. Josephine le caía mucho mejor que bien, y ella lo sabía. La vulnerabilidad que vio en su cara hizo que se preguntara si esos sentimientos profundos serían recíprocos... y también deseó que lo fueran.

«Señor, haz que Josephine me quiera, por favor».

Sin embargo, ninguno lo había dicho en voz alta. Seguro que era demasiado pronto, ¿verdad?

Puso el carrito en marcha y recorrió la distancia hasta el primer hoyo, deteniéndose a la derecha del punto de salida. Trabajaron sin hablar sacando los *drivers* de las bolsas, rodeados por la belleza del campo sumido en silencio mientras el sol iba bajando hacia el horizonte, haciendo bajar la temperatura y bañándolo todo con una pátina dorada. Se le habían olvidado esos momentos mágicos en el campo de golf, se le había olvidado por qué había encontrado paz allí cuando era un adolescente cabreado y abandonado, pero Josephine se lo había recordado, ¿no?

Y lo hizo de nuevo en ese momento, mientras se dirigía contoneándose hacia la salida del hoyo y se inclinaba para clavar el soporte en la hierba. Se levantó viento y le agitó el bajo de la falda, revelando un trocito de sus bragas blancas, y tuvo que morderse el carrillo por dentro para contener el gemido de admiración. Normalmente no sentiría la necesidad de callarse lo mucho que apreciaba el trasero de Josephine, pero después de todo el asunto de «la fan», por no hablar de las miradas guasonas que les habían echado desde el bar del club, consiguió tragarse el gemido.

Más tarde.

Ya le demostraría su admiración más tarde.

En tantas posturas, que ella perdería la cuenta.

La falda se le agitó más veces mientras colocaba la pelota en el soporte, y se vio obligado a ajustarse el paquete. ¡Por Dios! ¿Era tan malo como los demás? Su novia no podía ni dar el primer golpe sin que quisiera meterle mano por debajo de la falda. En su defensa, no se la había metido desde la noche anterior... y solo había estado en su interior dos veces en la vida. Ni mucho menos suficientes cuando sentía tantísimas cosas por ella, joder. Un hoyo, tal vez dos, e iban a saltarse el límite de velocidad de vuelta a casa.

Cuando la vio golpear la bola, perdió la capacidad de pensar.

Se le cayó el palo que tenía en la mano. Se le deslizó de entre los dedos sin más.

Su postura era perfecta.

Un milagro en toda regla.

Repasó el golpe en su cabeza en busca de un solo defecto, pero no encontró nada... y después solo atinó a mirar la pelota mientras surcaba el cielo y caía justo en el centro de la calle. Un bote, dos, y rodó hasta parar.

—Josephine.

—¿Qué?

—Eso deben de ser doscientos veinticinco metros —contestó con tono reverente.

Si no estuviera ya enamorado hasta las trancas de ella, la sonrisa ufana que le regaló por encima del hombro habría zanjado el tema.

—¿Estás celoso?

Sus neuronas seguían suspendidas en el aire y, la verdad, ya la tenía durísima porque, joder, el *swing* de Josephine era mucho más afinado que el suyo, pero muchísimo más, y su talento le resultaba tan excitante que solo quería acercarse a él. Subírsele encima. Subirse encima de ella también. Ya.

A lo mejor ese golpe maestro le había inculcado algo de sentido común, porque sus pensamientos se reorganizaron por completo... y, de repente, se descubrió pensando con absoluta claridad.

Tenían un problema. Josephine necesitaba que la vieran como una persona competente y valiosa. Quería tener éxito por sus propios méritos, y bien que se merecía ese respeto. Los medios de comunicación la habían presentado como una chica que necesitaba de su amabilidad. Mantener una relación pública solo agravaría el problema; sin embargo, ya sabía que fingir que no era su novia en el circuito iba a comérselo vivo. Ocultarse no era propio de ellos.

¿Había alguna forma de solucionar esos problemas de una sola tacada?

Quizá. Sí.

A lo mejor.

Sin embargo, tenía que actuar sin decírselo a ella.

De lo contrario, podría intentar impedírselo.

—¿Confías en mí, Josephine?

La coleta pelirroja se balanceó de golpe. Pero asintió con la cabeza un segundo después.

—Sí.

La gratitud lo invadió por entero al oírla.

—No permitiré que te arrepientas.

Ella meneó la cabeza.

—¿Se puede saber qué te pasa?

«Que estar enamorado de ti me ha alterado la química del cerebro», pensó. De repente, se le ocurrían soluciones que se le habían escapado antes de que hubiera algo en juego. Algo muy gordo. Al parecer, cuando un hombre necesitaba a una mujer tal como él necesitaba a Josephine, se convertía en un laboratorio de ideas humano cuya única misión era descubrir incontables formas de que se quedase a su lado.

Se moría por contarle sus planes en ese momento, pero necesitaba demostrarle que iba en serio. Quería ofrecerle pruebas no solo de que la amaba, sino de que la comprendía, de modo que no le quedaran dudas sobre él cuando le profesara su amor.

Claro que hasta que llegara ese momento tenía otra forma de demostrarle lo que sentía.

Y ya era hora de que se pusieran manos a la obra.

Se acercó despacio a ella, que estaba junto al carrito comprobando algo en su tarjeta de puntuaciones. Cuanto más se acercaba, más se le erizaba a Josephine el vello de la nuca, iluminada por el sol. La vio cambiar de postura a medida que se acercaba y también la vio morderse el labio inferior mientras lo miraba con los párpados entornados.

Consciente. Era total y absolutamente consciente de él.

Les sucedía desde aquella mañana después del huracán, ¿verdad? Menos mal que por fin podía hacer algo al respecto. Más o menos. Todavía estaban a la vista del club de campo.

Pasó de la punzada de resentimiento y se inclinó un poco hacia ella, disfrutando al comprobar que su cercanía le aceleraba la respiración.

—Sé que quieres rodearme con estos preciosos muslos tuyos —dijo con voz ronca, justo por encima de su hombro—. Y yo me muero por meterme debajo de esa falda, nena. Dime un sitio íntimo al que llevarte..., y mejor que esté cerca.

Ella apretó los labios para contener un gemido.

—¿Ahora?

—¡Ahora!

—Mmm..., vale. ¡Piensa! —Meneó la cabeza como si así pudiera despejársela—. Somos los últimos del campo, así que nadie vendrá detrás. Pu-puede... ¡Ah! Creo que el tercer hoyo tiene un refugio antirrayos...

Wells nunca se había movido tan deprisa. Rodeó el carrito por la parte delantera y se sentó al volante mientras Josephine lo hacía en el asiento del acompañante. Y después pisó a fondo el puto acelerador hacia el hoyo tres. Había refugios antirrayos en muchos campos de golf para que los jugadores se resguardaran si el tiempo empeoraba de repente y los pillaba en pleno campo con el inconveniente añadido de llevar palos metálicos en las manos. Pero no lo usarían para eso ese día. ¡Por Dios! No era ni capaz de volver a casa con esa mujer.

—No sabía que mi *swing* podía inspirarte de esa manera —susurró ella, aturdida.

—Pues ya lo sabes, Bella. —Dio un volantazo a la derecha para esquivar una bandera—. Si alguna vez quieres ganarme una discusión, haz ese *swing* de salida.

—Ya te dije que estaba cualificada para dar clases.

—¡Y vas a darlas! En cuanto pueda concentrarme en algo que no sea hacer que te corras. Quiero un *swing* como el de Josephine Doyle.

Ella lo miró de reojo, conteniendo el aliento.

—Lo dices en serio.

Frunció el ceño al oírla.

—¡Joder, pues claro que lo digo en serio! —rugió... justo cuando por fin divisaban el refugio antirrayos.

Aparcó al lado de la estructura, donde no podrían verlos desde el club de campo, y frenó en seco, preparado para bajarse, echarse a Josephine al hombro y llevarla dentro para follársela a lo bestia. Sin embargo, ella lo sorprendió al abalanzarse sobre él y subirse a su regazo, apoderándose de su boca con gemidos ansiosos que le brotaban de la garganta. Y tuvo el detallazo de sentarse a horcajadas con esa faldita tan coqueta, pegándole su cálido coño a la polla, y de empezar a frotarse arriba y abajo, sin parar.

Se vio obligado a ponerle fin al beso y echó la cabeza hacia atrás mientras sus manos buscaban de forma automática esas nalgas para tirar de ella y animarla a que se frotara con más fuerza.

—Joder, nena, sí. Muy bien, muy bien. Así, así. —Le enrolló las bragas hasta convertirlas en un tanga y tiró de ellas para clavárselas entre las nalgas. Una, y otra, y otra vez. Y se dio cuenta de que ella se frotaba con más ansia cuanto más tiraba, jadeando contra sus labios—. ¿Quieres intercambiar lecciones, Josephine?

Ella siguió besándolo, pero soltó un gemido ronco para asentir mientras se frotaba contra él con más ardor, con más insistencia.

—Lo tomaré como un sí. —Le masajeó la nalga derecha antes de darle un buen azote—. ¿Sigue siendo un sí?

Ella lo miró con los ojos verdes nublados por la pasión mientras intentaba enfocar la mirada.

—Sí.

No dejaron de mirarse a los ojos en ningún momento mientras le daba un azote en la otra nalga antes de repetirlo en la derecha. Zas.

—Aquí va tu lección: si te pones falda, acabarán comiéndote el coño. —Le dio otro azote, algo más fuerte que el anterior, y ella se estremeció con un suspiro entrecortado—. Es muy sencillo, ¿no te parece, Josephine?

—Mmm…

Lo decía totalmente en serio. Se moría por devorarla. Necesitaba saborear esa piel cálida y húmeda, ya.

Su propio orgasmo quedaba relegado al placer que sentía cuando ella se corría.

Incapaz de esperar un segundo más, se bajó del carrito de golf con Josephine todavía pegada a su cuerpo y la dejó de lado en el asiento del conductor tras lo cual se puso de rodillas delante de ella y le separó esos muslos tan suaves. Empezó a mordisquearla por encima de las bragas blancas húmedas, abriendo la boca al máximo para abarcar todo lo posible con los dientes, y gimiendo al sentir el estremecimiento de sus muslos al ver que se agarraba al volante mientras el abdomen se le agitaba con fuerza.

Hizo con las bragas por delante lo mismo que había hecho por detrás, las retorció hasta convertirlas en un tanga y empezó a tirar de ellas mientras se lamía los labios al ver su sexo húmedo por la excitación, separándose, mojándose más. Josephine se retorcía sin parar en el asiento.

—¡Joder, qué maravilla! —exclamó entre dientes al tiempo que le apartaba las bragas y se inclinaba hacia delante para lamer con avidez ese coño mojado—. Separa las piernas un poco más que la última vez que te lo follé, que ahora eres mi novia.

—No tienes vergüenza, ¿verdad? —jadeó ella. Pero separó las rodillas un centímetro más.

Complacido hasta un punto rayano en el dolor, la acarició con la lengua hasta dar con su clítoris, lamiéndolo varias veces, hasta que a ella empezaron a temblarle los muslos.

—Me dejas hacerte esto porque sabes que me humillaría delante de todo el puto mundo por ti, y voy a hacerlo. —Le lamió de nuevo el clítoris mientras la penetraba con el dedo corazón despacio, hasta el fondo—. ¿A que sí?

Ella clavó los dedos en el asiento de cuero con tanta fuerza que crujió.

—Sí —gimoteó.

—Estoy de rodillas comiéndotelo como si fuera de oro. —La penetró con un segundo dedo antes de empezar a meterlos y sacarlos, girándolos, deleitándose con la fuerza de sus músculos internos. Nunca había visto nada más bonito que la humedad que ella le dejaba en los nudillos—. Mi mujer se corre primero a lo bestia para que no le importe cuando le ordene que abra bien las piernas, ¿verdad?

—Pa-para —tartamudeó ella, temblando de los pies a la cabeza—. O acabo ya.

—¿No quieres que acabe, Bella?

—No —gimió al tiempo que le enterraba los dedos en el pelo y lo acercaba más, levantando las caderas para salir al encuentro de las embestidas de su lengua—. Me encanta sentir esto.

Wells empezó a desabrocharse los pantalones con movimientos torpes de la mano izquierda (no le quedó más remedio), porque ella se estaba restregando contra su boca mientras gemía su nombre. Sabía a miel, y estaba a punto de correrse, y quería tener la polla fuera cuando sucediera. Quería acariciársela y fingir que la tenía enterrada en ese coño prieto.

Joder, aquello era increíble. Esa mujer lo tenía jadeando.

A punto de correrse con una sola caricia.

Desesperado por el apretón de su cuerpo.

Le metió un tercer dedo, y el ruido húmedo fue como un himno para sus oídos, antes de pegarle la lengua y frotarle el húmedo clítoris hasta que ella le retorció el pelo con los dedos y empezó a jadear cada vez más rápido; y después perdió el ritmo de repente y su sabor le impregnó la lengua y los dedos mientras movía las caderas sin parar contra el asiento de cuero.

—¡Wells! —gritó y golpeó sin querer el claxon del carrito con un codo al tiempo que le rodeaba la cabeza con los muslos para cabalgar la última ola... antes de deslizarse por el borde del asiento, pillándolo desprevenido y tirándolo de espaldas a la hierba.

Josephine gimió cuando vio que ya la tenía fuera, dura como una piedra. Estremecida por el orgasmo, se sentó a horcajadas sobre él, se tiró de las bragas retorcidas y empapadas para que no estorbaran y se dejó caer sobre lo que él le ofrecía sujeto en una temblorosa mano. Una cacofonía de tacos resonó en su cabeza cuando ella se la metió hasta el fondo antes de colocarle las manos en los hombros y empezar a mover las caderas.

—¡Me encanta! —jadeó ella sin aliento—. ¡Por Dios, me encanta!

Wells tuvo que esforzarse para poder hablar, porque estar dentro de ella era tan increíble que no había palabras para describirlo. Esa parte de su cuerpo que lo recibía hasta el fondo estaba hinchada por el placer. Empapada. Y que esa mujer lo deseara tanto como para tumbarlo de espaldas dejaba una cosa clara: iba a ser el mejor polvo de su vida.

—¿Qué es esto? —consiguió decir—. ¿Una recompensa?

—Totalmente. —Le subió la camiseta a la garganta y le lamió el pezón derecho antes de mordérselo. Con fuerza—. Parece que yo tampoco tengo vergüenza.

La lujuria lo asaltó de forma tan abrumadora que no controló su cuerpo cuando se incorporó hasta quedar sentado, con la respiración agitada y las dos manos en su culo, pegándola todo lo que pudo a su regazo mientras le devoraba la boca. No podía estar lo bastante cerca ni ser lo bastante apasionado, ya no había sitio para contenerse ni para mantener la calma. Follaron como animales en la hierba, con las caderas de Josephine golpeando las suyas, mientras sus bocas se debatían para saborearse a fondo, mientras se clavaban los dedos en la piel, y mientras el corazón se le subía a la garganta, donde se quedó absolutamente encajado.

«Estoy colado por esta mujer».

«No solo es mi media naranja. Es... todo mi ser».

—¿Cómo sobrevivía antes de ti, nena? —preguntó mientras se movía para cambiar de postura, tumbándola de espaldas sin miramientos antes de embestirla con ferocidad, de modo que Josephine casi acabó con las rodillas en las axilas—. ¿Qué hacía sin ti?

Temía su respuesta, temía haberse expuesto más de la cuenta, de modo que se apoderó de su boca y dejó que la inmensa oleada de alivio lo engullera. El placer fue tan intenso que hasta le dolió, y rugió con voz entrecortada mientras se besaban, sin dejar de embestir unas cuantas veces más antes de quedarse inmóvil, con una especie de dolor en las pelotas por la repentina pérdida de presión. «Madre del amor hermoso».

Tal como había sucedido antes, se dejó caer sobre ella sin fuerza alguna, sin el menor control muscular, pero de alguna manera se sentía al mismo tiempo el hombre más poderoso de la tierra; porque esa mujer, ese regalo del cielo, su compañera, respiraba de forma perfecta y acompasada a la suya. Y no se iba a ir a ninguna parte.

«No se irá a ninguna parte».

«De momento», le susurró una vocecilla en la cabeza.

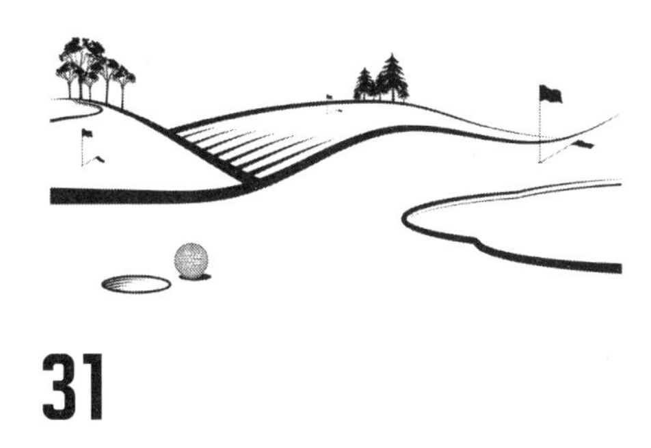

31

Josephine se despertó y se encontró a su novio paseándose desnudo por el salón, hablando por teléfono. Ni siquiera se había molestado en cerrar las contraventanas, por lo que el sol de Florida le bañaba el trasero con un resplandor cálido y tan etéreo que la hizo coger su móvil y hacerle una foto. Para la posteridad o por ese… posterior. ¿O ambas cosas, quizá?

Cuando Wells se dio cuenta de que había entrado en el salón, le regaló una sonrisa lenta que hizo que un montón de mariposas revolotearan en su estómago, soltando el polvo dorado de sus alas por todos lados.

«¡Ay, madre!».

Aquello era amor. Adoración, afecto, conexión. Y lujuria, definitivamente.

Nunca había tenido que cambiar las sábanas en mitad de la noche por estar demasiado sudadas, pero siempre había una primera vez para todo. Y dado que no tenía que atemperar el deseo de tener un millón de primeras veces con Wells, le devolvió la sonrisa, dejando que la sensación que brotaba de su pecho le llegara a los ojos. Debió de hacer un buen trabajo al proyectar lo perfecto y maravilloso que le parecía despertarse con ese hombre, porque él dejó de pasearse y la miró fijamente, sin mover siquiera la nuez para tragar.

—De todas formas, iba a tener que cambiar mi vuelo a California —le dijo a la persona con quien estaba al teléfono—. Quiero ir en el mismo avión que Josephine.

Tras esa brusca declaración (y la creciente tormenta de polvo dorado provocada por el aleteo de las mariposas en su estómago), Josephine alcanzó a oír una voz masculina hablando al otro lado de la línea.

—Espera, que pongo el manos libres —interrumpió Wells al tiempo que tocaba la pantalla de su teléfono—. Josephine te está oyendo.

—Encantado de conocerte, Josephine. Soy Nate. Necesitas un representante de inmediato, cariño.

—No, no lo necesita. Y no la llames «cariño».

Una risilla electrónica reverberó en el piso.

—Lo siento..., Josephine —dijo con retintín—. Le estaba diciendo a tu chico que tenéis que estar en California un par de días antes. Under Armour quiere reunirse con su nuevo dúo de moda para jugar con la prensa a los arrumacos. También quieren asegurarse de que el señor Whitaker sigue por el buen camino antes de equiparos para otro torneo. Y debéis hacer promoción con la prensa. Una ronda de entrenamiento. No sé quién se cree este cabrón para pretender llegar a la ciudad la víspera del torneo.

—La última vez nos funcionó —masculló Wells.

—Sí, bueno, pues ahora la gente quiere ver esa cara tan atractiva que tienes, no me preguntes por qué. El comité os quiere a los dos haciendo promoción con la prensa, chaval. Sois la gran historia de interés humano de cara al Masters de Augusta. Solo faltan dos semanas. A la gente le encantan los regresos triunfales.

Josephine se llevó una mano al estómago para calmarlo.

¡Dos semanas para el Masters de Augusta! Con todos los cambios que había sufrido su vida de un tiempo a esa parte, no se había dado cuenta de que el torneo más prestigioso del calendario del circuito profesional se había acercado a pasos agigantados. ¿Estaba Wells preparado para soportar la intensa presión de esos cuatro días y competir en pos de la todopoderosa chaqueta verde?

«Sí», contestó para sus adentros.

Haría todo lo que estuviera en su mano para asegurarse de que lo estuviera.

—¿Cuándo tenemos que estar allí? —preguntó Wells, que seguía en toda su esplendorosa desnudez—. ¿Te viene bien mañana?

Nate suspiró.

—Tendrá que ser esta noche si quieres que el comité esté contento.

—¿Desde cuándo me importa el put...? —Wells se detuvo en seco al verla abrir los ojos de par en par—. Espera. —Golpeó la pantalla con un dedo y atravesó la estancia para acercarse a ella—. Josephine, deja de mirarme la polla. No puedo concentrarme.

—¡Ella me está mirando a mí! —replicó—. ¡Y a mis vecinos!

La sonrisa que esbozó lo hizo parecer un pirata.

—Así no perdemos tiempo. Tenemos otro juego de sábanas que estropear. En cuanto acabemos con esta llamada, voy a...

—No me has silenciado, ¿sabes? —dijo Nate desde el otro lado de la línea.

Josephine se llevó las manos a las mejillas.

Sin avergonzarse lo más mínimo, Wells miró el móvil y pulsó el botón correcto antes de volver a mirarla a ella.

—¿Te parece bien el cambio de horario? Tendríamos que conducir hasta Miami para recoger mis palos esta noche y volar desde allí.

Antes de contestar, Josephine hizo un inventario mental de sus suministros médicos.

—Sí, puedo... —Se interrumpió al recordar algo—. ¡Uf!

—¿Qué pasa? —le preguntó Wells, que levantó una ceja.

¿Por qué dudaba en decírselo?

—Tengo una reunión con el contratista de Rolling Greens mañana por la mañana. Sobre las reformas en La Tee Dorada.

Parte de la luz desapareció de los ojos de Wells, pero asintió sin vacilar.

—Vale, sí. Eso es importante. No puedes perdértela.

—Las obras empezarán mientras estemos en California y no podré estar en persona. —Las palmas de las manos se le humedecieron de repente—. Es que... tengo que asegurarme de que nos entendemos bien, porque el trabajo estará demasiado avanzado cuando vuelva. Cualquier cambio requerirá más trabajo.

—Lo entiendo, Bella. —Wells rodeó la isla de la cocina, la abrazó y le besó la frente. Una, dos veces—. Puedo enfrentarme a la prensa yo solo.

Ella apretó la cara contra su pecho y frotó la nariz contra el vello que tenía entre los pectorales.

—Gracias.

Esa mano tan grande le acarició la nuca.

—No las merece. —Al cabo de unos segundos, se movió contra ella y volvió a hablar, dirigiéndose a Nate—: Que todo el mundo sepa que solo voy a estar yo. Josephine no puede llegar a San Diego hasta el miércoles por la noche.

Nate gimió.

—¿Quién va a mantenerte a raya?

Más que ver, Josephine imaginó que Wells ponía los ojos en blanco.

—Me portaré bien.

Sin embargo, no lo consiguió.

No lo consiguió en absoluto.

Dos noches más tarde, en cuanto Josephine aterrizó en California, su teléfono empezó a vibrar, alertándola de que tenía tres mensajes de voz, y ninguno de ellos era de su eternamente ansiosa madre, que la llamaba para asegurarse de que había llegado sana y salva.

Todos eran de Nate.

Sin haber salido todavía del avión, reprodujo el primero.

«Hola, Josephine. Solo quería asegurarme de que has cogido el vuelo. —Una risa nerviosa—. Te necesitamos en San Diego, chica. La reunión con Under Armour salió... ¿bien? Fíjate en mi tono de voz cuando digo «bien». A Wells no le gustó la camiseta que le pidieron que se pusiera. Para ser justos, era verde lima, pero no necesitaba decir que parecía el uniforme oficial del infierno. Como puedes imaginar, se sintieron un poco insultados. Creo que he conseguido suavizar un poco las cosas, pero... creo que tu presencia en la Costa Oeste nos vendría bien».

Tras contener un suspiro, Josephine pasó al siguiente mensaje de voz:

«Estás en el avión, ¿verdad? ¡Uf! Wells y Calhoun han tenido unas palabritas durante una ronda de entrenamiento. Muchos insultos y palabras malsonantes de las fuertes, sobre todo la que empieza por "ca" y que no es mi palabra favorita, "casoplón", seguida de cerca por "capital financiero". El comité ha llamado para emitir una advertencia. ¿Podrías hablar con el piloto a ver si puede tomar un atajo o algo? Solo es una broma... a medias».

Josephine reprodujo el tercer mensaje con un peso cada vez mayor en el estómago y se colocó el teléfono entre el hombro y la oreja mientras bajaba su bolsa de mano, que sacó del avión agarrándola contra el pecho.

«Josephine, estoy que me subo por las paredes. Un periodista le ha hecho una pregunta un tanto personal sobre ti a Wells. El equipo de dicho periodista ha acabado en el fondo del lago. Estamos en alerta roja, amiga mía. En zona de peligro. Envíame un mensaje inmediatamente en cuanto aterrices, por favor. Estaré por aquí comprando toda la sección de antiácidos de la farmacia».

Josephine dejó su bolsa de mano en la puerta del quiosco de prensa y empezó a teclear un mensaje de texto para Nate, pero antes de que pudiera enviarlo apareció un mensaje de Wells.

Wells: ¿Has aterrizado bien, Bella? La página web de la compañía aérea dice que deberías haber aterrizado hace seis minutos.

Josephine: Estoy en el aeropuerto. ¿Cómo te ha ido el día?

Wells: Perfecto. Lo he clavado.

Josephine: En serio.

Wells: Hasta he ayudado a un periodista a limpiar su cámara.

Josephine: GUAU. Siempre haciendo buenas obras.

Wells: Soy el buen samaritano. Busca a un tío en la salida con un cartel que dice la Bella de Wells.

Josephine: ¿Qué?

Wells: Es el chófer de tu limusina. No me ando con tonterías en lo referente a mi chica.

Josephine se detuvo en medio del concurrido pasillo, botando de derecha a izquierda sobre las puntas de los pies durante cinco segundos antes de seguir andando.

Josephine: No tenías por qué hacerlo.

Wells: Feliz cumpleaños, Josephine.
Por fin voy a recompensarte. bss

Frunció un poco el ceño al leer el último mensaje. ¿Qué quería decir con «recompensarla»? Lo averiguaría cuando llegara al hotel, supuso, pero por el momento lo único que deseaba era salir del concurrido aeropuerto. En efecto, una vez que recogió su *trolley* de la cinta de recogida de equipajes y se dirigió a la salida, vio a un hombre con bigote blanco, trajeado y con una gorra, que sostenía un cartel en el que se leía «La Bella de Wells». Pese a sus protestas, el hombre le quitó la maleta de la mano y procedió a abrirse camino entre la gente para conducirla a la acera, donde se encontraba una limusina de color champán.

—¡Ay, madre! —murmuró mientras abría la puerta y entraba lo más rápido posible, para que nadie la viera participando en semejante extravagancia.

—¡Sorpresa!

El interior de la limusina estaba a oscuras, salvo por una parpadeante hilera de luces LED azules a lo largo del perímetro del techo, de manera que sus ojos tardaron un momento en ajustarse lo suficiente como para distinguir la figura sentada en el lado opuesto del vehículo.

Ni siquiera entonces se lo creyó. Sus ojos debían de estar mintiendo.

—¿¡Tallulah!?

Josephine no sabía que físicamente fuera posible que las lágrimas salieran disparadas de los globos oculares, pero eso fue justo lo que ocurrió. ¡Salieron disparadas! Temblorosa y abrumada, se arrastró sobre manos y rodillas por el asiento y su mejor amiga la alcanzó a mitad de camino. Riendo y entre lágrimas, se abrazaron y cayeron de lado sobre la hilera de asientos de cuero. Josephine tardó un minuto en hablar porque tenía las palabras atascadas en la garganta. ¿Aquello era real? ¿Era real de verdad?

—¿Qué haces aquí? —preguntó entre sollozos, apartándose para mirar la que era una de sus caras preferidas de todos los tiempos, tras lo cual volvió a sumergirse en el abrazo.

—Mantener el secreto ha sido muy difícil. He querido llamarte cientos de veces.

—¿Cuándo? ¿Có-cómo?

—Wells Whitaker, él es el culpable. Me envió un mensaje por correo electrónico hace un par de semanas y me preguntó qué haría falta para traerme de visita. Cuando por fin me convenció de que era Wells Whitaker de verdad, le dije que haría falta un milagro divino para conseguirme días libres y un viaje a California. Y me contestó: «Entonces estás de suerte. Dile a tu jefe que me llame». Creo que le prometió entradas para el Masters de Augusta o algo así. —Tallulah le tomó la cara entre las manos—. Joey, eres *caddie* en el circuito profesional. Repito, ¡eres *caddie* en el puto circuito profesional!

—Lo sé. Lo sé, ¿verdad?

—¡No bromeabas cuando me lo dijiste por teléfono!

—Pues no. —Se dejó caer de culo en el suelo de la limusina mientras se secaba los ojos—. No me puedo creer que lo haya hecho.

«Por fin voy a recompensarte».

Así estaba subsanando Wells el error que cometió al colgarle a Tallulah.

Increíble.

Wells era increíble.

—Ni siquiera voy a enfadarme con él por haber gritado la palabra que empieza por «ca».

Tallulah asintió con la cabeza.

—Todo el mundo tiene que gritarla de vez en cuando.

Josephine se rio. Alargó la mano para acariciar los prominentes pómulos de su mejor amiga que, pese a su estancia en la Antártida, seguía conservando el bronceado natural y resplandeciente que proclamaba su origen turco. Después trazó sus cejas oscuras y le pasó la palma de una mano por la ondulada melena morena.

—¿Cuánto tiempo vas a estar aquí?

Tallulah hizo una mueca de dolor.

—Ese es el problema. Solo un día completo, me temo.

El corazón de Josephine dio un pequeño vuelco.

—¿Ni siquiera podrás ver un día del torneo?

—No —contestó su amiga, con el rostro serio—. ¡Y estoy destrozada!

—Mientes fatal. —Josephine negó con la cabeza—. El golf nunca te ha gustado.

—Es posible, pero quería verte en acción, Joey. De todas formas, ya solo me queda un mes con el proyecto de investigación, y luego me tendrás allí. En primera fila.

Josephine no quería estropear ese momento increíble explicándole que seguramente no sería *caddie* de Wells dentro de un mes. Eso le daría pie a toda una conversación para la que aún no estaba preparada. Ni siquiera con Tallulah. Además, los mensajes de voz de Nate seguían resonándole en los oídos. Si Wells era incapaz de portarse bien un día sin ella, ¿qué probabilidad había si lo dejaba... por completo?

—¿Estás bien? —le preguntó su amiga, tan perspicaz como siempre.

—Estoy muy bien —le aseguró.

—Vale, porque voy a necesitar hasta el más mínimo detalle de esta asociación con Wells Whitaker. Ni se te ocurra decirme que solo eres su *caddie*. Estás más que cualificada, pero un tío no le manda un mensaje a tu mejor amiga y la lleva en avión a California desde la Antártida a menos que haya una relación en marcha. —Echó la cabeza hacia atrás y acto seguido chilló—: ¡Pero si ya estás colorada! Estoy tan emocionada que voy a enseñarle las tetas a un policía montado a caballo.

—¿Nunca vamos a olvidar eso?

—No.

Las lágrimas volvieron a inundarle los ojos, pero por la felicidad de estar sentada junto a su mejor amiga.

—Wells es... —empezó e intentó buscar las palabras que describieran de forma adecuada la cascada de emociones que sentía en el pecho cuando pensaba en el temperamental golfista—, en fin, es mi novio, y también mi amigo. Nos equilibramos el uno al otro. Yo limo sus asperezas y él me hace sentir... más fuerte y capaz de lo que me he sentido nunca. Jamás. Me respeta. Mira lo que ha hecho, traerte aquí. Es considerado. Y es muy malo, pero de una forma que me encanta, ¿sabes? Porque me parece natural.

Tallulah suspiró con fuerza.

—Más. Necesito más.

—El sexo se sale de órbita —susurró Josephine.

Su mejor amiga cruzó las manos e inclinó la cabeza, como si estuviera rezando.

—A eso me refiero. Sigue.

—Es duro conmigo. Nadie lo había sido antes.

—Eso es lo que quieres, ¿verdad?

—Sí. —Le dio un apretón a Tallulah en el antebrazo para tranquilizarla—. Según parece, lo he necesitado siempre sin darme cuenta. No soy frágil. Él me lo recuerda, pero en cierto modo... sé que si quisiera tener un momento de fragilidad, Wells se sacaría de la manga un poco de pegamento y rellenaría las grietas.

—Parece que ha estado sacándose muchas cosas... —replicó Tallulah con sorna.

—No me quejo. La ropa es una ridiculez.

—Pues sí. Josephine. —Tallulah se volvió, la cogió por los hombros y la zarandeó—. ¡Por Dios, que eres *caddie* en el circuito profesional de golf!

—Eso ya lo has dicho —dijo ella entre carcajadas.

—Merece que se repita. —Tiró de Josephine para abrazarla otra vez, y ella lo aceptó de buena gana, suspirando en el hombro de su amiga—. Estoy muy orgullosa de ti. No solo porque por fin se reconoce tu talento, sino porque has conseguido que ese tierno golfista te la meta.

—De tierna no tiene nada, más bien la tiene siempre como una piedra.

—Cuidado, que estás hablando con una futura bióloga marina que lleva a dos velas ni se sabe cuanto.

—Vale, pues es muy tierno.

—¡Mentirosa!

—Me alegro mucho de que estés aquí.

—Yo también, Joey. Llevo meses comiendo raciones de comida militar. ¡Que alguien me lleve a comer comida de verdad! Y a beber tequila. En ese orden.

32

Wells estaba en plena rueda de prensa cuando vio con el rabillo del ojo que Josephine entraba en la carpa donde se celebraba. Su mano salió disparada involuntariamente y derribó uno de los micrófonos del montón que tenía en la cara, provocando un pitido que se oyó en toda la carpa.

La vio colocarse un mechón de pelo detrás de una oreja y sonreírle, y de repente toda su concentración desapareció. ¿El vestido azul que llevaba era nuevo? Seguramente tenía muchas prendas en su armario que él no había visto nunca, y eso lo habría fastidiado mucho —como lo fastidiaba la rueda de prensa— si su novia no lo hubiera mirado con el corazón en los ojos.

La noche anterior se relajó después de recibir la confirmación del chófer de la limusina de que Josephine se había reunido con Tallulah. Brevemente. Luego bajó al vestíbulo del hotel para dar un paseo, por si acaso veía a Josephine. En efecto, la vio en el bar, tan contenta que se quedó mirándola con una sonrisa a través del cristal como un payaso antes de apartarse y volver a su habitación.

Era la primera vez que la veía en tres días.

Que no era tanto tiempo. Pero como si fuera una década.

La verdad, ¿tenía ella la menor idea de lo guapa que era, joder?

Guapa, inteligente, adaptable, graciosa y aventurera. Podría pasarse una semana enumerando todas sus virtudes, pero alguien carraspeó frente a un micrófono sacándolo de sus pensamientos y devolviéndolo a la realidad.

—¿Cómo ha ido la ronda de práctica, Wells?

—Decente.

—¿Te sientes más confiado al llegar a este torneo que, digamos, hace un mes?

—¿Por qué? ¿Qué pasó hace un mes?

Las risas reverberaron. Su representante se desplomó en la última fila, con una sonrisa aliviada en la cara. Solo había necesitado la presencia de Josephine y su sonrisa para centrarse. Y eso le provocó una especie de hormigueo en la nuca, como un problema al que empezaran a salirle dientes, pero pasó del tema. No había problemas de los que hablar cuando su novia llevaba un vestido azul y le sonreía.

Los medios de comunicación esperaban que contestase la pregunta en serio.

¿Había llegado el momento de confesar de una vez por todas lo indispensable que era Josephine? ¿De dejar claro que ella no era ni mucho menos una obra de caridad, sino más bien un talento sin explotar que él había tenido la suerte de encontrar y aprovechar?

Sí, había llegado.

Durante los dos últimos días había hecho algo más que irritar a su patrocinador y pelearse con los fotógrafos. Había redactado un nuevo contrato con Nate. El tipo de acuerdo que nunca antes se había firmado entre un golfista y su *caddie* en el circuito.

—Sí, me siento más seguro —respondió por fin—. Mucho más.

—¿Dirías que se debe a tu amuleto de la buena suerte?

¿Fue su imaginación o la sonrisa de Josephine flaqueó un poco?

Sí. Lo había hecho. Pero había sido algo fugaz. Quizá la había pillado desprevenida que la hubieran convertido en la protagonista de la pregunta, porque se había recuperado y estaba tan serena como siempre.

—¿Por qué no se lo preguntas a ella? —replicó él mientras la señalaba con la barbilla—. Acaba de entrar.

Todas las cabezas se volvieron a la vez.

Los flashes de las cámaras brillaron de repente. Los murmullos recorrieron las filas de periodistas.

Un chico con unos auriculares salió corriendo al escenario con otra silla y Wells se levantó para apartarla de la mesa.

—Y esta semana es su cumpleaños, así que más vale que todo el mundo tenga algo que decir al respecto.

Los presentes empezaron a entonar el *Cumpleaños feliz* mientras Josephine se alisaba el vestido y subía los tres escalones hasta el escenario.

—Hola —susurró, y esos ojos verdes convirtieron en un plácido lago las olas que aún quedaban en el interior de Wells—. Iba a ir a verte anoche, para darte las gracias, pero Tallulah y yo no dejamos de hablar hasta que cerraron el bar. Vamos, que tuvieron que echarnos, y no exagero. —Tomó una rápida bocanada de aire y la soltó, temblorosa—. Wells, no recibiré un regalo mejor mientras viva. No sé qué decir.

Él tampoco lo sabía.

¿Quién le había llenado el pecho de arena?

—Ajá. —masculló mientras le apartaba más la silla—. Bonito vestido.

Vio que se le agitaban los costados por la risa.

—Gracias —replicó ella.

Masculló algo ininteligible mientras tomaban asiento.

«¡Por Dios! ¿Estás bien?», se preguntó.

¿Se sentía desequilibrado porque aún no la había besado?

—¡Señorita Doyle! ¿Cree que inspirará a más mujeres para convertirse en *caddies* en el circuito profesional?

—Eso espero.

—¿Cómo la han acogido en el circuito?

—No puedo quejarme —contestó a modo de evasiva—. A ver, en los vestuarios siempre hay algún tocapelotas, pero como yo no tengo pelotas que tocar, tampoco me afecta mucho.

Las carcajadas resonaron en la tienda, y algunas procedían de Wells.

No había nadie como Josephine.

Después de la broma, se volvió y le sonrió, con los ojos centelleantes como un par de lagos gemelos bajo una puesta de sol, y él perdió la capacidad de hablar.

«Estoy enamorado de ti, Josephine», pensó.

—Tengo una pregunta para los dos —dijo un hombre que estaba de pie al fondo de la carpa—. En internet parecen muy empeñados en demostrar que sois pareja dentro y fuera del campo de golf. ¿Qué os parecen las especulaciones sobre vuestra relación?

La capacidad de hablar de Wells volvió a la vida con un rugido. Esa era su oportunidad. Se inclinó hacia delante para hablar dirigiéndose a los micrófonos.

—Es mi compañera profesional. Mi socia igualitaria. Esa es la única relación que os importa a los que estáis en esta carpa.

—¿Qué quieres decir con «socia igualitaria»? —lo presionó el periodista.

—Quiero decir que es tan responsable como yo de cualquier éxito que consigamos ahí fuera.

Se produjo un silencio absoluto. Todos estaban visiblemente desconcertados.

—¿También vas a darle el cincuenta por ciento de las ganancias? —preguntó el mismo periodista con sequedad.

Se oyeron varios resoplidos escépticos después de la pregunta. Sin embargo, casi todos los presentes parecían molestos con el periodista. Algunos hasta le arrojaron vasos de papel arrugados, que él apartó.

—Wells… —susurró Josephine—, pasa de él.

—¿Confías en mí? —le preguntó después de tapar los micrófonos con una mano.

Ella frunció el ceño.

—Por supuesto.

Sintió el cosquilleo del triunfo en la garganta. En esa ocasión lo había dicho más rápido que la última vez.

Apartó la mano de los micrófonos.

—Yo no le doy nada. Ella se lo gana. Es así de buena analizando el campo. Me aconseja basándose en puntos fuertes y débiles que yo ni siquiera sabía que tenía. Joder, su *drive* es mejor que el mío. Si digo que tengo suerte de tenerla en mi equipo, me quedo cortísimo. —Apretó un muslo contra el suyo, un gesto que ninguno de los presentes podía ver—. Por eso voy a darle el cincuenta por ciento de mis ganancias.

Silencio absoluto.

Josephine volvió la cabeza despacio, pestañeando a toda velocidad.

Los periodistas empezaron a hablar a la vez, haciendo fotos y gritando preguntas, pero él no tenía tiempo para nada de eso. Necesitaba estar a solas con su chica.

—No hagáis más preguntas, buitres de ojos saltones. Nos vamos. —Se levantó con brusquedad, haciendo que su silla patinara hacia atrás, y esperó a que Josephine se levantara también.

Y lo hizo. Con las piernas visiblemente temblorosas.

Intentó calibrar su reacción. ¿Comprendía por qué lo había hecho? Josephine le había pedido que se abstuviera de intentar corregir la idea errónea que tenían los medios de comunicación de ella y de su supuesta relación de víctima/héroe, porque eso podría empeorar las cosas. Pero no podía hacerlo. No podía quedarse de brazos cruzados y dejar que la gente creyese que no era la heroína de la situación. Y esperaba que una vez que dejasen de verla de otro modo, su relación pudiera prosperar a vista de todos.

No en ese momento, claro. Algún día.

Sin embargo, se sintió conmocionado hasta la médula porque, allí mismo y delante de todos, ella le cogió la mano y entrelazó sus dedos con fuerza. Las luces parpadearon, se oyó que todos se ponían de pie y empezaban a gritar más preguntas, pero ellos pasaron de todos y se comunicaron solo con la mirada.

«No acabo de creerme que hayas hecho eso», dijo ella.

«Pues espérate y verás», replicó él.

Salieron de la carpa el uno al lado del otro.

Y él se limitó a hacerles a los periodistas la más breve de las peinetas sin que Josephine se diera cuenta.

Wells se quedó mirando el menú de la cena que tenía en las manos, aunque las palabras se juntaban unas con otras y no podía entender las frases. ¿Qué significaba «estofado»? No lo recordaba.

Estaba en el salón de jugadores cenando con Josephine y Tallulah, pero casi ni había conseguido saludar como Dios mandaba a la mejor amiga de Josephine cuando llegaron.

Porque el sexo lo había dejado sin habla. Completamente mudo, joder.

—Wells, ¿quieres un panecillo? —le preguntó Josephine, que empujó la panera en su dirección.

—¿Eh? —replicó él, que solo atinó a mirar, confundido, el bollito.

Josephine apretó los labios para no reírse, porque sabía exactamente lo que le había hecho. Le había dejado el cerebro como un par de huevos revueltos, sí, señor.

Le había hecho dos mamadas.

Con entusiasmo.

¿Seguía teniendo las piernas unidas al cuerpo? No las sentía. Lo único que veía y que oía era a Josephine de rodillas con el vestido azul, diciéndole en voz baja que se corriera en su boca. Que lo deseaba de verdad.

«Josephine, será mejor que no lo estés haciendo por lo de la rueda prensa —le había dicho él mientras embestía contra su boca— o porque le he pagado el billete de avión a tu amiga porque te juro que...».

«¿No puedo echar de menos el sabor de la polla de mi novio?», replicó ella con voz sensual mientras le daba un beso en la punta.

Su cerebro se desconectó después de aquello.

El alivio del orgasmo fue tal que se desmayó. Y cuando volvió en sí, ella repitió el numerito. ¡Gimiendo mientras se la chupaba!

Esa vez sin ropa. Totalmente desnudos.

Y en ese momento debían entablar una conversación trivial. Masticar cosas y manejar utensilios.

¿Cómo iba a hacerlo?

El temor lo invadió al ver que el camarero se acercaba.

—¿Les traigo algo de beber?

Josephine y Tallulah pidieron vino blanco.

Él hizo un gesto de impotencia hacia la barra.

—¿Una... cerveza, caballero? —adivinó el camarero.

Asintió con la cabeza, aunque sentía el cuello tan flojo que seguramente parecía un muñeco.

No entendía qué había hecho para merecer el Cadillac de los favores sexuales, pero quería ser mejor persona. Ofrecerse como voluntario en más causas. Construir orfanatos con sus propias manos. Salvar a las abejas. Todo eso.

—Bueno, Wells... —dijo Tallulah mientras untaba un panecillo con mantequilla—. ¿Tienes algún ritual específico para antes de un torneo? ¿Alguna canción que te anime o algo así?

Ambas lo miraban expectantes. Como si su cerebro no se hubiera quedado en la almohada de la habitación, convertido en puré de patatas. ¿No quería causarle una buena impresión a la mejor amiga de Josephine o qué? «¡Espabila, tío!», se dijo.

—Últimamente suelo discutir con Josephine.

Tallulah soltó una risilla.

—¿Cuánto tardaste en darte cuenta de que ella siempre gana?

—El segundo día, creo. Quizá el tercero.

—Pero sigue intentándolo —terció Josephine, apretándole el muslo por debajo de la mesa.

Recordándole cómo se había agarrado a sus muslos mientras sacaba la lengua para que se corriera en ella.

—Nunca volveré a discutir contigo —dijo con voz ronca—. Tú siempre ganas.

—¿Estamos celebrando algo con esta cena? —preguntó Tallulah, que levantó su copa de vino—. ¿No se supone que eso se hace después del torneo?

—Sí. Pero siempre hemos sido poco convencionales —respondió Wells, que sentía cómo le latía el puto corazón en el pecho mientras miraba a Josephine—. Y no quiero cambiar nada.

La sonrisa de Josephine flaqueó un poco, al parecer por el peso del momento.

—Yo tampoco.

—¡Joder! —exclamó Tallulah, soltando la copa con tanta fuerza que se oyó el tintineo del cristal sobre la mesa—. Mirad a ese gigante con una mochila de niña al hombro.

Tallulah no había acabado de hablar cuando Wells supo de algún modo que se refería a Burgess. Sumido en el pánico por llegar a Palm Beach, más las prisas por llegar pronto a California, se había olvidado por completo de su llamada telefónica. En ese momento, apartó los ojos de su novia y siguió la mirada de Tallulah hacia el vestíbulo donde, efectivamente, Burgess se alzaba entre un mar de gente con una diminuta mochila plateada y brillante al hombro, y una niña muy seria de la mano mientras esperaban en la cola de la recepción.

—Vaya, ha traído a su hija de verdad —dijo Wells—. A un torneo de golf.

Tallulah levantó una ceja oscura.

—¿Lo conoces?

—Sí. —¿Por qué se encogía tanto de hombros?—. Somos conocidos. Tomamos cervezas juntos y nos llamamos de vez en cuando, nada más.

Josephine se dio un golpecito en una sien.

—Debo recordar no pagarle un billete de avión para que venga a tu cumpleaños —dijo mirándolo, antes de desviar los ojos hacia el vestíbulo—. ¿Quieres decirles que se sienten con nosotros?

—¿¡Con una niña!?

—La última vez que lo comprobé, las niñas también comen —respondió su novia.

De repente, las palabras de Josephine le parecieron muy importantes.

—¿Te gustan los niños?

—Pues claro.

—¿Quieres tener hijos? —preguntó, casi a voz en grito.

—Ojalá tuvieran palomitas en la carta —dijo Tallulah con pesar mientras se llevaba la copa a los labios—. Pero supongo que tendré que conformarme con el vino.

—Tal vez —respondió Josephine—. Todavía no, pero quizá algún día.

—No sé nada de niños —le advirtió él.

Josephine abrió la boca y la cerró.

—La gente tampoco hasta que tiene uno. Nadie sabe nada. —Le quedó claro que estaba dándole una patada a su amiga por debajo de la mesa—. ¿Verdad, Tallulah?

La aspirante a bióloga marina se atragantó con el vino, pero se recuperó deprisa.

—Tiene razón. Para saber si de verdad quieres un hijo, tienes que tener uno antes. Es una putada muy gorda. A menos que tu madre tuviera más hijos ya de mayor y hayas tenido que ayudar a criarlos. —Se frotó las manos—. Por eso sé que yo sí quiero tenerlos. Tráeme a esa niña.

Wells tuvo el apremiante deseo de ver a Josephine cerca de un niño pequeño y no supo de dónde había salido.

—Les preguntaré si tienen hambre.

Josephine se desplomó en su silla, como si se sintiera aliviada de que hubiera acabado con el interrogatorio. Y lo había hecho. De momento. Nunca se había tomado ni remotamente en serio a una mujer como lo hacía con Josephine. Era lógico que quisiera conocer su visión de futuro. Evidentemente, quería convertir La Tee Dorada en el principal destino de golf de Palm Beach, pero aparte de eso… ¿qué quería? ¿Una casa? ¿Una casa de dos plantas? ¿O más bien un bungaló?

Increíble. ¡No sabía nada!

Al llegar al lado de Burgess, le plantó una mano en uno de sus gigantescos hombros a modo de saludo.

—Hola, colega. Has venido.

Burgess se volvió un poco e inclinó la barbilla.

—Pues sí. Será mejor que mañana no la cagues.

—¡Papá! —La niña le dio un puñetazo en la pierna—. La gente normal saluda, ¿sabes?

El jugador de hockey gruñó.

—Esta es Lissa. Tiene once años.

—Hola, Lissa que tiene once años. —Wells le tendió la mano para que se la estrechara. Para su sorpresa, la niña no dudó en aceptarla y apretarla con firmeza—. ¿Comes? ¿Comida?

—No, come corteza de árbol —respondió Burgess—. Pues claro que come comida.

—A ver, he tenido una de esas tardes, ¿vale? Tengo suerte de estar vivo ahora mismo. —Señaló con el pulgar hacia el restaurante, y su ridículo corazón dio un brinco al ver que Josephine los saludaba con la mano—. Vamos a cenar ahí. Josephine, su amiga Tallulah y yo. Venid si queréis. En el menú hay mucho estofado, es la única información de la que dispongo.

—¿Tienen palitos de pollo? —preguntó Lissa.

Mierda, eso sonaba bien.

—No lo sé. Pero si hay, voy a pedirlos, joder.

Burgess le guiñó el ojo izquierdo.

—Cuidado con esa lengua, Whitaker.

Lissa se dobló de la risa.

Wells la miró, pasmado.

¡Joder! Había hecho reír a una niña.

Se volvió e hizo contacto visual con Josephine, mientras señalaba a Lissa.

«¡Se está riendo de mí!», articuló con los labios.

Josephine levantó los dos pulgares.

—Nos reunimos con vosotros en cuanto nos registremos —dijo Burgess, que ya caminaba hacia el mostrador porque le estaban haciendo señas—. Vamos, Lissa.

Wells volvió al restaurante y se sentó en su silla, sintiéndose bastante ufano.

—Estoy bastante seguro de que nací para ser padre.

—¡Guau!

—¡Guau!

—Yo estoy tan impresionado como vosotras.

Burgess y Lissa entraron en el restaurante unos minutos después. El jugador de hockey tuvo que agacharse para pasar por la puerta sin golpearse la cabeza. Lissa parecía avergonzada por el simple hecho de estar viva, abrazándose los codos y escondiéndose detrás de su melena rubia mientras caminaba hacia la mesa y se sentaba con un suspiro.

Ansioso por mantener su racha de adulto guay, Wells cogió la panera y la dejó delante de la niña de once años. Cero movimiento en la mesa. ¿Por qué no hablaba nadie? Intercambió una mirada con Josephine, que inclinó sutilmente la copa hacia Burguess... y en ese momento vio que miraba a Tallulah como si acabara de llegar en una nube, envuelta en rayos de sol.

—¿Quieres sentarte, colega? —le preguntó él al tiempo que empujaba una silla con la punta de un pie.

La silla que casualmente Tallulah tenía al lado.

—Yo... sí. Eh... —Burgess no hizo ademán de sentarse.

Por suerte, Josephine soltó la copa y entró en acción, porque era perfecta.

—Burgess, encantada de conocerte. Soy Josephine.

—Mi novia —añadió Wells, que se inclinó hacia delante—. Y socia igualitaria.

—Sí, he visto un fragmento de la ya famosa rueda de prensa. —Burgess estrechó la mano de Josephine—. Eres la elegida.

Josephine frunció el ceño.

—¿La qué?

—Mi elegida. —Wells la miró con el ceño fruncido—. Espero que estemos de acuerdo, Bella.

Josephine lo miró sin más.

—Y yo soy Tallulah —dijo su amiga, inclinándose hacia delante, mientras le daba una patada a Josephine por debajo de la mesa. Dos, tres, cuatro veces—. Encantada de conocerte, Burgess. —Al no obtener respuesta, inclinó la cabeza hacia la niña de once años—. ¿Cómo te llamas?

—Lissa.

Tallulah extendió la mano para chocar el puño con ella.

—Hola, Lissa.

Burgess se sentó por fin frente a su hija, con mucho cuidado de no rozar a Tallulah con el cuerpo.

—¿Quieres que mire si tienen un mantel individual que puedas colorear?

—Papá, ya no coloreo manteles individuales —susurró la niña, que se puso coloradísima.

El hombre conocido como Sir Salvaje agachó un poco la cabeza, como si se estuviera dando de tortas mentalmente. Era la primera vez que Wells veía al deportista con su hija, y las dos facetas de ese hombre no podían ser más opuestas. Lo normal era que estuviese relajado e hiciera gala de su sarcasmo. En ese momento, parecía perdidísimo.

—Vamos a por esos palitos de pollo, ¿vale? —sugirió él, sin saber si estaba ayudando—. Pero como alguien los moje en otra cosa que no sea salsa ranchera, ya puede ir cambiándose de mesa.

Lissa soltó otra risilla.

Wells miró a Josephine con gesto elocuente. «¿Lo ves?».

—Yo quiero una hamburguesa vegetariana. Uno de los peligros de estudiar animales para ganarme la vida es que me siento demasiado culpable comiéndolos. No puedo masticar sin pensar: «pobre George».

—¿Qué clase de animales? —murmuró Lissa mientras jugueteaba con los sobres de azúcar que había en el centro de la mesa.

—Lo último son pingüinos emperador. Me encantan los animales de clima frío.

—¿Como... los osos polares? —dedujo Lissa.

Tallulah sonrió.

—¡Sí!

Eso hizo que la niña sonriera.

—Tallulah forma parte de un equipo de investigación en la Antártida —terció Josephine.

Lissa se quedó boquiabierta.

—¿No hace mucho frío?

—Sí. ¡Tengo que ponerme ocho capas solo para salir! Ahora mismo me siento como si estuviera desnuda.

Burgess tosió. Cogió su vaso de agua y lo apuró.

—¿Cuánto tiempo vas a estar aquí? —preguntó el jugador de hockey después de soltar el vaso.

—Solo hasta mañana por la mañana. —Josephine y Tallulah se miraron con sendos mohines—. Pero el proyecto solo dura un mes más y luego tendré que volver a la universidad. Haré el máster en la Universidad de Boston.

—Burgess vive en Boston —señaló Wells como si tal cosa mientras miraba a su alrededor en busca del camarero—. Recuérdame en qué barrio.

—Beacon Hill —dijo Burgess.

—¿Es una zona bonita? —preguntó Tallulah—. ¿Hay parques?

—¿Parques? —repitió Burgess.

Josephine asintió con la cabeza.

—A mi mejor amiga le encantan los parques.

—Son gratis —adujo Tallulah—. Puedes sentarte en ellos todo el día. Leer, broncearte, observar a la gente. Es una actividad muy infravalorada.

Lissa le tiró un sobre de azúcar a Burgess.

—Papá, tenemos un parque en la azotea.

Tallulah se echó ligeramente hacia atrás.

—Vale, veo que estáis forrados. Dudo mucho que pueda permitirme un barrio que tenga edificios con parques en la azotea. —Sonrió—. No mientras siga estudiando, por lo menos.

—¿Dónde vas a buscar vivienda? —quiso saber Burgess.

Tallulah se encogió de hombros.

—Todavía no estoy segura.

Burgess soltó una especie de murmullo ronco, como el del motor de un coche.

—Nosotros tenemos espacio.

Josephine pateó a Tallulah por debajo de la mesa. Tallulah le devolvió la patada.

El deportista se llevó un puño a la boca para toser y se apoyó en el respaldo de la silla.

—El parque de la azotea tiene una cascada.

Tallulah fingió desmayarse.

—Papá, creía que ibas a alquilarle esa habitación a una niñera. —Lissa puso los ojos en blanco—. Cree que todavía necesito que me cuiden.

—Estaré fuera de la ciudad de vez en cuando, Lissa. Por no hablar de los entrenamientos...

—Si necesitas alquilarle la habitación a una niñera, no pasa nada. Lo entiendo perfectamente. —Tallulah intercambió un guiño cómplice con la niña—. Lissa y yo podemos quedar para vernos en el parque.

La niña enderezó la espalda de repente.

—¡A menos que quieras ser mi niñera!

Hubo una gran cantidad de patadas por debajo de la mesa.

Wells se preguntó si sabían que él y Burgess podían verlo todo.

—Supongo..., a ver, quiero decir que depende de las condiciones... —balbuceó Tallulah.

—Mil quinientos semanales. Alojamiento y comida gratis. —Y ajeno al hecho de que Tallulah se había quedado con la boca abierta, Burgess añadió sin mirarla siquiera—: No esperaría que te pasaras en casa los días enteros, solo por las mañanas y por las tardes. —Se removió en la silla—. Y la noche entera. Sobre todo mientras yo no esté, claro.

—Por supuesto —se apresuró a decir Tallulah mientras se comunicaba de forma silenciosa con Josephine con una de esas miradas tan de chicas, moviendo los labios de forma imperceptible. Wells no puedo menos que observarlas, fascinado—. De todas formas, tendré que pasar la mayoría de las noches en casa, ya que estaré estudiando. Pero habrá que negociar por lo menos dos noches para mi vida social.

Burgess la miró con los ojos entrecerrados.

—¿Qué vida social?

—Pues para ir de marcha, por supuesto. La vida no puede ser solo trabajo y nada de diversión —contestó Tallulah con alegría—. Por las mañanas no hay problema. Si te parece aceptable mi condición, no creo que sea capaz de rechazar tu oferta.

—Bien —soltó Burgess con voz atronadora—. Hecho.

Lissa dio una palmada.

Tallulah bebió un discreto sorbo de vino mientras observaba los bíceps de Burgess.

Wells se volvió hacia Josephine para mirarla.

¿Se podía saber qué acababa de ocurrir?

¿Y por qué...? ¿Por qué estaba Josephine moviéndose de repente en la silla?

No solo moviéndose, era como si estuviera... contoneándose.

Bailando.

¡Estaba bailando!

Irguió la espalda e intentó desesperadamente oír la canción que estaba sonando por encima del barullo del restaurante. «California Girls», pero no la de Katy Perry.

Tallulah soltó una estruendosa carcajada.

—¡Mira, sabían que venías, Joey!

—¡Joder! —Wells se echó hacia atrás en la silla—. ¿¡Los Beach Boys!?

—Mis abuelos ponían sus discos de vinilo cuando iba a visitarlos. Los llevo en la médula —respondió Josephine, que hizo una mueca de dolor, pero sin dejar de bailar—. Siento lo que vas a presenciar.

Wells sonrió.

—Yo no.

Tallulah agarró a Josephine por la muñeca y la arrastró hacia un espacio entre las mesas que, desde luego, no era una pista designada para bailar, pero que ellas acabaron convirtiendo en tal. Ambas le hicieron un gesto entusiasta a Lissa para que se uniera. Al ver que la niña reaccionaba saltando para convertir el dúo en un trío, Burgess no pudo ocultar su sorpresa. Lissa se colocó entre Josephine y Tallulah en un abrir y cerrar de ojos, aunque un poco cohibida.

Los Beach Boys.

Un poco anticuados, alegres, positivos, revolucionarios, cálidos.

Encajaban tan bien con ella que debería haberlo adivinado antes.

—¡Guau! Mírate. Vas cuesta abajo y sin frenos —comentó Burgess mientras se llevaba la cerveza a los labios.

—Hace mucho que me estrellé, tío. —Wells consiguió apartar los ojos de una alegre Josephine el tiempo suficiente para mirar al jugador de hockey—. Parece que tú vas en la misma dirección. Disfruta del trayecto.

—¿Qué se supone que significa eso?

—La única parte de tu nueva niñera que debes comprobar son sus referencias.

Burgess pareció darse cuenta de que estaba mirando fijamente a la amiga de Josephine y volvió la cabeza para clavar la vista en su cerveza.

—Es demasiado joven para mí. Debo de sacarle… ¿ocho años? ¿Diez?

—Sí.

—A ver, mi vida es el hockey, criar a Lissa y quedarme casa. No miro a la gente. Ni mucho menos salgo de marcha —soltó, como si la simple idea fuera ridícula—. Seguramente tendrá novio, de su edad, antes de que se haya mudado del todo a mi casa.

—Vale.

Burgess le enseñó los dientes.

—Deja de responderme con una sola palabra.

—Pues vale.

—No sé qué ha visto la pelirroja en ti.

Wells se echó a reír. Dejó que la felicidad se le escapara en forma de sonido sin tratar de sofocarla o atemperarla y cuando Josephine lo miró a los ojos, los suyos se ablandaron al verla disfrutar.

—Yo tampoco, tío, pero no voy a cuestionarlo.

33

Terminaron en octavo lugar en Torrey Pines con cinco bajo par.

De 128 golfistas.

No estaba nada mal. Una vez que Josephine hizo las cuentas para obtener el cincuenta por ciento de las ganancias, se sintió abrumada por las seis cifras que obtuvo e inmediatamente intentó devolverlo todo mientras hacían las maletas para volver a Florida.

—Es demasiado, Wells. No puedo aceptarlo —le dijo a través de las puertas contiguas, que estaban abiertas.

Su risita le llegó hasta la habitación.

—Sí que puedes.

—No, gracias.

—Tienes dos opciones, Bella: aceptar el dinero que te has ganado o dejármelo a mí y ver espantada que me lo gasto en ti de las formas más frívolas.

Josephine se detuvo en el acto de meter el cepillo de dientes en el neceser.

—¿Como cuáles?

—Se me ocurre una avioneta para escribir en el cielo. Tú imagínate ver escrito en las nubes «La Bella de Wells» sobre tu bloque todos los días durante un mes. Es una opción. —No había terminado—. Y a lo mejor en vez de comprarte todas las bombas de baño que venden en Bath & Body Works, te compre una franquicia del tirón. Quizá un concierto privado de los Beach Boys…, o un grupo que versione sus canciones como poco. ¿Quieres oír más posibilidades?

—No, con eso basta para demostrar que eres un insensato con el dinero.

—¿Lo ves? Aceptarlo es lo más responsable. No se puede confiar en mí.

Su móvil sonó con la notificación de un mensaje entrante y Josephine lo cogió de la cama. Deslizó el dedo por la pantalla y vio un mensaje de su padre. No había nada escrito, solo una foto de Jim delante de La Tee Dorada con los pulgares hacia arriba..., y a ella se le cayó el alma a los pies al ver todo lo que había avanzado la reforma en solo cinco días.

Habían puesto las paredes de pladur y habían colgado estantes. Había una caja de fondo, y vio que contenía una chimenea independiente (de uso decorativo, porque, a ver, estaban hablando de Florida). Las ventanas eran nuevas, todavía no les habían quitado las pegatinas a los cristales. Las cajas con los nuevos expositores y los muebles que había pedido estaban allí, a la espera de que las abrieran. De que ella las abriera.

La tienda estaría lista mucho antes de lo esperado.

Si estuviera en Palm Beach en ese momento, estaría montando muebles, dirigiendo la obra y pidiéndole mercancías a su proveedor. Preparándose para abrir sus puertas. Pero no estaba allí, estaba en California. Y había accedido a ir a Miami y pasar la semana previa al Masters de Augusta con Wells.

La noche anterior, mientras el sudor se secaba sobre sus cuerpos en la oscuridad, Wells le besó el cuello y le habló de todos los sitios que quería enseñarle en Miami. Restaurantes, campos de golf, la playa. Su bañera. Cuando ella intentó ganar tiempo antes de decirle que no, que tenía que volver a Palm Beach para comprobar el progreso en La Tee Dorada, él le dio el golpe de gracia.

Podrían ver los mejores golpes de golf en la sala de proyección que tenía en su casa.

Su novio tenía un cine en casa. Con sillones de cuero reclinables y paredes insonorizadas.

La vida ya no le resultaba conocida y no podía quitarse de encima la sensación de que la realidad, la que ella había construido, se le escapaba de entre los dedos.

Su móvil sonó de nuevo al recibir otro mensaje con foto.

El minigolf exterior también estaba casi listo. Habían colocado las vallas.

Incluso la fuente estaba instalada y funcionando.

A ese ritmo, seguramente podría abrir La Tee Dorada al público en cuestión de una semana. Tal vez menos, si se negaba a que Wells se la llevara a Miami.

Sin embargo, en cuanto volviera a Palm Beach y se sumergiera en la reapertura de la tienda, no volvería a irse. Estaba convencida de eso, de la misma manera que estaba convencida de saberse el recorrido de Rolling Greens como si fuera la palma de su mano. Sentía el corazón desgarrado en direcciones opuestas, porque por mucho que latiera por el negocio familiar, a esas alturas también latía por Wells Whitaker.

Y él la necesitaba.

¿Cuántas veces la había llamado la prensa su «amuleto de la buena suerte»? Por no mencionar todos los apodos que habían usado para referirse a ella durante las retransmisiones en directo. ¡La que le había cambiado la vida a Whitaker! ¡El ingrediente secreto! Nate fingía hacerle una reverencia cada vez que se cruzaban durante el torneo y, al principio, le había hecho gracia. En ese momento se preguntaba si tendría la fuerza necesaria para abandonar el equipo.

O si Wells continuaría (o podría continuar) con su trayectoria hacia la cima sin ella.

Deslizó el pulgar despacio por la pantalla con un creciente nudo en la garganta por el orgullo que veía en la cara de su padre al señalar el nuevo letrero de La Tee Dorada. Sus raíces estaban en Palm Beach. ¿Las que había echado con Wells eran demasiado nuevas para ponerlas a prueba?

—El coche que nos va a llevar al aeropuerto debería llegar pronto —dijo Wells, que entró en su habitación por la puerta contigua…

y ella se apresuró a cerrar los mensajes y apagar la pantalla del móvil mientras se le abría un agujero en el estómago—. ¿Qué era eso?

—Nada, solo estaba viendo fotos de la visita de Tallulah —mintió, detestando la bilis que sintió en la lengua—. Estoy intentando decidir cuál enmarcar.

Wells murmuró algo con gesto elocuente y la besó en un hombro.

—Ya falta poco para que se vaya a vivir a Boston. La verás enseguida.

Mentirle a Wells ya era malo. Usar a su mejor amiga para evitar una conversación incómoda era incluso peor, y el sentimiento de culpa la hizo ponerse en movimiento. Se apartó del posible abrazo de Wells para buscar con desesperación cualquier objeto que meter en la maleta.

—Esto…, estaré lista enseguida.

Pasaron un par de segundos en silencio antes de que levantara la cabeza para mirar a Wells, y se lo encontró observándola con el ceño fruncido, como si intentara leerle el pensamiento.

—¿Va todo bien, Josephine?

—Sí, ¿por qué?

Él la observó con detenimiento antes de menear la cabeza.

—Por nada en particular.

Josephine sintió la vibración del móvil en el bolsillo, de forma notoria, y no le quedó más remedio que pasar de él, lo que condujo a un silencio incómodo.

—Estoy lista si tú lo estás —dijo, cerrando la maleta a toda prisa.

Wells cogió las maletas de ambos y las sacó por la puerta de la habitación de ella. Ya habían mandado sus palos a Miami y, por raro que pareciera, Josephine echaba de menos el peso en el hombro. Sobre todo cuando llegaron a la zona de aparcamiento… y los agasajaron con aplausos mientras esperaban a que su chófer aparcara. A esas alturas, se moría por cargar con los palos de Wells. Solo por tener algo que hacer con las manos, porque en ese momento solo atinaba a saludar con incomodidad y a colocarse un mechón de pelo en la coleta.

¿De verdad habían estado esperándolos allí fuera para despedirlos?

Un guardia de seguridad se acercó con una botella de champán de parte de alguien de la multitud, y Josephine sonrió para darle las gracias. Wells posó para hacerse fotos con una familia en un momento entrañable muy poco habitual.

En mitad de la conmoción, se miraron a los ojos..., y Wells le pareció muy feliz. Incluso se le marcaban menos las arrugas que tenía en el entrecejo de tanto fruncir el ceño. Comparado con el golfista que había abandonado un torneo a la mitad el mes anterior, era un hombre distinto. Contento. Se reía a todas horas. Como golfista, casi había alcanzado el nivel que tenía cuando estaba en lo más alto, solo que en ese momento también tenía un aura relajada de experiencia y madurez. Había madurado. Con ella.

Habían madurado los dos juntos.

Había dejado que otra persona compartiera con ella los altibajos de su enfermedad, algo que jamás en la vida había esperado. Pero Wells había hecho que le pareciera bien.

Hacían un equipo formidable.

Y no podía abandonarlo sin saber hasta dónde podían llegar.

Wells se sentó en la cama, miró a Josephine y le recorrió el hombro desnudo con la mirada antes de ponerse en pie a regañadientes y echar a andar hacia la cocina. Se llenó un vaso de agua, lo soltó y después apoyó ambas manos en la encimera sin beber un solo sorbo.

Algo le pasaba a su Josephine... alrededor del diez por ciento del tiempo.

El otro noventa por ciento de los días que habían pasado juntos en Miami, mostraba su habitual y magnífica personalidad. Sonreía, lo desafiaba, lo derretía con sus caricias, lo sorprendía con su increíble perspicacia mientras veían partidos antiguos del Masters de Augusta en la oscuridad, acurrucados en uno de los sillones y envueltos en una manta de franela. La verdad, se habría contentado con quedarse en su sala de proyección escuchando las observaciones en voz baja de Josephine, a oscuras, con el pelo medio húmedo tras un baño, durante el resto de tiempo que le quedase sobre la faz de la Tierra.

Joder, estaba tan feliz que casi no soportaba la presión que sentía en el pecho. No hacía más que crecer y crecer y crecer cada vez que la miraba.

Sin embargo, el otro diez por ciento... lo carcomía. Muchísimo.

A veces, cuando Josephine no se daba cuenta de que la observaba, la pillaba con la mirada perdida. O tumbada en la oscuridad, tensa, cuando debería estar durmiendo. Después estaba el detalle de que no desbloqueaba el móvil delante de él. Solo había captado el final de sus llamadas con Jim, pero había colgado antes de que pudiera enterarse de la conversación.

En las tres ocasiones en las que le había preguntado si le pasaba algo, se había negado a sincerarse..., y eso no era típico de ella. Era la persona más sincera que había conocido en la vida. Era una de las millones de razones por las que se había enamorado de ella.

A lo mejor Josephine no... le correspondía.

Totalmente posible. Totalmente comprensible.

No podía culparla por eso. Y de ser así, era muy posible que acabara metiéndose en un monasterio, haciendo voto de silencio y viviendo en la puta cima de una montaña, pero lo entendería.

O quizá solo se estaba distrayendo con esa horrible posibilidad.

Porque, en lo más hondo, sabía a qué se debía ese diez por ciento de desapego y tenía que dejar de evitar el tema. O adónde conduciría si lo enfrentaba.

Bajó la cabeza y dejó que el miedo le atenazara el estómago.

Después cogió el móvil, que tenía cargando en el salón. Salió al balcón, bañado por la suave brisa de Miami, y solo titubeó un segundo antes de llamar a Jim. Era tarde, pasadas las once, de modo que el padre de Josephine pareció preocupado al contestar.

—¿Wells? ¿Va todo bien?

—Sí, todo va bien. Josephine está bien. Está durmiendo.

Se oyó un suspiro al otro lado de la línea.

—Bien. Estupendo. ¿Qué pasa?

Wells miró al horizonte y divisó el mar de Miami al fondo, pero en realidad no veía nada. Solo veía a la preciosa mujer dormida entre sus sábanas. Su alma gemela.

La primera y la última mujer a la que querría en la vida.

—¿Has hablado con Josephine hace poco? —preguntó él, aunque en el fondo ya sabía la respuesta. Siendo sincero consigo mismo, no había querido ver ese momento, aunque se dirigían a él desde el primer día.

—Pues claro —contestó Jim con jovialidad—. La he estado manteniendo al día con la reforma. Aunque creo que ya no se le puede llamar así, porque en el último día y medio casi todo ha sido darle los toques finales. Retoquitos estéticos y cosas así. —El padre de Josephine hizo una pausa antes de continuar con menos entusiasmo—. La tienda está lista, esperándola.

Se le cayó el corazón al estómago.

«Lista, esperándola».

—¿Lo sabe Josephine? —Pregunta tonta. Pues claro que lo sabía. Pero la hizo de todas formas. A lo mejor para castigarse porque, joder..., ¿que La Tee Dorada se reconstruyera según los sueños de Josephine? Era lo que más la emocionaba del mundo. Y ella había sentido la necesidad de ocultárselo. No había compartido su emoción con él. La había ocultado—. Da igual. Pues claro que lo sabe. —Carraspeó para hablar con normalidad—. Es increíble, Jim.

—Sí que lo es.

Se hizo el silencio.

—El asunto, Wells... —Jim titubeó y se oyeron los muelles del colchón de fondo, como si se hubiera levantado de la cama—, es que el momento es horroroso.

Wells tragó saliva con fuerza.

—¿A qué te refieres?

—Me refiero a que Rolling Greens ya está reparado y en funcionamiento, vuelve a estar operativo. El campo necesita que La Tee Dorada abra pronto, para poder atender a nuestros clientes. Ahora mismo están alquilando equipamiento en una carpa en el aparcamiento y… en fin, no es lo que espera el miembro de un club. —Pasó un segundo—. Básicamente, nos dan hasta la semana que viene.

«La semana que viene».

Esas palabras le cayeron sobre los hombros como sacos de cinco kilos.

El Masters de Augusta era la semana próxima.

—Si Josephine vuelve, tendrá mucho trabajo que hacer hasta entonces…

Frunció el ceño al oírlo.

—¿Si vuelve?

Captó la incomodidad de Jim sin necesidad de verlo.

—¿No has hablado con Josephine de esto?

—No.

No, había estado muy ocupado fingiendo que no vivían con una fecha tope en el horizonte.

Como no sabía qué contestarle a Jim sin parecer un capullo egoísta (justo lo que era), lo esquivó.

—¿Ella ha…? —Meneó la cabeza—. A ver, pues claro que va a volver a Rolling Greens, ¿no? Es su sitio. Es… su corazón.

Que Dios lo ayudara, en ese momento parecía patético y no le importaba en lo más mínimo.

—Yo no lo tengo tan claro, Wells… —Jim dejó la frase en el aire—. A ver, que hablamos del Masters de Augusta. La necesitas.

El entumecimiento se extendió por todos los rincones de su cuerpo mientras el meollo de la cuestión lo aplastaba como un tsunami.

—No cree que pueda hacerlo sin ella. —Las piernas se negaron a seguir sosteniéndolo, de modo que se dejó caer en una de las sillas—. ¿Y por qué iba a creerlo cuando todos le han estado diciendo durante semanas que ella era la responsable de mi regreso triunfal? Yo mismo he reforzado esa idea, ¿no? Me he apoyado en ella demasiado y ahora... va a renunciar a La Tee Dorada para ser mi *caddie*. ¿Es eso lo que está pasando? —Tenía ganas de vomitar. «Eres un cerdo egoísta», se dijo.

Jim interrumpió su espiral de vergüenza.

—Está intentando conseguir que el campo le dé una prórroga...

—Que le den una prórroga dará igual. Solo es temporal. Después del Masters de Augusta, vendrá otro torneo. Y otro después. —Le dolía respirar—. Es demasiado leal como para dejarme.

Como siempre lo había sido.

De pie entre el público, su fan cabezota hasta el final, por muy mal que jugase. Sosteniendo su cartel. Vistiendo su línea de ropa, ya descatalogada. Lloviera o tronara. Por supuesto que no iba a marcharse a Palm Beach y a dejarlo competir solo en el Masters de Augusta, sobre todo después de su mal comportamiento cuando ella se perdió dos días de nada en California. ¿Cómo no lo había visto venir? ¿Cómo no se había percatado de la presión a la que estaba sometida?

No. No podía permitir que eso sucediera.

No permitiría que la mujer a la que amaba renunciara a su sueño por su sentido de la lealtad hacia él.

De lo contrario, jamás sería merecedor de dicha lealtad.

—Me aseguraré de que vuelva a casa —dijo, con la voz rota, antes de cortar la llamada.

Y después se pasó toda la noche planeando la que sería la conversación más difícil de toda su vida.

Wells no estaba en la cama cuando Josephine se despertó.

Frunció el ceño contra la almohada y se dio media vuelta para estirar los doloridos músculos. Si seguían haciéndolo a ese ritmo, iba a cancelar el gimnasio.

—No vas al gimnasio —se recordó con un bostezo al tiempo que se incorporaba. Como se moría por echarle otro vistacillo a las fotos que su padre le había mandado de la reforma de La Tee Dorada, cogió el móvil de la mesita de noche y repasó el carrete de fotos, con un nudo de miedo y de emoción en el estómago. Sobre todo, se moría por enseñarle las fotos a Wells. Se alegraría por ella. Mostraría interés y seguramente también haría buenas sugerencias, pero... estaba evitando la conversación.

No solo con Wells.

También consigo misma.

Le había mandado un mensaje de correo electrónico al dueño de Rolling Greens para pedirle más tiempo antes de abrir la nueva y mejorada tienda, pero aunque el dueño había seguido la trayectoria de Wells y de ella en la tele, se había negado lamentándolo mucho. De hecho, parecía incluso ansioso por su regreso a Palm Beach, ya que contaba con cierta notoriedad asociada a su nombre, y tenía la esperanza de que eso le diera más categoría a ojos de los miembros del club.

¿Qué iba a hacer?

No lo sabía. Todos los días se despertaba con la idea de que la respuesta aparecería sola, pero pronto se veía sumida en Wells, en la magia que creaban juntos.

En el amor.

Su relación no era un rollo temporal, fruto de un calentón. Tenía una roca por cimientos. Y era algo de lo que estaba más convencida a cada minuto que pasaban juntos. Se habían visto en sus peores momentos y en sus mejores, y se apoyaban de forma incondicional. Ese hombre era el gran amor de su vida, y quería quedarse con él un poquito más. Solo tenía que asegurarse de que estaba centrado y no se autodestruiría a la primera contrariedad.

Después se iría.

Claro, claro.

Miró las fotos de la reforma terminada en el móvil por última vez, sin más alternativa que admitir la nostalgia que sentía en el pecho, y luego lo soltó en la mesita de noche, boca abajo. Se peinó con los dedos a toda prisa y se puso la camiseta de Wells antes de pasarse por el cuarto de baño para lavarse los dientes y salir al salón.

Se detuvo en seco cuando vio a Wells sentado en el sofá. Con el torso desnudo y unos pantalones de deporte.

No tenía la tele puesta. No estaba leyendo ni mirando el móvil.

Solo estaba… sentado.

Sintió un ramalazo de alarma en la columna, pero pasó de la sensación.

A lo mejor estaba visualizando el recorrido de Augusta. No sería raro.

—Buenos días. —Rodeó el sofá y se sentó a su lado—. Normalmente, soy yo la que se levanta primero. ¿Va todo bien?

No le contestó de inmediato.

—No lo sé.

Los nervios le atenazaron la garganta al oírlo, pero se obligó a reír.

—¿Por qué me da la sensación de que acabo de toparme con una ruptura?

Wells dio un respingo. Solo tensó un poquitín los hombros…

Y ella se quedó sin aire en los pulmones.

—Por Dios —consiguió decir al tiempo de ponerse de pie sobre unas piernas que, de repente, parecían más espaguetis demasiado cocidos—. ¿Es-estás cortando conmigo?

Wells también se puso en pie, con cara de cabreo.

—¿Lo dices en serio, Josephine? No estoy cortando contigo —masculló él—. Ni se te ocurra decir eso en voz alta.

Las náuseas se aplacaron. Un poco.

—¿Y qué pasa?

—¿Que qué pasa? —Wells se enterró los dedos en el pelo y tomó una honda bocanada de aire, calmándose de forma visible—. Me has estado ocultando el móvil, te has quedado con la mirada perdida cuando creías que no te prestaba atención. Y creo que una parte de mí sabía lo que sucedía, sobre todo a medida que pasaban los días y tú no decías ni mu sobre La Tee Dorada.

Así que... anoche llamé a Jim. —Dio un paso hacia ella, que estaba paralizada junto a la puerta de cristal que daba al balcón—. ¿Cuándo ibas a decirme que La Tee Dorada tiene que abrir sus puertas la semana que viene, Josephine?

Ya era real.

Ya era más que solo palabras en su móvil y un problema para el día de mañana.

Era un follón enorme con el que tenía que lidiar en voz alta. En ese preciso momento.

—Voy a llamar hoy al dueño del campo para intentar que entre en razón. —Hablaba con voz aguda, temerosa, pero era incapaz de controlarla—. No puedo perderme el Masters de Augusta, Wells.

—Josephine —dijo él con calma, aunque sus ojos decían otra cosa—, deberías estar en Palm Beach, preparando la tienda. Yo debería haberte acompañado. Te habría ayudado.

—Lo sé —susurró.

—¿Y por qué te lo has callado?

—No lo sé.

—Sí que lo sabes. Los dos lo sabemos.

Meneó la cabeza. Incluso la embargó el impulso de salir corriendo. De salir por la puerta sin más para no seguir escuchándolo.

—Sí que lo sabemos —insistió él con voz más tierna al tiempo que acortaba la distancia que los separaba para tomarle la cara entre las manos—. Temes decirme que ya no vas a ser mi *caddie*. Pongamos las cartas sobre la mesa, Bella. No nos ocultamos el uno del otro.

Con esas preciosas palabras en los oídos y sus maravillosas y conocidas manos en la cara, junto con su cercanía y su olor, Josephine estaba a punto de tener un momento de debilidad. Un momento enorme. Algún día, echaría la vista atrás y se disculparía por estar tan enamorada que estaba dispuesta a renunciar a todo con tal de conservar ese sentimiento. De mantener la conexión viva y chispeante. De continuar viviendo en un cuento de hadas sin importar el coste. De hacer lo mejor para la persona que le importaba, a la que adoraba, a la que necesitaba.

—Siento habértelo ocultado. Es que… he estado pensando. A lo mejor podría contratar a un gerente para La Tee Dorada, y así podría seguir en el torneo contigo. —Se obligó a soltar una carcajada, aunque se le llenaron los ojos de lágrimas, y se negó a reconocer la punzada de traición que sintió al oír sus propias palabras—. A ver, que iba a estar monísima con el mono blanco de *caddie* en Augusta.

Wells parecía… paralizado.

—¿Contratar a un gerente? —Le apartó las manos de la cara y las dejó colgando a los costados—. Sí que tienes que estar convencida de que no puedo ganar sin ti. Si estás dispuesta a hacer eso, a dejar que otra persona viva tu sueño… detestarías cada segundo.

—Acabaría acostumbrándome. —Incluso ella captó la duda en su voz—. ¡Y no es que no crea que puedes ganar! Es que creo… Es que… Puedo ayudar, ¿no? Te ayudo.

—Pues claro que sí, nena —repuso él, recalcando cada palabra con pasión—. Pero ahora veo lo que pasa. Toda la presión que se ha ido acumulando sobre tus hombros. —Meneó la cabeza—. Que si mi amuleto de la buena suerte. Que si la mujer responsable del regreso triunfal. Mi representante acosándote para que vigiles al golfista gruñón. Ahora te sientes responsable. Te sientes obligada. Y no lo estás. No lo estás.

Se le escapó un sonido como el del aire que salía de un globo aplastado, y así se sentía. Como un globo de papel de aluminio que se había llenado al límite. En cuanto Wells dijo la palabra «presión» en voz alta, reconoció toda con la que había estado cargando. Pero era demasiado terca como para soltarla.

—Me encanta La Tee Dorada. Quiero enriquecer el legado de mi familia, pero… este también puede ser mi sueño.

—Josephine, ¡para! —Wells la cogió de los hombros y la zarandeó un poco—. Presta atención: eres la persona más constante que he conocido. Apoyas de forma incondicional a las personas que te importan. Me has apoyado una y otra y otra vez, mucho más de lo que deberías haberlo hecho. Joder, y como eres tan leal, no sabes cuándo renunciar.

—¡No voy a renunciar!

Él tomó una entrecortada bocanada de aire.

—En ese caso, te despido.

El golpe le llegó de la nada, como un derechazo al estómago. Sin embargo, incluso mientras se estremecía, su corazón se negaba a creer del todo lo que acababa de escuchar.

—Sí, claro. ¿Cuántas veces lo has dicho? Déjate de rollos, Wells.

Él parecía sin aliento, como si acabara de recorrer a toda velocidad un campo entero de golf.

—Esta vez lo digo en serio, Josephine. Estás despedida. Ya no eres mi *caddie*. Lo siento. —Wells extendió los brazos hacia ella, pero se apartó, entumecida, sin apenas darse cuenta de que se golpeaba la cadera con la pared—. No sé otra manera de hacerlo. Estoy haciendo lo mejor para los dos. Tienes que irte a dirigir la tienda de artículos profesionales de golf de tus sueños. ¿Y yo? —Parecía que le costaba admitir lo que iba a decir—. Creo que debo descubrir si soy capaz de ganar sin ti. No, los dos debemos hacerlo. De lo contrario, siempre seré una obligación, no el hombre con quien quieres pasar el resto de tu vida.

Josephine sintió que algo se resquebrajaba a lo bestia en su pecho. Estaba oyendo a alguien tomando decisiones por ella..., y eso le escocía. Hacía mucho que había reclamado su independencia y nadie podía arrebatársela. Nadie.

—¿Pasar el resto de mi vida contigo, Wells? Me estás despidiendo.

—Por Dios. No te estoy despidiendo como mi novia, joder. Estoy enamorado de ti.

Sintió que el corazón se le subía a la garganta al oírlo, pero estaba demasiado destrozado y sangraba demasiado como para disfrutar esas palabras.

—No puedo creer que me lo estés diciendo ahora.

—Sí, ¡yo también esperaba que fuera un pelín más romántico! —gritó Wells, con aspecto demacrado de repente. Se apartó unos pasos mientras se frotaba la cara con las manos antes de regresar a su lado—. ¿Crees que no quiero ser egoísta? ¿Crees que no quiero decir «Sí, es una idea genial, contrata a un gerente» para poder tenerte a mi lado en el circuito? ¡Pues claro que quiero! Me repatea estar lejos de ti, Josephine. Ya lo sabes. Es culpa tuya por haberme enseñado a ser altruista, sensato y considerado. Quiero que consigas tu sueño más de lo que yo quiero tener el mío.

¡Por el amor de Dios! Empezaba a entrar en la fase de negociación del dolor y no podía hacer nada para contenerse. Cuanto más hablaba Wells, más lo quería y más decidida estaba a que se convirtiera en su peor enemigo.

—La semana pasada tiraste la cámara de un periodista al lago. Eres una bestia con la prensa. Hemos llegado muy lejos en solo dos torneos, Wells. ¿Te imaginas lo que podríamos hacer con uno más? Puede que dos.

Vio mucho afecto en los ojos de Wells cuando la miró, tanto que casi tuvo que arrodillarse para soportarlo.

—Nunca me dejarás, Bella. Tengo que hacerlo por ti.

Ella meneó la cabeza mientras las lágrimas se deslizaban por sus mejillas.

—No, no tienes que hacerlo.

Wells cerró los ojos un momento. Cuando los abrió, se le habían nublado.

—No tenía ni idea de lo que era el amor incondicional hasta que te conocí, Josephine. Me has enseñado a ser de esta manera. Y te querré estés a mi lado para ayudarme a ganar un puto torneo o no. ¡Somos mucho más que un deporte! Algún día, cuando se te haya pasado el cabreo conmigo, te estaré esperando para demostrártelo. Inventaré nuevas formas de demostrártelo. —Se tapó los ojos con una mano y tomó una entrecortada bocanada de aire—. Pero ahora mismo tienes que irte.

Ni siquiera había terminado de pronunciar las palabras cuando ella empezó a moverse a ciegas por la casa, recogiendo sus cosas de varios sitios, del suelo, con las piernas tan temblorosas que casi no la sostenían. ¿Estaba enfadada con él? Más de lo que era capaz de expresar con palabras. ¡No tenía derecho a asestarle semejante golpe! ¿Quién se creía que era para tomar decisiones en su nombre? ¿¡Para llamar a su padre!?

¿!Para echarle en cara la rapidez con la que había estado dispuesta a abandonar su propio sueño!?

«Tengo que irme. Antes de que intente convencerlo de que me deje quedarme».

«Antes de que vuelva a traicionarme a mí misma».

Seguro que se dejaba atrás algún objeto personal, pero le daba igual. Con los ojos llenos de lágrimas, se puso los vaqueros, pidió un Uber que seguramente le costase una fortuna, se pegó la bolsa al pecho y echó a andar a toda prisa hacia la puerta principal.

Wells intentó interponerse en su camino, pero llevaba demasiada inercia y pudo rodearlo sin detenerse.

—Josephine, para.

—Me acabas de decir que me vaya.

—No te vayas así —mascullό él al tiempo que le rodeaba la cintura con un brazo y le pegaba la espalda a su torso—. Dime que me quieres, joder.

—¡Te quiero!

El aire lo abandonó, tras lo cual tomó una entrecortada bocanada de aire, y Josephine supo que no esperaba que lo dijera. Ya eran dos. A lo mejor esas palabras eran tan ciertas que no podían retenerse si alguien las invocaba.

—Dime que vamos a superar esto —le suplicó él contra la nuca.

Al parecer, eso era algo que no estaba dispuesta a conceder. No cuando se sentía tan dolida, tan furiosa y tan desconcertada.

—No puedo predecir el futuro, Wells.

—Yo sí. Mi futuro está contigo. Es el único futuro que quiero.

Se estaba quedando sin energía en todo el cuerpo. La conmoción de que el hombre del que estaba enamorada la despidiera y le dijera que se fuera la estaba entumeciendo, como una muestra de compasión. Tenía que irse antes de lanzarse a sus brazos y ponerse a llorar como un bebé. Su dignidad estaba llena de agujeros después de haber estado a un paso de abandonar su sueño. Su orgullo estaba debilitado después de haberse ofrecido a quedarse y que la rechazara. De modo que hizo acopio de lo poco que le quedaba de ambas cosas y se secó los ojos.

—No tengas miedo de hacer un golpe de seguridad en el primer par cinco de Augusta. Despacio y con buena letra, ¿vale?

Abrió la puerta, salió y la cerró mientras él susurraba su nombre con voz angustiada.

34

En la víspera de la ronda inaugural del Masters de Augusta, Wells estaba sentado en la barra del salón de jugadores, con la mirada clavada en un vaso de *whisky*. Lo había pedido hacía más de veinte minutos, pero aún no había bebido ni un sorbo. El ambiente del bar en penumbra estaba cargado de una energía exuberante y conocida, todos emocionados por el torneo del año. El Masters de Augusta atraía a todas las leyendas del golf, que se mezclaban con los jóvenes golfistas mientras recordaban sus días de gloria y eran el centro de atención con sus chaquetas verdes. ¿Quién tendría el honor de ganarla ese año?

A Josephine le habría encantado todo eso.

Ese era el motivo de que sus tripas estuvieran echas un guiñapo en el suelo.

En realidad, ya no le quedaban tripas. Se le habían salido del cuerpo cuando ella se fue.

No, cuando él le dijo que se fuera.

Antes de que esa idea pudiera clavársele como un puñal, cogió el *whisky* y lo apuró, suplicándole al escozor que le subiera más arriba de la garganta. Que de alguna manera quemara los recuerdos de su discusión con Josephine. Por Dios, le había hecho muchísimo daño. Sabía que se sentiría dolida, pero había subestimado hasta qué punto. Se había puesto más blanca que un puto fantasma, y era incapaz de sacarse esa imagen de la cabeza. Era como una peli de terror que se reproducía en su memoria las veinticuatro horas del día. Durante su primera noche en San Antonio, Josephine le dijo que le dolía cuando alguien rechazaba su ayuda. La raíz de su trauma era esa, además de verse obligada a pedirles ayuda a sus padres, y él había hurgado en los dos.

Sin embargo, no había visto otra alternativa.

¿Había hecho lo correcto?

¿Lo había hecho?

Se quedó allí sentado toda la noche intentando encontrar soluciones y solo se le ocurrió una infalible para combatir la lealtad extrema de Josephine. Y bien sabía Dios que lo estaba pagando a esas alturas. No tener a Josephine a su lado era como si lo hubieran dejado solo en la Luna, a siete mil años luz de su corazón. Seguía compartiendo los datos de su monitor de glucosa con él, y eso era lo único que le daba esperanzas de superar la discusión sin acabar cada uno por su lado.

Todavía podía ver la curva de puntitos que subían y bajaban. Todavía podía comprobar que estaba bien. Y menos mal, porque si le hubiera retirado esa confianza, se habría desmoronado.

Tal como estaban las cosas, no sabía muy bien cómo se las iba a apañar para despertarse al día siguiente y jugar al golf. Casi no sentía las putas manos. Toda su vida estaba envuelta en una especie de niebla.

Una oleada de murmullos se extendió entre los presentes, y vio a Buck Lee entrar en la sala con su séquito de jugadores profesionales, Calhoun incluido. Esperó a que el arrepentimiento y la envidia le recorrieran la piel como dos lanzas gemelas, como era habitual, pero... no sucedió, algo raro. Solo experimentó un pinchazo de nostalgia, pero cubierto por un montón enorme de indiferencia.

—¿Quiere otra? —le preguntó el camarero, señalando el vaso vacío.

¿La quería? Sería su segundo doble. La víspera del comienzo del torneo. Había lanzado un cartucho de dinamita en mitad de su relación con Josephine para poder ir y demostrarles a ambos que ella no era una especie de muleta con ínfulas. Que él era capaz de poner en práctica todo lo que ella le había enseñado con tanta elegancia y mantener su trayectoria ascendente mientras ella se dedicaba a su sueño. Un sueño que deseaba y quería. Y se lo había dicho en serio... en aquel momento. Sin embargo, llevaba dos días sin ella y no sabía si sería capaz de hacer algo que se pudiera considerar mínimamente un éxito.

No cuando estaba herido y desangrándose.

—Claro, ponme otra.

El camarero le puso el vaso delante al cabo de un momento. Clavó la mirada en las profundades ambarinas, deseando poder ver sus ojos verdes. Solo un momento. A lo mejor entonces podría respirar.

Sintió que alguien le ponía una mano en un hombro. Sin volver la cabeza para mirar, supo que se trataba de Buck Lee. En cierto modo, tal vez incluso esperaba que el legendario golfista se acercase a él, aunque no sabía explicar el motivo.

—Aquí estás, hijo. Te he estado buscando por todas partes.

Sin mediar palabra, saludó a Buck con el vaso de *whisky*. Lo soltó de nuevo en la barra.

Buck recorrió con gesto exagerado el bar atestado, mientras Calhoun se quedaba justo detrás, con una sonrisilla ufana.

—No veo a tu *caddie* por aquí.

—A lo mejor ha pedido una sala para ella sola —terció Calhoun.

La violencia lo recorrió hasta llegarle a las puntas de los dedos. El aliento se le atascó en los pulmones, ardiente. Habría sido estupendo darle un puñetazo en la cara a ese niñato pijo. A lo mejor lo hacía. Al día siguiente pagaría por ese error, pero en ese preciso momento, sería una vía de escape para su agonía.

«No merece la pena —le susurró Josephine al oído—. No le des lo que busca».

Se le atascaron un montón de amenazas y de réplicas en la garganta, porque no era capaz de encontrar la fuerza para soltarlas. Le habían quitado todo el arrojo y la rabia. En su lugar, Josephine había dejado sinceridad. Autenticidad. No olvidaría eso tan pronto. Sería deshonrarlos.

—Los dos os habéis enterado ya de que tengo un nuevo *caddie*. ¿Por qué fingís que no lo sabéis? —Los miró a la cara—. A lo mejor os hace gracia que ella se haya ido, pero os aseguro que a mí no me hace ninguna.

Para su sorpresa, los dos perdieron la expresión ufana poco a poco.

Pasaron varios segundos.

—¿Qué ha pasado, tío? —le preguntó Calhoun al cabo de un buen rato—. Espero que no sea por algo relacionado con su salud...

—No, nada de eso —se apresuró a asegurarle Wells mientras se frotaba la frente—. Es la encargada de la tienda de artículos profesionales de golf de la familia en Palm Beach...

—¡La Tee Dorada! —exclamó Calhoun.

Lo miró sin dar crédito.

—Sí...

—Han estado hablando muchísimo de ella en el Golf Channel. Tengo la sensación de que lo sé todo de ella, joder.

—Pues no es así —gruñó Wells.

Calhoun levantó las manos.

—Tranquilo.

—A ver si lo he entendido bien —dijo Buck, que cambió el peso del cuerpo de una pierna a otra—: ha dejado el circuito profesional, donde estaba ganando cientos de miles de dólares, para volver a una tienda de golf, ¿es así?

Wells suspiró.

—Eso lo resume bastante.

Buck ladeó la cabeza.

—¿Me he perdido algo?

—La parte en la que la despedí.

Calhoun espurreó el sorbo de martini que acababa de beber.

—¿La has despedido?

A esas alturas, todos los presentes, pero todos, estaban mirándolo. Se hizo un silencio sepulcral. Percibía el horror de los otros golfistas hacia él y, la verdad, eso hizo que se sintiera orgulloso de Josephine. Se había ganado su respeto. Pues claro que se lo había ganado.

Se dio media vuelta en el taburete para enfrentarse a la multitud.

Tenía en la punta de la lengua gritarles que se fueran a la mierda y que metieran las narices en sus asuntos, como habría hecho antes. También tenía alguna que otra amenaza preparada, por si acaso a alguno se le pasaba por la cabeza la idea de contratarla. O de salir con ella. Porque desataría una violencia brutal sobre ellos. Pero las palabras se le quedaron atascadas en la garganta cuando en todas y cada una de esas caras vio auténtica preocupación por la mujer que amaba.

Incluso en la del camarero. Y en la de uno de los ayudantes.

—Esa tienda es para ella mucho más importante que el circuito, pero se negaba a dejarlo. Es demasiado leal. —Su explicación perdía fuerza a medida que la pronunciaba—. Tuve que obligarla a hacerlo.

—¡La Virgen Santa! Has despedido a tu novia —dijo Calhoun, casi fascinado—. ¿Cómo es que conservas las pelotas?

—Puede que ya no las tenga. Tampoco lo he comprobado.

Calhoun… ¿se echó a reír?

Buck también, e incluso le dio unas palmaditas en la espalda. Algunos de los golfistas presentes lo invitaron a una ronda, y el camarero se lo hizo saber colocando boca abajo un par de vasos al lado de su whisky, todavía intacto. Era más un gesto de buena voluntad que otra cosa, ya que no podía beber tanto de forma responsable la víspera de un torneo…, ni en ninguna otra ocasión, la verdad.

¿Desde cuándo era tan responsable? ¿Y desde cuándo los otros golfistas le daban algo que no fueran miradas de reojo e insultos?

Era el efecto Josephine.

Ni siquiera estaba allí, pero conseguía mejorar las cosas. Que fueran más brillantes.

Lo había cambiado para mejor en más de un sentido. No solo en el campo de golf, sino también en su forma de ver a otras personas, no solo a sí mismo. Había cambiado su forma de relacionarse con los que lo rodeaban. Calhoun y Buck habían pedido agua con gas y lo flanqueaban en la barra como una muestra de… ¿solidaridad?

Hostia puta, ¿había sido él el gilipollas todo ese tiempo?

¿Se había ganado un enemigo, había perdido a su mentor y había alejado a una legión de golfistas… por el complejo de inferioridad? Había bastado un único momento sincero y vulnerable para que se pusieran de su parte. Para que lo consolaran, aunque no estuviesen de acuerdo con lo que le había hecho a Josephine. Aunque él no se lo mereciera.

Joder, aquello lo había puesto en su sitio.

Se moría porque Josephine estuviera allí para contárselo.

Le diría: «¿He sido yo el gilipollas todo este tiempo?». A lo que ella respondería con un comentario ingenioso y zen en plan: «Wells, te has pasado un montón de tiempo dándoles a los demás algo que odiar, ahora dales algo que querer». O tal vez… se lo estaba diciendo él solo. En ese preciso momento. La voz de Josephine viviría en su cabeza para los restos, guiándolo, tranquilizándolo, poniéndolo de vuelta y media, pero ser capaz de echar mano de su sabiduría por sí solo… significaba mucho.

Significaba que había estado prestando atención. Que la había valorado.

Significaba que… ¿quizá podía ganar solo?

No, no podría. Lo haría.

La posibilidad de que ella nunca volviera era muy real…, y eso lo destrozaría. La panorámica desde su monasterio en la montaña sería un montón de árboles grisáceos y un cielo ennegrecido. Pero ni de coña iba a permitir que el tiempo que había pasado con Josephine cayera en saco roto. Si había la más mínima posibilidad de recuperarla, tenía que demostrar que podía valerse por sí mismo, sin su apoyo constante, porque su relación no podría salir adelante de esa forma.

«Por favor, Señor, que todavía tenga una puta relación».

Apartó el vaso de *whisky* con el índice.

—O vas a jugar como el puto culo mañana —dijo Calhoun con aire pensativo—, o vas a salir con todo para ganar.

—Ajá.

Calhoun se quedó callado un momento.

—Que sepas que lo menos que puedo hacer es intentar que se una a mi equipo.

Aunque lo había visto venir, la admisión se le clavó en un ojo como un picahielos.

—Seguramente todos los presentes le harán una oferta. Al menos, los listos. Pero no aceptará. Aunque ahora me odie, es mi... Bella. De cabo a rabo.

Si prestaba atención, podía oír que su corazón tocaba un violín muy chiquitito.

—¿Vas a llorar, hijo? —preguntó Buck, con recelo.

—Puede que luego. —Wells soltó el aire—. En la bañera con una copa de *pinot grigio.*

Se echaron a reír. Wells no se sintió mejor ni mucho menos. Pero no estaba solo.

Y menos daba una piedra.

—Me voy a mi habitación —dijo al tiempo que se ponía en pie y dejaba unos billetes en la barra—. Si crees que ofrecerme un poco de compasión hará que no vaya a por ti mañana con todo, Calhoun, vas listo.

El aludido le tendió la mano para un apretón y, aunque entrecerró los ojos con gesto escéptico, Wells se la estrechó.

—Voy a odiarte con ganas en cada hoyo —replicó el rubio—. Pero si dijera que no ha sido inspirador verte renacer de tus cenizas, mentiría. —Le estrechó la mano una última vez—. Buena suerte mañana.

—Lo mismo digo. Vas a necesitarla.

Calhoun soltó una risilla.

—Disfruta de tu baño.

Wells se conformó con dejarle la última palabra. De todas maneras, empezaba a perder el ánimo y no se le ocurría ninguna réplica decente. El simple hecho de ponerse en pie y usar la cartera le resultaba tan complicado como una operación a corazón abierto en patines... a los que le faltaba una rueda en cada pie. Lo único que quería era irse a un sitio oscuro, acostarse y pensar en Josephine como el cabrón con el corazón roto que era.

Antes de alejarse del todo de la barra, se despidió con la cabeza de su antiguo mentor.

—Nos vemos, Buck.

—Buenas noches, Wells —replicó el golfista, que lo detuvo agarrándolo por el codo al pasar por su lado—. A ver si quedamos algún día para comer. ¿Te parece bien?

Una parte de sí mismo quería soltar su amargura: «¿Ahora que estoy ganando quieres quedar para comer? Mira, paso». Sin embargo, esa noche había abierto un poco los ojos. A lo mejor la claridad era un efecto secundario de haberse arrancado el corazón y haberlo arrojado al mar. Era posible, más que posible en realidad, que hubiese sido él quien estropeó la relación con su mentor. No al contrario. Y si ese era el caso, debía asumirlo.

—Sí, Buck, me parece estupendo.

35

Josephine le sacó brillo a una jarra de cerveza y la colocó en el estante de madera, detrás de la caja registradora, girándola de modo que el logotipo del campo de golf quedara hacia delante. Sin detenerse a pensar ni a descansar, abrió la siguiente caja, se sacó el cúter del bolsillo trasero y cortó la cinta, abriendo de par en par las solapas de cartón. Todo eso mientras hacía todo lo posible por no mirar la creciente montaña de flores, de osos de peluche y de cestas con bombas y espuma de baño que había al otro lado de la puerta. Cada vez que se daba media vuelta, le entregaban otro regalo. Aceptarlos era fácil, pero permitirse interpretar su significado era más difícil. Aún no lo había conseguido.

Así que siguió colocando mercancía. Siguió avanzando.

Ya le faltaba muy poco para tenerlo todo en su sitio. Al día siguiente abriría la tienda.

Justo a tiempo.

No tendría momentos libres para pensar en lo que estaba ocurriendo en Georgia. De hecho, ni siquiera quería saberlo. Era la tercera jornada del Masters de Augusta. Su padre le había soltado sin querer esa mañana mientras hablaban por teléfono que Wells había pasado el corte, y la oleada de vertiginoso orgullo que había corrido por sus venas la alarmó muchísimo, pero salvo por eso, ni siquiera sabía en qué puesto de la clasificación estaba. Eso no importaba. Tenía que centrarse en la tienda.

Wells no la quería allí. De lo contrario, estaría en Georgia.

Punto.

Sin embargo, aunque ella no estuviera en Georgia, Wells sí que estaba en Florida con ella de muchas maneras. Tal y como acordaron, el día anterior recibió la transferencia con la mitad de lo que ganó en Torrey Pines y, tras estremecerse al comprobar que por fin contaba con seguridad económica, contrató al instante un seguro médico. En cuanto pagó la primera cuota, rompió a llorar a lágrima viva. El alivio fue tan abrumador que acabó preguntándose si llevaba tanto tiempo reprimiendo la preocupación por no tener seguro médico que se había acostumbrado a vivir con el estrés. Y esa constatación era algo que deseaba compartir con Wells desesperadamente, lo que le provocaba un enorme conflicto.

Estaba enfada con él. Lo echaba de menos. Estaba enfadada con él. Se sentía agradecida.

Terminó de colocar el expositor de los objetos de cristal y siguió apilando las cajas de pelotas de golf, ordenándolas según la marca. Cuando las letras de la caja empezaron a desdibujarse un poco, recordó que el móvil llevaba un cuarto de hora alertándola de que su nivel de azúcar en sangre estaba bajando y se obligó a comerse unas pastillas de glucosa que masticó casi con resentimiento.

Los descansos le daban tiempo para pensar, y la verdad era que no quería hacerlo.

Pensar hacía que el centro de su pecho se pareciera al Gran Cañón, un lugar árido y yermo con montones de hectáreas de tierra quemada y plantas espinosas.

«Dime que me quieres, joder».

Aunque no sabía por qué, esa era la parte de su discusión que más repetía. Porque era muy típico de Wells. Lo de exigir algo delicado con la voz estentórea de un rey. Eso era lo que había estado haciendo todo el tiempo. Gritándole sus inseguridades y disfrazándolas de discusiones. Y justo por eso lo quería tanto. Hasta tal punto que se echaría a llorar por lo mucho que lo echaba de menos y acabaría llenando un lago. Su mentón áspero por la barba, el olor de su desodorante, la dureza de sus caderas, el asombro en sus ojos castaños cuando ella decía algo que tenía sentido en el campo de golf, su ceño fruncido de villano. Su voz grave, su sonrisa renuente. Su forma de halagarla, de desafiarla, de desearla. Un solo segundo añorando todas esas cosas era como un año.

Y aparte de eso, aparte del doloroso anhelo que sentía en el pecho, se preguntó si tal vez, solo tal vez, él había hecho lo correcto. Estaba dolida y amargada, y conmocionada todavía porque el hombre al que amaba la había despedido; pero La Tee Dorada estaría vacía en ese momento si Wells no la hubiera alejado. Sería un cascarón. O tal vez el dueño del campo de golf se la estaría enseñando a posibles sustitutos. A otra gente que quisiera ponerle un nombre distinto y quizá llevar a cabo una reforma integral.

Eso la habría matado.

No ir al Masters de Augusta también la estaba matando. Lenta y dolorosamente. La empresa de telefonía había acabado de instalar la fibra esa mañana y tenía muchas ganas de encender la televisión. Pero no, le daba demasiado miedo descubrir que Wells había sufrido una recaída y la necesitaba.

No cuando ella no estaba allí para ayudarlo.

Cogió otra caja y empezó a sacar el contenido. Estaba tan absorta en la tarea que no oyó que sus padres llegaban. No se enteró de su presencia hasta que Evelyn le plantó un beso en la mejilla.

—Hola, mamá. —Le devolvió el beso y después procedió a saludar a su padre de la misma manera—. Ya casi está.

—¡Ay, Joey-Ro, ya no queda nada! ¡Todo está estupendo! —exclamó Evelyn.

Sonreír le resultaba angustioso, pero lo intentó de todos modos.

—Gracias. Todavía hay que acabar el exterior, pero eso no nos impedirá abrir. Esta tarde me pasaré por el banco a por dinero. Los cajeros automáticos ya funcionan.

Sus padres asintieron mientras ella recitaba su lista de tareas pendientes. Pero cuando terminó y se quedaron mirándola sin hablar, se dio cuenta de lo agotada que debía de parecer.

—Perdón por el tostón pero es que estoy emocionada.

—Claro que sí, Joey —dijo su padre, con un brillo cariñoso en los ojos—. Y estamos muy orgullosos de ti por... todo. En especial, por tu determinación de ser la portadora de la antorcha de los Doyle. De mantenerla encendida.

—¿Por qué presiento que se acerca un pero? —preguntó ella con recelo.

Evelyn sonrió.

—¿Cuándo no hay un pero con nosotros?

—Cierto.

Sus padres intercambiaron una mirada.

—Nada más lejos de nuestra intención que entrometernos en tu vida sentimental, cariño —dijo Evelyn—, pero nos preguntamos si vas a seguir pasando por alto las flores.

Josephine entornó los ojos.

—¿Las flores?

—Y los osos de peluche gigantes —añadió Jim.

—No te entiendo.

Jim le dio un codazo a su mujer.

—No te olvides de las cestas de Bath & Body Works. —Hizo una mueca de dolor—. Diecisiete, para ser exactos.

—¡Aaah! —Josephine se dio cuenta de que estaba abusando de su táctica preferida, hacerse la tonta, y desvió la mirada de mala gana hacia el otro lado de la tienda, donde los regalos de Wells llegaban prácticamente al techo—. ¡Esas flores, esos osos y esas cestas!

Evelyn asintió con énfasis.

—Sí.

—Aún no he decidido qué hacer con ellos.

—Cariño...

—Tendré que quitarlo todo de en medio para la gran inauguración, pero...

—Joey, ¿has visto algo del Masters? —terció Jim.

—¡Acaban de instalar la fibra esta mañana!

Evelyn se limitó a mirarla decepcionada.

—Joey, en serio, déjate de gilipolleces.

—¡Mamá!

Y encima tenía el descaro de sonrojarse.

—¡Que te dejes ya de tonterías!

Jim seguía conmocionado después de oír a su mujer decir la palabra que empezaba por «gi».

—Estooo... Voy a encender la tele. Que sea Wells quien hable.

¿Qué significaba eso?

Josephine no lo sabía, pero se dejó caer sobre una caja y se abrazó las rodillas con fuerza. Tal vez una parte de ella sabía desde hacía unos días que, en cuanto encendiera la tele para ver el torneo, la capa de hielo que se había formado en sus pulmones cuando Wells le dijo «estás despedida» se derretiría. Se derretiría por completo.

Y tenía razón.

Durante unos minutos, las cámaras se centraron en otra pareja antes de desviarse hacia Wells. Pero luego... allí estaba.

Vestido de rosa.

Eso bastó para que saliera de su boca una carcajada lacrimógena e incrédula, y para que la conmoción que aún llevaba por dentro se suavizara hasta escocerle menos. Mucho menos. Justo entonces él se volvió para sacar un palo de la bolsa y lo vio.

Llevaba su uniforme de *caddie* de Torrey Pines colgado del bolsillo trasero.

El corazón le dio tal vuelco que jadeó.

—¿Ha estado jugando con eso todo el tiempo?

—Sí —respondió Evelyn.

Descubrió que le costaba trabajo respirar. La cámara hizo un primer plano de la cara de Wells, y sintió un nudo en la garganta al ver la barba de un día, los ojos hundidos y el rictus serio de sus labios.

En resumen, que tenía un aspecto horrible.

Sin embargo..., estaba jugando bien y aguantando el tipo. Aunque conociéndolo como lo conocía, le resultaba imposible no darse cuenta del esfuerzo que le estaba costando mantener su puesto en la tabla de clasificación. Parecía cansado y angustiado. Demacrado.

Más o menos como se sentía ella.

—Cariño, ya has hecho lo más difícil —le dijo su madre con suavidad—. Has limpiado la tienda, la has reformado y está mejor que nunca. Durante los dos primeros días podemos encargarnos de alquilar los palos y vender mercancía. Rolling Greens y La Tee Dorada estarán aquí esperándote cuando vuelvas.

—¿Cuando vuelva de dónde?

Jim miró al techo implorando paciencia.

—¡Del Masters de Augusta!

—Papá, Wells necesita hacer esto sin mí. Es lo que quiere hacer.

—Y yo sé que tú no quieres oírlo, pero esa decisión fue bastante justa, Joey. Las relaciones deben construirse sobre terreno llano. —Entrecerró un ojo y la miró—. ¿Crees que ese hombre quiere lo mejor para ti?

Por supuesto que sí.

La respuesta le llegó al instante.

Su corazón sabía la verdad, al igual que su cabeza. Nunca había dejado de confiar en Wells, ni siquiera sumida en la ira. El problema era que su aparente rechazo le había dolido demasiado como para reconocerlo. Pero en ese momento, con la imagen de su amado en la pantalla, más el testimonio gráfico de lo mucho que la quería sobre su cuerpo, ya no podía eludir la certeza. Wells había asumido lo mucho que habían madurado juntos y había tomado la decisión más desinteresada. Había tomado la decisión que ella tenía demasiado miedo de tomar. Le había llegado el turno de ser fuerte y estar a la altura de las circunstancias. Y ella podría haberlo celebrado de no haberla sorprendido tanto.

En ese momento, con la perspectiva que otorgaba el paso del tiempo, no le quedaba más remedio que ver sus actos como lo que eran. Wells solo era un hombre que expresaba su amor de la única forma que sabía.

—Sí, sé que quiere lo mejor para mí —respondió al final—. Siempre.

—¿Tú quieres lo mejor para él?

—Sí —consiguió decir—. Por supuesto.

—Eso es amor, cariño. —Evelyn señaló la tele con la cabeza—. Y el amor siempre debe celebrarse, aunque sea difícil o tengas que tragarte el orgullo.

El problema no era que Wells no supiera ganar.

En sus comienzos, ganó porque ser el mejor en algo, que lo temieran y lo veneraran, era como una droga después de toda una vida sintiéndose abandonado. De repente, todo el mundo lo quería, y eso era estupendo. Era un alivio saber que la gente que lo trataba como a un segundón se había equivocado.

Después empezó a ganar para Josephine. Apenas había pensado en sí mismo cuando unieron sus fuerzas. Solo quería el éxito para compartirlo con ella.

Sin embargo, en el último hoyo del Masters de Augusta, a cuatro golpes del liderazgo, no tenía ninguna de esas cosas por las que ganar. Los halagos y la veneración eran efímeros en el deporte. ¿Le había gustado ganar y recuperar el respeto? Pues sí. Pero si todo eso desaparecía otra vez, no lo destrozaría. Había permitido que lo hiciera caer en picado una vez, pero nunca más. Ya sabía lo que era el verdadero éxito: ganarse el amor y la lealtad de su alma gemela.

¿Quería ganar por Josephine? Claro que sí. Simplemente porque ella había creído en él cuando nadie más lo había hecho. Pero en ese momento no estaba allí. En su cabeza, quizá, pero no físicamente.

Y se había quedado sin fuelle.

Ese día se había recuperado. Había hecho nueve *birdies* y había subido al primer puesto de la clasificación. Sin embargo, había hecho un *bogey* en el último hoyo, y dado que acabó en el agua dos hoyos antes, había bajado al segundo puesto. Nakamura estaba preparando su golpe, a veinte metros de su posición. El veterano golfista estaba a punto de ganar el Masters de Augusta y se lo merecía. Había jugado cuatro rondas inmejorables.

Y seguramente lo deseaba con todas sus fuerzas.

Qué cosas. Su mujer lo observaba en un margen de la calle con el resto de la gigantesca multitud, agarrada de la mano de una mujer mayor. Seguramente la madre de Nakamura. Parecían rebosantes de orgullo, esperando a que metiera el último *putt* y se llevara la chaqueta verde a casa.

Bien. Que se la llevara.

«Vas a cagarla del todo—le dijo Josephine al oído—. ¿Por qué?».

Tras oír su voz imaginaria, Wells se remontó a una conversación que habían mantenido en la oscuridad una noche en California.

—¿Cuál es la victoria que más recuerdas? —le preguntó Josephine.

—Mi segundo gran torneo.

—¿En serio? ¿Por qué?

—No sé... Quizá porque después ya no me sentía como un impostor en el circuito profesional.

Josephine se quedó callada unos instantes, trazando círculos con el dedo índice en el centro de su pecho.

—Así que... ¿lo recuerdas sobre todo porque... la gente te miraba de otra forma después?

Aquella interpretación lo sorprendió un poco, pero no pudo negarlo del todo.

—Supongo.

—Pero ¿qué logró que te sintieras bien?

Pasó otro minuto mientras se quitaba capas que él ni siquiera sabía que existían. Eso era lo que hacía Josephine.

—El juego. Me sentí honrado de formar parte de él. Es antiguo y querido por la gente que ha estado aquí antes que yo... y tiene un hermoso ritual. Era la primera vez que tenía algo hermoso en la vida, y supongo que me quedé pasmado cuando descubrí que el juego correspondía mis sentimientos.

El suspiro de admiración de Josephine recorrió su cuerpo.

—Recuerda eso, Wells.

—Lo haré, Bella.

Recordar lo que sintió mientras estaba acostado con Josephine entre sus brazos, hablando de su amor mutuo por el juego, le dejó la tráquea del tamaño de una pajita.

Y se redujo aún más cuando Nakamura falló el *putt*.

La multitud jadeó por el asombro y la decepción.

Una ráfaga ardiente recorrió sus terminaciones nerviosas.

¡Joder!

Ese tiro estaba chupado.

Sin embargo, Nakamura había fallado. Y eso los dejaba igualados con quince bajo par.

En otras palabras: si embocaba el siguiente *putt*, ganaría el puto Masters de Augusta.

Y ni siquiera podía ver el tiro. No le funcionaba el cerebro. La falta de sueño, la ausencia de Josephine y el exceso de todo lo demás.

«Josephine, ¿dónde estás?».

«¡Por Dios!».

La recordaba preguntándole: «Si pudieras visualizar el golpe, ¿cómo sería?». Se acercó a la moneda que había dejado para marcar el lugar donde había quedado la pelota y, tras colocarla, se guardó la moneda en el bolsillo. Se puso la visera de la gorra hacia atrás mientras se agachaba y soltaba el aire.

La multitud había dejado de respirar.

El aire no se movía. No había ni una pizca de viento para secar el sudor que se le acumulaba en la frente. Sentía el pulso en las sienes y en la cara interna de las muñecas.

Lo que tenía delante no era solo una pelota.

No era solo un agujero.

O un deporte.

Era lo único bueno que había tenido en su vida en un momento dado. Y quería darlo todo en ese golpe, ¿verdad? Tenía derecho a desear esa victoria.

Había llegado hasta allí por amor, y así lo terminaría.

Calculó mentalmente la distancia, el ángulo, tuvo en cuenta el viento, la hierba y su respiración. Cogió el *putter* que le ofrecía su *caddie* y se preparó para el golpe.

Lo hacía por Josephine, pero también por el chico sin rumbo que fue a los dieciséis años, y por el hombre que perdió la voluntad de ganar a los veintiséis, pero que había encontrado el camino de vuelta a los veintinueve.

Y, joder, la bola trazó una curva hacia arriba y hacia la derecha, y luego rodó directa al agujero.

Wells soltó el palo cuando la multitud rugió. Su nuevo *caddie* le dio una palmada en la espalda. Los periodistas se abalanzaron sobre él en todas direcciones. El público se acercó al *green* mientras los guardias de seguridad intentaban contenerlo. Y todo ello bajo un cielo azul donde no había aire. Parecía sacado de un sueño, pero era imposible, porque Josephine no estaba allí y él no desperdiciaría un sueño así. Ella estaría…

Allí. Detrás de la cuerda.

Fue como lanzarse en caída libre. Sentía que el suelo se precipitaba a su encuentro, que el corazón le retumbaba en los oídos, pero la imagen de Josephine no desaparecía por mucho que parpadeara o se dijera a sí mismo que era un espejismo. ¡Estaba allí, sonriendo entre lágrimas!

Sujetando en alto el cartel de La Bella de Wells.

El original.

Lo había pegado con cinta adhesiva.

Lo vio caer al suelo cuando varios fans la levantaron para pasarla por encima de la cuerda, reconociéndola claramente como su razón de vivir. El entorno se volvió borroso, porque había empezado a andar. Y luego echó a correr. Pero no llegó muy lejos antes de caer de rodillas, justo delante de ella, por la gratitud y un amor tan intenso, vasto y envolvente que sacudió hasta un alma que ni siquiera sabía que tenía.

Un alma a la que Josephine, y solo Josephine, había llegado.

Diez años después, la gente diría que lloró como un niño mientras abrazaba a Josephine por la cintura y le enterraba la cara en el abdomen. Y él lo negaría.

Aunque lo hizo. Lloró como un imbécil.

—Has ganado —dijo ella, medio llorando y medio riendo a la vez—. ¡Has ganado, has ganado!

—Estás aquí —replicó él con voz ronca, aspirando su olor mientras le recorría la espalda con las manos para asegurarse de que era real—. Estás aquí.

—Estoy muy orgullosa de ti —susurró, con la voz trémula por la emoción—. Wells. ¡Madre mía!

Enterró todavía más la cara en su abdomen mientras esas palabras, y el evidente orgullo que transmitían, lo obligaban a recomponerse.

—Tenías razón. Hiciste lo correcto. Yo habría sido incapaz —la oyó decir con voz entrecortada. La abrazó con más fuerza, intentando ahogar el ruido para poder oírla—. Siento no haber visto tu generosidad como lo que fue. Me quieres, por eso lo hiciste. Aunque fuera difícil. Y estoy muy orgullosa de ti por eso, Wells, tan orgullosa como de que hayas ganado hoy.

Cada sílaba que salía de su boca lo sumía más y más en la vergüenza. Se había levantado esa mañana preguntándose si ella volvería a hablarle. Y en ese momento Josephine estaba validando la decisión más difícil de su vida. No solo lo perdonaba, ¡además se estaba disculpando! La gratitud y el alivio cayeron sobre su cabeza como una lluvia reparadora, aunque se sentía abrumado por la necesidad de tranquilizarla.

—No tienes motivos para disculparte. No. Ninguno. Te hice daño. —Se levantó y tomó su preciosa cara entre las manos, secándole las lágrimas con los pulgares—. ¿Me perdonas por eso?

—¡Sí! ¿Y tú me perdonas a mí?

Estaba a punto de repetir que no le debía ninguna disculpa, pero ella le pasó un dedo por los labios.

—Cincuenta-cincuenta, Wells.

Esa mujer... era una maravilla. Cada segundo con ella iba a ser un sueño. Menos mal que podía pasar segundos con ella. Minutos. Años. Lustros. Décadas.

—Entonces yo también te perdono. —Atrapó otra de sus lágrimas con un pulgar, y su sola visión le retorció el corazón—. Y, escúchame, vamos a ser un equipo, estés o no a mi lado con uniforme. Cuando no esté compitiendo, estaré con mi chica. Me mudaré a Palm Beach tan rápido que se te torcerá la coleta. —Ella soltó una carcajada llorosa—. Pero no te preocupes que luego te la arreglo. Ya soy un experto.

—Te quiero —sollozó Josephine con los ojos cerrados—. Tanto que duele, ¿sabes?

Joder. Otra vez se le estaba nublando la vista. Hasta tal punto que tuvo que enterrarle la cara en el abdomen otra vez para que su camisa absorbiera la humedad.

Después de respirar varias veces para serenarse, consiguió separarse lo suficiente como para mirar a los ojos a su mejor amiga, a su igual, a la mujer junto a la que quería despertarse cada día durante el resto de su vida, y dejó que la emoción que sentía en el pecho brotara a borbotones.

—Yo también te quiero. Muchísimo. Creo que en el fondo confiaba en que volveríamos a estar juntos, porque un amor como el nuestro no desaparece así como así. Lo atraviesa todo. Es un amor de principio a fin, ¿vale? Tú lo sabes y yo lo sé. —Inclinó la cabeza un momento para recuperar el aliento. Mirarla a los ojos se lo estaba robando—. Ahora que estoy aquí de rodillas, voy a pedirte que seas mi esposa. Puedo jugar al golf yo solo, pero no puedo afrontar un día más sin que nos pertenezcamos el uno al otro, ¿de acuerdo?

—Seré tu esposa. —Josephine asintió y tomó una bocanada de aire—. Sí. Te quiero, sí.

De repente, Wells encontró las fuerzas para levantarse de nuevo. Para levantar a Josephine en brazos y abrazarla con fuerza, mareado por su ascenso a lo más alto que ese mundo podía ofrecerle.

La vida con Josephine.

—No tengo anillo —le dijo al oído con voz ronca, antes de echarse hacia atrás para, por fin, ¡por fin, Dios Bendito!, besarla después de demasiado tiempo—. ¿Aceptarás una chaqueta verde hasta que compre uno?

Ella negó con la cabeza.

—Te quiero a ti, Wells Whitaker. Solo a ti.

Epílogo

Ocho años después

Josephine miró con disimulo el reloj. Faltaban diez minutos para la hora del cierre y todavía quedaban clientes en la tienda, pero eso no era raro. En los últimos ocho años, La Tee Dorada se había labrado la reputación de ser una experiencia imprescindible en cualquier viaje a Florida relacionado con el golf... y en ese momento tenía una lista de espera larguísima para consultas. Dejaría que los clientes terminaran el visionado de las imágenes aéreas que habían recopilado a lo largo del día antes de echarlos. La ventaja de tener la tienda de artículos profesionales de golf más original de Palm Beach era que tenía muchos clientes.

El inconveniente era que nunca querían irse.

Y le encantaba la tienda, pero de un tiempo a esa parte le encantaba todavía más estar en casa.

Se detuvo un momento para admirar la cifra tan alta que aparecía en el resumen de las operaciones con tarjeta de crédito antes de apilar los papeles y echar a andar hacia el despacho, que era el último añadido a La Tee Dorada, situado en la parte posterior de la tienda. Mientras pasaba junto a un grupito de golfistas, uno de ellos susurró:

—Es Josephine Whitaker. Es la dueña de esto.

Fingió no oírlo, pero en cuanto entró en el despacho, se permitió sonreír de oreja a oreja.

Porque, a ver, muchas personas la mencionaban junto con su famoso marido, que había regresado a su merecido puesto entre los diez mejores del mundo. Era normal. Pero también era habitual que la reconocieran por haber creado ese lugar. Su carta de amor a su deporte preferido.

Soltó el informe de ventas en la mesa y echó un vistazo por el despacho, deteniéndose en la fotografía enmarcada de Wells pidiéndole matrimonio en el hoyo dieciocho del Masters de Augusta. Junto a la foto, también había colgado su uniforme de *caddie* detrás de un cristal, junto con su cartel reparado de «La Bella de Wells».

No se cansaba de admirar los recuerdos de aquellas intensas semanas que pasó enamorándose de su marido, un amor que solo había aumentado con el paso del tiempo. Pero ¿la foto que tenía en la mesa? Esa era la que más le gustaba. Wells dormido en el sofá de su salón, con los zapatos de golf llenos de hierba y tierra, y una niña diminuta dormida sobre su pecho. Aquella tarde tenía tantas ganas de volver a casa que ni se había molestado en ponerse zapatos de calle antes de subirse al avión que lo llevaría de vuelta después del torneo.

Lo entendía perfectamente.

Echó con educación al resto de los clientes, cerró La Tee Dorada y condujo hasta Palm Beach Gardens. Wells y ella habían comprado la casa antes de la boda hacía ya más de siete años, y él había procedido a cambiar cinco bañeras perfectamente normales por las bañeras más grandes que pudo encontrar. La que tenían en su baño privado reproducía música y contaba con veintisiete chorros de agua y nueve ajustes de colores. También había insonorizado las paredes.

Solo diría que pasaban mucho tiempo en ese cuarto de baño.

Aparcó y echó a andar hacia la puerta principal, sonriendo al ver a través del cristal la escena que la esperaba. Wells, con la gorra puesta del revés, estaba de pie en el salón con un bebé en la mochila portabebés. Delante de él tenía un *green* portátil y su hija de cuatro años estaba preparada para golpear la pelota con el palo en miniatura que él le había regalado por Navidad. El pelo cobrizo de su hija estaba enredado como siempre, asomando por la tiara de princesa que llevaba torcida, y tenía las uñas de los pies pintadas de un azul conocido.

Del mismo color que las llevaba ella.

En cuanto Mabel golpeó la pelota, Josephine entró para unirse a la celebración silenciosa (para no molestar al bebé dormido) y de inmediato se abalanzó sobre ella una bala de cuatro años que le rodeó las piernas con sus bracitos regordetes.

—¡Mamá!

—¡Buen golpe, Mabes! ¡Eres increíble!

Mientras se agachaba para abrazar a su hija, miró a los ojos a Wells, que estaba a unos metros, y no pudo contener el manantial de sentimientos que le brotó en el pecho. Se quedó sin aliento y sintió que le escocían los ojos. Siempre le pasaba lo mismo cuando él volvía después de una ausencia de cuatro o cinco días durante la temporada. Lo veía bastante desmejorado, y sabía que era por echarlas de menos. Se habían quedado dormidos durante una llamada de FaceTime las últimas noches y se habían despertado con la conexión todavía abierta. Pero diciembre estaba a la vuelta de la esquina, lo que implicaba todo un mes sin viajar..., y ya contaba los días.

—Hola —susurró cuando su marido se acercó y extendió una mano para acariciarle la cara, ensombrecida por la barba, mientras el corazón se le hinchaba en el pecho al ver que él cerraba los ojos y le pegaba la cara a la mano—. Ya estás en casa.

Wells asintió con la cabeza. Abrió la boca para hablar y la cerró de nuevo.

—Bella... —dijo con voz entrecortada, como si se hubiera agotado al pronunciar la palabra.

Pasaba algo. Wells necesitaba hablar con ella. Le bastó esa única palabra para saberlo.

—Vale. —Se puso de puntillas y lo besó, y sintió mariposas en el estómago cuando él le enterró los dedos temblorosos en el pelo y la besó con más ardor, gimiendo por lo bajo—. ¿Estás bien? —susurró cuando se separaron en busca de aire.

Wells mantuvo sus frentes pegadas.

—Estoy muchísimo mejor que bien. Tú estás aquí. Cuando estoy lejos es cuando no estoy bien.

—Lo sé.

—Mi familia está aquí.

—Y siempre estaremos aquí. —Lo miró a los ojos hasta que él consiguió tomar una honda bocanada de aire, pero era evidente que algo lo preocupaba—. Vamos a acostar a los niños.

Wells asintió con la cabeza y los cuatro subieron la escalera. Él llevó a su hijo, Rex, a su habitación, mientras ella metía a Mabel en la suya. Media hora después, fue en busca de su marido. No estaba en su dormitorio ni en la cocina, pero la intuición le dijo dónde encontrarlo, y no se equivocó. Estaba en medio de su sala de trofeos; su guapísimo campeón llevaba unos pantalones de deporte, iba descalzo y descamisado, dejando a la vista los tatuajes de su espalda.

Si le bajaba un poco los pantalones, encontraría su nombre tatuado en la nalga derecha.

Wells se había pasado años amenazándola con hacerlo, así que supuso que estaba bromeando.

Aunque se equivocó. Fue el regalo que le hizo cuando cumplió los treinta.

«Propiedad de Josephine», escrito en brillante tinta azul.

Wells se dio media vuelta al oírla entrar y la miró con expresión seria, pero abrió los brazos de forma automática. De camino a ellos, repasó los cambios de su marido a lo largo de los últimos ocho años. Las arruguitas que le rodeaban los ojos sabios y felices. Apenas un atisbo de canas en el vello del pecho y en la barba. Seguía irradiando confianza, pero era mucho más tranquila, como si por fin la hubiera aceptado. Y ella se enorgullecía tanto del hombre en el que se había convertido que casi le costaba respirar.

Se mecieron abrazados varios segundos mientras Wells le canturreaba las primeras estrofas de «California Girls» contra el pelo.

Después se apartó un poco de ella y la miró a los ojos mientras le acariciaba las mejillas con los pulgares, y le fue imposible no enamorarse un poquito más de ese hombre, rodeado de premios, pero concentrado por completo en quererla.

—Josephine —La miró con una sonrisa y la besó con ternura—, me voy a retirar.

La atravesó un aguijonazo.

—Que vas a... ¿qué?

—Me he hartado del circuito. Quiero estar en casa. —Le acarició el pelo antes de susurrarle de nuevo las palabras que le dijo ocho años antes. Unas palabras que le decía cada vez que volvía a casa de un viaje—. No sabes cuánto te he echado de menos, nena. ¡Ni te lo imaginas!

—Sí que me hago una idea —replicó, con una sensación agridulce en el pecho—. ¿Estás seguro?

—Es lo segundo de lo que más seguro estoy en la vida. Tú eres lo primero. —La estrechó con fuerza entre sus brazos—. Quiero estar en casa para quererte más.

Josephine tuvo que parpadear para contener las lágrimas.

—Aceptaré todo el amor que me des.

—Genial. Porque tengo mucho.

—Yo también.

Se quedaron así un buen rato, ya que percibía que Wells necesitaba esa ancla.

—Retirado a los treinta y siete —dijo al cabo de un rato, besándolo en el hombro—. ¿Qué vas a hacer con tanto tiempo libre?

—Entrenar a la liga infantil. Ayudarte en la tienda. Aceptar algún trabajo de comentarista de vez en cuando. Hacerle el amor a mi mujer. Ser un marido florero. —Suspiró contra su pelo—. Jugar al golf.

Se echaron a reír mientras se besaban y él continuaba tarareando el resto de «California Girls» y empezaban a bailar. Y la vida siguió así.

Maravillosa.

Feliz.

Estando juntos.

Para siempre.

Acerca de la autora

Tessa Bailey, autora superventas en las listas del *New York Times*, es capaz de resolver cualquier problema salvo los suyos propios, así que concentra todos sus esfuerzos en hombres ficticios de personalidad terca y trabajos duros, y en protagonistas leales y entrañables. Vive en Long Island, evitando el sol y las relaciones sociales, y luego se pregunta por qué nadie la llama. Tessa, a quien *Entertainment Weekly* ha apodado la «Miguel Ángel del lenguaje sucio», siempre escribe finales felices picantes, desenfadados y románticos. Síguela en TikTok en @authortessabailey o visita tessabailey.com para ver una lista completa de sus libros.

¿TE GUSTÓ ESTE LIBRO?

escríbenos y
cuéntanos tu opinión en

/Sellotitania /@Titania_ed

/titania.ed

#SíSoyRomántica